小説 司法修習生

それぞれの人生

霧山昴

花伝社

小説・司法修習生——それぞれの人生◆目　次

主な登場人物

●B組の司法修習生

（青法協会員）

石動《いするぎ》　敏雄《としお》　（28歳）　中大卒、弁護士志望
一法洋太郎《はしのりようたろう》　（31歳）　東大卒、元大手メーカー社員
野澤《のざわ》　弘二《こうじ》　（23歳）　東大卒、弁護士志望
久留《ひさどめ》　恵美《えみ》　（29歳）　中大卒、弁護士志望
大池《おおいけ》　潔《きよし》　（24歳）　京大卒、裁判官志望
谷山《たにやま》　公平《こうへい》　（32歳）　中大卒、父親も弁護士

（裁判官志望）

蒼井《あおい》　護《まもる》　（22歳）　東大卒、とりあえず任官志望
隈本《くまもと》　健三《けんぞう》　（24歳）　東大卒、父親も裁判官
峰岸研太郎《みねぎしけんたろう》　（23歳）　京大卒、アンチ青法協

（検察官志望）

角川《かどかわ》　剛司《たけし》　（23歳）　東大卒、当初は任官志望
野々山善男《ののやまよしお》　（30歳）　早大卒、青法協会員
笠《りゅう》　善太郎《ぜんたろう》　（23歳）　東大卒、反法連

（その他）

蔵内百合恵《くらうちゆりえ》　（33歳）　女子大卒、弁護士志望
皆川《みながわ》　生子《しょうこ》　（28歳）　明大卒、ビジネスローヤー志向
山元《やまもと》　陽治《ようじ》　（25歳）　慶大卒、国際法務志向

●B組の教官

刑事裁判………羽山《はやま》（12期）
民事裁判………田端《たばた》（10期）
検察……………松葉《まつば》（10期）
刑事弁護………河崎《かわさき》（5期）
民事弁護………小野寺《おのでら》（7期）

プロローグ

重たそうな木の扉を押して店内に足を踏み込んだとき、汗がすっとひいていった。いつもなら心地良さを感じるのだが、今日はひんやりとした冷たさが頬になじまない。冷房が効きすぎている。頭が痛くなりそうだ。エアコンの風が顔にあたって冷やっとする。コーヒーカップを受け皿に置いたとき、カチャッと冷たい音がした。

「私たち二人の住む世界は違っていると思うの」

住む世界が違うなんて、そんなことはない。だって、同じ法曹の一員じゃないか。裁判官と弁護士とに分かれたとしても、世界が違うはずはない。

「教官から何か言われたんですね？」

この問いかけに対して「えっ、何のことかしら？」という訊き返しはなかった。やっぱりそうだったんだ。

「これって不当な干渉ですよね。いくら教官とはいえ、僕たちのプライバシーの問題に口を挟んでいいはずがありません。許されないことです」

男の憤然とした口調に対して、女は素っ気ない。

「いろいろ話ができたし、とても楽しかったわ。でも、私たちは、これからは同期同クラスで修習したお友だちというだけなの。私はそのつもりだわ」

女の話は取りつく島がない。男は焦った。

「教官はいったい何と言ったんですか。内容によっては厳重に抗議しないといけないと思います」

女は直接こたえず、こう言った。

「私も、年齢《とし》の違いなんてたいした問題じゃないと考えているの。でも弁護士志望の私と、裁判官になって出世していくあなたと、住む世界が違うというのは、言われてみるまでもなく、現実なのよね」

男は口を尖らせた。

「私が裁判官になろうというのは出世するため、なんかじゃ決してありません。そんなこと、絶対に違います」

女も自分の言葉を失言だと素直に認めた。

「あら、ごめんなさい。出世だなんて、そんなこと今から考えているはずもないですよね。とんでもない失言でした。ごめんなさい、今の言葉は撤回します」

女の言い方はあくまで寒々としていて、よそよそしい。これまでの笑《え》みにみちた温かさがない。もう決めたこと、という気持ちがあからさまだ。女は、コーヒーカップを手にして口にもっていった。ほんの少しだけ口にして、すぐ受け皿に戻した。そのとき、深い溜《た》め息をついたように思えた。

「離婚させられ、子どもまで取りあげられた年上の女がエリート裁判官の卵を誘惑したとか、その出世を妨げたなんて、世間からとやかく言われたくないの」

ひどい。教官はそんなことまで言ったのか……。許せない。ただ、ここで教官をいくら糾弾しても、目の前の女性の気持ちを元のように取り戻せるのか、自信がない。

「そんなに悲しそうな顔をしないでください」

女は男を励ますつもりかのように声をかけた。

「これから、最高裁判例とか法律論ばかりじゃなくて、現実をしっかり見つめて、いつだって勇気をもって判決を下す。そんな裁判官になってほしいわ」

男は「はい、そのつもりです」と短く応じた。

女は男の目をまじまじと見つめ、そして続けた。

「よかった。心の底から応援しています……」

これは恋愛関係のある二人というより、年長者の女性が親しい年下の友人に声をかけているようなものだ。コーヒーカップがまたカチャッと音を立てた。二人の関係が切れた音だ。

いったい、どうしてこうなったんだろう。あの楽しかった夜はもう二度と戻ってこないのか。方的な「お友だち」宣言を受け入れるしかないのだろうか……。男の頭の中がぐるぐるまわって、何と言ってよいのか分からない。思考力が完全に停止している。

先ほど、男は大講堂の外で女が出てくるのを待ちかまえていた。女は、男に気が付くと「あっ」と小さく叫んだが、男の誘いを断ることもなく、並んで歩いて旧岩崎邸本館前に行き、さらに司法研修所の外へ出るとタクシーをつかまえて御徒町駅前で降りた。これまで何回かあったような、女のマンションへ行くことはなかった。

二人は駅前の喫茶店に向かいあって座った。男は、なかなか本題を切り出せない。仕方がないから前期修習生活の感想を口にした。女も適当に話をあわせるけれど、会話がはずむことはない。たまらず、男は切り出した。

「あのう……」

女が、その言葉をさえぎった。

開始式

4月18日（火）

ああっ、寝坊してしまった。大変だ。初日から遅刻するなんて、大失敗だ。どうしよう……。寝汗を大量にかいている。パジャマがじっとりして、気持ち悪い。

試験場の椅子にしばられたまま、手が動かず先ほどから答案がサッパリ書けていない。鉛筆を持つ手が震えだした。時計をみると試験終了時間まで、もうあと何分もない。今さら消しゴムで消して書き直したら白紙答案を出すことになってしまう。ああ、どうしよう……。

目の前の試験官が意地の悪い質問を投げかける。頭が真っ白になって声が出ない。暗記しているはずの定義が口から出てこない。口の中にねばねばしたものがたまり、舌がもつれて、うまくまわらない。あーあ、今回も司法試験はダメか……。これで失敗するのは4回目、いや5回目かな。

親は何て言うだろう。もう、やめときんしゃいって言うだろうな。いや、それが正解かもしれない。もう止めよう。見込みがないんだもの……。いかにも支離滅裂な夢だ。でも、司法試験に今度も失敗したのだけははっきりしている。ああ、なんてことだ……。

そこで目が覚めた。いやいや、待て待て、たしか司法試験は合格したはずだ。頬をつねるまでもない。うん、本当だ。合格したんだよ。そして今日は司法研修所の開始式があるのだ。だから早目に起きて、ゆっくり出かけ、幸先のいいスタートを切るつもりだった。それなのに初日から開始式に遅刻するなんて、先が思いやられるな。

どれどれ、今、何時だろう。あれっ、まだ6時半じゃないか。えっ、7時にもなっていないのか。道理で目覚まし時計が鳴っていないのか……。これだったら遅刻することなんてないぞ。ひと安心だ。

古ぼけた民間アパートで一人住まいのとしおは、ゆっくり着換えると、小さな電気ポットでお湯を沸かした。インスタントコーヒーの粉末をカップに入れてクリープをどさりと放り込む。としおはブラック派ではない。クリープを入れないコーヒーなんて、とつぶやきながら、たっぷりのクリープに加えて、いつもより多めに砂糖を投げ込んだ。景気よく甘いコーヒーを飲もう。

「さあ、今日は一日がんばるぞ」

気を奮い立たせた。しっかり余裕をもってアパートを出て、司法研修所に向かう。

門前にある桜は、とっくに花が散って、緑の若葉がまぶしく光っている。フレッシュスタートにふさわしい緑のアーチだ。よしよし、なんだか幸先いいぞ。心が浮き浮きして軽くなった。

湯島にある司法研修所の門前の緩やかな坂道には、両側に十数人ずつも並んでビラを配っている。やって来た司法修習生は「おめでとうございます」と声をかけられると、うれしそうな顔をしてビラを受けとっている。としおは、ビラ配りの隊列の中に誰か知った顔がいないかと見渡してみた。誰もいないのかな、残念だ……。あっ、いたいた。同じ受験仲間で、一足先に受かった男と目があった。ということは、今朝は25期生もビラ配りに参加しているのか。弁護士バッジを付けた男たちに混じって25期の東京修習の司法修習生がビラ配りをしていた。

「おめでとうございます」

雌伏《しふく》5年、実に長かった。としおは胸をはってビラを受けとった。

司法研修所の建物に入る。開始式は午前10時から始まるが、午前9時20分までに集合するように指示されていた。いろいろ受けとる書類がある。階段式になっている広い大講堂内はざわついていたが、10分前には全員そろったようだ。と思っていると、職員が開始を告げた直後に何人かの修習生が入ってきた。ああ、それでも、やっぱり遅刻する人はいるんだ。

としおの前列に座っている修習生二人が小さな声で話しているのが聞こえる。「まさか君が代斉唱なんて、ないだろうな」「馬鹿な。そんなものあるわけないだろ。日の丸が正面に飾ってあったら怪しいけど、そんなのないし……」

としおが小学生のころ、九州の地方都市では、正月になると日の丸の旗をたてる家が多かったが、最近はとても少なくなった。君が代なんて、とっくに忘れてしまった。馬鹿げてるとしか言いようのない会話だ。日の丸を飾っていたり、君が代を歌わせたりなんかしたら、きっと式は大荒れになるだろう。昨年の終了式がそうだった。そんなことを研修所がするはずはない。

守田直所長の挨拶はありきたりの話で心に響くものが何もない。まあ、間違っても司法の反動化を許さず、裁判所を外部から攻撃する勢力に対して国民とともに司法権の独立を守ってたたかいましょう、なんて司法修習生に呼びかけるはずもないか。でも、せめて、いま司法の置かれている現状について、問題点を指摘し、反省の弁でも述べるべきではないのか。日本の司法のよき伝統を守り伝えるというのなら、自己分析も必要なんじゃないのか。いやいや、ないものねだりはやめておこう。

形ばかりの開始式が終わると、建物の外に出て芝生の庭でクラス毎に記念写真を撮《と》る。

司法研修所は、三菱財閥の総帥だった岩崎邸跡に建てられている。ということは、敗戦直後に作家の鹿地亘《かじわたる》がアメリカ軍のCICから地下室に監禁されてスパイになることを強要された現場の建物が近くにあるはずだ。いったい、どこにあるのだろうか。ぐるりと見まわすと、奥のほうにそれらしき古い木造の洋館が見える。きっと、あれだろう。今度いってみよう。

記念写真をとるとき、としおは精一杯、真面目な顔をした。本当はにこにこ顔の写真をとってもらいたい。なんせ苦労して勝ちとった修習生の身分なんだから。でも、周囲にそんな笑顔の修習生がいない。同期の初印象が軽佻浮薄というのも嫌なので、気遅れしたまま自制した。郷に入っては郷に従えだ。ここは大人しくしておこう。

集合写真をとったあと、二階の突きあたりにある教室に入る。としおは26期B組だ。本当は数字表記だけど、この本は小説なのでアルファベット表記でいく。5人の教官が教室の前方に並んで座った。組別懇談会が始まるのだ。当然、全員の自己紹介から始まる。教官のなかでは一番若そうな刑事裁判担当の羽山《はやま》教官が口火を切った。B組では羽山教官がリードしていくということか。羽山教官は我こそは研修所当局であると言わんばかり、自信にみちた顔つきをしている。

裁判官教官の経歴が語られると、二人とも驚くべきことに、任地は東京地裁と周辺の裁判所のみだ。地方へ一度も行っていない。よほどのエリートコースを歩いているのだろう。話すことに無駄がなく、そつのない話し方はいかにも能吏タイプだ。だから、冷たいというか、取りつく島を与えない。こんな余裕のない人間って裁判官に本当に向いているのかしらん。としおはやや疑問なしとしない。

民事裁判担当の田端教官は物静かな学者タイプの裁判官で、世間の俗事には関心がないようだ。

「ともかく、この2年間はしっかり要件事実を勉強して身につけてほしい」

田端はなぜか少し遠慮した口調で言った。

「法律の条文にそって絶えず考えることです。手元にはいつも六法を置いておき、すぐに参照して、その構成要件を考え、構成要件に当てはまる事実だけを要件事実としてとらえ、それをきちんと筋道を立てて書面にすることが肝要です」

それじゃあ、まるで味気ない仕事じゃないのかしらん。としおは声こそ出さなかったが、わざとらしく大きな溜め息をついた。次の羽山教官はとしおの溜め息に気がついたのか、気がつかなかったのか、いずれにしても無視して話をすすめた。

「そこらの学説なんかより、よほど大切なのは判例です。ですから、最高裁の判例解説をぜひ買って読んでほしい」

うひゃあ、としおはいったん開けた口をすぐに閉じた。あんなの、ちっとも面白くないし、分かんないよ。最高裁判例解説がシリーズとして10巻以上あるのは、本屋で並んでいるのを見て知っていた。それで手にとって頁をぱらぱらめくって、とても歯が立たないと思ってすぐに本を閉じた。それなのに、そんなものを読めという。とんでもないことを言う教官だ。

「これまで受け持ったクラスからは幸い落第する人は出ませんでした。26期の皆さんもぜひそうあってほしいと願っています」

口調こそ柔らかいが、修習生にとってどきっとすることを羽山教官は言い放った。ひえっ、落第だなんて、入所早々から縁起でもない話だ。

検察の松葉教官は、小柄な体格だが、その口から迸《ほとばし》る言葉に圧倒される。早口というか、自分の言いたいことを言い尽くしたい。そんな気持ちに溢れている。検察官って、みんな、熱情あふれて止まらないタイプなんだろうか。

「検察官は、世の中の不正義をただす存在だと考えてほしい。諸君がその意義を認めて意気に感じて任検してくれるなら、こんなうれしいことはない」

のっけから露骨な任検を勧誘する言葉が出てきたのには驚かされる。

「検察官のもつ武器の一つとして、起訴便宜主義というものがある。いずれ講義のなかで詳しく説明するつもりではあるけれど、要するに社会のひずみとして犯罪があり、それを体現したにすぎない気の毒な被疑者を起訴せずに実社会内で立ち直らせるのも、検察官としての大切な仕事なんだ。また、そこに検察官の仕事の醍醐味《だいごみ》もある」

犯罪被害者の人権保護を強調するのではなく、松葉は被疑者を立ち直らせるのも検察官としての大切な仕事だとスパッと言い切った。そこは、としおにとって新鮮な切り口だった。

民事弁護の小野寺教官は、企業法務中心の大手の法律事務所に所属している。東大卒で、いかにもエリート弁護士だ。ゆっくりした口調で話すので、とても分かりやすい。年齢《とし》の割には慌てず騒がずなので、大人の風格がある。お坊ちゃんとして、家庭内で大切に育てられたのかな。会社の法務部にとって、このうえなく頼もしい弁護士に違いない。小野寺は自分がなぜ研修所の教官になったのか、正直に話した。教官の給料は月６万円。半減どころではないだろう。

「事務所のボスに声をかけられたとき、ちょっと息抜きするのもいいかなと思って……」

ええっ、研修所の教官が息抜きになるなんて、信じられない。まあ、日頃、それほど忙しい弁護士生活を送っていたんだろう。

「要件事実は大切だし、法律知識ももちろん欠かせません。でも弁護士としては、依頼者との十分な意思疎通が何より大切なことなんです。依頼者は初めから10ある事実を全部話してくれるとは限りません。それを弁護士は引き出してやる必要があります。そのためには、お互いの信頼関係が成立していることが前提となります」

この小野寺教官も、田端と同じく研修所内の政治にはとんと関心がないようだ。研修所内で展開される青法協の活動、そしてそれに対する研修所の対応にも、我関せずを貫く。あくまでビジネス・ローヤーとして必要なことのみをするし、必要ないことに関わらない。それがポリシーなのだろう。

刑事弁護の河崎教官はとぼけた味わいの弁護士だ。恐らくまだ50歳にもなっていないはずなのに、老成した顔つきなので60歳をこえているとしか思えない。河崎は刑事弁護専門の弁護士ではないし、法理論を得意とするわけでもない。修習生が生意気にも難しい理論的なことを質問すると、渋い顔をして答えに詰まる。正直に反応するのが面白くもあり、気の毒でもある。それでも、その語る体験談は大いに参考になるし、興味深い。

次は司法修習生が自己紹介する。もちろん、全員一人ずつだ。修習生は、こうやって何度も何度も自己紹介することになる。短時間で印象を残すのに長《た》けている人が必ずいる反面、まったく記憶に残らない人もいる。としおは手元のクラス名簿に印象をメモしていった。

B組の51人のなかには社会人の経験のある人が少なくない。その人たちの自己紹介は、さすがに実社会でもまれてきただけに、そつがない。経歴を簡単に述べて、法曹を志した動機をユーモアたっぷりに語る。聞き手を笑わせるツボを身につけているのか、堅苦しくなくて聞きやすい。40代はともかく50代の人にとって2年間の修習生活は実のところ大変辛いものがある。このあと起案に追いまくられることになるが、若いころのように徹夜できる体力も気力もなくなっているから大変だ。司法修習の2年間は、知力を鍛えるだけでなく体力勝負という面がある。

私学出身は、おしなべて意気軒昂《いきけんこう》だが、なかでも関西出身者は平気で関西弁をしゃべりまくって、関西弁こそ日本人の標準語だと言わんばかりに自己主張する。「そんなの、あきまへんわ」なんて言われると、聞いてるほうは腰がひけてしまう。

東大出身者はB組に何人もいるけれど、たいてい大人しく目立たない。というか、目立ちたがらない。最年少の蒼井《あおい》と角川《かどかわ》は、22歳と23歳だ。大学は現役で合格し、司法試験も一発合格組だ。しかも、成績順位は一桁か二桁だという。ただ、二人とも成績優秀であることをひけらかしたりはしない。社会人の経験もない自分は何も知りません、よろしくお教えくださいという構えで、本当に腰が低い。彼らはきっと最高裁長官になったり、検事総長になるのだろう。

B組には女性修習生が3人いる。蔵内百合恵は一番の年長者だが、胸のふくらみ、体形からして色気がありすぎるほど。こりゃあ、触れてみたい、気に入ったな。まったく、としおの好みの女性だ。としおはいつも年上の女性に憧《あこが》れている。百合恵は会社づとめをしていたこと、結婚に失敗してから畑違いの司法試験を目ざしたことを臆《おく》することなく、はっきりした口調で語った。ということは今は独身なんだね。いつか機会をつくって、ぜひアプローチしてみよう。

皆川生子《しょうこ》は大学を出てからもずっと勉強していて、やっと合格できましたと小さい声で言う。甲高《かんだか》い声なのだけど、どうにも聞きとりにくい。もっとはっきり意思表示したらいいんじゃないのと、としおは他人事《ひとごと》ながら心配した。

3人目の久留恵美《ひさどめ》については、青法協の準備会の活動を一緒にやっているので、としおはよく知っている。「私も、大学を出てから勉強ばっかりしていました。恋人募集中なんです」と、ちゃっかり娘のように独身だということをアピールした。実のところ青法協の準備会に入って活動しているように、根は真面目で物事をしっかり考えているけれど、外見はおちゃらけた女の子だという雰囲気をかもし出している。

石動敏雄《いするぎとしお》

としおが自己紹介のときに、まず話すのは自分の名前の呼び方からだ。石が動くと書いて、いするぎと読む。初対面の人から名前をまともに呼んでもらえることは、まずない。たいてい「いしどう」と読む。だから、「いするぎ」と読むと言うと、みな呆気《あっけ》にとられる。ただ、これには名前を覚えられやすいという利点もある。四国に多い名前だが、九州出身だ。といっても東京に住んで長くなるので、九州弁で話すことはほとんどない。

父親は福岡で建材店を営んでいる。商売上、取引先にひっかかることも多いらしく、売掛金の回収の件で弁護士に相談に行ってくるというのを、高校生のころだったか何回か聞いた。うまく売掛金が回収できなくても初めに支払った着手金は戻ってこない。父親がぼやいた。

「弁護士って、いい商売だよな」

そのときは、としおも同感だったが、大人になって、よく考えてみると、いったんもらった着手金を依頼者に返してしまったら、結局、弁護士はタダ働きさせられたことになる。それでは弁護士の生活が成り立たない。それでも弁護士の仕事が面白そうだと思ったのには、そのころの父親の言葉に影響されているのは間違いない。

子どものころテレビで『ペリー・メイスン』というアメリカの弁護士が法廷で格好良く無罪弁論しているドラマを見て弁護士に憧れたのが、司法界を目ざすきっかけだ。自由に生きられ、法廷での弁論によって人助けが出来て、しかもお金もうけが出来る。なんて良い商売だろう。絶対に弁護士になってみせるぞ、としおはそう決意して中央大学法学部に入った。大学に入ると、周囲は司法試験を目ざすのが当然だという雰囲気だ。ところが、学生には誘惑も多い。憧れの東京で、友人もたくさん出来ると、どうしても易《やす》きに流れてしまい、教室での真面目な勉強に身が入らなかった。

大学一年生のとき、学園祭の看板を見て、なんとなく部落問題研究会に顔を出すようになった。真面目に社会問題を考えてみたかった。関東には、それほど多くはなかったが、九州にはたくさんの被差別部落があることを知った。社会の現実をいかに自分が知らないか、目を開かされる思いがした。

二年生になって、秋も過ぎるころになると、周囲は当然のように司法試験をめざす風潮が強まった。としおも焦って、どこかの研究室にもぐり込もうとしたが、残念なことに、どこにも入れてもらえない。学力のレベルだから、仕方がない。図書館に通って独習するしかない。部落研への足は遠のいてしまった。ただ、部落研の先輩との個人的なつながりだけは保つようにした。尊敬すべき人生の先達《せんだつ》だと思えたからだ。それで、図書館でみっちり勉強したかと問われると、かなり怪しいと答えざるをえない。

中央大学はトコロテン式に卒業した。というか、させられた。ところが、本命の司法試験は、まるで歯がたたない。そのうち学園紛争が始まり、学内が騒然としてきた。いよいよ勉強に身が入らない。だから区立図書館に勉強の場所を変えてみた。たまには息抜きも兼ねて、まだ在学生のような顔をして集会に参加し、デモ行進に加わった。過激なほうではなく、穏健派の民青のほうだ。それでもデモ行進に参加したあとは、神経が高ぶって法律書に書かれていることが頭の中にさっぱり入ってこない。とは言っても、そのせいで合格が遅れたという言い訳はしたくない。

なかなか合格しないのに業《ごう》を煮やした先輩がとしおを呼び出し、活《かつ》を入れた。自分を甘やかしてはいないか、勉強がマンネリ化していないか……。耳の痛い指摘だった。としおは心を入れ替え、まずは研究室に入ることから再出発することにした。水道橋にある中央大学の校舎には、伝統ある研究室が10以上もある。正確には12の研究室があり、その一つが9月に6名の室員を募集していることを先輩から教えられ、としおは早速応募した。先輩の推薦があれば、すぐに入れるというようなものではない。６名の募集なのに、なんと３５０名もの応募者があった。当然、試験がある。筆記試験にパスしたら、口頭試験もある。まるで司法試験の本番並だ。といっても、司法試験にある短答式はなく論文のみ。それに倍率が違う。２万人以上が受験して、わずか５００人しか合格できないのが司法試験だ。としおは憲法と法学概論の設問を選び、四苦八苦しながら、なんとか答案用紙を埋めていった。だめだったなと諦《あきら》めていると奇跡が起きた。論文式試験の合格者20人のうちに入っていた。さあ、次は口述試験だ。こちらは憲法、民法、刑法の基本3科目について口頭で質問される。としおは知ったかぶりは止めることにした。分からないところは、正直に分からないと答えた。その結果は「吉」と出た。素直さを認めてもらったのだろう。本当によく分かっていなかったけれど、ともかくついに6人目の室員として認められた。

下宿は、それまでの下北沢から市ヶ谷に引っ越した。少しでも水道橋にある大学の研究室に近いほうがいいと思ったからだ。朝は午前7時すぎには研究室に入る。そのため、研究室のドアの鍵も預かるようになった。夜は遅いときには、午後11時近くまで研究室に残って勉強する。それが飽きてくると、早めに下宿に戻ることもあった。自炊生活なので、気分転換しようと考えて下宿に戻ったということだ。食事はいつだって貧相で、お湯を沸かしてインスタントラーメンをつくって食べることが多い。たまに外食でレバニラ・ライスを食べることができたら、最高の贅沢だ。侘《わび》しい生活だと我ながら思うけれど、受験生はみんな同じ境遇なのだから、仕方がない。

研究室で、先輩から背筋をぴんと伸ばして勉強するように、という助言を受けた。それを真に受けて、すぐに実行した。ところが、これはうまくなかった。腰に来た。医師に見せると、「うむ、これはひどい」と唸《うな》った。結局、腰のすぐ上のところにコルセットを着けさせられた。腰にコルセットを巻きつけた格好で、机に向かう。周囲に対して痛々しいというイメージを大いに振りまいたが、だからといって、誰も何かしてくれるということはない。世の中はそれほど甘くはない。歯をくいしばって痛みに耐え、勉強を続けた。

親は、としおにまだやっているのか、もう諦めたらどうか、と言わんばかりだったが、そこをぐっと堪《こら》えたようで、文句を言わず仕送りを続けてくれた。本当にありがたい。おかげでアルバイトもせずに勉強を続けることが出来た。親は、合格したら福岡で弁護士をしてくれという注文をつけることもない。

研究室には気になる女子学生がいる。お友だちになれたらいいなと思ってはみたものの、まったく相手にしてくれない。そして、その女子学生はさっさと合格してしまった。あーあ、こんな心の迷いが司法試験の勉強への集中を妨げているんだよな。どうしよう……。

日曜日の答案練習会に出席していたが、あるとき、自分は迫力ある答案を書いていないのではないかという気がした。啓示というか、閃《ひらめ》きがあった。そうか、そうかもしれない。それで、書いた答案を先輩に批評してもらうことにした。

先輩は「なんか、こう、上っ滑《すべ》りなんだよな。気迫が感じられない。あれこれ知っていることが、ただ並べられているだけ。これじゃあ、採点している人の気持ちをつかむことなんか出来ない。自分の考えはこうなんだ。この問題は、こうやって解決するんだ。自分は法曹としての論理をこんなに身につけているんだから、落としたら承知しないぞ。まあ、試験官に喧嘩を売ってはいけないから、最後の言葉は取り消すけど……」と、一気にとしおに向かって強い口調でまくしたてた。としおは返す言葉がなかった。

帰り道、歩きながら先輩の言葉を何回も何回も頭の中で反芻《はんすう》した。どうしたらいいんだろう。考えているうちに、胸のつかえがとれたような気がしてきた。これまでは、なんとなく勉強してきたような気がする。ようやく、目標をもって確実に合格するという具体的な決意が固まった。本を読むときも、一切の雑音が耳に入らなくなった。たとえ喫茶店に入って周囲がどんなに騒々しくても、基本書そして演習問題に専念することができた。そして、本番の試験の日を迎えた。

としおは、持てる力のすべてを答案用紙にたたき込んだ。「はい、時間です。終了してください」という係員の声を聞いたとき、これで不合格だったら法曹界には向いてなかったと諦めよう。さばさばした気分で試験会場を後にすることができた。

やがて、論文式試験の合格の通知が届いた。こうやって成果があらわれるものなのかと、しげしげと通知書を見入った。そのあとの口述試験のときも、焦《あせ》らず、慌《あわ》てず試験官と問答することができた。途中でつっかえたけれども、そのときは試験官から出た助け船を、泥舟ではないと信じ、迷わず素直にそれに乗って問答を続け、なんとか切り抜けた。自分でも納得のいく問答で終わり、ついに司法試験に合格することができた。長く苦しい5年間だった。最後には、嘘のように自分に正直になっていた。自分の力を信じ、それを出し切ることに徹したのが良かった。

前期修習

4月19日（水）

としおが駅に着くと、国電のダイヤが大幅に乱れている。二日目だからと思って、早めに下宿を出て正解だった。朝のラッシュアワーは、いつにも増して殺人的だ。電車のなかにぎゅっと身を縮こめていると、周囲のサラリーマンと同じで、晴れて社会人になったことを実感する。

遅刻することもなく司法研修所に着いた。入ってすぐのところに長机があり、クラス毎の名簿が置かれている。出席簿だ。自分の氏名欄の横にハンコを押す。この出席簿は講義開始の5分前には片付けられる。それまでにハンコを押せなかった修習生は遅参届に理由を書き、教官の認め印をもらって研修所に提出しなければいけない。帰るときには、講義終了後20分以内に退席簿に押印する。講義が始まるのは午前9時50分。午前中は、途中で10分間の休憩をとり、お昼12時まで2時間1コマの講義がある。長いようで短く、短いようで長い。

午前中は大講堂で守田所長のありがたい講話と草場良八事務局長の話を聞く。どうでもいいような退屈な話を長々と聞かされ、うんざりする。朝からとしおは眠気をおさえるのに必死だったが、周囲を見ると無抵抗の修習生も少なくなかった。そうなんだ、大講堂での話なんて、別に目をかっと開いて聞いていなくてもいいってことなんだな。自然にまかせよう。そう思ったら、すっとまぶたが重くなった。周囲でがたがた音がするのにつられて目を覚《さ》まし、立ち上がった。

昼休みは1時間。大混雑する食堂で昼食をとる。メニューはあまり多くない。

午後から、初めて教室で講義を受ける。一人に1組のスチール製の机と椅子。小さな机の上に六法と起案の手引きなどの教材を並べると、ノートを取るスペースはあまりない。トップバッターは検察の松葉教官だ。軽く右手をあげて、さっそうと教室に入ってきた。淡々と刑事訴訟法の下での検察官の役割を話すかと思うと、さにあらず。抑揚をつけて、まるで浪曲でも語るような調子で実務における検察官の実際を語る。その勢いに、のっけから修習生は圧倒される。

「前にも話したとおり、起訴便宜主義というものがある。検察官は、警察から送致されてきた事件を全部起訴するわけでは決してない。1件1件につき、慎重に判断している。もちろん、それは被疑者の便宜を図っているということではない。また、一丁あがり式に安易に便宜処理しているというものでもない。これから、その点について、おいおい具体的に紹介していくつもりだ。諸君には、是非そのところを理解してもらいたい」

松葉の話しぶりには自信があふれている。自信過剰ではないかと思えるほどだが、修習生の前で虚勢を張っているのでもなさそうだ。いったいその自信はどこから来ているのか。としおは、それを知りたいと思った。

「前期修習の3ヶ月は、あっというまに終わる。そして実務修習に入ることになるわけだが、検察修習では、自分の目と耳でよくよく確認してきてほしい。これから私が講義のなかで話すこと、話したことが決して間違っていないことをつかんでほしい。現実の捜査のなかで、検察官は事件と格闘しながら、日々、最善と思えるところで捜査をすすめ、起訴している。そこを現場で体で分かってもらえると確信している」

修習生活は始まったばかりだ。研修所でのペーパー学習のあと、実務修習といって、実際に検察庁に入って検察官とともに被疑者の取調べにあたったり、現場を擬似体験することになる。としおは実務修習が楽しみでもあり、また、半ば不安もあった。半人前でもない自分が被疑者に言い負かされて仕舞わないかという心配がある。

松葉は話を一区切りするごとに教室を見まわす。癖なのだろう。

「ところで」と松葉は話を変えた。テキストには書いていない内容らしく、何も見ずに話をすすめる。

「捜査において、検察官と被疑者とは全面的に対立する構造にあることを前提として、検察官は強大な権力をもって被疑者を攻撃するのに対して、被疑者は無防備な状態にあるから、被疑者の人権を擁護するためには、検察官の権限をなるだけ縮小するよう法律を解釈して運用するべきだという学者の説がある」

松葉は渋い顔をして、それはいかにも取るに足りない説だと言わんばかりに話をすすめていく。

「学者は人権擁護を旗印にしているだけに、若い諸君の耳に入りやすく、ひいては検察の捜査について偏見というか誤解が生まれやすい」

松葉は、いやいやそんなものじゃないと首を左右に大きく振って身体で否定した。そして、修習生の反応をたしかめるように、教室内をゆっくり見まわす。さすがに居眠りしたり、窓の外をぼんやり眺め、講義なんて上の空という修習生はいない。

途中の10分間の休憩をとって、午後3時10分まで切れ目なく話は続いた。

午後3時10分までの講義が終われば、帰りたい修習生は帰ってもいいことになる。ただ、研修所は、午後3時20分から、いろいろなセミナーを企画している。任意選択ではあるが、結構、参加者は多い。今日はカリキュラムのうえでは座談会となっている。きのうの自己紹介の続きをやるのだろう。修習生の紹介は追い追い少しずつしていこう。

座談会は夕方5時に終わった。まだ陽は高い。これから青法協本部が主催する、26期の司法修習生の歓迎会がある。東京弁護士会の講堂が会場だ。としおは、まもるを誘った。

「青法協に入るかどうかは関係ないから一緒に行こうよ。どうせヒマなんだろ」

たしかに、今夜、まもるには何の予定もない。抵抗せず、二人して出かけた。

古ぼけた東京弁護士会の建物に入ると、意外にも大勢の修習生が参加している。夕方6時すぎ、定刻を少し過ぎて歓迎会が始まった。26期の修習生が140人も参加している。受付で、参加者は氏名とクラス名を書き込んだ。これが、あとで青法協への入会を働きかける対象者名簿となるわけだ。B組からは15人が参加した。まあまあの人数だ。これを手がかりとしたら20人の会員になるのも夢じゃない。

会場内には裁判官や検察官を志望する修習生も参加している。入所して2日目、修習生は、いろんな情報を早く仕入れたい気分が強い。

講演会が終わって、としおは先輩弁護士にくっついていき、まもると一緒に美味しい食事をおごってもらうつもりでいた。というか、むしろこちらが今夜の狙いだった。ところが、なぜかまもるは帰るという。

「今日は、とても勉強になった。でも、なんだか疲れちゃったので、今日は先に失礼するよ」

えっ、なんだ、なんだ。すっかりあてがはずれた。まもるの後ろ姿を見送り、としおは同じB組の仲間を探し求めた。まだ一人では何となく心細い。

要件事実教育

4月20日（木）

今日は一日、民事裁判担当の田端教官による講義を受けることになっている。民事第一審訴訟手続についての解説だ。単なる教科書の解説というものではなく、あくまで裁判官の体験にもとづく実践的な講義がなされる。これまで受験勉強で民事訴訟法を必死に勉強してはきたが、実際の裁判についてはテレビや映画でみているだけで、としおは現実の法廷に行ったこともない。田端は姿勢を正して前を向いた。

「みなさんは、研修所において要件事実をしっかり修得しなければいけません。いえ、身体に身につけるべきものですから、体得すべきだと言うべきでしょう」

これが噂に聞いていた研修所の要件事実教育の始まりだ。以下、少し難しい話になるけれど、しばらく我慢してつきあってほしい。なにしろ司法研修所の2年間は、ずっとこれを中心にまわっているのだから。

「実体法の条文の法律要件、これは構成要件と言いかえることが出来ますが、そこに記載されている類型的な事実が要件事実です。民事実体法の多くは法律効果の発生要件を定めたものであり、このような法律効果の発生要件を講学上、法律要件あるいは構成要件と呼んでいます。したがって、法律要件は、権利義務の認識手段であるということになります」

ううむ、何だか分かったようで分からない解説だぞ、困ったな……。としおはノートを取る手を止めた。

「要件事実に当てはまる具体的な事実が主要事実であると解されています。つまり、要件事実は法的概念であり、主要事実は事実的概念です」

田端は、前をまっすぐ向いたまま繰り返した。この点が基本だということを強調したいというのがよく伝わってくる。

「ある要件事実を念頭に置いて、これに該当する事実が何であるかを考えるのは条文解釈の問題であり、ある具体的な事実がある条文の要件事実に該当するかどうかは事実認定の問題ではないのです。それは、法の適用、法解釈の問題だということになります」

うむ、分かってきた気がするんだけど、本当に分かったのか自信はない。

「もう一度、繰り返しますが、要件事実とは、実体法の条文の法律要件、つまり構成要件に記載されている類型的な事実をいうのです。ですから、要件事実は、実体法規の条文解釈によって決定されます。その要件事実に該当する具体的事実を主要事実といい、この存否が真偽不明の状態にあるときに裁判官がそれを如何に取り扱うべきかを定めるのが主張立証責任の問題だということになります」

田端は、要件事実と主張立証責任の関連を明らかにしようとする。

「ある法律効果の要件事実が弁論にあらわれないとき、裁判所がその要件事実の存在を認定することは許されません。すると、その結果として、その法律効果の発生は認められないということになります。このような訴訟の一方当事者が受けることになる不利益が主張責任なのです」

田端は、修習生諸君、これでよく分かっていただけたはずだ、という顔をする。でも、としおには、まだ分かったような分かっていないような不安ともどかしさが残っている。

「ある要件事実について立証責任を負担するということは、その事実が立証できなかったときに、これを要件事実とする法律効果が認められないという不利益を受けることになります。このようにしてある事実が立証できない場合があっても、弁論にあらわれない、つまり、主張がない場合であっても、いずれも、これを要件事実とする法律効果の発生が認められないことになるのですから、民事訴訟の実務においては、一般に立証責任と主張責任とは必ず同一当事者に帰属するはずのものと考えられています」

どうやら主張責任、立証責任、そしてその前提として要件事実の関係は、一回や二回、教官の講義を真面目に聞いたくらいで頭にすんなり入ってしまうようなものではないようだ。何回も何回も聞いているうちに身体になじむものなんだろう。としおはそう思うことにして自分を慰めた。

昼休みにB組の連絡委員を３人選んだ。これは司法研修所の要請だ。資料を配布し、当局からの連絡を確実に司法修習生に伝達するのが役割だ。クラスを名簿順に三班に分け、一班から一人ずつを選び出す。一班はとしおが手を挙げて、すぐに決まった。二班からは野澤が選ばれた、三班は２人の手が挙がった。恵美と峰岸だ。えっ、何で峰岸が手を挙げるんだろう。自己紹介の話からも世話好きとはとても思えない峰岸が手を挙げ、おろそうともしないのをみんな不思議そうな顔をして見ている。26期の青法協準備会は事前に25期の先輩から申し送りを受けていた。だから、会員は積極的に連絡委員になることを申し合わせている。恵美が困ったわという顔をしていると、峰岸が「どうせ雑用係なんだから、僕がやるよ」と軽い口調で言い切ったので、恵美はそうかしらという諦め顔をして手をおろした。

ほかのクラスでは、あとでとしおが聞くと、ある班には手を挙げる人が誰もおらず、別の班で2人が手を挙げたので、クラスで合計して3人ならいいかと思って、その2人を選んで研修所に届けたところ、「それは困ります」と突っ返され、選び直したという。

クラス連絡委員は、研修所からすると、あくまで事務処理のための便宜的な存在にすぎない。しかし、青法協は、これを大学における自治委員のような存在とし、全クラスの連絡委員が集まって修習生の意向を代表する自治委員会のような自主的機関にしようと考えている。そして、その狙いを少しずつ具体化していった。

今日から、修習生の全員が2日に分けて健康診断を受けさせられる。健康管理も仕事のうちだ。若さを過信して病気に倒れた先輩弁護士の反省の言葉をとしおは思い出した。

三色バッジ

4月21日（金）

午前中は小野寺教官が、民事事件について、弁護士として受任してから事件の終結までの流れを解説する。弁護士の仕事は、相手方との関係で法的武器を駆使するのに長《た》ける必要があるだけでなく、依頼者の接し方についても気苦労の多い職業だということが、としおも少しずつイメージがつかめてきた。「飛び込み客」と呼ぶ存在を初めて知ったが、どうやら「一見《いちげん》さん」と同じ意味のようだ。

「予約なしで、たまたま通りかかって看板を見て相談に来ましたという人がいます。私のいる法律事務所では、このような『飛び込み』は一切受け付けていません」

なるほど、小野寺教官のような老舗《しにせ》の法律事務所で、顧問先も多くて固定的な依頼関係がほとんどというところはそれでいいのかもしれない。でも、弁護士に縁のない市民が法的トラブルを抱えたとき、一体どうしたらよいというのか……。としおは疑問を感じた。

「相談だけならまだしも事件を代理人として受任するとなると、よほど注意しなくてはいけません」

なぜ注意が必要なのか。としおが首を傾《かし》げると、他にも理解できないという顔をした修習生がいたらしく、小野寺は、その理由を付け足した。

「というのも、依頼を受けた事件の展開が必ずうまくいくという保障はありません。依頼者とのトラブルこそ弁護士にとって最大のストレスの源になります。そんなとき、しっかりとした紹介者がいたら依頼者との関係を切るにせよ、緩衝材《かんしょう》が入ることによってトラブルの解消が容易になるのです」

なるほど、そういうことか。どうやら依頼者との信頼関係の維持というのは、口で言うほどたやすいものではないようだ。

「ですから」と、小野寺は話を続けた。「むやみに弁護士が広告・宣伝するのは考えものなんです」

小野寺は大きな老舗の法律事務所に所属しているから、広告・宣伝なんか、する必要がないのだろう。しかし、顧客・依頼者を新規に開拓しようという若手弁護士にとって、広告が禁止されているのは痛いというか、困るのではないだろうか。いろいろ考えさせられる講義だった。

講義が終わって小野寺教官が退出していくのを見ているうちに、急に空腹を覚えた。さあ昼休みだ。一階の大きな食堂に行くと詰めかけた修習生で大混雑している。としおはまもると二人して、行列に並んだ。

空いているテーブルを見つけて、としおとまもるが並んでカレーを食べていると、恵美がトレーを手にしてキョロキョロしている。手招きして目の前の空いている席を教えてやった。恵美は、向かいの席に座ってうどんをすすりはじめた。そして、一息をついたとき、恵美が含み笑いをしながら二人に謎かけをしてきた。

「修習生のバッジって、何をあらわしているか知ってる?」

「Jだから」まもるは答えを知っているようだ。「法曹とか正義だろうね。いや、二つを兼ねているのかも」

としおは、まったく知らなかった。

「そうね」恵美は軽く頷いた。「じゃあ、色は?」

「えっ、色にも意味があったの？」

　まもるは、形のほうの意味は知っていたけれど、色のほうは知らなかった。それで、恵美は得意そうに鼻をうごめかした。もしかして、恵美はまもるに気があるのかな……。

「もちろん意味があるのよ。世の中にあるものって、すべて何かを意味してるのよ。よっく覚えていたほうがいいわよ」

　としおは同年輩の恵美から説教された気がして、なんだか面白くない。まもるのほうは、「ふーん」と言ったきり、あとの言葉が続かない。

「青、白、赤っていう三色は、法曹三者をあらわしているのよ。青は裁判官、赤は検察官、そして白は弁護士なの」

「ああ、そうなの、そうなんだ……」

　まもるは気のない返事をしたかと思うと、さにあらずで、好奇心をかき立てられたようだ。

「じゃあ、どうして、その三つの色がそれぞれの職業をあらわしているのかな。これって万国共通のものなんだろうか？」

　まもるの鋭い問いかけに、恵美の笑顔が消え、真面目な口調になった。

「そこは、私も知らないわ。今度、調べておくわね」

　あとで、としおは周囲の修習生にたずねてみた。形と色のことを知っている修習生はまったくと言ってよいほど、いない。修習生にとって、そんなバッジの形や色なんて、どうでもいいこと。肝心なことは大変な苦労をしたあげく、その成果としてバッジを手にして今ここにいるということだ。そして、このバッジをつけていると、いろんなところに自由に顔を出せる。勉強中、見習の身としてどこだって出入りを咎《とが》められることがほとんどない。としおのように弁護士志望の人間が裁判官室という密室での合議《ごうぎ》を見聞できるのは修習生のときだけ。もちろん、守秘義務が課せられているので、知り得た合議の内容をもらすことは固く禁じられている。刑務所や拘置所の内側にだって見学させてもらえる。修習の過程で何か失敗したって、格別恥ずかしいことではない。そのうえ、先輩法曹から飲食をおごってもらえる確率がとても高い。これは、実にうれしい現実だ。小さな三色バッジの威力は絶大なものがある。いわば法曹の初心者であることを示す標識、マークなのだ。そして、ここから修習生のことを三ツ葉商事の社員という隠語がうまれている。

午後から、河崎教官が刑事公判前に弁護人としてなすべきことを講義した。

うむ、強大な権力である警察や検察と弁護士は一人で立ち向かうことになるのか……。としおは気の引き締まる思いだ。河崎教官が気になることを言い出したので、としおは途中でノートをとる手が止まった。

「刑事弁護人の報酬、うまくいったとき、いくらもらうのか、諸君の重大関心事の一つだと思います」

うん、うん、そのとおりだ。適正な報酬額って、どうやって決めるんだろう……。

「国選弁護人だと報酬額って、国が決めてくれるので、いくらにするのか困ることはありません。国選報酬以外にお礼と称する金品をもらってはいけないことを注意していればよいのです」

それにしても国選弁護料って、安いらしいね。

「そこで私選弁護のときの報酬をどうするか、です。私はその点、お布施《ふせ》と同じだと考えています」

えっ、ええっ、お布施だって……。いったい何のことだろう。河崎教官の顔をまじまじと見つめた。一斉に修習生の視線が集中したのを河崎も感じたようだ。

「私の長い弁護士生活のなかで、依頼者が持ってきてくれる報酬は、結局のところ少なすぎず、高額すぎず、ちょうどいい按配《あんばい》の額に落ち着くものなんですよ、不思議なことに、これが……」

ええっ、あらかじめ依頼者と契約して決めておくのじゃないのか。でも、教官の言うとおりだったら寿司屋と同じだよね。「時価」としか書いてないから、美味《おい》しい、美味しいと食べたあとで、びっくりさせられたり、手持ちのお金で足りずに困ったりすることがある。同じように弁護人にいくら支払ったらいいのか分からなかったら、依頼者は困るはずだ。きちんとした契約書でなくても、せめて口頭でいくらだと明示して、お互いに了解しておかないと安心できないだろう。そんなことでは弁護士に私選弁護は頼めないということになってしまうんじゃないか。としおが納得できずに口を膨らませているのを見てとったのか、河崎は自説の根拠とすべくイギリスの例を持ち出した。

「イギリスの法廷弁護士は黒い法服を着て法廷に立つのですけど、その法服の背中には小袋が縫いつけてあって、そこに依頼者か家族が、お礼のお金を入れ込むことになっています。弁護士はいくら入ったのか見えないし、また当然のことながら報酬が少なすぎると文句を言うこともありません。つまり、弁護士は依頼者側とはお金の話をしないことになっているのです」

でも、そんなことって、弁護士にとっても、いいのか悪いのか分からない。いったい報酬として、いくらもらえるのか分からない不安を抱えたまま全力投球で仕事ができるものだろうか。やはり、初めにお金のことははっきりさせておくべきだと思うな。弁護士って、他人には契約書が大切だなんてよく言うくせに、自分のことになると契約書なんか必要ないかのような言い分は成り立たないんじゃないのかな。そうなると、頼む側も不安だから、結局、国選弁護に流れていき、私選弁護の受任が少なくなって、弁護士にとって自分の首を締めるような話ではないのか……。

実務修習地

4月22日（土）

刑事裁判担当の羽山教官の初講義はのっけからピリピリと緊張した雰囲気で進行していく。一方的に講義するというのではなく、突然、修習生を指名して「石動《いするぎ》君、君の意見はどうかな。ここには、どういう論点があるのかな。そしてそれについての君の考えは？」と問いかける。としおは泡《あわ》を食って、あのう、そのうと、しどろもどろになって赤恥をかいた。別に居眠りしていたわけではない。ただ、ぼんやり聞いていただけだ。急に指名されて、頭が真っ白になって空回りしてしまった。これでは修習生は、おちおち居眠りなんかしていられない。ただ、羽山教官の指名は、一見するとランダムに思いつきで指名しているようだが、実は指名する修習生は限られているんじゃないかと、次第に思えてきた。要は、羽山教官の期待する答えを引き出せそうな修習生を当てるのが原則。その合間に、としおのようなぼんやり講義を聞いている修習生を指名して教室全体を引き締めようというものだ。

羽山教官は、何回も真実発見という言葉を使った。よほど好きな言葉なのだろう。

「無罪の推定。もちろんこれは刑事裁判の大原則です。だけど、われわれ刑事裁判官にとって大切なことは真実を見抜くこと。それなんです、うん」

なんだって、裁判官は法廷で真実を見抜けるというのか。それじゃあ、神様と同じだよ。本当に、そんなことが出来るのだろうか。としおが首を傾《かし》げて疑問を胸のうちで反芻《はんすう》させていると、羽山教官は得意然と鼻をうごめかした。

「真実の発見、これこそが刑事裁判官としての醍醐味を味わうことのできるものです」

ひょっとして羽山教官って、法廷にのぞんだとき、被告人を前にして悔やむことがないのだろうか。としおは羽山教官の顔をじっと見つめた。一瞬、羽山教官と目線があったが、すぐに羽山のほうで視線をそらした。

羽山教官は、その小柄な身体が全身、自信の固まりだ。いつまでたっても自分に自信のもてないとしおは、そのことだけで言葉を失うほど圧倒される。

「被告人の嘘を見破る眼力を身につけること、それが欠かせません。もちろん誰だって初めのうちは何度も騙されてしまうものです。私も長いあいだ、何回となく、本当に数え切れないほど、被疑者や被告人から騙されました。本当に悔しい、恥ずかしい思いを重ねました」

そのときの悔しい思いがよみがえったようで、羽山は言葉を止めて唇をきっと噛みしめた。

「しかし……」、
しばしの沈黙のあと、気を静めて話を再開した。「そのうち、直感で分かるようになるのです」

うへっ、これは本心なんだね。こいつは、ちょっと怖い話だぞ……。まるで、神がかりみたいなものだ。確信しているから、手がつけられない。

「目の前にいる被疑者、被告人の嘘を見破る眼力を身につけるのです。これはそれなりの経験を積めば、それほど難しいことではありません。そして、これは本を読んでるだけでは決して身につくものでもありません。あくまで自分の体験をフルに活用して身につけるものです」

羽山教官は被疑者や被告人は嘘をつくものと決めてかかっている。たしかに日本の刑事裁判では

99%の被告人が有罪になっている。その実績から被告人は嘘をついて上辺だけ無罪を主張する人間だという固定観念が身についてしまったのだろう。だけど、本当に被疑者や被告人はいつも必ず嘘をつくものだと裁判官が決めつけていいのだろうか。としおは根本的な疑問を感じ、羽山教官への不信感が芽生えた。

羽山は、具体的なケースを提起して一緒に考えてみようと言った。

「たとえば、次のようなケースで窃盗罪が認められるのかどうか考えてほしい。朝10時に商店街のある店で万引き事件があり、商品がなくなった。そして午後の遅い時間に同じ商店街にいた男が挙動不審で検挙された。正確に言うと挙動不審な男を警察官が発見して、近くの交番に任意同行を求めた。そして交番で所持品を検査したところ、盗品が出てきた。当然、その警察官は現行犯人として男を逮捕する。ところが、その男は自分は万引きなんかしていない。顔見知りの知人から頼まれて品物をちょっと預かっていただけと弁明する。じゃあ、その知人というのは、どこの誰なのかと問い詰めると、前から面識はあるけれど、マーチャンという通称しか知らない、名前も住所も知らないと言う。このケースで窃盗罪が成立するのか。その答えは、もちろんイエスです。男の弁解は、まったく何の合理性も認められないからです」

司法研修所では強気の認定というのがまかり通っていると聞いていたが、なるほど、そのとおりだと、としおは思った。疑って悩むより、疑ったら犯罪が成立するとして、その理由をあれこれ考える。こういう起案が求められているのだ。だけど、本当にそれでいいのだろうか。おおいに悩んでいいのではないのか。迷ったらダメなのかな……。

被疑者の供述調書には2種類ある。警察官面前調書、略して警面調書と、検察官面前調書、略して検面調書だ。この2つはたとえ同じ内容のことが書かれていても、法律上の扱いがまったく異なる。検面調書は、刑事裁判において、とても重大な意味をもっている。伝聞法則の例外として有罪の証拠になる。羽山教官は検面調書の価値は高いと言いたいようだ。このとき、修習生が手を挙げて立ち上がって質問した。笠《りゅう》だ。

「なぜ、密室で作られた調書を公判廷で裁判官の面前で述べたことより信用するんですか？」

羽山は、ためらいなく即答した。

「検察官は、被疑者や証人が話していないことは調書に書かないものだからですよ」

笠は、呆気《あっけ》にとられたようで、何も言わずに腰をおろした。

羽山教官は研修所内の政治が三度の飯より好きらしいと言う噂がもっともらしく広まっている。そして、裁判所の人事情報、誰が今どこの裁判所にいる、この前はどこにいて、次はどこへ行くだろうという類を、しきりに話しているらしい。かといって羽山教官が法理論を語るのが嫌いとか不得意というわけでは決してない。それも得意とするところだし、現に論文もいくつか書いている。ただ、法理論をこねくりまわす以上に好きなのが人事であり、所内政治だということ。

講義が終って、教室から出てゆっくり歩きながらとしおはまもるに問いかけた。

「まもるの修習地はどこだったっけ？」

「前にも訊かれて答えたような気がするけど」とまもるは笑顔で返した。「えっ、そうだったっけか」としおは頭をかいた。いろんな人の自己紹介を聞いたりして、頭のなかがゴチャゴチャになっている。

「横浜だよ。同じだよ」

「そっかー、そうだった」

としおは、まもると同じ横浜修習になっていたことを知って喜んだことがあるのを思い出した。あれあれ、自分としたことが、そんなことも忘れていたのか……。

「じゃあ、ともかく、よろしくご指導のほどを」

としおは真顔で言った。これは起案するときの助言をよろしくという意味だ。まもるも真面目な顔で「こちらこそ」と返した。

司法修習生が1年4ヶ月のあいだ過ごす実務修習地がどこになるのかは、司法研修所に入る前の修習生にとって最大の関心事の一つだ。それは、たいていの場合、引っ越しをともなう。独身者は身軽に動けるからいいようなものの、家族持ちの場合には、単身赴任させられたら悲劇だ。

「東京は希望しなかったの?」

としおは、まもるに問いかけた。東大卒の若くて成績優秀な修習生は東京に集めているという噂を、としおも聞いていた。

「いや、東京は難しいと聞いていたから、あえて6ヶ所のどれにも書かなかったんだ」

司法試験に合格すると、まもなく最高裁判所から修習希望地を6ヶ所まで書ける質問書を送ってくる。もちろん希望したからといって、それがすんなり認められるというものではない。その保証はまったくないので、まもるのように初めから東京周辺だけを書く合格者がいるのだ。

「成績優秀の人は東京に配属されるらしいよ」。としおの言葉をまもるは、「そう、でも……」と否定はしなかった。「ぼくなんか独身だし、無理だと思ったんだ。それに横浜だったら東京にすぐ近いし、中華街とか港もあってイメージがいいしね……」

まもるは謙遜しているが、実のところ上位二桁台の成績で合格しているので、希望したら東京修習になったはずだ。としおはそう思った。

「横浜を一番に書いて、あとは千葉、埼玉、甲府と書いていったんだよ」

なるほど、さすがまもるだ。頭がいい。実は、としおも同じような手を使っていた。東京を一番に書いて横浜を二番にした。あとは適当に書いたので、覚えていない。そして、運良く二番の横浜にあたったというわけだ。

12月のうちに上京して、最高裁判所に出頭させられる。古ぼけた赤レンガの法務省横の最高裁の建物で身体検査を受ける。2年間の司法修習に耐えられるかどうかを検査するというけれど、要は高校までにあったと同じ、単なる身体検査なので心配することはないと聞かされていた。実際、何も問題なかった。

そのあと、司法研修所で面接があり、実務修習地の希望を確認される。といっても、決めるのはあくまで司法研修所であって、希望のとおりになる保証はまったくない。それどころか、飛ばしやすい独身者は北海道や九州にどーんと飛ばされるというのが、もっぱらの噂だ。

司法修習生

司法修習生は、国家公務員に準ずる待遇を受ける。裁判所法67条2項で「その修習期間中、国庫から一定額の給与を受ける」と定められている。基本給が月5万6000円で、調整手当や住居手当がもらえる。としおのような独身者には、もちろん家族手当はつかない。さらに、ボーナスのほか年度末には期末手当まで支給される。下宿したら都内だと安くても家賃が月2万円近くはするし、本代もそれなりに必要なので、生活が楽というわけでもない。それでも、2年間、仕事をするでもなく、ただ勉強するだけなのに給料までもらえるなんて、夢のような、まるで天国にでもいる境地だ。

勉強させてもらって学費を納めるどころか、逆に生活費をもらえるというのは、防衛大学校も同じ仕組みだ。さらには、職業訓練校でも期間こそ違うけれど、そのような扱いだ。国が有為な人材を育てるうえで必要な措置がいくつか講じられているわけで、今それがなくなったのは悲しいことだ。

ただし、会社や官庁に勤めていたような人にとっては、司法修習生になって大幅な収入ダウンとなってしまうことがある。この人たちは2年間はじっと我慢の生活を余儀なくされる。というのも修習専念義務というものが課されているからだ。アルバイトや兼職は禁止されている。実際には、司法試験受験生の指導やら答案の採点を頼まれてこっそりやっている人はいるが、おおっぴらには出来ない。予備校の講師になって受験のための法律を教えるというのも難しい。

司法修習生にとって怖いのは、罷免《ひめん》されることだけ。「行状がその品位を辱《はずかし》めるものと認めたときには罷免することができる」と裁判所法68条で定められている。社会的にみて破廉恥《はれんち》行為をやったようなときには、司法修習生の身分を失うわけだ。

裁判官になったら月10万円の給料がもらえる。裁判官もぺーぺーのうちは、それほどの高給取りではない。でも、そのうち、どんどん昇級していく。やはり裁判官が高給優遇されているのは間違いない。どこかの国のように裁判官の給料が低いと、訴訟当事者から賄賂《わいろ》をもらうようになる。高給優遇されていても問題を起こす裁判官が皆無というわけではないが、日本の裁判官が汚職で摘発されるのは、きわめて珍しい。でも、裁判官を志望するのは高給優遇されているからというより、やはり、上に立って判決を下すことが快感だということだからだろう。紛争当事者を上からみて裁判を主宰するというのは大変なことだ。と、としおは思うけれど、自分は双方の言い分を公平に聞いて判断するのが性に合っていると公言する修習生がいる。それを聞いて、としおは驚いた。そんな難しいことは、とてもやれないと思うのに……。もちろん、裁判官になるには、その前提として、それなりの成績をとっていることが当然に必要だ。上位から半分以上でないと、暗に任官志望を撤回するよう迫られるらしい。としおのような低空飛行でやっと司法研修所に滑り込んだという修習生には、手の届かない高嶺の花だ。だから、としおには端《はな》から任官の意思がない。

身元調査

4月24日（月）

先ほどから田端教官が民事裁判手続について、実際の法廷ではどのように進行しているのか説明している。としおは一生懸命に聞こうとは思っているのだが、昼食を腹一杯とったせいか眠気が断続的に襲ってきてたまらない。どうしたのかなあ、夕べそんなに夜遅くまで起きていたのかなあ、何してたっけ……。回らない頭で昨晩のことを思い出そうとしていると、急に「質問があります」という声があがった。誰だろう。目を覚まして振り返ると、笠《りゅう》が立ち上がっていた。これで二回目だ。勇気があるな。笠は東大全共闘の活動家として大学では相当あばれていたらしい。その目つきは鋭いというより何か虚無的で、どこを向いているのか怪しませる。いつも斜《はす》に構えて世の中を見ている、そんな気配だ。長身で痩《や》せ型。恐らく学生のころは長髪だったのだろうが、今は普通の頭をしている。

笠は田端教官に対して、講義そのものではなく、日本の裁判はいったいどれだけ独立性があるのか、本当にそれは守られているのかと尋ねた。これは、どれだけ真面目な質問なのか、田端は一瞬、答えに窮した様子だったが、それでもさすが研修所の教官らしく、自分の裁判官としての経験を踏まえて、合議の秘密は保持されているし、地裁所長をふくめて外部からの圧力はないと、ためらうことなく答えた。

すると笠は、2年ほど前に起きた札幌地裁の平賀所長による裁判干渉だと名指しはしないものの、明らかにそれだと分かる事例をあげて、「本当に裁判官には独立性が保障されているんですか？」と重ねて問いかけた。これに対して田端教官が先ほどと同じ答えを繰り返すと、納得した様子ではなく、誰も聞きとれないほどの小声で何やらつぶやいたあと、笠は「はい、分かりました」と一方的に言って腰をおろした。としおは、このやりとりで、すっかり目が覚めた。笠に感謝しなければいけないと思った。

午後4時、研修所を出て御徒町駅に行く途中にある喫茶店「ニューポプラ」に、としおたちは集まった。B組で青法協づくりを目ざす有志の集まりだ。

26期青法協の準備会がスタートしたのは昨年11月。司法試験の合格発表があってすぐから、横のつながりを求めあった。大学での横のつながりだけでなく、既に結成されて活動中の25期青法協という縦のつながりも活かすので、たちまち20人ほどの合格者が集まった。としおは、原始メンバーになった合格者からその動きを知らされ、すぐに加わった。

合格したら、今度は何かしよう。それには青法協を舞台とするのが一番だ。これは誰かが言い出したというより暗黙の申し合わせみたいなもの。ともかく、声をかけられる限り合格者に呼びかけて輪を広げていった。

4月18日の開始式にあわせて、みな上京してくるので、その機会を利用して一泊合宿がもたれた。ほとんどが初対面の40人が集まった。長く暗かった受験生活の闇のトンネルを抜け出せたという解放感にあふれ、笑い声の続く会合となった。喜びを共有できる仲間がこんなにもいる。40人もの仲間を目のあたりにして、としおは胸が熱くなった。仲間意識が出来あがり、深まった。

この40人は出身大学も経歴もさまざまだ。とはいうものの、出身大学別の合格者数を反映し、東大、中大、早稲田大、京大が目立つ。いずれも激しい学生運動、学園闘争を経験している。そして、学生時代には全共闘を支持していた、シンパだったという人もいる。

としお自身は卒業生として大学紛争に関わった程度だったけれど、全共闘が各地の大学で展開した派手で激しい暴力的な活動にはついていけないという思いがある。そんな全共闘だったけれど、そのメンバーには真面目に考えていた人がいるというのを知って救われる思いがした。ともかく、それはもう済んだことだ。これからは前を向いて一緒にやっていこう。

合宿では、なにはさておいても自己紹介。司法研修所に入ったら、何回となくさせられることになる。その予行演習のようなものだ。名前、出身大学、出身地、誰でも話す内容のほか、自分を印象づけるためのワンポイント紹介、これが意外に難しい。自然に笑いをとってしまう人の自己紹介のあとに順番が来ると、何の取り柄もないことを自覚するとしおはいつも人知れず苦労してしまう。

夕食をとったあと、部屋で雑談していたとき、野澤が何気なくつぶやいた。

「僕らって、研修所にいる前にしっかり身元を調査されているんだってね」

えっ、なんのこと。その場に一人だけ女性がいた。としおと同じ中央大学出身の恵美だ。

「なんのこと、それって……」

みなが真面目な顔になって目線を集中させた。急にみんなから注目されてしまった野澤が、困惑した様子で話しはじめた。

「僕の場合、何で分かったかというと、お世話になった下宿のおばさんに挨拶に行ってきたんだ。ちょっとした手土産品を持ってね。おばさんは甘いのが好きだって知ってたから、みたらしダンゴがいいかなって思ってさ」

うむむ、それは律義なことだ。下宿のおばさんに司法試験合格のお礼に行くなんて、としおは考えたこともなかった。

「そしたら、おばさんはもちろんとても喜んでくれたんだけど、変なこと言うんだよ」

「変なことって、何？」

恵美がすかさず訊《き》いた。

「うん。おばさんの家へ背広姿の男が二人連れでやってきて僕のことをいろいろ尋ねたというんだ。おばさんは僕に、『安心しなさいよ。品行方正、思想穏健だって、私が保証しておいたわよ』って言うんだ。びっくりしちまったさ」

なんと、なんと、誰かが司法試験合格者の思想傾向を調査しているという。いったい誰が、何のために……。野澤は心配になって、大学の先輩に何の調査なのか尋ねてみた。すると、先輩も同じようにやられたって言うんだ。それを聞いて、恵美は信じられない思いで大きく目を見張った。

一法《はしのり》が身を乗り出して、口を開いた。

「ぼくの場合は、家のまわりだけじゃなく、元の勤め先まで調べに行ったみたいだ」

一法《はしのり》は東大を出て、何年か大手メーカーに勤めていた。

「勤め先は、どうやって調べるのかな？」

としおがつぶやくと、一法が答えた。

「ほら、入所前の書類に経歴を書く欄があるでしょ。あそこに書いているから、そこに調べに行ったということさ」

一法《はしのり》は簡単そうに言うけれど、としおには納得できないことだ。

「生活と仕事の両面で身元調査しているってことだね」

そうなのか、司法試験に合格すると、国が合格者の身元を調査するというのか……。としおは納得できないながらも、国家という存在をはじめて身近に身体で感じた。

「そして質問の内容が、また、ひどいんだよ」

「えっ、何、どんな?」

「社内で同僚との折り合いはどうでしたか。秩序は守っていましたか。果ては、なぜ、会社を辞めたんですか。それともクビにしたんですかってさ」

「ええーっ、それはひどいじゃないですか」

としおは憤慨した。

「そう言えば、大学のゼミの教官からも、何か変な男たちが私のことをたずねに来たとか言われたわ」

恵美も急に何かを思い出したようだ。

「あのときは、出身ゼミの合格祝いのコンパのときだったから、別に気にも留めていなかったんだけど、それがきっと今の話なのね」

恵美は、いかにも思い当たったというように、自分ひとり深く頷いている。としおにはまったく心当たりがなかった。きっと自分も調べられているはずだけど、誰も何も言ってくれない。どうしてなんだろう。残念だな……。恵美が口を尖らせたまま、言った。

「いったい、誰がそんな身元調査なんかしているのかしらん。まさか最高裁がそこまでやるとは思えないんだけど。裁判所の職員が動いているのかしら？」

一法が頭を横に振った。

「きっと、あそこだよ、あそこ」

「えっ、どこ、どこ？」

としおが突っ込むと、一法は、やおら口を開いた。

「ほら、公安調査庁だよ、きっと。ここだな、うん、そうに違いない。だいたい、裁判所の職員がそんなことするわけないよ」

一法は両腕を組んで深々と頷き、いかにも自信がありそうだ。

「公安調査庁って、共産党対策をする役所でしょ。そこが何で僕らのために出て来るのかな？」

としおは素朴な疑問を口にした。一法も、「そこが問題だよね」と言った。

「それで、それが公安調査庁だとして、その調査結果は最高裁に全部報告してるのかしら？」

恵美の提起した疑問には、一法も同感だったようだ。

「全部かどうかより、いくらかは報告してると思うよ。そうじゃないと、他の官庁との関係で自分のところの存在意義が証明できないもの」

そうか、そういうことか。としおは何となく世の中の仕組みを知った思いがした。

「それにしても」、野澤が呟《つぶや》くように話題を切り換えた。「司法試験って難しすぎるよね。２万３００

0人も受験生がいて、500人しか合格しないなんて、少なすぎると思うな。もっと合格者を増やしていいんじゃないかな」

「うんうん、まったくそうだよね」。としおは我が意を得たりの思いだ。今回は何とか低空飛行ですべり込めたけれど、合格者をあと100人とか200人増やしていいんじゃないのか。一法が疑問に応えるかのように解説した。

「合格ラインぎりぎりのところには団子状態で100人、200人といるらしいよ。だったら合格者を増やせばいいと思うんだけど、そうすると司法研修所の施設とか教官の確保、それに予算の確保とかで大変なものだから、最高裁は腰が重いんだって……」

「だったら」、野澤が「司法予算が少なすぎるんでしょ。もっと増やしたらいいと思うんだけどな」と強い口調で言い切った。としおは、そうか、これは国の予算にかかわるものなのか、問題の本質は日本の司法を国としてどう位置づけるかなんだ、そのことを思い知らされた。

入所前面接

4月26日（水）

午前中は、河崎教官が刑事弁護人の立場から見た一審判決について講義をする。

河崎は背をかがめ、顔を突き出す仕草で教室中を見まわした。これから大切なことを言うから、よく聞いてほしい。その合図だ。やおら声を低めて話し出した。

「なぜ、やってもいない人が虚偽の自白をするのか。これが大問題です。この点は刑事弁護を担当する弁護士になる人だけでなく、裁判官や検察官になろうとする皆さんにもぜひ理解しておいてほしい」

まったく、そのとおりだ。まるで無実の人が、何もやってもいないのに、事細かく、もっともらしい自白調書を取調官と二人三脚でつくりあげる。いったい、なぜ、そんなことをするのか。そして、なぜそれが可能なのか……。

「一般人の常識として、人は自己に不利益な虚偽の供述を任意にすることはない。当然ですよね。ところが、現実に、日本でも世界でも多くの誤判事件が起きています。真犯人が登場して、その人が真犯人であることは間違いない。したがって、過去に裁判で有罪とされた人に下された判決が間違っていたことは明らかなのです。では、いったいなぜ無実の被疑者が外見上いとも簡単に取調官に対して『自白』をしてしまうのか。このように無実の被疑者が虚偽の自白をするというのは、司法界において一つの経験則になっているのです」

河崎は、ここで話を止め、再び教室内を見まわして修習生の反応を確認する。手応え十分だ。

「なぜか。なぜ、そんな一般人の常識に反するようなことが起きるのでしょうか？」

河崎は問いかけ終わると、いったん後ろの黒板のほうへ向き直った。板書でもするのかと思ったら、すぐに向き直った。

「普通の人は逮捕されるとひどい精神的ショックを受けます。そして、拘禁状態が続くと、人格に退行現象を起こしやすくなります。その抑圧された状況から一刻も早く逃れたいという衝動に駆られ、いても立ってもおられないような強迫的な自我感情の虜《とりこ》になります。その結果として、事実に反してまでも目の前の取調官に対して自己に不利な供述だと分かっていても取調官の期待に応えようとするのです」

うむ、何となく分かってきたぞ。被疑者の置かれている警察の留置場をテレビの事件記者ものの映像から想像してみた。薄暗くて不潔な狭い部屋に閉じ込められている様子を思い浮かべる。

「警察の留置場が代用監獄として拘置所に代わって勾留場所とされていることは皆さんも承知していることでしょう。警察の手のなかに被疑者の身柄が置かれていると、先ほどの状況は一層ひどいものになります。というか、日本ではほとんどの被疑者が取調べの段階では警察署内にいますから、先ほど申しあげた状況が通用します。

つまり、こういうことです。捜査の現状は、取調官の期待する自白を取るために逮捕・勾留が活用されているということです。ですから、こうして得られて『自白』について、本当に任意性や信用性があるのか、根本的に疑ってかかるべきなのです。ところが、裁判所は、ややもすれば任意性を否定せず、信用性の判断に持ち込もうとします。これって、法の趣旨に反するものです。みなさん、そう思いませんか？」

河崎は、最後に修習生に問いかけた。としおは一人おおきく頷いた。

河崎は、ここでテキストに目を落として、さらに話を続けた。今度は、共犯者の自白を問題とする。

「自白の点では、共犯者の自白というのにも大きな問題があります。なぜなら、共犯者という存在は、純然たる第三者とは違って、その犯罪に何らか加担しているわけですので、常に責任を他人に転嫁しようという傾向が認められます。つまり、そのため虚偽事実を供述する動機を持っているのです。そして取調べにあたる捜査官は、誘導もして共犯者の自白を引っ張り出そうとしますから、共犯者の自白には、自白一般の問題点に加えて一層慎重に取り扱うべきものです」

なるほど、共犯者と被疑者本人とは潜在的な対立関係にあるんだね。

「ところが」河崎は、ここで天井を仰いだ。「最高裁の判例は、共犯者の自白について、通常の証人の供述と何ら変わるものではないとしているのです。これはいかがなものでしょうか？」

河崎の目がとしおを捉えたように思ったので、一瞬、としおは首を左右に振った。河崎は満足したように頭を軽く上下して話を先に進める。

「本人の自白のみでは有罪とはされないという仕組みに法がなっているのと同じように、共犯者の自白も何らかの補強証拠が必要だとされるべきです。私は、そう思いますが、みなさん、どうですか？」

河崎は再び同意を求めた。としおは今度は大きく頭を上下させて賛意を示した。

河崎は、講義の終わりころ、面通しについて触れた

「面通しという取調方法がとられることがあります。被害者とか、犯行の目撃者に被疑者をみせて確認させるのです」

なるほど、いつか見たアメリカ映画にもあったような気がする。何人か黒人男性が立たされているうちから、被害者が「この人が犯人だ」と指差しているシーンだ。

「このとき、単独面通し、つまり被疑者一人を目撃者にみせて犯人かどうかを尋ねるというやり方は、被疑者として誤認させやすい手法です。目撃者に目の前の人物を犯人だと暗示したり、いかにも誘導的な手法なのです」

うむむ、なるほど、そうだろう。これはよく分かる話だ。人間は思い込みの激しい存在なのだ。多くの人が直ぐに先入観を持って何事も決めつけようとする。

「だから」河崎は、少し声のトーンを上げた。「面通しをやるなら、被疑者と同性で、年齢も体格も、そして、なるべく容貌も似ている複数人を用意して、そのなかに被疑者を混ぜたうえで、目撃者と対面させて犯人を指摘してもらわなければいけません」

なるほど、もっともだ。としおは同感した。講義が佳境を過ぎたと思われるころ、今日も笠《りゅう》が手をあげて質問した。河崎教官は話の流れを止められて気を悪くするかと思うと、途中でもどんどん質問して結構だと応じた。どうやら、これは単なる建て前ではないようだ。対話式のほうが話しやすいというか、むしろ体系的に教科書的な話をするのは苦手なので、それをカバーできるので歓迎するというのが、河崎教官の意向だ。黙って聞いているとしおにも、それがよく分かった。

笠の質問は、弁護人の責任についての一般的なかつ抽象的なものだ。

「弁護人として、国家権力と一人で闘うときの心構えについて教えてほしいのですが、いかがでしょうか？」

笠の質問は、なんともストレートだ。東大全共闘として活動してきた笠は、法廷で何をなすべきか、どのようなことが実際に問題になるのか知りたいようだ。個人的に一対一で尋ねたらよさそうなものだが、そんな周囲の思惑を気にすることなく、自分の意思のみによって笠は行動している。

笠の質問が真面目なものであることを河崎教官は知って、精一杯答えなくてはいけないと思ったようだ。といっても、河崎自身は、国家権力と闘ったとか、闘っているなどと実は思ったことなんて一度もない、普通世間一般的な弁護士にすぎない。だから質問も抽象的だったが、答えも観念的で、十分にかみあっているとは、としおには思えなかった。

笠は「ありがとうございました」と言って腰をおろしたが、納得しているような気配ではない。自分でも考えてみようと考えているのだろう。いや、実はクラスのみんなに問題提起したつもりなのかもしれない。思ったことをすぐ口に出してしまう笠の態度は偉いと思いつつ、としおは危ないなとも思った。その場の雰囲気にかかわらず行動していると、どこかに摩擦が生じ、それが棘《とげ》になって我が身にはねかえってくることがある。笠は、突き刺さった棘の痛みに耐えられるのだろうか……。

笠《りゅう》　善太郎

笠は東大全共闘の活動家だった。野澤と同じ学年で、お互い学生時代から面識があるらしい。笠は活動家といっても、トップに立っていたのではなく、あくまでメンバーの一人として動いていた。どこかのセクトに所属していたのは間違いないが、かぶっていたヘルメットの色まで野澤には記憶がない。当時は、ヘルメットの色が赤か白か、はたまた黒か青か、さらに、そのデザインによって、すぐに持ち主の所属するセクトは判明した。

笠には2回の逮捕歴がある。安田講堂に立て籠もっていたが、69年1月の攻防戦の直前に脱出したので、そのときは捕まっていない。だから逮捕されたのは、その前か、後のこと。恐らく、前のことだろう。お茶の水あたりの街頭でジクザクデモをしていたとき、併走していた機動隊員が笠にちょっかいだして挑発してきたのに、うまうまと乗せられたという。

「機動隊の奴らは外から見えないように足をつかうんだ。頑丈なブーツをはいている足で蹴り上げてくる。痛いのなんのって、それは我慢しきれないほど。それで、おれが何するんだと言って手をふり上げて殴り返してやろうとしたら、すぐに、『そいつだ』って指揮官が指揮棒で特定して、それからゴボウ抜きされる。そして隊列から離されたら、そのまま格子窓のついた護送車に乗せられる。そりゃあ、手際がいいもんだ」

敵ながらあっぱれ。笠はそこまで言った。丸の内警察署の留置場に入れられたが、抗議しているうちに、名前を名乗っていたせいか、一回目だというので一晩泊まりだけで翌朝には釈放された。

「黙秘権なんて、そんな言葉は知りもしなかったよ」

2回目も、同じような状況で国会周辺の路上で機動隊をめがけて石を投げていたら、急に機動隊員が一斉に逆襲してきた。

「慌てて逃げたんだけど、歩道の段差でつまずいてさ、倒れちまったんだ。そこをたちまち御用とばかりに機動隊員から取り囲まれ、ボコボコ叩かれながら護送車に放りこまれちまった」

そりゃあ、痛かったろう。

「こんときには、一緒に捕まった仲間が大勢いて心強かったんだけど、なぜか、このときも翌日には釈放された。おそらくあんまり人数が多かったし、大物でもない小物なんかに構ってはいられない、小物は放り出せということだったんじゃないかな」

そばで黙って聞いていた修習生が、笠に問いかけた。

「それでも、2回も警察に捕まったこと自体は、しっかり記録されていたということ?」

「うん、うん。受験勉強を始めてから、そんなこと自分でもすっかり忘れていたんだ。ところが入所前面接のときに、それを面接官から指摘されて冷や汗かいちまったさ」

笠は、もちろん司法研修所に無事に入所できたから、こうやって話している。それでも、採用内定通知は他の合格者より1ヶ月以上も遅かったという。

「入所前面接のときには、根掘り葉掘り、おれがもう忘れているようなことまで、こまごまと訊かれるんだから、まいったよ。それでも、おれは入所できただけでも幸運だった」

笠は、このときだけ声のトーンを下げた。

執行猶予付きの有罪判決を受けた合格者が4人も採用拒否され、26期の司法修習生になれなかった。そして、この4人は、1年間、現況を報告する義務を課され、来年27期生として入所することになっている。

逮捕歴のある笠自身も、無条件で入所できたわけではない。保証人をつけるよう、しつこく求められた。「本人が修習生の品位に悖《もと》る行動をしないよう保証する」という保証書だ。これには、大学人か法曹関係者一人に保証人になってもらう必要がある。

「誰に頼むか、悩んじゃったよ。大学の教授なんて、まともに授業を受けていないんだから、頼みようもないし……。それで高校の先輩の紹介で、弁護士に頼んでサインしてもらった」

そのうえで、もちろん本人も誓約書を書かされる。「法を遵守《じゅんしゅ》し、他の司法修習生と同じく司法修習生としての規則を守ることを誓います」という内容だ。

「そのうえで、入所前面接のときに『誓約書はきちんと守ってくれるだろうね？』と念を押されるんだから、気持ちがめげるよ」

笠は、大きな溜め息をもらした。よほど心にこたえたようだ。

「まあ、交通事故を起こして罰金を支払ったという人も入所前に誓約書を同じように書かされたらしいから、おれも交通事故を起こしてしまったと考えればいいやと思ったよ。というか、そう思うしかなかった」

26期の司法修習生510人のうち、逮捕歴のある人が1割、50人もいるという噂が流れている。だけど、この噂の真偽のほどは研修所当局以外は確かめようがない。司法修習生本人は、誓約書の影響というか、その成果なのか、そのことを話したがらない。笠のように自分の逮捕歴のことをあけっぴろげに語るのは少ない、というより例外的だ。

笠は、入所前面接のとき、実は「もう活動からはすっぱり足を洗いました」と言い切った。この言葉が口から出たとき、言った本人も驚いた。単に面接のときの言い逃れではないような気がしたからだ。この言葉が案外、自分の本音ではないかと心の奥底に潜む思いを知った。

笠は、1月の安田講堂攻防戦のあと、3月になって東大駒場で授業が再開されると、その直前まで「授業再開粉砕」と叫んでデモをしていたのに、再開された授業に出はじめた。その変わり身の速さは、周囲を唖然とさせた。そして笠は周囲の活動家仲間から、国家公務員上級職試験を受けるよう誘われた。今度は国家権力の内側から革命を起こそうというのだ。しかし、それはいくら何でも、どれだけ現実的なのか、ためらった。それで司法試験のほうを選んだ。こちらのほうが、まだ権力とたたかう余地がある。所属していたセクトには、受験勉強に専念すると宣言して活動停止を認めてもらった。セクトを抜けるのではなく、休止する。合格したら、また活動に復帰することを約束した。本当のところ、どうなるか分からないと思ったけれど、そう言わないと、お互いにまずいと判断してのことだった。

受験勉強は、出身高校のつながりで少人数のグループに加わった。そこでは全共闘として暴れていたことは何も支障にならない。たまに、合格した先輩がチューターとして指導しにきてくれた。集中して勉強すれば司法試験だって何とかなる。チューターは「ぼくのようなものでも受かったんだから」と自信をもたせてくれる。そうだ、東大を受験したときのことを思い出してやればいいんだ。そのことに気がついたら、そのまま合格できた。

ソフトボール大会

4月27日（木）

昨日流れていたニュースのとおり、今日も朝から電車のダイヤは大幅に乱れた。国電も私鉄も春闘に入って、交通ゼネストだとラジオのニュースは言っていた。部屋にテレビは置いてない。ストライキは労働者の基本的な権利なのだから仕方がない。としおは文句を言いたい気持ちをおさえて地下鉄と国電を乗り継いで、いつもの湯島ではなく目白に向かった。さすがに、修習生も教官も定刻にはほぼ顔をそろえた。たいしたものだ。

今日は講義はなく、朝から組対抗ソフトボール大会だ。司法研修所のグラウンドではなく、目白にある、どこかの官庁のもつグラウンドを借りている。少し曇っているが、スポーツするのにはかえってよい日和だ。としおはトレパンを着たが、身体を動かすのは久しぶり、何年ぶりだろうか。バットを振り回してみる。うまく球にあたるのか、本気で心配する。

２試合ずつ同時進行で、進んでいく。勝ち負けなんかどうでもいい。要するにクラス内の親睦と融和を目的とする試合なのだ。こんな機会を通じて同期意識が涵養《かんよう》されていく。

チーム編成のとき、女性と40代以上の年配者を必ず入れることが求められる。教官も混ぜる。試合が始まってみると、としおは驚かされた。下手な草野球を想像していると、とんでもない選手がいる。大学で野球部にいたとか、中学や高校で野球をしていたという修習生が何人もいるのだ。そんな人がピッチャーとしてマウンドに立つと、バッターはどうにも手が出ない。あまりに球が速いのだ。空振り三振が続くと相手方チームの応援団は一斉にブーイングする。これじゃあ、親善試合にもなりゃしないじゃないか。投手はブーイングを受けて、少しは打ちやすいように球速を手加減するようになった。

ショートパンツ姿の恵美がバッターボックスに立った。ピッチャーは、ゆっくり恵美の振りまわすバットに当たらんばかりにボールを投げる。見事、ボールがあたって、二塁のほうへゴロゴロところがっていく。キャッキャッと飛びあがって喜ぶ恵美は、なんと走るのを忘れている。周囲から「ほらほら、一塁へ走って」と声がかかり、「そうだった、忘れてた」と舌をぺろりと出して恵美は一塁へとことこ駆け出した。ボールを拾った二塁手は、恵美が一塁ベースを踏んだのを見計らって一塁へ送球したので、恵美は当然セーフだ。まあ、これはまったくのご愛敬。

次のとしおは、そんなわけにはいかない。何とかバットに球が当たってくれたものの、勢いのない三塁ゴロで、たちまちアウト。仕方がない。空振り三振という恥さらしにならなかっただけでも良しとしよう。

百合恵がバッターボックスに立った。スラックス姿で、白いブラウスの胸のふくらみが際立っている。バットを振り回すと、胸が大きく揺れる。としおだけでなく、男たちが思わず息を呑む。ピッチャーが投げた一球目は、少し速めの球だった。ピッチャーも百合恵の胸の揺れぐあいにあてられ動揺したのだろう。牽制するヤジが飛んだ。

「おーい、打たせろよ」

ピッチャーが、そうだった、そうだったんだと深く頷いて、ゆっくり球を投げる。

百合恵のバットが球に当たると、カキーンと小気味のいい音がして、一塁と三塁の真ん中を球が飛んでいく。百合恵は「ヤッター」と叫び、すぐに一塁へ走り出した。グラマラスな百合恵は見かけによらず運動神経もいいようだ。

そのあと、まもるが三塁ゴロを飛ばしたけれど、うまく送球されてアウトとなり、二塁へ走っていた百合恵までがアウトになりかけた。B組が調子よかったのはそこまでだった。

百合恵がベンチに戻ってきたとき、野々山が声をかけた。

「すごいじゃん、かっ飛ばして」

笑いながら百合恵は大きく右手を振って、「まぐれあたりよ」と返した。

B組は結局、一回戦で、あえなく敗退したので、あとは他のクラスの試合を見物するだけだ。この日は、夕方からクラス別のコンパが予定されている。というか、こちらがむしろメイン・イベントだ。ソフトボール大会は、それまでの時間つぶし、前座でしかない。

B組は目白駅近くの居酒屋の2階座敷に集合することになっている。としおはまもると一緒に居酒屋まで歩いていった。1階でとしおが手洗いに寄っているうちに、まもるは先に行って百合恵の隣に座っているのを見つけた。反対側には野々山が座っている。あれまあ、二人に先を越されてしまった。仕方ない、どこか空いていないかと思っていると、恵美が自分の横が空いていると手を上げて合図してくれた。これからソフトボール大会の出来事を肴《さかな》にして、飲んで食べながら懇親を深めるのだ。

百合恵の飲みっぷりはいい。ぐいぐいと飲み干す。空になったのを、まもると野々山が両側から注ぎ足すのが追いつかないほど。とまで言うと大袈裟すぎるか……。

「うふふ、わたし、昔からウワバミみたいだって言われているんだから、わたしを酔いつぶそうなんて考えても無駄よ」

百合恵は薄いカーディガンを上に羽織っているので、昼間ほどはないが胸のふくらみは隠しようがない。まもるは、自分で酒に弱いとは思っていないが、かといって強いとまでは言えない。だから、百合恵のようなハイピッチで飲んだら間違いなく足腰が立たないほど酔いつぶれてしまう。まもるは、観念してピッチを落とすことにした。

野々山が百合恵に何か話しかけようとする寸前、百合恵がまもるに真顔で問いかけた。野々山は沈黙するしかない。このあとしばらく黙って、二人のやりとりを聞く側にまわった。

「蒼井《あおい》君って、任官志望なんでしょ？」

「う、うん。でも、まだ、はっきり決めたというんでもないんだ。第一、教官から声もかかっていないし……」

まもるの答えは歯切れが悪い。

「そうね、教官の保証が得られるかどうかにもよるのよね……」

任官しようとするとき、司法研修所の教官の推薦が得られるかどうかは決定的だ。もちろん、裁判教官の推薦だ。これは研修所では公然の秘密になっている。これまで任官拒否にあった人は教官の推薦を得られなかったのに志望したのだろう……。

「それで、どうして任官志望なの？」

百合恵は、東大卒だから、若いから、成績がいいからというのは理由にならないと言わんばかりの質問をストレートに投げかけてまもるに迫った。野々山に口を挟む隙を与えない。

「うーん、ぼくなんか弁護士やっていく自信なんてないし、なんとなく裁判官のほうが性にあっているんじゃないかなって気がしてるんだ……」

「あら、そうなの。消去法で選んだって言うのね」

百合恵にそう決めつけられると、そうか、自分の将来を消去法で決めていいとは思えない、まもるはそんな気分になってきた。何かもう一つくらい理由をあげなくっちゃ……。いったい何だろう。そう思っていると、自然に口から言葉が出てきた。

「ほら、当事者間の紛争を公平に聞いて裁くって大切なことでしょ。双方に中立的に、公平な目で見て、紛争を適正かつ妥当な解決を図る。そういうことなら、ぼくにだって出来るんじゃないかなっていう気がしているんですよ」

「ふーん」、なんだか気のない反応だ。小首を傾げ、とても納得しかねるという顔つきで、百合恵は残ったビールをあおる。まもるは空のコップに慌ててビールを注いだ。

「当事者間の公平っていうけど、その紛争って、それは当事者が対等な力関係にあることをイメージしてるんじゃないのかしら。でも、例えば公害問題にしたら、公害発生源の大企業と被害を受けている住民の人たちとでは、本当に対等だと言えるのかしら。そんな形式的な平等が守られていますというだけでは、きっと住民の人たちは困るんじゃないかしら。そんなときこそ司法の出番がありそうだと、わたし、思うんだけど……」

百合恵は、まもるに正面から噛みついている。うむむ、まもるが言葉を探していると、一法《はしのり》がビール瓶とコップをもって話に割り込んできた。一法は全員に総当たりしている。

としおは目の前のビール瓶を握ると、松葉教官の席に近づいた。

「教官、どうぞ」と言いながらビールを注ごうとすると松葉はコップを差し出して、「おっ、石動《いするぎ》君か、元気にやっているか」と声を出してビールを受ける。名前を覚えていてくれていたのはうれしい。ところが、としおと話すより、隣の角川《かどかわ》のほうに気が向いているようで、そちらに話を戻した。ただ、角川のほうは松葉教官との会話にあまり気乗りしていない様子だ。まもると同じ、一発合格組の角川は、成績優秀な東大卒で、任官志望組だ。検察官なんて考えてもいないのに、先ほどから松葉教官に検察官の仕事の素晴らしさを散々聞かされ、逃げ出したい気分になっていた。松葉のほうは、それを察知しているはずなのに、めげずにアプローチを続ける。ここで角川を任検志望に変えられたら、大手柄になることは間違いない。としおはそんな松葉教官と角川の関係にはじき飛ばされた格好で、その場を離れた。

検察教官の司法研修所における重大な役目は、一人でも多くの任検志望者を獲得することにある。そのためには、少しでも可能性があると見込んだ修習生と話し込むしかない。としおは、松葉教官にとって任検可能性がまったくないと見られている存在のようだ。話すだけ時間の無駄だから、としおが近づいたとき、教官として愛想良く対応するものの、その実、勝手にしてくれ、放っといてほしい、オレは今、忙しいんだから……。そんな気持ちが正直に顔にあらわれる。松葉教官には裏表がない。

「そろそろ始めようぜ」

誰かが言い出すと、「そうだ、そうだ。始めよう」の大合唱となった。一法が中央にすすみ出ると、

「それじゃあ、ここはまず教官にお手本を示していただきましょうか」、そう言って、羽山《はやま》教官のほうを見る。そうか、そうなのか、研修所では余興は教官からやることになっているのか。としおが一人納得していると、羽山教官ではなく、民事裁判担当の田端教官が右手を高々と上げながら、真ん中にすすみ出てきた。ええっ、羽山教官よりも先に歌うのか、よほど歌に自信があるのだろう。古い演歌でもでも歌うのかと思っていると、田端が両手をコンタクトのように振りまわしながら歌い出したのは「若者たち」だった。としおにとっても、昔懐《なつ》かしい歌だ。研究室から帰る夜道、ひとり歌いながら帰っていた。その歌のひとつだ。

「きみの行く道は、果てしなく遠い……」

少し調子っぱずれなのが、これまたご愛敬だ。声のほうは少し高音で、美声と言ってよい。野々山はじめ何人か修習生が立ち上がり、田端教官と肩を組んで歌い出した。

田端は歌い終わると自分の席に戻る前に、次の歌い手として刑事弁護の河崎教官を指名し、自分の席で再び静かに飲みはじめる。お酒が弱いわけでもなさそうだが、無茶な飲み方はしないことに決めている気配だ。

河崎はニコニコ顔で場の中央に進み出る。待ってましたとばかりに、すぐに歌い出した。東北弁まる出しの民謡を、振りつき、踊りつきで歌う。腰の動かし方も堂に入っていて、これって、まるで根っからの芸人じゃないの。なかなか芸達者だ。こういうのをお座敷芸とでもいうんだろう。研修所の教官って、太鼓持ちみたいなことまでするんだね。いや、させられるのかな、こりゃあ、たいへんだ。修習生の手拍子で、座は盛り上がっていく。

薄給でしかないのに、修習生に体系だてて法理論を教え、そのうえ歌も踊りもなんて求められるんだったら、研修所の教官のなり手なんか、いるはずないよね。河崎教官の絶妙な歌と踊りを見ながら、としおはひとり勝手に心配した。

河崎は踊りを終えると、次に同じ弁護士である民事弁護の小野寺教官を指名する。小野寺は、スマートに流行の若者向きの歌をうたった。カラオケで鍛えているのか、日頃の雰囲気に似あわず、乗り乗りの歌いかただ。マイクがないのに、マイクを握っているかのような振りで絶唱する。

続いて、羽山教官が席の真ん中にすすみ出たかと思うと、ちょこんと座った。えっ、何をするんだろうか。羽山は、座ったまま、静かにうなり出した。小唄《こうた》だ。これこそ典型的なお座敷芸だよね。それほど上手だとは思えないけど、つっかえることもなく最後まで歌いきった。かなりの場数を踏んでいるのだろう。静かに頭を下げ、右手で検察の松葉教官を呼び寄せる。松葉は大げさな身振り入りの黒田節を歌った。酒は飲め飲め、飲むならば、だ。飲んでもよいけれど、決して飲まれないように。そんなお説教で最後は締めくくる。

教官の芸のあとは修習生の番になった。ところが、芸達者な教官たちに気後れしたのか、遠慮して誰も名乗りを上げない。としおも目立たないように目の前の食事に専念する振りをした。すると、笠《りゅう》が先ほど羽山教官が座ったあたりに出てきた。ウィスキーの角瓶を右手に持っている。

「じゃあ、今から一気飲み、いきまーす」

大声で叫ぶと、ウィスキーの角瓶を逆さまにして口につけ、ラッパ飲みをはじめた。いつのまにか、そばに峰岸が立ち、両手を叩いて囃《はや》し立てる。

「いいぞ、いいぞ、りゅう、りゅう、それいけ」

ええっ、ウィスキーのラッパ飲みなんて、いくら何でも無茶だよ。峰岸が横で囃し立てるのも無責任としか思えない。長く苦しかった司法試験から、ついに解放され、ようやく先に明るい光を見出すことができた。そんな解放感が、こんな無茶な飲み方をさせるのだろう。しかし、それにしても……。笠は破滅型の人生を歩むことになるんじゃないか。他人事《ひとごと》ながら、としおは心配した。

笠は外見は遊び人風だが、それとは裏腹に目つきが異様に鋭い。不信感に満ちた眼差しで、じっと見つめられると、思わずすくんでしまいそうになる。教室で国家権力云々という質問をしたのと、眼前のラッパ飲みとは、どうにも結びつかない。

ウィスキーを3分の1ほども一気に飲み干した笠は、今度は両手を叩きながら歌い出した。峰岸もそのまま脇に立って、「それいけ」と引き続き囃し立てる。歌は東京音頭の替え歌。学生のときコンパで、としおも歌った猥歌《わいか》だ。

おいおい、この場だって女性が3人もいるんだよ。としおは顔を顰《しか》めたが、笠と峰岸は気にする様子もなく、手拍子にあわせて声を張りあげる。修習生のなかにも、箸を茶碗やコップに叩きつけながら、調子をあわせて一緒に歌う人が続く。3人の女性たちは、猥歌なんか気にしないわと言わんばかりに隣の修習生との話を続けている。

笠は、ようやく歌い終えると、次に歌う修習生を指名した。まもるだ。百合恵と親しげに話し込んでいたまもるは、笠に名前を呼ばれると、すぐに席を立ち、真ん中にすすみ出た。

「では、一曲」と言うと、伴奏なしで、「四季の歌」を歌い出した。とびきり上手というほどでもないが、声に張りがあって、聞かせる。としおも、まもるの歌は初めて聞いた。澄んだ高音は、通りもいい。あれあれ、女性が3人とも、うっとりした目つきで、まもるを見つめている。ええっ、これって天に二物を与えずではないのか。まもるは成績がよいだけではなく、歌もうまい、声がいいというのに、としおはコンプレックスをかき立てられた。としおはやけになって目の前のビールをぐいと飲み干し、自分でビールを注いだ。

その様子を見られていたようで、まもるは次のバッターにとしおを指名した。もう、こうなりゃあ、ヤケのヤンパチだ。腹をくくって、としおは立ち上がった。リズムなんか気にせず、がなり立てるようにグループサウンズの流行曲『花の首飾り』を歌い終わると、まもると百合恵の間に割り込もうと近づいた。すると、その寸前、笠がふらふらした足取りで近づき、まもるの前に座った。それで、としおも少し離れたところに座った笠の話を聞く羽目になった。

笠は悪酔いしている。当然だろう。あんなウィスキーの一気飲みなんか、身体にいいはずがない。笠の話は脈絡がない。大学生のころの話かと思うと、研修所の話に移り、食堂のメシがうまくないとか、講義がつまらないとか、何か言いたいのだろうが、よく分からない。胸のうちにたまっているものを吐き出したいということだけは、よく分かる。フラストレーションのはけ口に、まもるが選ばれたというわけだ。

「任官志望だってな」

笠はこう言いながら、日本酒を注いで無理にでも飲ませようとする。まもるは、任官志望者であることが何か悪いことででもあるかのような笠の言い方が癪《しゃく》に障《さわ》った。負けたくないという気持ちがむらむらと湧き上がってきて、笠のすすめる日本酒をたて続けに何杯か飲み干した。笠は「えらい、えらいぞ」と、どんどん注ぎ足していく。話のほうは空回りするだけで、さっぱりかみ合わないが、目の前にあったお酒はみるみる二人に呑み込まれた。

「まもる、大丈夫なのかよ、そんなに飲んで？」

心配して声をかけたとしおに笠が気がついて、話しかけた。

「おう、研修所の教育は、今のようなものでいいと思うか？」

笠は、今度はとしおに議論を吹っかけてきた。立ち上がって逃げようとすると、としおの上着の裾を捕まえて「まあ、座れよ、飲み直そうぜ」と口調を変えて、次の犠牲者が見つかるまで、延々と笠のご高説につきあわされることになった。

笠がとしおと話はじめたため、まもるはやれやれと思って、トイレに行こうとたちあがった。足元がふらついているのが自分でも分かった。

「大丈夫？」

小さく声がかかった。百合恵の心配そうな目と視線があった。

ようやくコンパはお開きになった。としおはまだ飲み足りないので二次会に行くという。まもるは、今夜はもう飲み過ぎている、限界だと思った。二次会に行く元気はない。

「今日は、お先に失礼するよ」

としおも、まもるの足が覚束《おぼつか》ないのを見てとって、「じゃあ、気をつけて帰んなよ」と声をかけ、二次会へ流れるグループのほうへ合流していった。

居酒屋の外へ出たまもるが、どっちが帰る方向だろうかと思案していると、羽山教官が近寄ってきた。

「今日は話が出来なかったな。今度、ゆっくり話そうか」

ささやくと、肩を叩いて、二次会グループのほうへ歩み去った。さてさて、どちらが駅に近いのかな。ともかく歩いていこうとすると、うしろから女性の声がする。

「どっちの方向かしら?」

まもるが答えると、「同じ方向だわ。じゃあ、こちらへ」と、百合恵がまもるの腕をひっぱるようにして、右手の大通りのほうへ導いていく。百合恵が手を上げてタクシーが停まると、まもるを先に押し込んで、百合恵が運転手に行方を告げた。しばらく走ると、まもるは、胸のうちにもやもやするものがこみ上げてきた。

「ちょっと運転手さん、停めて下さい。すみません」

百合恵がタクシーの料金を支払っているあいだに、まもるは電柱の陰に入り、溝に目がけて盛大に吐き戻した。それで、ようやく少し気分がすっきりした。

百合恵が、「もう大丈夫かしら」と声をかけて、再びタクシーに乗り込んだ。

今度は、タクシーを百合恵が停めた。

「ちょっと降りて」

まもるは百合恵の言うとおり、タクシーを降りた。

「少し休んでいったらいいわ」

百合恵の住むマンションへ案内されることが分かった。百合恵の両親に会ったら、何と挨拶したらいいんだろう。そんな心配をしながら玄関から入っていくと、どうやら百合恵は一人暮らしのようだ。百合恵が独身だというのは本人が言ってたから分かっていたけれど、女性の一人暮らしの部屋に男が入っていっていいものなのか……。ぼおっとした頭でまもるはリビングに突っ立った。すると、百合恵は、「そんなところにカバンなんか持って、立ってないで。カバンはほら、ここに置いて腰かけなさい」

まもるはテーブルに向かって腰をおろすと、辺りを見回した。やがて、百合恵が水差しとコップをトレーに載せて戻ってきた。

「ほら、水を何杯か飲んだらいいわよ」

まるで姉みたいに百合恵が言うのに、まもるは素直にしたがった。冷たい水を飲むと、胸のもやもや気分が少しやわらいだ。トイレから戻ってきて、またもやぼうっとした頭のままテーブルに向かっていると、百合恵が声をかけた。

「お風呂が沸いたわ。さっぱりしてらっしゃい」

再び姉に指示される気分で、まもるはおとなしく百合恵の命ずるとおり風呂に入り、湯船に浸った。眠気がますます強くなった。風呂から上がると派手なパジャマが置いてある。気が利く女性だなと思うと、百合恵の命じるまま、ベッドに導かれ、布団に潜りこんだ。あっという間に意識は消えた。

目が覚めた。頭がガンガンする。ああっ、これって二日酔いだな。久しぶりだ。学生時代には何回か二日酔いしたことがあった。それ以来だ。

「目が覚めたかしら？」

百合恵が顔を出した。そうだった。昨晩はコンパのあと、タクシーに乗って、途中で気分が悪くなって、百合恵のマンションに泊まったんだ。何か迷惑かけなかっただろうか……。ベッドのそばに、まもるの衣服がきれいに畳んでおいてある。顔を洗って身支度をしてリビングに顔を出すと、テーブルの上には朝食が用意してある。でも、食欲はまったくない。胸のむかむか感が残っている。

「昨日は、ご迷惑をおかけしました」

まもるは神妙な口調で謝罪した。

「いいのよ。でも、これからは、お酒に呑まれないようにすることね。もう、学生じゃないんだから」

まったくそのとおりだ。社会人として酒に負けないようにしなくては……。それにしても、百合恵は、こんなマンションに一人で住んでいるのか。

「ここには、一人で住んでるんですか？」

小さい声で、つぶやくようにまもるは訊いてみた。

「そうよ。受験時代から、ずっと一人なの」

寂しい表情を百合恵は振り切るように言った。

「別れた旦那が子どもを私から取り上げて、その代わりにこのマンションだけは私のものにしてくれたのよ。ただし、名義は別れた旦那のままで、住宅ローンを元の旦那が支払うということになってるの。だから、家賃がタダで、ここに住んでられるってわけ」

百合恵にも、いろいろ事情があったようだ。

まもるは、せっかくの朝食をジュースを飲んだだけで切り上げ、早々に立ち去ることにした。

「きのうのことはよく覚えていないんですけど、何かご迷惑かけてませんか？」

「大丈夫よ。さっさとぐっすり眠ってただけよ」

よかった。何も迷惑かけてはいなかったんだ。百合恵の顔に少し含み笑いのある気がした。何だろう……。

外はよく晴れている。駅まで歩いている途中に、ベッドのなかで寝返りしたとき、何だか温かい物体にあたった気がした。起きたとき、広いベッドにもう一人寝てたような気配も感じた。まさか、一つのベッドに百合恵が隣に寝ていたのだろうか。まさか、まさか……。まもるは頭を振り払って、妄念を消し去った。

今日は刑事判決文の自宅起案日だ。ということは研修所に行く必要はない。要するに、休みだ。まもるは、まっすぐ下宿に戻り、起案にとりかかることにした。

まもるが帰っていったあと、百合恵は手つかずのハムエッグをまもるの分まで食べた。

じゃあ、起案に取りかかろうかしら。立ち上がった。あっ、そうだわ、その前に洗濯しましょう。

まもるが着ていたパジャマを洗濯機に放り込もうとしたとき、若い男の体臭を感じた。結婚したてのときに感じた、別れた夫の匂いと同じものだった。匂いにつられて、当初の甘い結婚生活の思い出がよみがえってきた。そしてベッドのなかで夢うつつに感じていたものの正体に思いあたった。すぐ身近に寝ている男性の発散する熱気に百合恵の身体が反応していたのだ。もう、男なんかこりごりなのよね。百合恵は自分に言い聞かせ、洗濯機のスイッチを押した。

蔵内百合恵

百合恵は、都内の女子大文学部を卒業して、憧れの総合商社に就職した。ずっと仕事をしているつもりはなく、社内で素敵な出会いがあればいいなと考えていた。同期の女性がそうやって一人、二人と欠けていき、少々焦りを感じはじめたころ、東南アジア向けのプロジェクトに配置され、仕事のできる先輩から声をかけられ、交際するようになった。

百合恵の親は放任主義だし、娘に期待もしていなかったので、結婚の障害にはならない。かえって、先輩社員の親は結婚に積極的だった。1年ほどの交際期間で、部長を仲人として結婚式をあげた。当然のように百合恵は退職した。やがて子どもができた。

夫の帰りが毎晩遅くなるのは覚悟していた。それは社内結婚だから分かっていたこと。子育てに追われて、夫どころではなかった。たまには二人でゆっくりしたいと思うことはあったが、それも我慢していればなんとかなった。我慢できないのは、夫の母親。孫の顔を見たいと言って押しかけて来る。それも月に一回程度というのではなく、週に何回もやって来る。同じ都内だし、赤ちゃんを抱えているから逃げようがない。姑は、やって来ると、室内に散らかっているものを片付け、たまっていると洗濯機まで回す。そして赤ん坊の世話の仕方にまで何かと口をはさんで、うるさい。神経が参ってしまいそう。

夜遅く帰ってきた夫に訴えても、まるで聞く耳がない。「いろいろ世話してくれるんだから、ありがたく思えよ」。赤ん坊が夜泣きすると、うるさいと怒鳴る。自分一人、リビングに逃げ出して、そのソファで寝る。赤ん坊のおしめを替えてやるなんて、とんでもない。お風呂だって、自分一人でゆっくり、いつまでも入っている。

赤ん坊に手がかからなくなっても、まるで子どもに関心がない。姑がやって来ると、夫は姑と二人で買い物に出かけてしまう。姑がいないだけでも助かるけれど……。

女は家にいて、育児していればいい。女が外で仕事するなんて、そんなのは貧乏人の家庭だ。オレが高給とってくるから、おまえは家で子どもの世話だけしていればいいんだ。

姑も、3歳までは母親のスキンシップが大切なのよと、ことあるごとに宣《のたま》う。3歳どころか、息子が大のおとなになってもまだ囲い込んでいるみたいだけど……。皮肉のひとつも言ってやりたいけれど、じっと我慢する。何倍にも反撃されるのは必至だ。姑の口は誰よりも達者だから、とてもかなわない。

夫が家に帰ってこない日がある。そんなに仕事が忙しいのかしら。まだ会社にいる元の同僚に訊いてみると、そんなことはないという。さては別の女性の家にいるのかと思うと、すぐに真相が判明した。夫は、実家に行っていたのだ。姑から電話がかかってきた。

「子どもを連れて、こちらへいらっしゃいな」

とんでもないこと。私にもプライドがあるわ。そんなことが続いているうちに夫に身体を求められるのも億劫になってきた。不感症になったのかしら、不安になるほど燃えることがない。百合恵のそんな様子を察知したせいか、夫が性行為を求めることもなくなってしまった。

離婚を言い出したのは夫からだ。来年から子どもが学校に上がるというときだった。相変わらず姑は孫に会いに来ていた。子どもは甘やかしてくれるおばあちゃんが大好きだ。それは仕方がない。子どもを置いて出ていけ、慰謝料は相当の額を支払うという。恐らく姑の入れ知恵だ。出ていけと言われても、行くところはない。いまさら実家には戻れない。百合恵が渋っていると、マンションにはそのまま住んでよい、そしてローンは夫が引き続き支払う。その代わり慰謝料なしで、子どもは夫が引き取るという。実際には姑が育てるということだ。

「おばあちゃんと一緒に住む？」と訊くと、子どもは「うん」と頷いた。仕方がない。百合恵にも人生をやりなおしたい、それには身軽になるほうがいいという打算が働いた。子どもを犠牲にしていいのか、良心が咎《とが》めたものの、結局、夫の提案を呑むことにした。

女が一人で生きていくには、やはり資格だ。なにがいいだろう。電車に乗っていると、目の前にいる男性が読んでいる新聞に法律事務所、弁護士という記事が目に飛び込んで来た。テレビで見た弁護士の格好いい法廷活動も思い出した。でも、司法試験って難しそう。出来るかしらん。いやいや、出来るかどうかなんて問題じゃない。これしか自分の生きていく道はないんだもの、やるしかないのよね。早速、図書館に行って、いろいろ調べてみた。中央大学にいくつか勉強のできる研究室があることが分かった。通信教育のようなものもある。日曜日ごとの答案練習会にも通った。

幸い、小さいころから文学少女だったので、書くこと自体は苦にならない。情景描写の代わりに構成要件というのを意識しなければならないということなのね。１回目の試験はまるで歯が立たなかった。それでも、全体の輪郭はつかめたし、なにをどう勉強したらよいのかは、つかめた。これなら、必死で3年間もやれば受かるはず。自分にそう言い聞かせて、きちんと計画を立てて、消化していった。子どもがいないのは正直いって助かる。子どもには会わせてもらえなかったし、会いに行くこともしなかった。子どもが物心ついたときには、非情な母親と思われるだろう。子どもを想うと涙が頬を流れて止まらない。でも、仕方がない。仕方のないことなのよね。自分でした決断なんだから、自分で道を切り拓くしかないわ。

4回目、なんとか合格できた。足をしっかり地につけて人生をやり直そう。うれしさというより自分一人で立てた計画を達成できたことの充実感で胸が一杯だった。

司法研修所に入ってみると、男性は年下ばかり。可愛いというより、幼い感じだ。まあ、いいわ、もう男なんて、こりごりなんだから……。

起案講評

5月1日（月）

朝からむし暑い。すかっと晴れてくれないかな。文字どおりの五月晴れになってほしいものだ。今日はメーデー。もちろん、労働者の祭典と司法修習生は関係がない。

ソフトボール大会の翌日は刑事判決文の自宅起案日なので研修所はお休み。29日の土曜日は天皇誕生日で休みだった。まもるは教室で百合恵とすれ違ったとき、何だかよそよそしい、そんな気がした。目つきに優しさが感じられなかった。まずいことしてしまったのかな。それとも、大人のつきあいって、こんなものなんだろうか……。まもるは首を傾《かし》げながら机に座った。

今日は午前、午後とも民事判決起案の講評を受ける。司法研修所に入って最初に聞く言葉が起案だ。何かというと、この起案という言葉が出てきて、研修所の至るところに出没する。大学生のころには聞いたこともの使ったこともない。起案とは、要するに文書の草案を作ること。たくさんの文書の草案を素早く作成する訓練、これこそが研修所における主要な課題だ。文書は、裁判所での判決書、検察庁の起訴状、たまに不起訴裁定書《さいていしょ》。この書面には、起訴しない理由を簡潔に記載しなければならない。それから論告要旨。被告人が、どんなに悪い人間なのか、厳しく指摘して糾弾する。民事弁護だと、訴状、答弁書そして準備書面、証拠申出書。刑事弁護では、弁論要旨だ。

初めての起案が戻ってきたとき、そこに赤ペンの書き込みがたくさんあって、としおは驚いた。だから起案講評は緊張して拝聴せざるを得ない。

田端教官は、じっくり丁寧に講評していく。そのとき、一人ひとりの修習生の名前をあげて講評するということはしない。やはり修習生のプライドは尊重する必要がある。ただ、起案を書いた当の本人は、胸に手を当てるまでもない。赤ペンで添削、講評されている自分の起案を机の上において講評を聞くのだから、あっ、今のは自分の起案が指摘されているのだなと、すぐに分かる。それが分からないような感度の鈍い修習生は、その先が心配だ。

田端教官は、本当に法律論が好きなようだ。「どうだい、諸君。法律論、とくに要件事実論って、面白いだろ?」と言わんばかりに得意満面の表情で語り続ける。としおも、ついつられて、そんなに面白いものなんですね、そう錯覚させられる。ただ、それも講評が終わってしまえば、たちまち雲霧消する。それほど面白い話であろうはずがない。そのとき、長く苦しかった受験生活が悪夢のように、べっとり身体にまとわりついている。

昼休み、食堂から早々と戻ってきて、としおは起案講評を親しいもの同士で見せあった。これって恥ずかしいことでもあるから、よほど仲が良くなければ出来ない。誰だって、自分の不出来な起案を見られて笑われたくはないものだ。

としおは、まずは野澤の起案を見せてもらった。野澤は本人が謙遜する以上に出来るようだ。途中、起案のところどころに赤い傍線が引かれていて、「よし」とか、「この点はどうか。もっと記録を丹念に読んでほしい」とある。そして最後のコメントは、「この調子でがんばってほしい」と、短くフォローした内容になっている。おおむね好意的な講評と言える。としおは、自分の起案へのコメントが野澤に比べて少ないと思った。なぜだろう……?

としおの起案にも、もちろん赤い傍線はところどころ引かれている。ところが、単に「？」が書かれているところもあり、最後には、「一層の精進を期待している」としか書かれていない。ということは、やっぱり、かなりダメな起案なのだろう。自分でも、としおはその点を自覚していた。誰とも相談せず、自分の乏しい人生経験と法理論だけでは、いかにもまずいっていうことだな……。起案するときには、誰かといささかなりとも議論して論点を落とさないようにしなくてはいけなかったのだ。

野々山の起案はユニークだ。口ではチャラチャラした野々山の雰囲気ではあるが、その実、なかなかにシリアスな人生を過ごしてきたのを反映している。「事実関係をしっかりつかむこと。そして、法律上の要点としてまとめ上げていくことを心がけてほしい」。結論として、「大体においてよく出来ている」とされている。つまり、前半部分は、としおと同じく厳しい注文がついているのに、そのフォローがきちんとされている。

ではでは、まもるの起案の講評を見せてもらおう。まもるは嫌がることもなく、自分の起案を黙って差し出した。赤い棒線がところどころにあるのは、野澤の起案と同じだ。ところが、棒線だけではなく、赤い波線がひっぱられて、「ここはすばらしい」とある。しかも、最後には、「事実認定・処理とも、きわめて良好。実務感覚にも合っている。問題点を余すところなく捉え、その結論と理由、ともに説得力に富む。まず申し分ないところ」とある。いやあ、まいった、まいった。完璧な起案としか言いようがないほど、べた褒《ぼ》めの講評だ。誰一人としてまだ実務修習を経験しているわけではないし、修習は始まったばかりなのに、早くも「実務感覚に合っている」なんて高い評価がなされているのは、としおにとって信じられない思いで、言うべき言葉が見つからない。「すごいね。すごいことだよね」と小さくつぶやいて、まもるに起案を戻した。

　正規の講義が終わったあと、民事訴訟法セミナーと刑事訴訟法セミナーが同時に始まった。司法試験を受けるとき、この二つのどちらかを選択していなかった修習生に対する補講だ。この二つは、民事裁判をすすめ、刑事法廷に立つ弁護士にとって必須不可欠のものだから、もともと選択になっていることと自体がおかしい。それでも、修習生は任意選択できるし、必修ではないので、希望しなければ、どちらにも出席する義務はない。

　としおは、苦手意識の強い民訴法セミナーを選択した。まもるのほうは刑訴法セミナーを選んだ。そういえば、まもるは刑事裁判に関心があると言っていた気がする。としおは、刑事裁判で被告人の権利を守ることより、公害問題とか一般の人々により近い民事に強い弁護士になりたい。訴訟法は実際の裁判をすすめるとき、えっ、そんなことは知りませんでした、なんて弁解は通用しない。としおは司法試験では民訴法を選択したものの、苦手意識が先に立って、分からない、難しいという思いこみをついに脱却できず、成績がいつも低迷して苦労した。一刻も早く、この苦労から卒業したい。

　まもるが刑訴法セミナーに出席して後ろのほうに座っていると、遅れて中講堂に百合恵が入ってきて、前のほうの空いている席に座ったのを認めた。よーし、セミナーが終わったら、ひとつ声をかけてみよう。

　セミナーがおわって、中講堂の外に出ようとすると峰岸が近寄ってきて、まもるに話しかけてきた。立ち話をしているうちに、百合恵は誰か見知らぬ修習生と連れだって話しながら姿が見えなくなった。ああっ、残念だ。まもるは峰岸との話を打ち切って百合恵の後を追いかけたかったが、みっともないからやめとけ。そんな内なる声を聞いて思いとどまった。

峰岸との会話は、まったく上の空だった。峰岸は何かを言いたかったようだが、まもるの反応の悪さに気を悪くしたのか、「じゃあ、また」と言って不貞腐れて立ち去った。いったい何を言いたかったのかな……。

松戸寮

としおは民訴法セミナーが終わったとき、青法協の準備会を一緒にすすめている一法《はしのり》の誘いを受けて、そのまま松戸寮に行くことにした。

湯島駅から地下鉄千代田線に乗る。常磐線と相互乗り入れしているので、乗り換えなしの直通で馬橋駅に着く。30分ほどしかかからない。直通で行けるというのは本当に便利だ。

松戸寮は、馬橋駅から歩いて10分ほどに位置する。周囲は普通の住宅街だ。きっと以前は田圃《たんぼ》だったのだろう。鉄筋コンクリート造り5階建て。まだ出来て新しいようで、白色のつくりは、くすんでもいない。松戸寮は200室。希望者が全員入れるわけではない。としおは当然、松戸寮に入れると思っていたら、なぜかはじき出されてしまった。仕方なく、受験生時代と同じ下宿に住み続けている。

まずは、一法の部屋に入った。四畳半の部屋に備え付けの本棚と洋服ダンスがある。本以外には何も置いてないので、狭い部屋も広く感じる。とりとめもない雑談をしているうちに、やがて夕食の時間になった。一法がとしおを誘う。「大丈夫、心配ないよ」。食堂は広々としていて、セルフサービスで寮生が配膳口の前に列をつくって並んでいる。としおも寮生のような顔をして一法と一緒に列に加わった。

「欠食届けを出さないまま、終了時間までに帰寮しない寮生が多いから、まったく心配ないんだよ。僕だって、このあいだ、そうしたんだもの」

としおが、まだ不安そうな顔をしていると、一法《はしのり》は続けて、「いつも用意した食事が大量にあまって捨てているんだって。もったいない話だよね」とつぶやいた。それを聞いて、としおもようやく安心した。としおは案外に気が小さいのだ。

トレーに料理を載せて、真ん中あたりの席で食べていると、同じクラスの野澤が笑顔を見せながら、同じようにトレーを手に持って近寄り、腰をおろした。

「まあまあの味だね」

「まずいって言うと作っている人に悪いけれど、決して美味しいというレベルではないね」

としおは、いや寮の食事は美味しいよ、そう思ったけれど、一法はよほど口が肥えているようだ。やっぱり、奥さんがいて食事を作ってくれると、そこが違うのだろう。

「ここは、ご飯とみそ汁のお替わりが自由なのがうれしいよね」

そうか、腹一杯食べられるのか……。と言っても、としおは学生のときほど、がつがつとは食べなくなった。

食事が終わって、また一法の部屋に戻った。野澤が売店でアルコールとおつまみを買ってきたので、ささやかな酒盛りが始まる。やがて聞きつけた修習生が連れだって何人か集まってきた。

「さすがに大学の寮と違って、みんなおとなしいね」

としおがバターピーナツをつまみながら感想を口にした。

「いやいや、今日はまだ静かだけれど、やっぱり騒ぐ連中はいるんだよ。夜中まで、あんまり騒ぐものだから、近所の人から、うるさいって苦情の電話がかかってきたりするんだって」

一法が説明すると、野澤も「そうなんですよ」と顔を顰《しか》めた。「起案に苦しんだあげくかどうかは知らんけど、奇声、蛮声を張りあげる修習生がいるんですよ。まあ、本人はストレス発散でいいかもしれんけど、周りは、いい迷惑なんです、これが」

「こればっかりは、恐らくどうしようもないね。お互い、ストレス発散をどうするか、考えなくちゃいけないよね」

一法は、さすがに年長者らしく話を締めくくる。

「女性もいるんでしょ?」

としおが話題を変えるつもりで話し出した。寮食堂には女性修習生も何人か並んでいて、そこに同じクラスの生子《しょうこ》が混じっているのを見かけた。

「うん、二階に固められている」

「女性修習生は、将来の夫をつかまえようと必死らしいよ」

「まあ、そりゃそうだろうな。弁護士の奥さんだなんて、たいていの男はひるんでしまうよね。みんな、口には出さなくてもなんとなく釣り合いというか、いろいろ考えるもの」

「だから、やっぱり同業者を選ぶ確率は高くなるんじゃないの」

「うんうん。でもさ」としおが真顔で言った。「家庭に帰ってまでも嫁さんから理屈で責め立てられたら、たまらんだろうね」

「おいおい、誰かそんなあてでもあるのかい。僕は、そんなこと気にしないな」

野澤が、としおをからかうように言った。ひとしきり話が盛りあがったあと、一法《はしのり》が腕時計を見て、

「さあ、風呂に入って寝ようか。明日も民事裁判の講評があるし」

他の部屋の修習生が引き上げていった。風呂のあと、一法は自分は寝袋に入り込み、布団のほうをとしおに譲った。としおは寝つきがいいのが自慢だ。ところが、夜中、枕元をダンプカーが地響きをたてて通っていく音で目が覚めた。何事かと思って起きあがると、一法は寝袋でおとなしく寝ている。ところが、その一法がときどきすごい音でイビキをかく。まさに重戦車並みのダンプカーがうなり声をあげて突進していくという様相だ。

一法は体格がいいというより、かなり太っている。肥満した人間は、イビキがすごいという話を前に聞いていたが、本当にそうなんだ……。そのうえイビキがひどいかと思うと、ときどきまったく音がしなくなる。ええっ、どうしたの。心配になるほど静まりかえる。息しているのかしらん……、と思うと、またもや、すごいイビキをかく。この繰り返しだ。いやはや、一法って、ちょっと心配だし、迷惑だよな。これって病気なのかもしれない。

クラス委員会

5月2日（火）

としおは、結局、熟睡することが出来ないまま、朝を迎えた。頭がボンヤリしている。一法が「頭が重たいな」と言いながらようやく起き上がってきた。そりゃあ、そうだろう。あれでぐっすり眠れるはずはない。もう一法の部屋には決して泊まらないぞ。としおは固く心に誓った。

寮食堂におりてみると、寮生は既に朝食をすませたらしく、何人もいない。慌てて朝食をかっこむと、一法と二人、急ぎ足で馬橋駅に向かった。朝9時の電車に乗れば遅刻はしない。朝のラッシュより少しずれているけれど、そこは大東京だ。それでも電車のなかは結構混んでいて、腰かけるなんて、とんでもない。二人とも立ったまま湯島へ向かった。

よく晴れた朝だ。司法研修所の緑濃い門前には出迎えの人の列がある。青法協準備会として初めての門前ビラ配布を企画したのだ。全クラスからビラまき要員を出すことになっていた。総勢40人以上が門前に立ち、声をかけながら登庁してくる修習生にビラを手渡していく。青法協の主催する講演会の案内だが、要は青法協への入会のお誘いだ。配っているのが外部の見知らぬ人間ではなく、修習生バッジをつけた同期の修習生なので、受けとりはすこぶるいい。歩きながらビラを読んだり、カバンにすぐしまったり、反応はさまざまだ。

B組からは、野澤たちが先着して配っている。としおと一法は、約束の時間よりすっかり遅れて門前に到着した。野澤のビラ配りは、いかにも手慣れている。やって来る修習生の目を見ながら、「おはようございます。青法協のご案内です」と明るい声をかけ、ビラを修習生の手の側に持っていく。やって来た修習生は、つい空いている手を差し伸べてビラを受けとってしまう。

午前中、民事判決起案講評の最中に、田端教官がふと表情を緩めた。どうしたのかな、としおはペンを走らせるのを止めた。

「私が法曹の世界に足をふみ入れて驚いたことの一つに、親子や兄弟、そして夫婦のあいだの争いごとの多いことがあります。幸いにして、私自身は少なくとも今までのところ身内の争いはありません」

としおの家庭も、親兄弟で争っていないし、身近なところでも聞いたことがない。田端は話を続けた。

「親子や夫婦で会社をおこし、営んでいるという、いわゆる同族会社というのが、世の中には無数にあります。もちろん、仲の良いうちはいいんです。とてもうまくいきます。気兼ねがいりませんし。ところが、いったん、何かのきっかけで仲が悪くなったら、最悪です。赤の他人より、よほど始末が悪い。惨《みじ》めなものです。愛の切れ目は、縁の切れ目でもあります。とんでもない長期戦争、泥沼の戦いの始まりです。客観的にみたら、合理的に冷静に考えたら、ここらあたりで鉾《ほこ》をおさめて引くべきだと周囲が思っていても、当事者本人はまだカッカしていて、冷静に考えることができない。和解すべきなのに決断できず、紛争が長引いてしまう。そんなことがよくあります。そんなケースを扱うとき、つくづく世の中は論理だけで動いているのではないと考えさせられ、悲しくなります」

そうなのか、田端教官は、世の中はすべて論理的に動くことを理想としているのだな……。でも、人間は感情の動物だと昔から言われているのに、どうしてそんなことが分からないんだろうか。としおは田端教官の心境が理解できない。

午前中の民事判決起案講評が終わると、一法《はしのり》の呼びかけで、司法研修所から歩いて少し離れたところにある東大医学部の食堂まで出かけた。クラス青法協の集まりだ。人数をとしおが数えると、13人いる。新しい顔ぶれも参加している。野澤がベトナム戦争で、アメリカ軍が解放戦線から苦戦しているよねと言い出すと、一法も同じことを考えていたらしく、「ベトコン」の強さの秘密で話が盛り上がった。としおは、青法協づくりのすすめ方をもっと話し合うのかと思っていたので、この展開は意外でもあった。研修所から少し距離があるだけ、ベトナム戦争について話が盛りあがったものの、それ以外のことが話す時間は十分にとれないまま、不完全燃焼で終わった。

教室に戻ると、一足先に帰っていた野澤と峰岸が何やら言い争いのようなことをしている。なんだろう……。野澤は、今朝のビラ配りと同じ内容の青法協の会合へのお誘いを前方の黒板の左隅に書いた。講義の邪魔にならないように、左側の隅に2行で書きつけたのだ。ところが、教室に戻ってきた峰岸が目ざとくそれを見つけて、甲高い声で叫んだ。

「誰が書いたのか知らないけれど、黒板は教官が使うものだから消しなよ。講義の邪魔をしたらいかんでしょ」

ええっ、こんな隅の2行くらいで講義の邪魔なんかになりっこないけどな……。

「そりゃあ、すんませんでした」

野澤はそう言うと、すぐに黒板に近寄り、黒板消しを使って書いた文字をきれいに消し去った。そして野澤は、自分のカバンから今朝配っていたチラシの余りを取り出すと、教室内の修習生に「もらってますか?」と声をかけながら配ってまわった。野澤は、めげず、ひるまない。たいした根性だ。峰岸としたら、教室内のビラ配りにまで文句をつける気はないようで、内容を一瞥《いちべつ》すると何も言わずに二つに折って、自分の黒くて大きいカバンにしまい込んだ。

ビラを配り終えた野澤は、としおに手伝わせ、今度は教室のうしろ側の壁に大きな白い模造紙をピンで貼りつけ、そこに公害問題の現地視察企画へのお誘いチラシをセロテープでとめた。青法協って、こんな活動をしていますというPRをB組の修習生の目に触れるようにしようというのだ。としおは野澤の積極果敢さを見習う必要があると思った。

午後から松葉教官による検察講義が始まる。松葉教官に限らず、教官はみな開始時間も終了時間も厳格で、遅刻することも、早く切り上げるようなこともない。大学で休講が貼り出されると学生が喜ぶような光景は研修所にはない。

松葉教官は講義のなかで気になる言葉をつかった。検察官には同一体原則なるものがあるという。えっ、何のことだろう……。検察官は一人ひとりが独立した官庁みたいなものだが、同時に秩序整然たる組織体としての検察の活動を支えるものとして同一体原則がある。

うむむ、よく分からないな。上司の決裁というのを通じて、要は上命下服の命令系統が貫かれているということなんだろう。そうすると、他の行政官庁と何ら異なるところはない。そこは、裁判所とは決定的に異なっている。

さらに松葉教官は検察も実体的真実発見の担い手であり、それは訴追裁量権を有するからだという。

しかし、そもそも、刑事裁判の目的は本当に実体的真実の発見なのだろうか。まもるは、聞いていて、なにかしら違和感があった。とはいっても、松葉教官の確信にみちみちた講義に口を挟《はさ》むほどの勇気はない。

真実発見のためには被疑者の取調べこそが捜査の主柱だという。たしかに実務はそうなんだろう。だけど……。何だか割り切れない思いがとしおの頭のなかをぐるぐるまわった。

検察講義が終わると、研修所を出て、歩いても遠くないところにある喫茶店「たんぽぽ」にクラスの青法協準備会として集まった。昼休みはあまりに時間が足りなかった。

一法《はしのり》がクラス委員会の活動の意義を熱っぽく訴える。青法協とクラス委員会と二つもやれるのかという疑問も出たが、やはりこの二つは立場も果たすべき役割も異なることが共通の確認事項になった。クラス委員会は、修習生の自主的な活動をすすめるうえでの基盤づくりだ。修習生のなかには青法協に加入まではしないけれど、向学心の強い人は多い。研修所のカリキュラムは修習生のいろんなことをたくさん学びたいという要求に十分こたえきれていない。この正当な要求をくみあげる運動が研修所内に必要だ。その母体としては、やはり青法協ではなく、クラス委員会のほうがふさわしい。一法の話には説得力がある。だからこそ、研修所当局は、クラス委員会なるものを認めようとしない。クラス連絡員は、単なる情報伝達員でしかないとの位置づけに固執している。青法協は、そうではなく、当局にクラス委員会の交渉権を認めさせようという方針だ。そのためには、連絡員が修習生の声を代表しているという地道な実績づくりが求められる。

反法連

5月8日（月）

午前中は大講堂で一般教養の講演だ。端《はな》から期待していなかったが、予想を裏切ることなく、ひどくつまらない。じっと椅子に座っていると、自然に目が閉じ、頭がガクッとしてしまう。睡魔とのたたかいだ。といっても戦意は初めから喪失している。これは決してとしおだけではない。修習生の聞きたい話をしてほしい。講師の人選、テーマの選択に修習生の声を反映してほしいという声があがるのは当然だ。もっとも、今日はゴールデンウィーク明けの月曜日だ。5日間も連続して休みが続いたので、研修所からすると、研修生のボケた頭を回復させるための捨て駒の講義をおいてみたという親心なのかもしれない。

笠《りゅう》が食堂でカレーライスを食べていると、テーブルの向こうに顔見知りの男が座った。もう昼食は済ませたらしく、トレーは手にしていない。同じ東大全共闘の活動仲間だった。お互い所属するセクトが異なっていたから、親しく話したことはあまりない。何事か……。

「少し話があるんだ」

真面目な顔をしてそう切り出したから、笠もすぐに察知した。青法協に対抗した組織をつくろうということだろう。男の話は案の定、それだった。4期前の22期のとき、反戦法律家連合、略称で反法連が結成された。そのとき40人で結成されたが、その後、少し増えて各期50人ほどで推移してきた。

男は、これまでと同じ名称ではなく、「抑圧と闘う法律家連合」という名前を考えているという。

少し幅を広げたいのだと改名の理由を説明した。笠は同じようなものだと思ったが、逆らうつもりはなかった。結局、スタート時にはその名前だったが、あとで、これまでと同じ反法連を名乗るようになった。継続性も大切だと考え直したのだ。

「いいんじゃないの。正面に立ってまでは出来ないけど、うしろから尾《つ》いていくだけでいいなら参加するよ」

笠は少し腰が引けていた。青法協については、大学で日共・民青を「敵」として激しくぶつかりあった経緯からも、笠は入会するつもりはない。また、笠を誘う人もいなかった。かといって、研修所で何も活動しないというのも日和見《ひよりみ》すぎるだろう。青法協の結成を目ざす動きを見ていて、落ち着かない気分があった。もとより反戦・平和は願うところだ。ただ、反法連は、かつて所属したセクトあるいは所属しているセクトがさまざまなことから、青法協のように一枚岩とはいかない。

「あいつらは赤いくせに青法協だなんてフロント組織をつくって、おおっぴらに活動している。こっちも負けてはおれんだろう」

連れの男が大声で話すので、笠は少し声を低めるようにたしなめた。食堂内にいる誰が話を聞いているか分からないじゃないか。

「青法協の奴らは、修習生の半数を会員にするなんていう目標を立てているらしい。とてもそこまではいかないとは思うけれど、３分の１、少なくとも１００人をこすのは間違いないだろう。なんたって１クラスだけで会員が10人なんていうものじゃないからな」

向かいの男は「我が方もなんとかしなくちゃな」と付け足した。まったく、そうだ。いつまでも日《ひ》和《よ》っているわけにもいくまい。

反法連の会員数は公表されていないが、最大で50人にはならなかった。せいぜい40人いるかどうかだ。大学のときには全共闘として華々しく活動していた修習生が、「オレはもう卒業したんだ」と言って任官を志望したり、任検を目ざす人間も少なくなかった。もはや彼らは反法連に関わることはない。

反法連の活動の目玉は、検察庁での修習のとき被疑者の取調べを拒否するというものだ。司法修習生は被疑者を取り調べる権限はない。法令に根拠規定がないのだから、違法行為をして被疑者の権利を侵害してはいけないという主張だ。これは筋が通っているので、青法協の会員にも賛同する修習生は結構多い。ただ、取調修習を拒否すると宣言してしまったら、あとは個人レベルの問題になってしまいかねない。拒否したあと、代わりに何をするのか。なぜ拒否するのか、何かが問題なのか。一緒に拒否しよう。こんな働きかけをしなければ運動ではない。司法修習生は、2年間の修習期間のうちに、いろいろ体験してみたいという要求をもっている。取調修習の拒否は、その要求に反することになるので、押しつけにならないように配慮する必要もある。

午後からの検察講義で、松葉教官が今日もまた滔々《とうとう》と熱弁を振るい、午前中の沈滞した雰囲気と修習生の眠気を軽く一掃した。

「我々検察官は、決して被疑者を攻撃する対象だとか、敵と考えているわけなんかではない。目の前に座っている被疑者の起こした事件について、検察官として処理するときに考えることは、第一に、その被疑者の更生であり、第二に来るのが社会秩序の保持だ」

ふむふむ、被疑者の更生を第一に検察官も考えているのか……。罪を憎んで人を憎まず。この格言を検察官は遵守《じゅんしゅ》し、実践しているという。本当だろうか。本当だとしたら、すごいことだ。考え直さなければいけない。

松葉は、ここで教室内をぐるりと見まわした。修習生の反応はすこぶる良い。手応《てごた》えを感じて、自ら深く頷いてから言葉を継いだ。

「自分のすすめている捜査としての事件の処理が、目の前の被疑者の将来にいかなる影響を及ぼすかを考え、その被疑者の更生を願ってやまないんだよ」

検察官は単に被疑者、被告人を起訴し、法廷でその有罪を勝ちとり、刑務所に送ることだけを考えているわけではない、という。これは、野々山の心に何かしら響くものがある。

でも、待てよ。としおは首をひねった。被疑者の更生といっても、それって被疑者が有罪、罪を犯したことを前提とした考え方なんじゃないの。そこでは無罪の推定原則が働いていない。刑が確定したあと、ようやく更生ということになるんじゃないのかなあ。それとも、これって、あまりに観念論なのだろうか。としおは、今度、誰かに尋ねてみようと思った。

松葉は、半身を大きくうしろにのけぞらせた。そうそう、大切なことをまだ言ってなかった。そんな気配で、さらに言葉を継ぎ足した。

「しかし、もちろん検察官であるからには、被疑者の更生とか、その利益ばかりを考えているわけにはいかない。同時に、社会の秩序を維持するというのも、検察官にとっての大切な使命だ。そして、さらに被害者の保護というか、その立場も考慮する必要がある。現実には、被疑者の行為に対して激しい憤《いきどお》りの気持ちを抱いて事件処理にあたっていることも多い。このことも忘れてはならない大切な視点だ」

松葉は、物事を一つの側面からだけで見てはいけないと強調する。野々山もまったく同感だ。検察官の仕事も、なかなか奥深いものがあるんだな……。

今朝の新聞は、連合赤軍事件で捕まった15人全員が殺人罪で起訴されたと報じていた。当然だろう。これって全共闘の主張していた「敵は殺せ」の行きつくところだ。

「学者のなかには、警察そして検察の捜査のあり方について、糾問的《きゅうもんてき》だとか言って、批判し、非難する者がいる。彼らは、弾劾的《だんがいてき》な捜査観を主張している」

松葉教官は学説にまで踏み込んで議論を展開する。出だしで修習生の心をぐっと鷲掴《わしづか》みし、さらにもう一歩、理論的にも深め切り込んでいく戦法だ。なるほど、これだと修習生の心のバリアを乗り越え、その胸の奥まで届くだろう。

弁護士以外の職業を考えたこともなかった野々山の心が少し揺らいだ。ひょっとして、検察官という職業もいいのかもしれない。そして、それは自分に合っているのかも……。

白表紙

5月10日（水）

羽山教官による刑事判決起案についての講評は辛辣《しんらつ》だ。文字どおり歯に衣を着せない。

「これで無罪にするなんて」、ちょっとだけ間を置いた。「事実認定が甘すぎるよ。きみたちはまだまだ尻が青いとしか言いようがないな」

このとき、羽山教官が笠《りゅう》のほうをちらりと見たように見えた。笠の答案を念頭に置いているのだろう。教室内をゆっくり見まわして、自信たっぷりに言い放った。

「しばらくすると、きみたちは現場で実務を見ることになる。現場の裁判官がどうやって事実認定をしているのか、しっかり実際をよく見て、学んでほしい」

まもるも早く現場の事件に接し、裁判官がどのように事実認定をしているのか知りたい。今は、そのための下準備中というわけだから、ここは黙って教官の話を聞いているしかない。羽山教官の講義は2時間、ほとんど独演会だ。修習生に口を挟む余地を与えない。

修習生の机の上には白表紙《しらびょうし》と呼ばれる1冊の記録が載っている。修習生は実際にあった裁判事件にもとづいて刑事判決を起案し、それに対して教官が講評していく。白表紙というのは、表紙が白いということ。カラー印刷されていない。実際に日本のどこかで起きて裁判になった事件を司法研修所の教官が全国をまわって収集してくる。当事者や裁判所などは適当に変えられ、どこの誰の事件か判別できないようになっている。

羽山は声のトーンを低めた。

「無罪判決を書くときには、高裁で簡単にひっくり返されるようなものであってはいかんよ。それでは職業裁判官の名がすたる。プライドを持たないと……」

羽山は、「職業裁判官」という言葉についてだけ、声のトーンを上げた。

「それに、格別に重大な理由を認めない限り、きみたち、無罪判決なんか書いちゃいかん」

羽山の話は、現実に日本の刑事裁判においては実に99・8％の判決が被告人を有罪としているという現実を反映している。

まもるは、羽山教官の言い方を何となく体質的に合わないと感じる。いつだって裁いてやる立場にいるという、上から目線で物事すべてを一刀両断に片づけている。快刀乱麻というのは、やっている方は小気味がよくてスッキリするかもしれない。しかし、悩める者の多いこの実社会で、いつもかつも、そんなにスパッと悩みなく割り切れるものだろうか。実務の実際を知らない者が軽々しく批判することは出来ないとは思うものの、羽山教官の自信あふれた顔つきに、果たして自分はついていけるだろうか、不安を覚えて仕方がない。かと言って、羽山教官の講評コメントがいちいち的確だというのは認めざるをえない。自分の起案の弱点をズバリ指摘された。ここは弱いな、少し強引な論法だと思っているところに、見事に赤ペンのコメントが付されている。まだまだ、たしかに尻が青いままだな、自分でもそれは認める。

ふうっ、やっと昼休みになった。午後の講義が始まる前、としおは、まもるの起案を今日も見せてもらった。ところどころ教官の赤ペンが入ってはいるけど、最後に「大変よく出来ている」というコメントがついている。よく出来る修習生の書面って、こういうものなんだね。としおは感嘆した。とてもかなわないな、これは。まずは文章が読みやすい。素直な文章なので、すっと読み通すことができる。論点をあますところなくとらえ、その配列もよく考えられているから、言いたいことがすっと読み手に伝わってくる。

まもるに訊くと、白表紙をさっと読むと、事件の流れを時系列でつかんで、その登場人物の人間関係を図解する。そして起案の構成、その骨組みをまずは考えて箇条書きでメモする。これが大切だと言う。たしかに、まもると議論すると、言うべき、論じるべき論点がすらすらと出てくる。出来る奴は違う。

まもるの字はまるっこく、決してうまいというわけではないけれど、とにかく読みやすい。そして、文章にくどさがない。シンプルで、余計なことが書かれていない。論旨がストレートでまわりくどさがない。もっている知識を全部出し切ってひけらかすという嫌味なところがまったくない。

としおは、自分の起案したものが汚い字でゴタゴタと書いているのを大いに反省させられた。結論にも自信がないので、論点がずれているかもしれないと思いつつ、長さでカバーしようと思って、とりとめのない文章を書きつらね、話があっちに飛んだり、こっちに転がったりして要するに何を言いたいのか、最後には書いている本人まで、よく分からなくなってしまう。いやはや、まもるの起案は、もって他山の石とするには大きすぎるほどだ。起案についての考え方を根本的に改める必要がある。

司法試験の現役・一発合格者との歴然たる違いを目のあたりにして、としおは今日も大いにコンプレックスをかきたてられた。

としおは給料をもらったので、背広を買うことにした。少しずつ社会人らしい身なりをととのえていくつもりだ。給料日の前、としおの手持ち金は6万3000円だった。下宿代の1万3000円は封筒に入れてとってある。5万円あまりの給料が入ったので、まずは背広を買おう。御徒町駅近くの洋服店に入って背広を選ぶ。ともかく値段が決め手だ。えいっと清水の舞台から飛び降りるつもりで、2万5000円もする無難な紺色の背広を買った。オーディオセットも秋葉原で買おう。ただし、それは夏のボーナスで買うことにする。事務室の窓口で給料をもらって、封筒の中の現金を取り出して数えたとき、としおは司法試験に合格できて司法修習生になったことを改めて実感した。

教官会議

B組の5人の教官のなかでは裁判官教官がリードするという不文律があり、羽山より田端のほうが期も年齢も上だから教官会議のときに司会するのは田端のはずだ。ところが、実際には田端は名ばかりの司会であり、すべては羽山が教官会議を仕切った。事務当局との書類の受け渡し、司法研修所の守田所長や草場事務局長との意思伝達も羽山が窓口になっているので、羽山が仕切らないと何事もスムースにはいかない。それより何より、羽山はB組の修習生全員の個人ファイルを頭に入れている。出身大学、年齢、出身家庭、家族構成そして成績など、必要と思われることはすべて頭に入っていて暗記している。しかし、データのなかで何より肝心なのは、修習生の思想傾向と活動履歴だ。公安調査庁からまわってきた極秘レポート資料は別綴りとなっている。これは弁護教官には見せられない。

田端も職責上、そのレポートは目を通しているけれど、もともと、そんなものには関心が薄いので、ざっと読んだだけで頭には残っていない。起案した書面と教室での問答によって修習生を評価し指導すればいいという考えだ。活動歴とか思想傾向というものは、どうだっていい。ところが、羽山にとってはそれこそが成績と併せて大切なものだ。裁判所の中に組織をひっかきまわすような連中を入れたくはない。任官者には、高い能力と思想穏健の二つが求められるのだ。そう羽山は確信している。

松葉は、羽山より期も年齢も上にもかかわらず、羽山に唯々諾々と従う。少なくとも表面上はそうだ。それでも修習生の奪いあいになったら話は変わってくる。

弁護教官の二人、小野寺も河崎もマル秘レポートの存在は薄々ながら気がついているものの、自分たちには見せられない資料があることは黙って甘受している。それを不当な扱いだとして抗議の声を上げるつもりはない。だいいち、そのマル秘情報は存在自体が秘匿されているものなのだ。文句の言いようはない。

弁護教官は、二人ともわずか月6万円の教官手当ではやってられないよね、とぼやきながらも、修習生とのコンパや飲み会には最後までつきあい、気前よく自腹を切る。

5月11日（木）

クラス討論

午前中は羽山教官が昨日に引き続いて講義する。今日は、刑事判決文の構成、書き方だ。

「有罪判決を書くときに悩みすぎるのは良くない。弁護人の主張にいちいち反論する必要があるのか、それも考えものだ。立場上いちおう言っておこうという、本気じゃない弁護人の主張にむきになることはない。触れないわけにはいかないが、かといって長々と論じるまでもないのに、枝葉にこだわった判決文は美しくない。そして、無罪判決は、上で破られることのないように慎重に書きすすめること……」

斜め前方に座っている修習生の頭が先ほどからふらふらして変だ。おかしいぞ。ちらちらと観察してみると、やっぱり居眠りだ。午後の講義ならともかく朝一番の講義から居眠りするとはたいしたものだ。よりによって、教官席のすぐ目の前で居眠りするとは、よほど強い心臓の持ち主だ。誰だなんて、問うまでもない。大池だ。大池は、それでも任官志望者の一人だし、司法試験の成績はとても良かったという。頭がぐらっと傾いたかと思うと、慌てて手を動かし、取り繕う。しかし、すぐにまた頭が揺れ動く。あれではきっと手に持っているボールペンを取り落としてしまうだろう。危ないな。としおがそう思ったとたん、大池はボールペンを取り落とし、床にあたってコトンと音がした。ちょうど羽山教官の話が途切れ、一瞬の静寂のときだったので、教室内に異様な音が大きく響いた。大池は慌てるでもなく、机の下に潜って自分のボールペンを拾った。そして何事もなかったかのようにボールペンを走らせた。

「うほん」

わざとらしい軽い咳をひとつして、羽山は何事も起きなかったかのように刑事判決文の書き方の話を続けた。いや、「チッ」と小さく、聞こえるか聞こえないかの舌打ちをしたようだ。

大池は昨夜、徹夜でもしたのだろうか。いやいや、成績上位の、よく出来る大池が徹夜しなければいけないような課題はなかった。とすると、徹夜マージャンでもして、その疲れからか。こればかりは本人に訊いてみないと分からない。

昼休みの食堂で大池の居眠りが話題になった。教室では素知らぬ顔をしていたが、もちろんみな気が付いていたのだ。本人がいないので気楽に大池を酒の肴のように楽しんだ。

「朝から、あんなに居眠りするなんて、絶対におかしいよ。4月以来だんだんひどくなってるみたい。あれって病気じゃないの?」

隈本《くまもと》が額にしわを寄せ、真面目くさった顔で言い放った。本気で心配しているのかどうかまでは分からない。病気だと言われても、どんな病名になるのか、としおには見当もつかない。アフリカにはツェツェ蝿による眠り病なるものがある、そう学校で習ったことを思い出した。しかし、この日本にそんな病気があるとは思えない。

「今朝だけなら、一回くらいなら、起案で徹夜したとか言って、適当にごまかせるけれど、こう毎日毎朝、朝一番から居眠りしているとね……」

適当主義者を自認する野々山にしても、度の過ぎた大池の居眠りは心配するというより目に余るレベルのようだ。

「でも、まあ」一法《はしのり》がぼそっと、つぶやいた。「死にはしないだろうから、放っておいていいんじゃないの。大池本人も、まったく気にしていないんだから、我々だって放っておいたらいいと思うよ」

たしかに、大池本人が朝から居眠りしていることを気に病んでいる気配はない。大池はきわめて繊細な面と冗談話をガハハと豪快に笑い飛ばす豪放磊落《ごうほうらいらく》な二面性を有している。まあ、これくらいなら、よくあることだ。放っておこうよ。この結論で一致した。

としおは、大池がうらやましい。

「大池の起案って、教官の評価はすごくいいんだってね」

「ええっ、そ、そうなの？」

隈本の言葉に真っ先に恵美が反応した。大池は、いつだって講義のときに居眠りしているから、成績のほうも低空飛行しているとばかり恵美は思っていたらしい。京大卒で任官志望組だというのを聞くと、ますます大いなるギャップを感じる。老《ふ》けた顔つきの大池は、実のところ年齢は24歳なので、としおや恵美より若い。あんなに派手に居眠りしながら講義のポイントをきちんと把握できているなんて、信じがたい。大池の頭の中って一体どんな構造になっているのだろう……。

としおが両肩をすくめ、まいった、まいったのポーズをすると、一法が肩を叩いた。

「気にすんなよ。他人《ひと》は他人」

午後から、大講堂で今日も、ありがたい一般講演を聴かされる。修習生にとっては退屈そのもの、休養にしかならない2時間だ。大池が前のほうに座っているのが見える。もちろん、すっかり熟睡している。としおも、たちまち安眠モードに突入した。起きていても、何かの本を読んだり、内職をしている修習生が多い。これも研修所当局の親心だと思えば、ありがたい2時間なのだが……。

話が終わった拍手の音で、としおは目が覚めた。さあ、活動再開だ。教室に戻ろう。

B組としてのクラス討論を始める。「これから用事があるので失礼するよ」と申し訳なさそうに隈本は断って退出していった。ほかにも何人か続いていたが、ほぼ全員に近い出席率だ。一法が前に出て司会進行していると、うしろの方から田端教官が音を立てずに静かに入ってきた。何か忘れ物でもしたのかなと思うと、そのまま空いた席に座って、本を広げ、メモを取り始めた。本の内容をメモしているとは思えない。いったい何なのか、何をしているんだろう……。

テーマは、クラスとして何をやるか、何かをしようということだ。何となく重苦しい雰囲気があり、話がはずんでいるとはいいがたい。田端教官が教室のうしろにいるからというわけではなく……。ただ、それは司会をしている一法にとっては気がかりなことではあった。

クラスとして何かしてまとまりたいというのは、多くの修習生の願いだ。実務に就いたときの心の支えあいを、今のうちから仲間になってつくりあげようという気持ちは強い。

だったら、親睦のためにも、文集をつくったらどうだろうか。気安い口調で、言い出したのは野山だった。「それ、いいわね。やりましょう」と軽い調子で恵美が賛同した。あらかじめ打ち合わせしていたわけではない。自分の声で自分の要求を語る。これを大切にしたい。一法は、そう思いながら、じゃあ、文集を担当する修習生をその場で希望も聞きながら決めた。もちろん、言い出した野々山や恵美もメンバーに入る。生子そして山元も手を挙げて加わった。

「文集をつくるのもいいけどさ、合ハイの企画とかはないの？」

角川は、ふざけた口調だったけれど、表情は真剣だった。これは、独身の修習生にとって切実な要求だ。ながいあいだ勉強ひと筋でやってきて、異性との出会いの機会がなかった。この遅れを挽回したいという思いは、男女を問わず、若い独身の修習生に共通するものだ。なんとか実現しよう。妻子との別居生活を強いられている一法はしっかり受けとめた。

修習生活の改善要望としては、まず真っ先に一般教養講演の講師の人選とテーマがあがった。そりゃあ、そうだ。いつだって2時間が休養の時間であっていいはずがない。短い修習期間のあいだに学ぶべきことは多いのだ。明らかな無駄な時間は削ってほしい。食堂の混雑ぶり、そのメニューについても声があがる。これまた、至極もっともな要求だ。はずまないながらも、ポツリポツリと不満や要求の声があがった。

気がつくと、いつの間にか田端教官の姿は消えている。その代わり、峰岸がしきりにメモをとっているのに今度は気がついた。はじめは、内職でもしているのかと思ったが、どうやら違う。きっとクラス討論の発言者の名前と内容をメモしているのだ。いったい、それを誰に報告するのだろうか。一法は嫌な気分になったものの、素知らぬ風を装い、話をすすめていった。

これから、今日でてきた不満や要求をまとめて研修所当局への申し入れとして、まとめなければいけない。一法はB組に峰岸のような存在もかかえていることを、しっかり認識しておかなければいけないと思った。大変なことなんだよね、これって案外……。

大池潔

大池は京大法学部を卒業し、任官を志望している。在学中の3回生のときから司法試験を受けはじめ、卒業後、3回目で合格した。24歳、独身だ。彼女はいない。司法試験の合格順位は2桁も上のほうらしい。

大池は研修所に入って早々から遅刻と居眠りの常習犯として有名だ。どうやら大学でも同じだったらしい。周囲が忠告すると、素直に「改めます。気をつけます」と頭を下げるものの、その反省に実行がまったく伴わない。人あたりは悪くない。ただ、少々頑固なところがある。といっても、法律論を議論するときには、その頑固さは、ほとんど目立たないという柔軟性も持ちあわせている。実に不思議な性格で、鷹揚《おうよう》というか、つかみどころがない。在学中から裁判官を目ざしていたというのは先輩の影響によるらしい。そして青法協にも入るという。その先輩は今も青法協の会員裁判官であり、大池は強く憧れている。

大池は正義感が強く、思ったことはそのまま遠慮なく口にする。だから下手すると敵をつくりやすい。かといって変な底意はないから、周囲はそんなものかと許してしまう。いかにも得する性分だ。

青法協に入ったら任官できるかどうか心配なんだよね、一法がそう言ったことがあるらしい。すると、「そのときはそのときさ。ケセラセラ、人生はなるようになるもの。セラヴィ、セラヴィ。そんなことを考えていたら、病気になっちゃうよ」と笑ってすませたという。セラヴィとはフランス語で、それが人生さ、人生ってこんなものなんだという諦めの気持ちが含まれていることが多い。でも、大池はあっけらかんと言っているので、むしろポジティヴなものとして使っているのだろう。

「僕の先輩だって会員のまま裁判官を続けているんだし、それほど心配しなくてもいいんじゃないの」

大池は、あくまで楽観的だ。病気になっちゃうよ、なんて本人が言っているところをみれば、例の朝からの居眠りは病気じゃないってことになる。そうなのかな……。

「任官できるか心配だから青法協に入らないなんて、考えられないことさ。そんな発想は僕にはないよ。自分の信念を曲げてまで任官するつもりもないしさ。そこで挫折感があるって、それって心が折れるってことじゃないの。そんな事態になったら、そのあと、本当に立ち直れるかなあ……。そのほうがよほど心配だな、うん」

大池の言い方は、いかにもあっけらかんで、としおを含め周囲を安心させる。大池には「決死の覚悟」という言葉は似つかわしくない。

民事模擬裁判

5月12日（金）

大講堂で民事の模擬裁判が始まった。いずれ修習生が担当させられるが、入所早々の修習生には無理なので今日は教官が演じる。証人役は研修所の職員だ。

としおは、まだ本物の法廷に入ったことがない。だから、映画やテレビでしか裁判の進行を知らない。口頭弁論というから、民事裁判の法廷で弁護士が口頭で長々と意見を陳述すると思っていると、なんと「陳述します」と言うだけ。その一言で、あらかじめ提出してある準備書面を読み上げたことになる仕掛けだという。これには驚いた。つまり、民事裁判では法廷は書面を交換する場なのだ。ただ、それではいかにも面白くない。裁判官が双方の主張について疑問点を指摘したり、足りない主張の補正を求める。これを釈明権の行使という。そうやって裁判の争点を明確にしていくわけだ。事実を法律の要件にあてはめ、法律論として十分なのか、解明すべき事実は何なのか、それを明らかにしたうえで証人調べに移る。

模擬裁判といっても、さすがに本職たちによるものだけに、そつなく進行していく。これが慣れていない修習生だけでやったら、そうはいかないだろう。証人役の職員は、何回も練習しているのか、よどみなく答え、また、適当につっかえつっかえして本物の証人のように証言していく。現実の裁判でも、恐らくそうなのだろう。あまりにスムースに進行すると、かえってわざとらしくて真実味に乏しい。そうは言っても、見てるだけでは今ひとつ緊張感に欠ける。としおは途中で眠気を催してしまった。

修習生の眠気を吹き飛ばすためか、ときに被告代理人役の刑弁教官が「今の質問には異議があります」と立ち上がりざまに大きな声で言う。ハッと目を覚まし、ええっ、どうして、と思案していると、被告代理人はすぐに「誤導尋問です。証人はそんなことは言っていません」とか「誘導尋問です」とか、もっともらしい理由を述べる。すると、裁判官役の刑裁教官が「異議を認めます。代理人は質問を変えてください」と裁定する。それなりに丁々発止のやりとりになって進行していく。

模擬裁判が終わると、いつもの喫茶店「たんぽぽ」に青法協準備会のメンバーが集まった。

「わがB組で青法協として目に見える活動をどうつくりあげ、展開していくか、知恵をしぼる必要があるよね」

一法《はしのり》が切り出すと、野澤が真っ先に手をあげる。

「昨日のクラス討論に出たもの、出なかったものを、一つひとつ具体化していくことが先決なんじゃないかな」

「そうよね、そうだわ」

恵美があっさり同調した。昨日出なかった企画として、いい映画を一緒に観に行くことが出た。野澤は大学のときから映画が好きだったようで、近くアメリカの冤罪事件を扱った映画が上映されるから、みんなで観に行こうと提案した。としおも大賛成だ。主題歌を有名なジョーン・バエズが歌うらしい。

「あっ、そうそう」一法がとしおに目を向けた。

「合ハイの企画を具体化してくれるかな、いいだろ？」

としおは、合ハイ（合同ハイキング）の企画を具体化するにはどうしたらよいか、合ハイに参加したことがないので自信はなかったけれど、何の役も引き受けないというのも面白くない。誰かに訊いてやってみよう。そう思って引き受けた。

「司法問題についても、クラスできちんと議論する必要があるわよね」

恵美が真面目な顔で提起した。

「そうだね。重たい課題だけど、避けられない。どうしたらいいだろうか？」

「うん」野澤が軽く手を挙げた。

「昼休みに昼食を教室でとりながら司法問題を話し合ってみたらどうかな。講義の終了した後よりも、少しは参加者が確保できるんじゃないかな」

「なるほど」一法は、頭をしきりに小刻みに上下させながら付け足した。「新任拒否の実情と問題点を知らせるパンフレットを青法協でつくってるよね。あれをクラスで広めよう。うん、それがいい」

一法は自分で提案して、自分で納得している。その様子がいかにも真剣なので、としおはつい微笑《ほほえ》んだ。一法はとしおの笑顔を見て、同意してくれたものと勘違いしたようだ。

一法洋太郎《はしのり》

一法の父親は関西で開業医をしている。裕福な家庭で長男として育ち、おっとりとした性格を身につけた。東大法学部を卒業して、いったん大手メーカー企業に入った。法学部を出たからといって直ぐに法務担当をするわけではない。そのためにも社内の製造現場を知っておくべきだという方針の下で、いくつかの工場に配属させられた。もちろん、どこの工場でも製造現場でも、やがて我が社を背負って立つ幹部だということで大切にされた。一法は、それにあぐらをかくことなく、汗水垂らして現場に溶け込もうと努力した。現場で働いている社員の飲み会にも積極的に参加し、大いに語り合った。案外、自由にやれるものだと思っていた。ところが、社内には人脈というより、歴然とした派閥があるようだ。その人間集団がぶつかりあって、各所で醜い人事抗争が展開されていることに気がついた。飲み会に行くにしても、誰と一緒に飲んでいるのか、直ぐに誰かに見られて社内での噂話になっていくのだ。その選択を誤ると、将来にわたって、ずっと不利益を蒙ることになる。たとえば、早々に系列の子会社へ転出させられてしまい、本社には戻ってこれないとか……。上司に誘われて飲み会に行くと、そんな愚痴を聞く機会が次第に増えてきた。そろそろ会社の様子も分かってきただろうから、こちらに加われよと露骨に誘われた。しかし、なるべくなら距離を置いて中立的な立場に自分を置いておきたい。すると、そんなにお高くとまっていたら損するだけだぞと厳しく叱られてしまった。なんということだ。別に高くとまってなんかいない、そんなつもりは全然ないのに……。

ストレスからヤケ食いするようになり、一法はどんどん太り始めた。大学生のころには別にスポーツはしていなかったけれど、スリムな体形だったのに、入社して以来、どんどん太っていき、80キロを軽く越している。汗かきにもなってきた。

「ああ、嫌んなっちまった」

一法が食事のときに溜め息混じりに一言洩らすと、妻が耳ざとく聞きつけ、「そうよね、洋ちゃんには、向かないかもね」。洋ちゃんとは、一法のことだ。妻とは社内結婚なので、妻のほうがむしろ社内事情には詳しい。人間関係のために理不尽にも泣かされてきた人を妻は何人も見て知っている。だから、自分の夫にはこんなメーカーにくすぶっているより、もっと自由に働いて欲しい。

「たとえば、弁護士ってどうかしら？」

妻は司法試験の難しさを知らないから気楽に弁護士への転職を勧めた。妻にとって、弁護士は金持ちというイメージらしい。テレビに登場する弁護士は、みんな良い服を着て格好いいわよね、そんなことを口にした。だけど、一法は弁護士になるんだったら、もう企業のために働きたくはないと思った。モノづくりの現場で働いている人たちのサポートこそしたいと思うけれど、会社の上層部で人事をめぐって醜い争いを繰り広げているような人たちと接点をもつのは、もう御免蒙りたい。むしろ、一般庶民の日常生活の悩みごとの相談相手、あるいは現場で働いている社員の立場から会社と争うほうがやり甲斐がありそうだと思った。

何日間か一人で考え、ついに決断した。妻は自分がすすめたこともあって反対しなかった。当面は妻の蓄えで何とかやりくりすることにして、一法は東大法学部に学士入学した。再び学生に戻ったのだ。なんとか、伝手をたどって司法試験受験のための勉強会の一つに潜り込ませてもらった。

子どもを抱えて生活がかかっているので、一法は必死に丸2年のあいだ勉強したおかげで、3年目にして無事に合格することが出来た。喜ぶ妻に対しては、あまり金儲けができる弁護士にはならないつもりだと釘を刺しておいた。それは本気だった。

関西にそのまま妻子をおいて、松戸寮に入った。だから、週末には夜遅く寝台特急に乗って自宅に帰る。何といっても子どもたちの顔を見れるのがうれしい。子どもたちも久しぶりの父親に会うと、飛びついてくる。

一法は東大法学部の学生自治会である緑会委員会で常任委員の一人として五月祭などを企画したこともある。だから、司法修習生になって青法協の会員として活動するのは、ごく自然の成り行きだった。30歳を越えているという年齢を考えても、もう任官するつもりはなく、誘われることもない。

科学警察研究所・証券取引所見学

5月13日（土）

朝から科学警察研究所へ見学に行く。これは必須ではなく希望者だけのカリキュラムだが、としおは喜んで参加した。捜査の現場とくに鑑識班の苦労をぜひ知りたい、見てみたい。

指紋の照合は膨大な量の指紋写真を比較対照させていくという。大変な作業だ。気が遠くなりそう。嘘発見器（ポリグラフ）の実物を見せられた。でたらめな質問のなかに事件と結びつけた質問が潜り込ませてあり、その質問に犯人なら特異な人体反応をするだろうという考えにもとづく仕組みだ。脈拍とか発汗とかによって、その特異反応をみる。果たして、どれだけ科学的なのだろうか。としおは係員の淡々とした説明を聞きながら、本当に信じていいものなのか、首を傾げた。その係員の説明する声の調子にも、気のせいか、今ひとつ確信があるとは思えない。

死体をみたら自殺なのか他殺なのかが分かるという話には驚かされた。なるほど、首を締めたときに残った跡が異なっている。それはよく分かった。それにしても殺された人の死体を間近かでじっくり見つめるというのは、いくら仕事とはいえ、嫌な作業だな。遺体の写真を見るだけでもぞくぞく膚寒さを感じるのに……。

火災について、放火なのか単なる漏電事故による失火なのか、科学的に解明できるという説明を聞いて、目を見開く思いがした。時間がたてば発火する仕掛けにしておいてアリバイ工作するというストーリーを推理小説で読んだことがある。それも案外、簡単に見破れるという。科学の力はたいしたものだ。出火元の場所ほど焼け方がひどいというのは、比較した写真を見せられて、なるほどと納得した。刑事裁判って、こうやって科学的に裏付ける必要があるよね。自白に偏重したらいけない。としおは説明してくれる係員の確信に満ちた顔を見ながら、そう思った。

昼休み休憩を各自とって、午後からは東京証券取引所に出かけて内部を見学する。ここが日本の資本主義の心臓部なのか。今日の取引は既に終わっていて、閑散としている。広々とした空間に電光掲示板で株価が表示されている。それも日本だけでなく、世界の株価の動向だ。きっと想像もつかない大金が世界中を動いているのだろう。山元が職員の説明に対して、しきりに質問している。とても興味があるようで、興味津々の顔が輝いている。ここは、としおには一生縁のない世界だ。山元の言動が全然ピンとこない。としおは、ゼニカネ勘定だけの弁護士になるつもりはない。また、そんな大金を扱う大企業相手の弁護士になるつもりは、これっぽっちもない。と言いつつ、そこには、ちょっぴり語学の出来ない負け惜しみも入っている。としおは高校生のときから英語がずっと苦手だった。聞きとれないし、話すことも出来ない。まあ、そんな語学とは縁のない世界で生きていくしかないやね。そう言えば、山元は英会話も習っているらしい。すごいことだよね。

取引所の外に出て、としおは深呼吸した。なんだか見たこともない大金が動いていく、その重みに言いようのない圧迫感が残った。うしろから一法が話しかけてきたので振り返ると、少し先の方に、まもるが百合恵となにやら親しげに話しながら肩を並べて歩いていく姿が見える。まもるの奴、いつの間に百合恵とそんなに親しく話せるようになったのか……。うらやましげに目の端で見送り、一法に向き合った。これから、東京弁護士会館で青法協準備会の拡大世話人会がある。歩きながら野澤がとしおに、大学生のころに交際していた彼女に受験生時代に振られてしまった、もう一回、連絡してみようかなと話しかけた。すぐうしろを歩いていて、話を聞きつけた恵美が口をはさんだ。

「やめたほうがいいわよ、そんなこと」

その言い方がきつく、いかにも説教調だったので、野澤ととしおは立ち停まって目を見合わせて、ぽかんとしている。

「そんなことしても、自分がまた惨めな思いをするだけよ。女は、いつだって前を向いて生きているんですからね」

ぴしゃりと恵美にやられ、野澤は面白くない。本当だろうか。女性って、そんなに過去を振り返らないものなんだろうか……。

「いつまでも過去を引きずって、うじうじしているなんて、それこそ男らしくもないし、みっともないことよ。そんなのつまらないでしょ」

そういうものなのかなあ……。野澤は、その後、その彼女から合格祝いの手紙をもらっていることを言い出しそびれてしまった。恵美にはかなわない。下手に逆らわないようにしよう。それじゃあ、実務修習先の横浜での新たなる出会いを期待することにするかな。いや、一法に誰かいい人を紹介してくださいと頼む手もあるかもしれない。

久留恵美《ひさどめ》

恵美は中央大学法学部を卒業した。名高い研究室に所属していたが、なかなか司法試験に合格できず、6回目の挑戦で合格した。いまは芳紀29歳である。

受験中は浮いた話は自ら封じ込めていた。司法研修所で「彼」を見つけようと思っているが、これって意外に難しい。独身男性はたくさんいるんだけど……。

青法協には研究室の先輩に誘われて入ることにした。社会の底辺の現実を直視してしっかり生き方を考える必要があると忠告された。アドバイスというより厳しい指導だった。サラリーマン家庭の一人娘で、甘やかされて育ったので、受験生活が長くかかったのも、もう一つ自分を本気で追い込まなかったからだ。答案に迫力がないと先輩からたびたび指摘された。それで、自分がいかに世間知らずだったか痛感し、目を開かされた。

青法協の活動を通じて、いい彼氏が見つかったら、という気がないわけでもないんだけど……。

日本の弁護士

5月14日（日）

午後3時から東京弁護士会館の講堂に26期の司法修習生が90人も集まった。いよいよ26期青法協の準備会を旗揚げするのだ。としおは、まもるを誘えなかった。昨日、まもるが百合恵と仲良さそうに歩いていくのを呼び止める勇気はなかった。まもるが任官志望を固めている気配なのを感じて、入会の働きかけをためらったのだ。これって、日和見だよね……。

事前の予想を超えて多くの修習生が集まったから準備会は盛り上がった。弁護士志望だけではなく、大池のような任官志望者も何人か参加した。苦しかった受験勉強を卒業した今、何か社会的な活動をしたいという修習生が集まっている。受験時代は、六法全書というか法律書以外には目を向けてはいけなかった。今、そのタブーをはずして、自分を真の自由にする。そのためには社会の現実から目をそらさず直視することが必要だ。それを支えあうのが青法協なんだ。としおはそう考えている。

先輩弁護士のスピーチが始まった。弁護士と弁護士会の置かれている状況が明らかにされ、そのなかで青法協は何をしようとしているのか、熱っぽく語られた。

戦前の日本では、権力と積極果敢にたたかったという弁護士はきわめて限られていた。それは、とても勇気のいることであり、下手すると弁護士自身が検挙されかねなかった。現に裁判にかけられた高名な弁護士がいる。「弁護士なんかやめて、正業に就け」と警察官から説諭されたというのは有名な話だ。そのうえ裁判の場で使える法理論というのもあまりなかったから、法的な形態でたたかいにくかったという現実もある。そして戦後は、その点が異なり、幅広い弁護士が参加するようになった。かつては労働組合運動とともにたたかう弁護士を労働弁護士、略して労弁と呼んでいた。しかし、このごろは民主的弁護士と呼んでいる。これは労弁より、さらに幅広くなったことを反映している。つまり、労働事件だけでなく市民的な事件も扱うようになった。たとえば、いま全国のあちこちで公害事件に取り組む弁護士たちがいる。その中心メンバーに青法協の会員弁護士がすわっている。

現在、全国に1万人近い弁護士がいて、そのうち半数の4000人が東京にいる。地方へ民主的弁護士を送り込むことによって、運動に幅広さを与えるようになった。民主主義的な運動に基礎を置いた弁護士として、ますます民主的弁護士と呼ぶのがふさわしく、労弁という言葉では語れなくなった。

ところで、労弁になったが、途中で企業側の弁護士に鞍替えするという人もいないではない。つまり、昔風に言うと転向というか変節する弁護士もいる。それほど、弁護士というのは誘惑が大きい職業でもある。さらに戦前の弁護士と戦後の弁護士とでは大きく違っている。弁護士会が戦後、完全な自治団体になったのは画期的なことだ。

次の弁護士が登場し、「法解釈学と弁護士に求められるもの」というテーマで講演した。法理論に強くないと自負するとしおにとっても興味をそそられるテーマだ。

「弁護士は、現に権力がどういう理論でその意図を貫徹させようとしているのか、その点をしっかりとつかんでおく必要があります。たとえば、ストライキを労働組合がやっている工場の現場で、労働者がピケを張っているとき、どこまでやっていいのか、やれるのか、それが問われることがあるのです。そのときには、法律的な問題としてだけではなくて、その場の力関係も考慮しながら回答しなければなりません。そのときの基本は、現場のたたかいをいかにして前進させるか、です。法理論上の限界をしっかりおさえつつ、必要なら新しい法理論をあみ出していく、構築していくことを学者と連携してすすめるのです。

一般の市民事務所に入ると、ボス弁護士の下にイソ弁（居候弁護士）として入所することになります。いま、月収10万円ほどでしょうか。そして入って3年ほどすると、そこそこの地盤が出来ていますので、実力と基礎ができたと思う弁護士は独立して巣立っていきます。これに対して労弁というか、民主的弁護士の場合には集団事務所として、収入を完全にプールして月給制にしているところがほとんどです。ボス弁とイソ弁という関係ではなく、パートナー形式なのです。

ちなみに、弁護士は、依頼者の代理人となるわけですが、あまりに代理しすぎてもいけません、事件を請け負ってはいけないのです。そんなことをしたら必ず失敗すると言われています。市民的な事件であっても、依頼者とともにたたかうという立場に立って事件の処理をすすめるべきです。

また、これまでの弁護士は、じっと事務所にいて相談に来る人を待つという受け身的な存在でした。これからは、もっと積極的に事件を開拓することが求められます」

弁護士とは何か、何が求められるのかに話が移った。としおは思わず身を乗り出した。

「弁護士として、相談に来た人が何を要求したいのか、まず、それをきちんとつかむ必要があります。事実を正確に把握する能力が求められるのです。そして、それを法的に構成し表現する能力が次に求められます。そのためには、人間関係、そして社会に開かれた目、これを日頃から十分つちかっておかないと役に立ちません。生活感覚のない人は駄目になります。依頼者の生活に細やかな配慮をすることが求められることもあります。弁護士の生活はとても激務です。徹夜で仕事することも多いし、不摂生にもなりがちです。かといって、病気になったときには、何の保障もありません」

さらに、講師は、弁護士の経済生活の実際と法律事務所の選択へと話をすすめた。修習生みんなの関心が集まるところだ。としおも聞き逃すまいと身構えた。

「弁護士は自由業といっても法律事務所を構えなければやっていけません。集団事務所といっても、一人ひとりに生活がかかっています。事務員を置いて事務所を構えるとなると、月に20万円は少なくともかかります。だから、弁護士は一人あたり少なくとも25万円の売上を毎月、確保しなければなりません。民主的活動に関わるとしても、商売としての弁護士もやらなければいけないのです。そのためには、コネクション、人間関係を絶えずつくっておく必要があります。これは、単にお金もうけのためだけというものではありません。弁護士は、現実問題として、誰と一緒に生きていくのかということです。大企業や権力とともに生きていくのか、それとも働いている人々と一緒に生きていくのか、あるいは、このとき地域住民とともにということもあるでしょう。その意味で、司法研修所を出てどんな法律事務所に入るのかは、弁護士にとって、いわば決定的な意味をもっています。

青法協というところは、どのような法律家になっていくのかについて意識的に考える人たちの集合体、団体なのです」

話が終わって質疑の時間になった。すぐに手が挙がった。誰だろう。野澤だ。野澤の質問は、公害訴訟のなかで弁護士の果たしている役割について、もっと聞きたいというものだ。その弁護士は、まってましたとばかり話しはじめた。

「いま、公害訴訟が国民と権力のあいだの大きな対決点となっています。これまで既に原告住民側が勝訴する判決が勝ちとられていますが、それは単に法廷技術のみで得られたというものではありません。あるときは地域住民のなかに果敢に入っていき、その要求実現に向けて組織するという役割を担う。そして、ともに大衆運動を起こして前進させる。さらには、民主的な学者とともに法解釈学を発展させていく。このなかで、これに関わった弁護士たちは生き甲斐を感じたのです。その意味で、弁護士になろうとする人にとって、単に一人でやっていけるのかどうかという視点で物事を考えるのではなくて、国民は弁護士に何を求めているのか、それをつかんで自分の生き方にとり入れる必要があります。

弁護士は、この社会でかなり大きな可能性を秘めた存在だと思いますが、同時に大きな危険もあります。誘惑も多い。ついつい堕落してしまう危険性があります。ですから、人並みの生活を心がけ、健康に留意してやっていってほしいと思います。

司法修習生の2年間は、本当に貴重な機会です。弁護士になろうとする人にとって、裁判所や検庁での修習は、そのときしか絶対に見聞することが出来ません。しっかり目を見開いて、よく聞いて、学べる限り大いに学んでほしいと思います」

弁護士は修習生にこう呼びかけて話を終わらせた。ううむ、本当にそのとおりだ。としおは手が痛くなるほど両手をあわせて拍手した。

最後に登場した弁護士は、ベトナム戦争と日本の関わりを取りあげた。アメリカのベトナム侵略戦争はますます激しくなっている。あの強大なアメリカ軍がベトナムの各地で苦戦している。そのベトナム戦争は日本によって支えられているという指摘に、としおは聞いていて、はっとした。日本はアメリカ軍の補給後方基地として深く関わっているのだ。その一つが、ベトナムの戦場で損傷したり故障したアメリカ軍の戦車の修理を相模原補給廠《しょう》で大々的にやっていることだ。だから、これを止めることは、戦うベトナム人民への支援に直結している。うむ、なるほど、そうだったのか。としおは、口先で、ベトナム侵略戦争に反対するぞとスローガンを叫ぶだけでは足りないんだ、と大いに反省させられた。

話が終わった。としおたちは弁護士と一緒に日比谷公園を通り抜けて有楽町のほうへ渡った。銀座まで繰り出すのかと思っていると、その手前にあるガード下の居酒屋へ入って懇談のひとときを過ごす。結局、タダメシ、タダ酒となったうえ、とても勉強になった。

今日も、充実した一日だった。としおは、すっかり満足して深夜、下宿に戻った。

「送り狼」

5月16日（火）

朝から小野寺教官による民事弁護起案の講評が午後3時すぎまで続いた。民事裁判の準備書面の応酬こそ、弁護士の仕事の基本中の基本だ。これがうまくできるようにならなければ弁護士として生きていけない。

小野寺教官は、依頼者からの事実の聞きとり、その書面化にあたっての注意点を自分の体験をもとに繰り返し指摘した。としおは一言も聞き落とさないよう必死にノートに書き取っていく。

「追い込まれないと書けないというタイプの人は多いものです。しかし、それは手痛い失敗につながることが少なくありません。訴状や答弁書、そして準備書面は早めに書きあげて、裁判所に提出する前に依頼者に確認してもらう。それが思い込みによるミスを少なくします」。なるほど、なるほど。

小野寺教官は、「上から見るような起案を書いてはいけませんよ。事実は横から見るんです」と注意した。事実を横から見るって、どういうことなんだろうか。きっと、いろいろ事実関係を並べて比較し検討するっていうことなんだろうな。小野寺教官は、ときに意表をつく新しい表現を繰り出す。

「弁護士は、あくまで代理人に徹すべきです」。小野寺は声を低めて断言した。えぇっ、何のことだろう……。

「依頼者と手を取りあって泣いたりしてはいけません。裁判の勝ち負けについて、あくまで本人と一定に距離を置いておかなければいけないのです」

むむむっ、何ということ。それでは公害裁判で原告となった患者や家族とともにたたかえないのではないだろうか……。日曜日に聞いた弁護士の話とのギャップは大きい。

「岡目八目という言葉があるとおり、一定の距離を置いているからこそ見えるものがあるのです。当事者とあまりに密接なところにいると、弁護士は余計なストレスを受けやすいものです」

小野寺教官の指摘は、としおには納得しがたい。弁護士に期待される資質として、小野寺は、次々にあげていった。としおにとって耳の痛くなるようなものばかりだ。

「まずは法律知識ですよね。これは司法試験に合格したみなさんには欠けているところはないわけです。次が、事実の把握と法律構成力です。これは要件事実にあてはめた事実の分析と再構成ということも出来ますね。これが難しいのです。依頼人の話を漫然と聞いているだけでは、要件事実を念頭においた法律的主張は展開できません。依頼人の話をさえぎるのではなく、それをある意味で発展させるために適切な質問を途中で挟み込む必要が大いにあります。そして文章ですから、表現能力が問われます。できるだけ簡潔な文章で適切に表現しなければいけません。また、弁護士になったら、一つの事件に専念するなんて贅沢《ぜいたく》は言っておれません。いくつもの仕事を同時併行的に処理していかなければなりませんので、適切な事務処理能力が求められます」

としおは、一法《はしのり》や野澤が青法協の呼びかけ文をいつもすぐに作成してもってくるのに驚嘆していた。自分でも、あんなに素早く事務処理する能力を早く身につけないと大変だぞ……。

小野寺が声のトーンを急に変えた。

「修習が始まって1ヶ月が過ぎたわけですけど、みなさん、どうですか。そろそろ疲れが出てきて大変かもしれませんね。でも、思い出してください。去年の今ごろ、何をやっていたか。あのころに比べたら、今は先の見通しが明るいわけです。たまには受験生活の苦しさを思い出して、しっかりがんばってくださいね」

そうだった。司法試験の短答式試験は、いつもゴールデンウィーク明けの日曜日に実施される。そして7月の論文式試験まで息もつかさぬ受験勉強の渦中に身を置いていたのだった。あのころの気分は、もう絶対に思い出したくない悪夢だ。

小野寺は、「最後に」と言って教室内を見まわした。「人権感覚と良識、人間性こそが求められるのです」。としおは、最後のところで、ほっと一息つくことができた。いや、本人にそれがあるというわけでは決してないけれど……。

講義が終わったとき、一法が小野寺教官に近づいた。

「セミナーのあと、教室に戻ってクラスの有志で少し議論したいと思います。使えますよね？」

一法の問いかけに小野寺は、困った顔も見せず、「うーん、何も問題ないと思うよ。念のため、事務室のほうに確認しておきましょう」と即答した。やれやれ、良かったな。教室を使えるなら、人も集まりやすい。外部の喫茶店だと、お金もかかるし、周囲への気兼ねも必要だ。一法と野澤が喜んでいると、小野寺教官が慌てた様子で足早に戻ってきた。困惑しているという表情から、さっきの了解が取り消されると、としおは察知した。

「いやあ、ごめん、ごめん。事務室に訊いてみたら、ダメだって言うんだよ。所定のカリキュラム時間以降の使用は許されていないらしい。特別の場合には3時までに使用願いを出すこと、目的、人数を明らかにして、部外者を入れないことを誓約すること、そんな条件がついているんだって。私も知らなかったもんだから、先ほどは安請け合いをしてしまった。ごめんなさい」

無念そうに小野寺は軽く頭を下げた。弁護教官に頭を下げられたのでは、もうどうしようもない。研修所当局は修習生の自主的活動を所内で認めるつもりはないということだ。それにしても「部外者を入れないこと」という条件が付されるというのには驚き入る。部外者というのは、上の期の修習生や弁護士を指しているのに違いない。

仕方がない。研修所の外に出て、いつもの喫茶店に行くしかないね。


刑訴法セミナーに今日もまもるは出席した。少し離れた席に百合恵がいるのに気がついた。ソフトボール大会のあと、百合恵のマンションに泊めてもらったけれど、それ以来、残念なことに二人きりで個人的に話したことはない。なんとか、今日は、その機会をつくれないものかな……。

セミナーのあと、有志で御徒町近くの居酒屋に繰り出すことになった。しめしめ。まもるは期待した。問題は百合恵が参加してくれるかどうかだ。何気ない風を装って百合恵のほうに近づくと、百合恵と目があった。

「蒼井《あおい》君が行くのなら、私も参加しようかしら」

小さな声で百合恵が言う。ヤッター……。居酒屋では、セミナーの教官を中心として法律論を議論し、大いに食べ、また飲んだ。まもるも調子よく、ビールを大ジョッキで次々と飲んだ。もう何杯飲んだのかも覚えていない。すこし飲み過ぎたようだ。これはまずいな。足元が少しふらついている。

居酒屋のあとは、二次会にスナックへ行く組と帰宅組に分かれた。まもるが店の外でどうしようかと突っ立って迷っていると、百合恵が近づいてきた。

「もう帰るんでしょ。私が送っていってあげるわ」と声をかけてきた。ちょうどそこを隈本《くまもと》が通りかかり、「送り狼に気をつけなよ」と二人にからかいの声をかけた。百合恵が「失礼しちゃうわね」と、半ば笑顔で隈本をにらみ返した。隈本はスナック組の方へ足早に逃げ、まもるは聞こえなかったふりをした。百合恵がタクシーを呼びとめ、まもるを先に乗せて自分もあとから乗り込み、行く先を告げた。百合恵のマンションのある地名だ。

タクシーが停まると、「ちょっと寄って、酔いをさましたらいいわ」と百合恵がまもるに声をかけた。待ってました。この声がかからなかったら今夜は素通りするしかないと心配していた。まもるは百合恵の部屋にあがった。独身女性の部屋は何だか雰囲気がいいし、ほのかに柑橘系の香りもする。香水でもふりまいているのだろうか。

まもるがリビングのソファーに座っていると、百合恵が声をかけた。「ちょっと待っててね。お風呂の用意をしてくるから。まずはお風呂に入って酔いざましするのが一番よ」

百合恵は風呂の手配をしたあと、テーブルの上にワインとワイングラスをセットした。大ぶりのワイングラスだ。まもなく、百合恵がソファーでぼおっと座っているまもるに、「お風呂、どうぞ」と声をかけた。まもるは浴槽で、ゆっくり手足を伸ばした。ソフトボール大会のあとは、泥酔状態のようなものだったので、記憶が断片的で、風呂に入ってベッドで寝たくらいしか覚えていない。今夜はそれほど酔っているわけでもないので期待していいかしらん。そう思うと、自身が急に勃起してきた。

いかん、いかん。合意のない行為は許されないんだぞ。

浴槽を出て、頭と身体に石鹸を塗りつけて手でごしごし洗うと、頭の中までスッキリした気分になった。何事も神様のおぼし召しのまま、自然の成り行きにまかせよう。

浴槽から出ると、派手な色のパジャマが置いてある。「ちょっと小さいかもしれないけど……」外から百合恵の声がかかった。ええっ、泊まるなんて、今夜はそこまで期待していなかったんだけど……。まあ、これも自然の成り行きだ。今夜は、このあとどういう展開になるんだろう。胸がドキドキしてきた。いやいや期待しすぎるのは良くない。パジャマは少し窮屈だったが、なんとか着ることができた。

ダイニングのテーブルの上に赤ワインの瓶が一本置いてあり、チーズが皿に盛り付けてある。

「何もないんだけど、どうぞ」

大ぶりのワイングラスに百合恵がボトルを手にとって注いでくれる。赤ワインといっても明るい赤色ではなく、少し黒光りするような赤色だ。ところが、天井の明かりに透かしてみると、鮮やかな赤色に変わるので驚いた。口にふくんで香りを味わう。ふむふむ、なんだか芳しい干し草の匂いがする。ええっ、ワインってこんな味がするものなのか……。

「どうかしら。このあいだワイン専門店で買ってきたのよ」

百合恵はワインの趣味もあるんだ……。

「一人でちょっと飲んでてね。私もお風呂に入ってくるから」

百合恵が姿を消した。女性のお風呂は長いと聞いているので覚悟していると、それほど一人待たされることもなく百合恵は風呂からあがってきた。同じような花柄のパジャマ姿だ。ということはペアのパジャマだな。別れたご主人のパジャマがそのまま残っていたということかしらん……。百合恵のパジャマ姿は、まもるには悩ましいばかりだ。胸のふくらみが盛り上がっていて、はち切れそう。また髪が濡れているので、大きめのタオルで髪を包むようにして拭くとき、胸のふくらみが大きく前後左右に揺れるのがもろ見えだ。

「このワイン、もちろんフランス産よ。私はボルドーよりブルゴーニュのほうがお気に入りなの」

フランス産ワインにボルドーとかブルゴーニュとか、そんな区別があること自体をまもるは知らなかった。フランスの地名らしい。そんなことより、目の前の百合恵の胸のふくらみが揺れ動くのが気になって仕方がない。口の渇きをワインを口にして湿らすのが追いつかない。話しながらも、どうしても視線が百合恵の盛り上がった胸に行ってしまう。

「なんだか火照《ほて》ってきたわ」

百合恵は、そう言いながらパジャマの一番上のボタンをはずした。

「私って、もう男はこりごりなのよ」

その仕草と言葉のギャップの大きさに、まもるは戸惑った。

「えっ、こりごりって?」

百合恵はモーレツ商社員と社内結婚して家庭に入ったこと、嫁と姑の激しいバトルに疲れたことを話しはじめた。

「あれって、はたで想像する以上に消耗戦なのよね。一人の男性をめぐって、母親は手塩にかけて育てた息子を嫁という新参者の見知らぬ女に奪われたという気分になるらしいのね。こっちには、そんな、奪ったなんて気はこれっぽっちもないのにね」

まもるには、嫁と姑という女の世界の戦いは想像することもできない。

「私が夫を許せなかったのは、自分の妻が母親と激しく争っていて、妻がＳＯＳを発しているというのに、自分は局外中立、いえ、本当は母親に味方して涼しい顔をしていたってことなの。だって、一人前の大人なんだから、親から自立するって当たり前のことでしょ。だいたい、妻って自分が選んだ相手なんだし、新しい家庭を築き上げていくって約束したはずでしょ。それなのに局外中立だなんて、そんなのあり得ないでしょ。蒼井《あおい》君、そう思わない？」

自信はなかったけれど、百合恵の思いつめた表情をしっかり受けとめようとは思った。

「お父様は私たちのことについて何も言わなかったの。ただ悲しそうな顔をしていただけ。亭主関白なんてものじゃないのよ。完全な女系家族で母親の言葉が何にせよ一番強い、そんなファミリーだったわ」

いやはや、結婚するっていうことは、このような状況に身を置くということなのか……。

「子どもを渡してくれるのなら、今あなたが住んでるマンションのローンは、こちらで支払うわよ。こう、彼の母親にきっぱり言われたの」

そうか、子どもとマンションとが交換条件になったのか。これって辛い選択だよね。

百合恵はグラスに残っていた赤ワインをぐいっと飲み干した。

「もう少し飲む？」

百合恵の問いかけに、まもるは、いや、もうダメ、これ以上は飲めないと思った。身体の中心からストップ信号が出ている。

「いいえ、もう結構です。僕、もう寝ます」。酔いつぶれてしまう寸前だ。そう自覚せざるを得ない。いったいワインをどれほど飲んだのだろう。さっぱり分からない。百合恵の深刻な話に、その重さに胸が詰まってしまったのかもしれない。どちらにしても、もう限界だ。

「そう」百合恵は無理強いをしなかった。立ち上がると、まもるを寝室に案内しようとした。そのとき、二人の身体が少し接触した。慌てて「すみません」とまもるが言うと、百合恵は「おやすみなさい」と言いながら口を近づけてきた。ええっ、どうしよう、どうしよう……。百合恵は、まもるの口に軽く自分の唇を当てると、次にまもるの右手を手にとって「少し気になったかしら」と言いながら自分の胸に導いた。

少しどころじゃありません。大いに気になってました……。なんて言うことも出来ないまま、まもるの右手が百合恵の乳房のふくらみに触れた。温かくて、ふわふわした、大きな乳房だ。弾力がある。いやあ、たまらない。両手でゆっくり揉みしだいたら、どんなに気持ちいいことだろう。ところが百合恵は、再び「おやすみなさい」と言いながら、まもるの右手を自分の胸から離してしまった。あれれ、もう終わりなの……。これ以上すすめてはいけない。そのブロックサインが出てしまった。まもるは潔くあきらめ、ベッドにもぐり込んだ。興奮して眠れるかどうか心配だな、今夜は……。と思っていると、たちまち幸せな気分のまま意識が薄れていった。

翌朝、まもるが目を覚ますとリビングのほうから声がかかった。

「朝食の用意が出来てますよ、若旦那様」

明るい声で冗談が飛んできて、まもるは心も軽く、着換えもせずにリビングに向かった。テーブルの上には前回と同じようにジュースとハムエッグの朝食が二人前並べられている。

「きのうは失礼しました。奥様」

まもるが軽く頭を下げると、百合恵は「あら、何も失礼なことなんか、なかったわよ」と笑って返した。そうか、何事もなかったんだ。良かった。いや、本当に良かったのか……。

朝食をすませると、まもるは早々に引きあげたほうがいいと思った。飲みすぎたのか、少し頭が重たい気分だったので、まっすぐ下宿に帰ることにした。下宿にたどり着くと、もう一度、顔を洗って、昨夜のことが夢じゃないことを確認した。それから、民事弁護の準備書面の起案に取りかかった。

蒼井《あおい》護《まもる》

まもるの親は、千葉で商売をしている。塩干物を扱う老舗の問屋だ。景気は悪くない。高卒の父親は自分にきちんとした学歴のない引け目から、子どもへの教育投資は惜しまず、進学で有名な都内の私立高校に行かせた。自宅からの通学だと大変だろうから、都内に下宿させ、母親が毎日のように来て家事の世話をした。東大には現役合格した。

昭和43年に入学してまもなく安田講堂が学生集団に占拠され、機動隊導入に抗議して無期限ストに突入し、授業がなくなった。暇を持て余したまもるは、麻雀に明け暮れた。物足りないと思っていると、高校の先輩から誘われて地域での法律相談活動の場に顔を出すようになった。伝統ある東大法律相談所ではなく、セツルメント法律相談部のほうだ。そこにアイちゃんと呼ばれる元気のいい女性セツラーがいて、彼女に心惹かれたこともあり、まもるは足繁く地域に出かけた。東京の下町にセツラー・ハウスがあり、そこで相談にやってくる人たちの法律相談を受ける。たとえば、大家さんから立ち退きを迫られている借家人。親が借金をかかえたまま死んでしまったとき、子どもはどうしたらよいのか。とても一年生にすぐ答えられるような質問ではない。先輩の受け答えをじっと聞いているしかない。先輩たちは自分の力にあまるときには、さらに先輩の弁護士におうかがいをたてる。実社会には、こんな問題があり、悩みがころがっているのか。少しずつ世の中の仕組みが見えてきた。アイちゃんに対しては一方的に好意を示したつもりでいたが、残念ながらアイちゃんからは、まるで相手にされなかった。愛を告白する機会もないまま、やがてアイちゃんは先に卒業して官僚になった。まもるの淡い恋心は実ることなく、凋《しぼ》んだ。

東大闘争のなかで、全共闘は膚にあわなかった。その語る革命論は嘘っぽいとしか思えない。こんなに世の中は景気がいいのに、どうして大学のなかだけは革命待望論が強いのか、皮膚感覚でまったく受け容れ難かった。もう一方の民青のほうは、スターリニストという言葉があるように、ガチガチの官僚組織に思えて、これまたなじめない。それでも、穏やかな闘争のすすめ方には共感するところがあった。

そのうち、セツルメント法律相談部に所属しているセツラーたちが中心となってクラス連合という有志の組織が結成されると、まもるも安心して、このクラス連合の集会やデモ行進に参加するようになった。なにもしないで傍観するという選択肢はまもるにはなかった。麻雀に逃げ込むことは自分の良心が許さない。クラス連合はやがて民青と共同歩調をとって紛争解決へ動き出し、その勢力は全共闘を圧倒した。学内が正常化し、授業再開にこぎつけた。すると、それまでの遅れを取り戻そうとばかり学生の多くが勉強にいそしむようになった。

まもるの周囲にいたセツラーの多くが司法試験を受けるというので、それに引きずられるようにして、まもるも司法試験の受験勉強を始めた。まもるは、東大に入学したときには、漠然と高級官僚になることを志望していた。セツルメント法律相談部に入って地域に足を運ぶうちに、官僚よりも司法界のほうに魅力を感じるようになった。一緒に勉強する友人のなかには国家公務員上級職試験を受けるという人が何人かいた。まもるは、二股かけるのは自分の性にあわないと感じ、司法試験一本にした。

セツルメント法律相談部では、先輩の弁護士たちの話を聞く機会が何回もあった。自信にみちて弁護士の仕事そして生き甲斐を語る姿を見て、まもるは弁護士という職業の具体的なイメージをつかむことが出来て、弁護士もいいかなと思いはじめた。

気のあった法学部生5人が週に1回か2回、定期的に集まる。民法の演習問題について議論するときには、先に合格した先輩を招いてチューターと称する助言者になってもらう。無料だ。というか、かえって食事をおごってもらったり、食べ物を差し入れてもらったりする。これは東大生の勉強スタイルの基本であり、東大の伝統だった。まもるは基本書をしっかり読み込んだ。我妻栄の『民法講義』シリーズがすべての法律の基礎を身につけるのに最適だと聞くと、じっくり読んでいった。

まもるの特技は一度読んで理解したことは忘れないことだ。そして文章表現力だ。こちらは小学生になる前から本好きで、たくさんの本を読んできたから自信がある。そして、夜は、12時になったらパタッと本を閉じて、ぐっすりよく眠る。

法律の議論は、場合分けして、それぞれに筋道をたてて論理的に思考する。議論も、それを深めるためのものだ。これはまもるの性にあった。ただし、下手すると空理空論、議論倒れになって、足が地に着かない議論になってしまうおそれがある。まもるも、その点は自戒した。まもるは幸い司法試験に一回で合格した。しかも、成績は二桁台の、数が少ないほうだった。

司法研修所に入るとき、志望欄には任官を考えていると記入した。先輩から、そのように書いたら教官から格別に可愛がってもらえると聞いたのを急に思い出したのだった。だから、冗談半分というのではないけれど、任官の気持ちが固まっているというのでもなかった。決めるのは裁判官の実情を知ってからでいいや、そう考えた。

司法研修所に入ってみると、まもるが任官志望だということを周囲の誰もが当然だという顔をした。そして、教官もたしかに愛想がよい。なので、まもるは自然に任官志望者のグループと一緒に行動することが多くなった。

5月18日（木）

教室で百合恵のそばを通りかかったとき、まもるは「おはようございます」と明るく声をかけた。すると、優しい目つきで、「おはようございます」と爽やかな声で返ってきた。良かった。嫌われてはいないんだ……。まもるは、ほっと胸をなでおろした。

雨が降ってきそうな気配だ。蒸しむしする。よほど雨がざあっと降ってくれたほうがすっきりしていい。昨日は自宅起案だったから、のんびりしていて、夜遅くまで久しぶりにビートルズなんか聴いていたりしたから、今朝は起きるのが遅くなってしまった。遅刻だけはしないように心に決めていたのに、いかん、いかん。社会人として過ごすようになって1ヶ月たち少し気が緩んでしまったようだ。としおは気を引き締め直す必要があると反省した。

田端教官が先日の民事判決起案を淡々と講評していく。今日は、なぜかやけに物静かな気配だ。何かあったのかしらん。民事判決起案は、我ながら、いかにも不出来だった。赤ペンがあちこち入っている。もっとしっかり事実をみて法的な論理構成を考えるようにというコメントが付いている。しごくもっともな指摘で、顔から火を吹きそうなほど恥ずかしい。こんなことで落第してしまったら九州にすむ親に合わせる顔がない。田端教官の言葉をとしおは真面目にノートをとっていった。本当に基本が身についていないようだ。もうちょっと基本書を真面目に読み込む必要があるな……。

民裁判決起案の要点として、田端教官は次のように言った。としおは、ノートを取りながら、なるほどと思った。

「法廷に出てくる証人の証言は、だいたい原告か被告のどちらかに近い立場のものが多くて、中立的なものは少ないのが現実です。だってあまり紛争に関わりたくないと思うのが自然な人情ですからね。ですから、証言に頼るのはリスクがあります。そこで、まず争いのない事実を確定させます。そして、次に不利益な事実でありながら当事者が認めている事実、さらに客観的な証拠から認定できる事実。これらのものを積み上げていって結論を出したらよいのです」

なるほどとは思ったものの、これも言うは易く、行うは難しだろう。でも、この道順でやるしかない。

B組に3人いる女性修習生は、まさに三人三様だ。一番若い恵美は社会に深く関わりたいと願い青法協には準備会の段階から加わっているが、いつもキャピキャピした若い女性特有の華やかさを振りまいている。特定の彼氏がいないので、「目下、募集中なんです」、そう公言してはばからない。教室では指名される前から手を上げて自分の意見を述べようとする。それは、ときにとんでもない勘違い発言もあるが、それに自分でも気がつくと、首をすくめて舌をぺろっと出してしまうので、ご愛敬だ。教官からすると、そんな失敗を生徒が目の前でしてくれるほうが講義をすすめやすく、格好の話のネタになるから、思わず教官の笑顔がこぼれ出る。

生子《しょうこ》は恵美とは反対に、「私は社会に関心がないのよ」、小さな声で、はっきり言う。生子の本心は貧乏からの脱出だ。お金に苦労した家庭で育った生子は、ひそかにビジネスローヤーを狙っている。庶民を相手としたチマチマした仕事ではなく、大企業を相手とする大きな舞台での仕事だ。玉の輿に乗るのではなく、自らがビジネスの最前線に関わり、いずれ金持ちになって、お金の苦労なんかしなくてすむようになりたいと願っている。ただ、周囲からすると、生子は生来の引っ込み思案型に見え、その目指すものとのギャップは大きい。そして、生子は「政治的なものって、性にあわないのよ」と尻込みする。それでも真面目に物事を考えようとするタイプの女性なので、青法協に入ってくれる可能性がないわけではない。一法《はしのり》はそう言った。としおも同感だ。引っ込み思案という点では、大学生のとき、としおだって似たようなものだ。いや、もっとひどかった。だけど、弁護士になると決めた以上は、いつまでも舞台の奥に引っ込んでいるわけにはいかない。法廷という舞台に立って、権力を代弁する人たちと負けずに丁々発止とやりあわなければいけないのだ。だから、今のうちに性格の改造が必要だと自覚している。生子にも、ぜひ、そのことを自覚してほしい。ところが、生子に関する見方は後になって大きく覆された。生子は眠れる獅子《しし》だった。

百合恵も生子と似たようなもので、教室で自分から手を上げることはしない。ところが、自分の席に座ったまま、独り言のように疑問点をつぶやく。それは、野次のような不規則発言なのだが、百合恵の席が教官に近いこともあり、しかもその内容が的を突いているので耳にした教官はドキリとして、百合恵のほうを注視し、その疑問に対して何らか答えざるを得ない。無視するわけにはいかないと思わせるだけあるのだ。としおは、そのやりとりに、いつも注意深く耳を傾けた。

恵美の年齢は29歳だと分かっている。生子は少し上の30歳くらいか。よく分からないのが百合恵だ。その落ち着いた雰囲気からは、30代前半というより後半だろう。いやいや、それは失礼かも……。としおは女性の年齢をあてる自信がない。

百合恵に一法が青法協への入会をすすめると、「私なんか、もう若くはないんだから」と言って断ったという。青法協が青年の法律家団体だという名称にこだわったようだ。それを聞いていたとしおが、百合恵に「気持ちが若ければ、みんな青年だよ」と言ったことがある。百合恵は、「若いって、いいわね」と笑ってはぐらかした。百合恵にはそんな大人の女性としての魅力を感じる。ただ、百合恵も、自分が面白そうだと思えば、青法協の主催するセミナーだとか講演会に参加するし、クラス討論のときにも自分の意見を言うのにためらわない。好奇心は人並みにあるようだ。だから、同世代と考えている一法は百合恵を青法協の勧誘リストから落とさない。

百合恵は弁護士志望だと表向きは言っているが、何かの拍子にぽろっと「裁判官って面白そうよね。なれるものなら、なってみたいわ」と、つぶやいたことがある。そのとき、一法は「いいんじゃない、任官も考えてみたら」と軽い口調で励ました。

「じゃあ、いちど、教官にあたってみようかしら、可能性があるのかどうか……」

昼休みになった。お昼は教室で弁当を食べながら司法問題について議論することになっている。クラス討論と違って、青法協準備会の呼びかけなので、有志が残ることになる。としおは駅のキオスクでサンドイッチを買ってきた。講義終了後は教室を使えないので、昼休みの限られた時間でやるしかない。司法問題を正面から取り上げるというと、どうしても参加者は青法協に加入しようとする人に限られてしまう。ところが、実際に教室に残った15人ほどの顔ぶれに新鮮味はない。峰岸も残るのかと思うと、食堂へさっさと行ってしまった。ひょっとしたら会食のことを忘れてしまったのかもしれない。新任拒否問題は自分たちの問題でもあり、重たいテーマだ。だけど、研修所へ要望書を出そうというのだから、クラスで議論しないわけにはいかない。議論はあまりはずまないうちに時間切れになった。

田端教官が午後から再開した民事判決起案の講評のとき、ふと肩を落としてコメントした。としおにとって、講評の合間のコメントこそ、いつも心に残るものだ。

「私は、これは原告の請求を棄却するしかないなと思ったとき、精一杯、原告代理人に対してリップサービスするようにしています。これは、どうせ勝ち目がない、でも本人がどうしても裁判したいと思っているので提訴した。そうとしか思われないケースがあります。その反対に、被告の反論が弱すぎて、どうにも救いようがないというケースもあります。でも、そんなときでも、被告人として何か言いたいことがあるということは多いわけです。そんなときには、盗っ人にも一分の理というわけではありませんが、少しでも、それを汲み上げてやって、なんとか負かす側の顔を立てるようにします。そうすると、納得したというより諦めがついたということなんでしょうね。敗訴判決に対する控訴が減るんです」

実務の感覚なるものは分からないにしても、としおにも何となく理解できる話だ。田端教官は、さらに続けた。

「大学同期で商社に入った連中と会食したとき、納期がどうのこうのと、しきりに言っているので何のことかと尋ねて、かえって呆れられたことがあるんです。ええっ、裁判所って、納期のことを意識して仕事をしていないのかって問い詰められました。たしかに、日頃の私たちは納期なんて言葉は念頭にありません。いつまでに判決を書き上げるというより、双方当事者の納得いくまで主張・立証を尽くすというのが基本です。でも、よく考えたら、裁判というのも広い意味での市民サービスなのですから、納期ということがあっても不思議ではありません。むしろ納期があるほうが市民サービスだったら普通でしょう。そんなことで、私は、このケースだったら、このくらいで見通しをたてようと考えることにしています。これは、決してあなたまかせにはしないということです」

としおにとって、この指摘は、まったく目新しい視点だった。教科書に出てくる法律的な論点だけではなく、物事を解決するうえでのタイミングというものを考えさせられた。

民裁の講評がやっと終わった。としおは一法《はしのり》と二人で、司法研修所を出た。御徒町駅の方へ向かい、二つ目の交差点を左へ曲がる。しばらく行った左側に喫茶店「たんぽぽ」がある。午後の3時すぎの時間、店内は静かだ。営業マンと覚しき男性が少年マンガ週刊誌を読みふけっている。としおも大学生のころは少年マンガを愛読していたが、受験生活に突入して卒業した。営業マンの男性は仕事の合間の骨休みをしているのだろう。

まだ、誰も来ていない。一番乗りだった。一法が、「修習の2年間は、法律家としてのロマンの追求に充てられるべきだと誰かが言っていたけど、本当にそう思う」と、つぶやいた。一法はロマンの男だ。社会に出て醜いこともたくさん見聞してきたはずだが、いつも前向きの発想で物事を考えようとする。決して他人の悪口を言わない。研修所の教育のあり方を激しく批判するが、教官個人の欠点をあげつらうような言い方はしない。だから、話していて気持ちがいい。

ぼちぼち人が集まってきた。青法協準備会として、もう少し目立つ活動をしようという提起があった。クラス内にチラシを配布して青法協への加入を呼びかけようということだ。

夕方まで、あれやこれやクラスの状況を交流するうちに時間がたった。終わりころに一法が昼間、日本法曹連盟の新聞を連絡員として配布させられたことに疑問があると言い出した。としおは何も考えずに研修所時報と同じつもりで配布したことを思い出した。そうだ、そうだと一法に加勢する声があがった。

「あんなのを全員に配っていいんだったら、同じように青法協のニュースも全員配布していいはずですよね」

一法がまとめた。「今日の夜、松戸寮でクラス委員懇談会がありますから、そこで問題提起したいと思います」

一法はロマンの男というだけではなく、組織する男だ。

見学旅行

5月19日（金）

朝から生憎《あいにく》、雨がしとしと降っている。この週末は伊豆へ官費旅行だ。電車に乗って伊豆長岡へ出かける。見学旅行は研修所の公式行事だ。見学するといっても別に司法関係の人に会ったり、司法関連施設を見学するというわけではない。公費による純然たる親睦旅行だ。もちろん、教官も全員が参加する。

集合場所から乗る電車の案内まで、クラス連絡員の一人として、としおは先ほどまで世話を焼いていた。といっても、さすがに大人の集団だけあって、それほど手がかかることもなく、無事に全員が電車に乗り込んだ。あとは参加者の一人として楽しむだけ。

指定席ではないから、電車のなかは自分の気の合うもの同士で座っている。としおが恵美のそばに座ったのは、偶々《たまたま》そこが空いていたからで、別に何の魂胆《こんたん》もない。すると、向こうから野澤が一法と二人で近寄ってきて、四人一組になった。あれあれ、青法協の準備会のメンバーばかりになってしまった。向こうに百合恵の横顔が見える。隣に生子《しょうこ》がいて、真向かいはよく見えないが、まもるのようだ。隈本《くまもと》の声も聞こえる。

恵美が、いきなり正面に座っている野澤に、なぜ弁護士を目指したのかと問いかけた。

「やっぱり自分の良心を貫きたいと思ったんですよ。大企業やら官庁に入ってしまったら、そこまで自分の良心を貫いていける自信なんて、これっぽっちもありませんし」

恵美が「そう、そうなの……」と納得していないのを見てとって野澤は言い足した。

「なんとなく縛られてしまいそうで、面白くなさそうですよね。見通しのない毎日、生き甲斐を感じられない生活を送るなんて耐えられないでしょ」

恵美は「面白いかどうか、なのかしら？」

「まあ、ぼくの場合には、消去法による職業選択で弁護士が残ったということかな」

恵美は小首を傾げた。

「でも、ただ自由に生きたいというのなら、実は、企業に入っても弁護士になっても同じことなんじゃないかしら？」

「えっ、何、同じことって……、何。なぜ、同じことになるっていうの？」

野澤は理解しがたいという怪訝な表情になった。恵美は、考えながら、ゆっくり言葉を足した。

「だって、何物にも縛られずに自由に生きたいというだけなら、弁護士になっても、そんなに自由なのか、私には疑問だわ。だって依頼者あっての弁護士でしょ。依頼者に縛られるという表現は適切ではないかもしれないけど……」

恵美の指摘は鋭い。

「うん、自由にとか、良心を貫くって、ちょっと抽象的にすぎるかな。支配者の側に立つのではなく、国民の側に立ちたいと言い換えたら、納得してもらえる？」

「そうねえ……」恵美は、少し言いよどんだ。

「官僚になって権力の手先になったり、大企業の雇われ弁護士になるっていうのではなく、あくまでも在野法曹の一員として、庶民の味方をしたいっていうことなら分かるわ」

「そう、そう。それが言いたかったんだよ」。野澤の目が輝いた。「東大法学部のなかで法曹を志望する人が増えているのは、やっぱり東大闘争があってそれぞれの生き方を自分なりに考えたからだと思うんだ。大企業や官庁に入って、ぬくぬくとして自分と自分の家族の安泰だけを考える人生を過ごしていいのか。もっと生き甲斐ある人生はないのかっていう模索が始まったんだよね」

「それって、カッコいいわ」。今度は納得したようで、恵美が両手をあわせて軽く拍手した。

やがて旅館に着いた。ひと休みしたあと、夕食懇親会が大広間で始まった。これこそが見学旅行の目的だ。クラスに3人いる女性修習生は、大広間のあちこちに散らばって座っているが、どうしても目立ってしまう。それぞれ違った持ち味が宴会でも現れる。一番若い恵美は、若いだけあって、コップに注がれたら断ることもなく、どんどんビールを飲み、陽気になっていく。周囲に角川《かどかわ》や隈本《くまもと》のような若い男性修習生が寄ってきて、華やいだ雰囲気だ。生子《しょうこ》は、話しかけられると、ちゃんと応対するし、ビールも日本酒もおつきあい程度に飲めるようだが、自制心が強いのか、何回もすすめられなければ、手にしたコップを口につけない。酔って乱れるのを心配しているのだろうか……。いや、静かに話し、じっくり飲むのを好むのだろう。そして、「親しい人とゆっくり話し込むのがいいの」と言う。

百合恵は、生子とタイプは似ているけれど、こちらは、静かに飲み続けていく。恵美のような若く華やいだ雰囲気はないが、それでも絶えず男性修習生を惹きつけている。いくら飲んでも崩れる気配はなく、誰かが下ネタの話題をおおっぴらに話しても、社会人の経験があり、結婚もした百合恵は適当に受け流し、動じることがない。

まもるが席を立って百合恵の席に近づこうと腰を浮かしたとき、野々山が目の前にビール瓶を持って現れた。仕方がない。まもるは浮かせた腰をおろして、野々山にビールを注いでもらった。野々山はお酒に弱いのか、もう相当飲んでいるのか、かなり酔っ払っているようだ。話がくどい。とは言っても、せっかく話しかけてきたのを無下に断る勇気もない。遠くの席で笠がウロウロしている様子が見える。笠に来られたら面倒なことになる。笠に比べたら、まだ断然、野々山のほうがましだ。

野々山がまもるの耳に口を近づけて小声で訊いた。

「きみは経験があるのか?」

「経験って……」まもるは、咄嗟《とっさ》に何を訊《き》かれたのか分からなかった。いわゆるカマトトではない。本当に分からなかった。野々山がニヤリとしたので、ようやく女性のことだと理解した。まもるは残念そうに首を横に振った。

「そっかー、やっぱりな。実はオレもなんだ。遺憾ながら、まだ、その機会に恵まれていない。これまでは仕方がないと思って諦めてきた。けれど、もういい、いいはずだ。オレは自分に解禁した」

野々山は決然とした口調で言い放った。ただ、声は低めている。

「近く来る日まで、オレは毎晩マスターベーションを欠かさない。そのとき出来なくて恥をかいたり、彼女を悲しませることのないように……」

ええっ、毎日マスターベーションしてるのか。すごーい。まもるは、野々山に圧倒され、次の言葉が出てこない。ようやく野々山が立ち去ったと思ったら、今度は羽山《はやま》教官が近寄ってきた。教官は修習生の席を順にまわっている。こちらから挨拶に行かなくてはと思っているうちに、先手をとられてしまった。

「おい、どうだ。任官の意思は固まったかい？」

ビールをまもるのコップに注ぎながら羽山は、ずばり切り込んできた。

「ええ、まあ、もちろんです」

まもるは、曖昧に、かつ、きっぱりと返事した。我ながら、何と不出来な返事だろうと思いつつ。

「そうか、それならよし。じゃあ、今度ゆっくり話すことにしよう」

羽山は、それだけ言うと、別の修習生のほうへ歩み去った。めぼしい修習生に総当たりするようだ。

百合恵はどうしてるかなと、まもるが目の端で探すと、野々山が百合恵の前に座っている。ほかにも何人か周囲にいるのが見える。こりゃあ、いかん。またの機会にしよう。百合恵のそばに近寄るのを早々に断念した。残念だけど仕方がない。

野澤が隈本《くまもと》や角川《かどかわ》と一緒に飲んでいるところに、羽山教官がビール瓶を手にして現れた。

「女性には家庭にいて、子どもを育てるという立派な役割があるからな、うん」

羽山は酔いにまかせて本音をむき出しにして言った。その場に女性修習生はいない。

「そりゃあ、せっかく司法試験に受かったんだから、判検事や弁護士になろうと考えるのも無理はない。でも、ここは、よおく考え直したほうがいい。むしろ、修習で得た能力なんてどこかに置いといて、家庭に入って子どものために子育てに専念するのが女性として一番幸せな生き方なんじゃないか。俺はそう思うな、うん」

羽山は3人にビールを注いだあと、隈本に話しかけた。

「どうかな、任官志望は固まったかな?」

隈本は即答した。「もちろんです。よろしくお願いします」。羽山は満足そうに、「うん、うん」と大きく頷いた。次いで角川に、「きみはどうかな。任検より任官のほうが断然いいぞ、きみにぴったりだ」と問いかける。角川は、「そうですね、考えています」と答え、羽山に気を持たせた。

角川をめぐって、刑事裁判担当の羽山教官と検察の松葉教官は秘かに奪いあいの泥試合を展開している。角川は、初め任官志望だった。羽山教官にも誘われて、いい返事をしていた。ところが、仲の良い野々山が一緒に検察官になろうと誘った。そして、そこへ松葉教官が猛烈にアタックした。角川を獲得できたら大手柄だ。きっと将来の検事総長候補の一人だぞ。これは大物になること間違いなしだ。松葉は角川に狙いをつけた。松葉から手応えがありそうだという話を聞いた羽山は焦った。

角川自身は任官か任検かで迷っている。ただ、その迷いを裁判教官に伝えても仕方がないように思った。だから、羽山教官の問いかけに対しては、うまくあしらって適当に逃げた。

羽山は、行きがかり上、無視はできないという顔で野澤にもビールを注いだ。隈本がそばから、「野澤君も任官したらいいですよね」と水を向けると、羽山は一瞬、表情が固まった。「うん、どうかな、任官も考えてくれたまえ」、そんな言葉の代わりに出たのは「いや、野澤君は弁護士に向いていると思うよ」という素っ気ない言葉だった。

野澤は、もちろん弁護士志望だ。入所前の書類にもそう書いているから、教官が知らないはずはない。しかし、それにしても、若くして、そこそこ優秀な成績、二桁台の終わりごろではあるが、現役で合格した東大出身の野澤に対して任官の誘いをしようともしない羽山教官の態度は、いかにも不自然だ。隈本は教官の意外な反応に言葉を失い、次に何といってよいか分からず、顔を天井に向けたまま固まっている。羽山が野澤を任官に誘う気がないことは露骨すぎた。こりゃあ、きっと何かある。

「じゃあ、楽しんでくれたまえ」

羽山教官は再びビール瓶を手にすると立ち去り、次へ向かった。その後ろ姿をみて、野澤は、きっと自分の身元調査報告書を読んでいるんだと直感で確信した。司法研修所では、ひそかに修習生の選別がなされているのだ。それにしても、報告書には何と書いてあるんだろうか。

「調子はどうですか？」そう言いながら軽い口調でビールを注いでくれる田端教官に、百合恵は思いきってたずねた。

「私なんか、裁判官にはなれないんでしょうね？」軽く何気ない調子の問いかけではあったが、実は百合恵は本心をぶつけてみたのだ。きっとなれない、でも、ひょっとしたら、なれるのかもしれない。だから、話を聞いてくれそうな田端教官にぶつけてみた。喉の乾きを急に覚えてビールを飲み込み、百合恵は答えを待った。

「いや、いいんじゃないかな」

意外なことに、田端教官は好意的に対応した。

「きみの起案を読んでると、何か、こう光るものを感じる。個性があるんだよ。社会人として苦労してきた人のもつ、経験の深みというのかなあ、そういうものを感じるんだ」

百合恵は素直に喜んだ。この言葉が聞けただけでも良かった。個性があるという表現は、ときにはマイナスにも受け取れるけど、ここはプラス評価だと受けとめておこう。

「教官にそう言っていただいて、お世辞としてもうれしいです」

百合恵は、心底から田端教官に感謝した。田端が別の場へ移っていったので、今度は自分のほうから羽山教官の方へ近寄っていった。

羽山教官の横に座り、ビールを注ぎながら同じように問いかけた。

「教官、私なんか裁判官になれませんか？」

百合恵が単刀直入に切り込んだので、羽山は一瞬たじろぎ、ビールのコップを持つ手が震え、「ううむ」と声にならぬ声を出した。右手で口の周りを拭って羽山は百合恵を正視することなく、ぼそっとつぶやいた。

「裁判官か……。蔵内君は、それより弁護士の方が向いているんじゃないのかな。弁も立つし、押し出しもいいから……」

羽山は、百合恵の目つきが真剣なので、ひょっとして本心からの問いかけかもしれないと警戒心をあらわにした。

「裁判官って、3年ごとの転勤もあるし、女性にとっては子育てが大変になるんじゃないのかな。何が人生の幸せなのかって、よーく考えたほうがいいんじゃないかと思うよ」

田端と違って、羽山には百合恵を任官に誘う気がさらさらないのがあからさまだ。羽山は先ほど裁判所は男の職場だと言い切り、裁判官は女がする職業じゃないという信念を披瀝していた。しかし、さすがに、当の女性修習生の前では、そんな本音をいうわけにはいかない。こう判断して、ほんの少しだけオブラートに包んだ。羽山は、これ以上、話が深みにはまらないうちに切り上げようと思ったらしく、ことさら目をそらして腰を浮かした。

百合恵は二人の教官の対応のあまりの違いに愕然《がくぜん》とした。これが社会の現実なのよね。こんな感覚の持ち主の多い職場に入って苦労する意味が果たしてどれだけあるのかしら。ここはやっぱり止めたほうが良さそうだわね。

羽山教官は目ぼしい男性の修習生に対しては熱烈にアタックし、勧誘している。けれど、ちょっと年齢をくった修習生、成績下位の修習生、そして女性修習生には目もくれない。さらには野澤のような「青い」色のついた修習生も対象外だ。それがあまりに露骨なので、周囲もすっかり現実として受け入れ、諦めムードだ。

角川剛司《かどかわたけし》

角川は、父親も兄も東大出身で、いかにも良家のお坊ちゃん育ちという雰囲気を身につけている。東大闘争のとき、野澤と同じく駒場の教養学部2年生だった。1968年6月に安田講堂占拠から始まったとき、大河内総長の対応に不満を感じ、占拠学生の主張に共鳴するところがあった。セクトとは一貫して距離を置いていたが、熱烈なシンパの一人として東大全共闘の集会に参加し、デモ行進に加わった。ただ、9月になり、10月になってからは全共闘の主張に首を傾げるようになった。大学とは何か、何のための大学なのかという根源的な問いかけは理解できるし、大いに支持したい。ところが、「東大解体」とか永続革命、「敵は殺せ」という言葉の氾濫する全共闘の機関誌を読むと、何が言いたいのか理解不能だし、もう尾《つ》いていけない。

そのころ、角川の周囲にノンポリ学生がクラス連合（クラ連）を結成して活動しはじめた。角川はそちらにシンパシーを抱くようになり、全共闘を離れた。そして、もう活動はやめたと公言した。東大闘争が収拾されると、将来展望をどうするか自問自答した。性格的に官僚はあわない。自らの理想とする政策を実現するために手練手管《てれんてくだ》を駆使するなんて自分には無理だ。同じように商社マンとして企業のために猛烈に働くというのもピンと来ない。司法界は、どうかな。うん、裁判官が良さそうだ。判断する立場に立つのなら、じっくり考えればいいのだろうから、それなら自分でもやれるだろう。そう決断すると、本郷に進学すると間もなくから司法試験を意識して講義を受け、自分でもきちんと勉強した。

角川も、まもると同じで本を一度読んだら基本的に忘れない。集中的に基本書を読んで頭に入れたら、あとはぐっすり眠って、冴えた頭で試験会場にのぞめばいい。角川は、まもると同じくらいの好成績で司法試験に合格した。

司法研修所に入ってみて、角川は裁判官だけでなく、検察官もいいかもしれないと、少し心が動いた。民事裁判担当の田端教官の理論一辺倒の講義と起案講評は少し浮世離れの匂いがして、正直いってついていけない。刑事裁判担当の羽山教官には惹きつけられるものがあったが、羽山教官の関心は理論より人事だという噂を聞かされ、少し幻滅を感じるようになった。それは角川の性分とあわない。それより現場で人と接し、人を動かすほうが、まだましだ。消去法というわけではなく、検察の松葉教官の熱弁には心惹かれるものがある。なにより現場を知る者の単純明快さがある。いや、現場は複雑怪奇で魑魅魍魎《ちみもうりょう》の世界かもしれない。そして、強きを挫いて弱者を救済する働きを検察官がするという。心躍る世界が、そこにはありそうだ。

角川は研修所に入ると、何かの拍子に同じB組の野々山と話すようになり、気があった。年齢も大学も、そして性格も全然異なり、共通するところがまったくないのに、いや、それだけ違うからこそ話のうまがあうのかもしれない。恐らく、野々山がいつだって本音で話すので、話していて角川の気が安まるのだろう。その野々山が検察官志望に乗り換えつつあるという。初めは驚いて、聞き流していたが、次第に角川自身も同じ気分になってきた。同じ分野を志向する仲間がいるのは心強い。

角川は社会の矛盾に目をつぶったまま生きていきたくはない。巨悪をのうのうと、のさばらせないという松葉教官の主張には大いに心が惹きつけられる。まことにもっともだし、自分でも、それに関わってみたい……。

角川が青法協の準備会に当初は参加したのは、同じ問題意識からだ。社会の現実をよく知り、そのうえで、じっくり考え、よく議論する。これが大切なんじゃないかな。青法協への入会も考えてみるとしよう……。

5月22日（月）

自宅起案

今日は民事判決の自宅起案日。だから研修所は休みだ。

午後からいつもの喫茶店「たんぽぽ」にB組の有志が集まった。青法協の準備会のメンバーだ。なかなか入会を表明する修習生が増えない。角川のように入会を真剣に考えているという修習生は何人もいるけれど、あとひとつ踏みきってもらえない。

B組は初めに15人が参加したし、その後の集まりにも常時同じほどの参加があって気を良くしていた。少しぬるま湯に浸っていたのかもしれない。一番年長の一法《はしのり》が反省の弁を述べた。としおもまったく同感だ。

25期修習生からは、青法協の減少傾向に歯止めをかけてほしいという注文がついている。

「B組の目標を立てる必要があるわよね」

恵美が腕を組んだまま言った。一法が、うんうんと首を上下させて、「じゃあ、何人にする？」と問いかける。

「クラスの過半数って、どうかな。25人より多く」

野澤が大胆な数字を言った。としおは、いくら何でも多すぎではないかなと思った。

「我がクラスの青法協のメンバーは、とってもいい人ばっかりだし、クラスからの信頼は篤《あつ》いと思うから、不可能じゃないよね」

そういう一法自身が、クラスの信頼は一等篤い。

「青法協に反対している人なんて、いるかいないか、だものね」

としおは、峰岸と笠の顔を思い浮かべた。Ｂ組では、反法連の動きはとくに見られない。笠はどうしたのだろうか、日和っているとしか思えない。

6月24日の創立総会まで20人、7月13日の分散総会までに25人、この目標を達成しよう。一法が話をまとめた。そのためには、個人的に話し込むのが大切だよね。これまでは、その詰めが少し甘かった。そのあと、野澤が26期の全体状況を報告した。拡大世話人会に出席してきたのだ。いま準備会として、ようやく１００人の大台には何とか乗ったものの、全体的に壁にぶつかって増えていない。

「どうしてかしら。憲法と民主主義を守ろうというのに、誰も反対できないはずよね」

恵美のつぶやきを聞いて野澤がこたえた。

「バックに共産党がいるんだろ。何となく怖いよ、と言った修習生がいるんだって……」

「ええっ、それって、まるで『全貌』の記事を鵜呑《うの》みしているわね」

恵美が口を尖らせた。『全貌』というのは、反共雑誌だ。世間の誰も注目してないような小さな雑誌なのだが、「裁判所のなかの共産党リスト」と称した記事を載せて売り出した。その記事を最高裁判所や自民党が青法協への攻撃材料としている。

「教官がそんなことを言いふらしているらしい」

「それって、ひどいわよね」恵美は「許せないわ、その教官って誰なの？」と怒りにみちた声をあげた。

「やっぱり羽山《はやま》教官だろうな、そんなことを言うとしたら……」

としおが言うと、野澤は、「いや、案外、松葉教官かもしれない」と自分の考えをつぶやいた。確信があるわけでもないらしく、その声は小さい。一法《はしのり》が腕を組んで言った。

「入ったら不利益に扱われるんじゃないかって心配する修習生もいる」

「不利益扱いと言っても、実際のところ弁護士には考えられないわよね」

恵美の反論に、一法が「うん、うん」と頷く。「もちろん、弁護士志望じゃない。裁判官、そして検察官になったときのことだよ」

「あっ、そう言えば、彼なんか誘ったらどうかしら。任検も考えているみたいだけど……」

恵美は角川《かどかわ》の名前をあげた。

「そうだね。彼は正義感も強いし、プッシュしてみよう」。としおが賛意を示すと、一法が眉間《みけん》に皺《しわ》を寄せた。

「検察官になるっていうのが本気だったら、難しいんじゃないのかな」

「でも」恵美が反論した。「そんなことは本人が決めればいいことよね」

「それはそうだ。当たるだけ、あたってみよう」

としおは、当たって砕けろ、これをモットーとしている。

一法が、「違った理由をあげる修習生もいるよね。たとえば、組織嫌いだって……」

「うん、いるいる。オレはあらゆる組織と距離を置いて、自由に生きたいっていう修習生がいるよ」。としおが勢いづいた。「でも」恵美が、また疑問を投げかけた。「この社会で、いったいそんなことって可能なのかしらん。組織と離れて弁護士が自由に生きていけるって幻想じゃないのかしら」

「そうだよね。弁護士だって弁護士会という組織に入って、しきたりやらルールを守ったうえ、高い会費を支払わなくてはいけないんだし、普通はどこかの法律事務所に入って、そこで修業しながら一人前の弁護士になっていくわけなんだから」

「まあ、弁護士として気楽にやっていきたいということかな」

「そうね、誰だって金もうけしたいから、社会的な運動に関わらずに、金もうけに専心したいっていうことなんだろうね」

「そんなことでいいのかしら。私はそんな弁護士になんか、なりたくないわ」

恵美がきっぱり言い切ったので、としおは驚嘆した。

青年法律家協会

青法協が創立されたのは1954年9月。日本国憲法が施行されて7年後に、早くも再軍備と憲法改悪に向けた「逆コース」の動きがあらわれた。1950年6月に朝鮮戦争が始まり、アメリカは日本に軍事的協力を求めた。これに対して学徒動員を体験した若い学者や弁護士が中心となり、戦争反対の思いから、平和と民主主義を守るために立ち上がって結成された法律家の団体が青年法律家協会、青法協だ。民法の我妻栄、憲法の宮澤俊義など、日本を代表する高名な学者が結成の呼びかけに名を連ねている。決して特定の政党や思想傾向に固まった団体ではない。

ところが、日米同盟が軍事同盟へと変容していき、憲法の空洞化、改憲構想の具体化が進行していくなかで、憲法を敵視する改憲勢力からは青法協を「アカ」とみる攻撃がかけられるようになった。その目的や活動に政治的色彩があると決めつけ、青法協会員の裁判官は「偏向」しているというのだ。

それまで、成績優秀な司法修習生ほど社会的にも自覚が高く、率先して青法協に入り、また裁判官になった。そして、青法協会員のまま裁判官になるのに何の支障もなく、周囲が問題視することもなかった。その結果、最高裁事務総局に在籍する判事補15人のうち、実に10人を青法協会員が占めた。また、新任判事補60人のうちの半数が青法協の会員だった。

そこへ突然、攻撃が加えられた。1967年10月号の『全貌』が「裁判所の共産党員」という特集を組んだ。青法協の会員裁判官の全員について共産党員だと決めつけ、その159人全員の氏名を暴露した。所属する裁判所、出身期も明らかにしたリストなので外部の人間が知り得ないもの、つまり、裁判所の内部から洩らされたものに違いない。

そして、最高裁事務総局（寺田治郎事務総長。後に最高裁長官となった）は、この『全貌』170冊を公費で購入し、全国の裁判所に配布した。さらに全貌社は、翌1968年7月、単行本を出し、青法協を「赤い法曹組織」と指弾した。そのなかで、青法協会員裁判官は過激派学生に対する裁判の法廷における訴訟指揮が甘すぎる、裁判官はだらしがないと非難し、また刑事被告人の保釈率が高いことも問題とするなど、個別事件まで取りあげて攻撃した。1969年1月、佐藤栄作首相は、タカ派として有名な石田和外を最高裁長官に任命した。同年3月、西郷法務大臣は次のように放言した。

「あそこ（裁判所のことだ）だけは手が出せない。何らかの歯止めが必要だ。国会で面倒みているんだから、たまにはお返しがあってもいい」

10月、全国紙が一斉に社説で「裁判官の青法協加入は好ましくない」と主張した。

このころ、全国に2000人いる裁判官のうち、青法協会員の裁判官は300人、一割以上もいた。12期以降は、毎年20人をこえる青法協会員が裁判官になっていたから、それは当然の帰結だった。

全貌社は11月に『恐るべき裁判』という本を出して「左翼裁判官」のリストを改めて公表した。このようにして青法協会員の裁判官のほとんどが氏名を公表された。

そして青法協会員裁判官に対して一斉に脱会勧告がなされた。これは、12月から翌70年1月にピークを迎えた。

「青法協はアカだ」

「青法協をやめないのなら、今のポストは替える」

青法協本部に配達証明書つきの脱会届が毎日のように届いた。裁判官だけではなく、検察官からも青法協を脱会済みであることの確認を求めるという内容証明郵便が送られてきた。そこで、青法協本部は脱会した元会員からの求めに応じて退会確認証明書なるものを発行した。ところが、最高裁はさらに追い打ちをかけた。青法協をすぐに脱会したか否かで思想性というか忠誠度を判定したうえ、今度は会員仲間を脱会させるよう強要したのだ。

1971年1月、最高裁は青法協対策のための会議を招集した。もちろん、公式には別の名目の会合だ。そこでは、全国300人いる青法協会員の裁判官をABCの3段階にランク分けして、個別に対応していくこととした。

22期の司法修習生が任官するとき、希望者70人のうち青法協会員は30人いた。すると、「今年の任官採用予定は40人だ」という噂が流れた。いや、意図的に「噂」が流された。司法修習生の萎縮効果を狙ったのだ。

同じ1月、元駐米大使の下田武三が最高裁判事に任命された。そして、この年の11月、公安調査庁が全国の裁判官の言動を密かに調査していることが発覚した。公安調査庁は、以前から司法修習生として司法研修所に入所することを予定している人全員について思想傾向等を調べる人物調査をしていた。

今年（1972年）4月、新任判事補の特別研修が始まった。新しく任官した判事補の3分の1ずつを東京地裁に集め、4ヶ月間の集中研修を行うというものだ。それまでなかった特別研修なので、これも最高裁による若手裁判官の思想統制の一環ではないのか……。

起案ラッシュ

5月23日（火）

午前中は、大講堂で一般教養としての講演を聞かされる。右派の論客だという前評判だったが、熱意の感じられない話がだらだらと続いていく。一般論というか抽象的な精神論のようなものなので、何を言いたいのかサッパリ伝わってこない。大講堂内は静まりかえっている。さすがに前方に座っている修習生は真面目に話を聞いているようだが、中程からうしろのほうの静けさは、居眠りを意味している。

眠たいばかりですっかり弛緩《しかん》し、だらけた気分でとしおが講堂を出ようとすると、足元がふらふらした修習生とぶつかりそうになった。危ないな、誰だろう。見ると、谷山だ。顔色が悪い。土気色で、見るからに体調が悪そうだ。

「大丈夫ですか？」

思わず、としおが声をかけると、谷山は、「いやあ、まあね」と元気のない声を返す。ますます心配だ。としおは、昼休みは外に出ようと思っていたのを変更し、谷山に付き合うことにした。食堂で谷山と一緒に食事しよう。そう言えば、このあいだ、恵美が「谷山さん、このごろ急に痩《や》せた気がするわ。大丈夫かしら」と言っていたな。急に思い出した。

食堂で向かい合って座ると、なるほど谷山の頬がへこんでいる。前はもっと福々しい、ふっくら顔をしていたと思う。谷山は食欲もあまりなさそうで、うどんを啜《すす》る音にも勢いがない。

「このところ、ちょっと疲れ気味なんだよ。正直なところ……」

たしかに、5月は連休明けから、待ってましたとばかりに起案ラッシュで大変だった。自宅起案日が民事裁判、民事弁護、そしてまた民事裁判と続いた。ただ、それはとしおにとっては自宅起案日は研修所に朝から行く必要がないから休日と同じで、骨休みが出来る。論点情報を適当に仕入れておけば起案にそれほど悩むこともなく、時間もかからない。弁護士志望なんだから、こんな要領の良さも身につけておくべきなんだと割り切っている。

谷山だって、父親は弁護士をしているのだから要領よく立ち回ればいいのに、律儀すぎる性格からだろう、他人に頼ることを潔しとせず、いちから自分の手でやり遂げようとする。もともと体調が良くないというのだから、起案が遅れるのも当然のことだ。

「顔色があまり良くないみたいですよ。早退して医者に診てもらったらどうですか」

谷山が急に痩せたことは、あえて言わなかった。どうせ本人も気がついていることだろうし、心配しすぎるのは、きっと身体に良くないだろう。としおなりに配慮した。

「うん、ありがとう。病院には行くつもりなんだ。ただ、民裁判決起案の提出が遅れているから、今日中になんとかやっつけてしまってから、そのあと、すぐに行くつもりなんだ」

谷山はそう言いながら、隣の椅子に置いたカバンに目をやった。としおは食堂には手ぶらで、何も持たずにやってきた。周囲の修習生を見ても、食堂にカバンを持ち込んでいるのは谷山以外には見あたらない。

民事判決起案なんて、分からないときには、くよくよ悩んでいても仕方がない。適当にさっさと書きあげて、あとは講評を受けて反省するだけのこと。としおは、「民事裁判に限らず、起案なんてこれから先もずっとあるんですから、そんなことより自分の身体のほうを大切にしたほうがいい。断然、それが優先ですよ」、谷山の目を正面に見据えて迫った。谷山は目をそらすことなく「うん、それは分かっている」と軽い調子で答えた。

いやいや、ちっとも分かっていないな、これは……。としおの不安は募る一方だ。

谷山は民事裁判だけでなく、その前の民事弁護もまだ起案を完成させておらず、したがって研修所へ提出するどころではないと弁明した。これは、なかなか深刻な状況だぞ……。それでも救いなのは、体調不良につき起案の提出が遅れていることについて、研修所の事務室には届出しているという。それは良かった。やれやれ、ひと安心だ。

「病院に行ったほうがいいのは分かってるんだけど、どうしても起案のことを考えると悩んでしまうんだよね」

「ええっ、そんなの悩むような問題じゃありませんよ」

としおが少し大きな声を出したので、二人で喧嘩でもしているのかと誤解したらしく、隣のテーブルにいた修習生が箸を手にしたまま振り返った。

「うん、そうしよう」

谷山は素直に応じた。やっと決心してくれたようだ。

「明日は自宅起案日だし、なんとか行ってみようかな」

あれあれ、今日じゃなくて、明日行くのか。一刻も早く病院に行ったほうがいいのに……。でも、あまり一方的に考えを押しつけるのも良くないだろう。としおは「うん、そうしたらいいですよ」と、努めて軽い口調で言葉を返した。

谷山は、結局、目の前のうどんを半分ほど残した。あれ、まあ、本当に心配だな。

「いろいろ心配してくれてありがとう」

谷山の声は掠《かす》れている。テーブルから立ち上がると、事務室に起案の提出が遅れることを声かけてくるよと言って立ち去った。ふらふらしながら歩いていく後ろ姿は、夢遊病者としか思えない。あら、急にしゃがみ込んでしまった。本当に大丈夫なのかな。それでも、すぐに谷山は再び立ちあがって事務室へ向かった。悪い病気じゃなければいいんだけれど……。

谷山の父親は、弁護士会では重鎮と言われるほどの実力者らしい。谷山はそんな父親を見て弁護士になるのを憧れたのか、それとも親の期待に応えようとしたのか、中央大学法学部に一浪して入り、以来、司法試験を目指した。ところが、早めに勉強をスタートさせたから必ず受かるというものでもない。谷山は受験９回目で何とか滑り込んだ。お坊ちゃんタイプで、おっとりしていて、いかにも谷山は人が良い。年下のとしおが青法協に誘うと、断れないと言うか、断り切れない気の弱さからか、入会はすぐ承知した。といっても青法協の主催する研究会に顔を出したことは恐らくない。それも、きっと体調が良くなかったからなのだろう。

最終回の刑訴法セミナーがようやく終わった。ああ、疲れた。このあと百合恵を誘って二人で美味しいコーヒーでも飲みたいな。まもるが席に座ったまま百合恵を目で捜していると、峰岸が何か用がありそうな顔をして近寄ってきた。峰岸は刑訴法セミナーではなく、民訴法セミナーに出席していたはずだ。どうやら、まもるを待ち構えていたらしい。

「蒼井《あおい》君、今日、時間あるかな。羽山《はやま》教官宅へ行くんだよ。ぜひ一緒に行こう」

そうか、教官宅訪問か。まもるは百合恵とコーヒーを飲む話はすっぱり潔くあきらめ、峰岸の誘いに乗ることにした。修習生の任官志望組が教官の自宅を訪問しているのは、まもるも聞いて知っていた。いずれ行こうとは思っていたが、誰かが組織しているらしいけれど、その誰かが分かっていなかった。そうか、やっぱり峰岸だったんだ。まもるはなんとなく峰岸を敬遠したい気分があったので、これまで自分から峰岸に水を向ける気にはならなかった。その峰岸から誘われたら断るまでもない。

「今度は、蒼井《あおい》と隈本《くまもと》を連れて一緒に来いや」

教官が、次は誰々だと指名している。峰岸は羽山教官からそれほど信頼されているかと思うと鼻が高い。修習生が自分は任官志望だと公言するとき、それは、だから青法協には入会する意思がない、誘わないでほしいという意思表示であることが多い。そして、教官宅訪問の声がかからない、誘われないというのは、実際問題として任官するのは無理、あきらめたほうがいい、ということを意味しているらしい。後押ししてくれる教官がいなくて、本当に任官できるのかは覚束ないという。

羽山教官宅は都心にある。とは言っても、近くに高級住宅街があるなかに取り残されたような古いコンクリート造りの公務員宿舎だ。部屋数も多くはない。恐らくいずれ取り壊されること必至だ。

峰岸は玄関先で、出てきた羽山教官夫婦の妻君の方へ手土産のお菓子を差し出した。まもるも隈本も、手土産なんて思いも寄らなかった。赤面して、「お邪魔します」と言いながら、身体を小さくして応接間に入っていった。

妻君は、お茶を運んでくると、すぐに引っ込んだ。羽山は、自分の書斎に修習生を招き入れた。広くない部屋が本と書類で埋まっている。小さなスチール製机の上には本とあわせて紙袋に入った資料が折り重なり、いくつもの山をつくっている。ファイルがやたら多く、本の背文字を見ると英語なのかドイツ語なのか判然としないが横文字の本もある。さすが、原書も読んでいるんだね。すごい。だけど、何かないな。何だろう。そうだ、小説の類が見あたらない。この部屋には法律関係の本と資料しか置いていないのかな。まさか横文字の本が小説ということはないだろう。小説類は別の部屋に置いてあるのだろうか。小説を読まないで裁判官がつとまるはずがない。人情の機微を知るには、小説を読むのが不可欠だと、セツル法相の先輩たちは口を酸っぱくして強調していた。

羽山がちょっと別室に行ったとき、机の上にある本のタイトルが見えた。『恐るべき裁判』という本で、附箋《ふせん》がいくつも本からはみ出している。手にとって出版社を確かめると全貌社という、聞いたことのない名前が書いてある。すぐ元に戻した。

羽山が戻ってきて、応接間に通された。ここも広くはないので、修習生が4人も5人も来たら窮屈な感じだ。教官が指名するのはひょっとして、この部屋の収容人員を考えての人員制限の意味もあるのかな……。まもるの頭の中に疑問符が一つ付け加わった。

妻君手作りの料理が運ばれてきて、テーブルのうえに並べられた。愛想のいい女性だ。内心はともかく、表面的には修習生の来訪、大歓迎です。そんな応対をしてくれるので、手土産を持参しなかった負い目はそのうちに忘れた。まずはビールで乾杯する。そして、さっそくテーブルの上の料理をいただく。お袋の味そのものだ。唐揚げや肉じゃがなど、いかにも若者好みの料理が山盛りなので、まもるは遠慮なく箸を伸ばした。

羽山は、ビールを飲みすすめて、口が滑らかになった。自分のかかわった事件、そして書いた判決の苦労話を得意げに解説する。よほど自慢話を聞いてほしいようだ。まもるたちは適当に相槌を打った。

「裁判官は世間知らずだと世間から批判されることがあるが、とんでもない事実誤認だ。それこそ裁判所には種々雑多の事件、世間に起きるトラブルが持ち込まれる。それを両方の立場からいろいろ深く検討している。だから、弁護士のような一面的な見方ではなく、公平な観点から総合的にみることができるんだ。そうやって、我々は、世間の真理を日々学んでいる。裁判官を見くびってほしくないやな」

峰岸は羽山の真正面に座って、しきりに「そうですよね、まったく」と大きく頭を上下させる。いかにも露骨なおべんちゃらに、よしてほしいよと、まもるは思った。

「蒼井君《あおい》」羽山は隣に座っているまもるの肩を抱くようにして言った。

「飲んでるか。来てくれて、うれしいよ。今夜はぜひゆっくり食べて飲んでくれや」

羽山はまもるの手を握らんばかりなので、まもるは慌てて手を引っ込め、代わりに料理に箸を伸ばした。

「修習生の君たちと、今夜こうやって腹を割って話す機会がもてて、教官としてこんなうれしいことはない」

気がつくと羽山はビールからウイスキーのオンザロックに変えていた。コップに氷を入れて、カラカラと音をたてる。ウィスキーはジョニ黒という高級なものだ。ジョニーウォーカー黒ラベルというのが正しい名前。

「こうやって、人間的につながっているというのは、とても大切なことなんだよ。分かるだろ?」

羽山はまもるの顔を正面から睨みつけるように注視した。これじゃあ、まるで口述試験の面接試験官と同じだ。ともかく、任官しようと思ったら、教官宅訪問は絶対に欠かせないものなんだな。改めてまもるは納得した。

峰岸が自分のカバンに目をやり、「あっ、そうだった。教官にお渡しするものがあります」と言いながら、黒いカバンを開けて一枚のペーパーを取り出した。

「これが今日、クラスで配られていたものです」

そのペーパーは、青法協の会合を案内し、参加を呼びかけるチラシだ。峰岸は、クラス連絡員として、B組内で配られた印刷物を教官に手渡すこと、報告することを当然だと考えているようだ。

「ふうむ」、羽山は受けとったチラシをざっと目を通すと、さりげなく問いかけた。

「現在、誰が我がBクラスで動いているのかい?」

峰岸は「そうですね……」と腕を組んで天井を黙って見詰めた。何を考えているのだろう。もったいぶらず、さっさと答えればいいのに……。

「そうですね。現時点では、一法《はしのり》、石動《いするぎ》、野澤の3人が積極分子ですね」

これじゃあ、まるで敵陣地の構成を教えてやっているようなもので、まったくスパイ行為そのものだ。峰岸の言葉に、いくら何でも、そこまでは許されないんじゃないか。まもるはそう思ったが、何も言わず黙って箸を動かした。

「うむうむ、何でも話してくれや」

羽山は峰岸のほうに身を乗り出し、ビールを注いでやった。愛《う》い奴じゃのう。まるで戦国時代の殿様が家来に接する情景だ。

「うちのクラスの会員は、今、何人なんだい？」

この会員というのが青法協の会員を指すのは当然だ。

「それがB組は、他のクラスよりちょっと多そうなんですよ」

申し訳なさそうな声で峰岸が応じると、羽山は「そっか……」と不満そうに言葉を呑み込んだ。

「一法たちは全体で２００人の会員を目ざす。我がクラスは20人を入会させると言ってます」

「ううむ、なんか、面白くない数字だな」

羽山は腕を組み、不機嫌な声を絞り出す。

「それで10人をこえたので、15人を当面の目標にしようと今日、一法が野澤に声をかけてました」

峰岸がまもるを振り返った。

「蒼井《あおい》君も聞いていたよね」

おい、こんな会話に自分まで巻き込まないでくれよ。まもるは、急に話を振られ、「ええ、まあ、そうでしたかね」と話を合わせた。たしかに、教室のうしろで一法が野澤やとしおに大きな声で話しているのをまもるも聞いていた。

羽山《はやま》は、「うーん」と唸ったあと、何か考えているらしく、しばらく沈黙した。

「ともかくだな」、羽山がコップに入った氷を再びカラコロ言わせながら、声を低めた。

「青法協って奴は、青と名乗っているけど実際にはアカなんだ」

ウイスキーの氷を口にふくみ、今度はガチガチ音をたてて奥歯で割りはじめた。

「青法協が裏で共産党とつながっているのは、証拠もあって、はっきりしていることなんだ」。羽山は、いかにも自信ありげに断言した。「まあ、ともかく、君たちが入会していないことは分かっている。だから大丈夫だ。僕が最後まで面倒みる。安心してくれたまえ」

任官するのには研修所の教官が身元保証人のような役割を果たしていることを教官が自ら認めたわけだ。安心する反面、ふと、大池のように青法協の会員になったらどうなるのか、まもるは不安も感じた。

「うほん」軽く咳をして羽山は話題を変えた。まもるたちが話に乗ってきていないことを意識したのだろうか。裁判所内の人事異動、そして研修所の教官室での苦労話をしはじめた。同期の裁判官の誰それは今の任地の前にはどこにいたとか、そこでこんな失敗談があるとか……。でも、聞かされる修習生からすると、その顔も知らない裁判官の話は、まったくの別世界でしかなく、ちっとも面白くない。ところが、羽山のほうは、人事にからむ話がよほど好きなようで、ますます熱が入ってきた。判決についての理論的な解説というより、当事者との駆け引きみたいな裏話とか、裁判官だけでなく、書記官を含む人事異動の際のゴタゴタを次から次に披露する。そこまで言っていいのかなと思う内容だ。鼻白む思いでまもるが聞いていると、峰岸は、「ほう、そうなんですか、そんなことがあったんですか、それは大変でしたね」と合いの手を入れて、熱心に聞いている。本心はともかく、表面上の話の合わせ方はうまい。そこまで取り入らなければいけないものなのか……。

隈本は終始一貫、食べるのに専念していて、羽山の話に口を挟むことはない。ちゃんと話を聞いていることを証明するためか、ジェスチャーはおおぶりだ。ずっと言葉が少ないのは意図的なのかもしれないな。まもるはそう思った。

やがて、隈本がさりげなく腕時計を見た。峰岸がそれに気がついて、自分も時計を見ながら、『おや、もうこんな時間になっている」と言って、お開きになった。

玄関まで羽山夫婦が修習生を見送りに来た。靴をはきながら、まもるが振り返った。

「今度、大池君を誘ってきていいですか？」大池から頼まれているわけではない。任官意思の固い大池が羽山教官宅をまだ訪問していないのはまずい、そう思ったからだ。

羽山は即答しない。腕を組んで、しばし言葉を探している。

「そうだなあ、いや、大池はまだいい。それより角川だ。角川を今度、誘ってきてくれたまえ。まだ、角川も任官の可能性は十分にある。任検の話は、どこまですすんでいるのか、完全に固まる前にじっくり話し込んでみたい。任官に切り換えてもらいたいんだ」

なるほど、そうなのか、いつもこうやって次に誰を誘うのか、峰岸と二人で作戦会議を開いているというわけなんだ。角川は任検すると決めている気がするけれど、案外まだ決めきれていないのかもしれないな。

「はい。分かりました」

まもるは素直に返事した。大池のことをあきらめたわけではなく、先送りしたというだけのこと。先に玄関から外に出ていた峰岸が戻ってきていて、二人のやりとりを黙って聞いていた。

まもるが玄関を出ると、隈本が少し先で待っていた。隈本に追いついて、まもるが話しかけた。

「今夜の飲み代とか、教官の負担も馬鹿にならないよね」

隈本は軽く手を左右に振った。

「いや、そこはなんとかなるらしいよ」

「えっ、そうなの」

まもるは驚いた。隈本は裁判官の息子だし、教官宅訪問は既に何回もしているので、実情を知っているのだろう。

「教官って、経済的にも大変だろうって尋ねてみたことがあるんだよ。はっきりしたことは知らないんだけど、なんだか手当は出ているみたいだね。ねえ、そうなんだろう、峰岸君?」

後からようやく追いついてきていた峰岸に水を向けた。すると、峰岸は、「そうみたいだよ」とあっさり肯定した。まもるは首を傾《かし》げた。

「だけど、修習生を自宅で接待して、それが交際費で認められるとか、研修所の正規予算に計上されるなんて、考えられないでしょ」

隈本も、その点は同じ疑問を抱えているようだ。

「お手当というんだけど、本当は裁判所か研修所に裏金みたいなものがあって、それでまかなっているんじゃないのかな」

峰岸はあっさり「そうかもしれない」と再び認めた。この二人はどこまで知っているのだろうか。まもるは、もしそうだとすると、裁判所も普通の役所と同じなんだと思った。本当にそんなことでいいのかな。よく分からない話だ。胸に重苦しいものを感じたが、それはそれとして、大池も次の次には誘って来ようという思いに頭を切り換えた。

フレームアップ

5月25日（木）

午前中、河崎教官が弁護士法について講義する。弁護士法を1条から一つずつ解説していくのでは面白くない。そこは河崎も理解している。抽象的な条文解説ではなく、弁護士が明治時代に代言人として誕生し、代言人組合をつくり、弁護士に名称が変わって弁護士会が設立された。当初は検事局の監督下にあり、弁護士会の総会は検事正の出席のもとに議事がすすめられていた。今となっては、信じられない時代があったものだ。そして、次は司法大臣から監督された。弁護士会が完全に自治権を獲得したのは戦後のこと、戦前の司法界の戦争協力に対する反省を踏まえて、ようやく実現した。戦争中には、在野法曹時局連盟そして、大日本弁護士報国会がつくられている。この苦難の歴史を踏まえて出来上がった条文には、その一つひとつに重い意味がある。河崎も、もちろん自らの体験を語っているわけではない。戦前の弁護士の体験談を見聞したり、書物を読んだり知識を伝達してくれているにすぎない。それでも弁護士志望のとしおにとっては十分に面白い、興味深い内容だった。

かといって、クラスの全員が河崎教官の話に集中しているかというと、決してそうではない。机の上に午後からの刑事弁護起案の材料となる白表紙の本を置いて堂々と読みふけっている任官志望組の隈本のような修習生もいれば、早くも大池のように船を漕いでいる修習生もいる。大池は講義が始まったとたん完全に熟睡状態で、頭の揺れは止まらない。

午前中の講義がようやく終わった。お昼は、教室で青法協準備会の呼びかける昼食会だ。一法《はしのり》が司会するために前方に進み出て、教官席に座った。今日は午前中の講義だけだから、あとの時間を気にする必要はない。笠はいつの間にか音をたてずに姿を消している。反法連の笠が青法協の活動を邪魔することはない。むしろ、峰岸のほうが、机をガタガタわざとらしく音をたてて騒々しく退出していった。青法協のリードする昼食会なんかに出るものかという意思表示なのだろう。それでも、半数近い修習生が残り、取り寄せたカツライス弁当を食べながらの話し合いが進んだ。

「起案が多すぎてたまんないよ」

今日も顔色の悪い谷山が悲鳴の声をあげた。あれから、ちゃんと治療を受けて薬を飲んでいるのだろうか。

「それからさ、起案の講評はもっと丁寧にやってもらえないものか。なんだか出来る人に焦点をあててやっているんじゃないかな。僕みたいなレベルの低いものにも分かるようにやってほしいな。もっとも、これは僕だけの考え、受けとめ方かも知れないいんだけど」

谷山は、かすれた声で率直に本音をさらけだした。すかさず野々山が援護射撃を買って出た。

「いや、谷山さんだけがそう思ってるんじゃありませんよ。僕だって同じですよ」

野々山の応援を得て、谷山も少し安心したようだ。

「僕のような平均レベル以下の修習生もわかる起案講評を、是非ともお願いしたい。クラス委員会でも強調してもらったら、ありがたいんだけど……」

山元が手を挙げた。珍しいことに今日は昼食会に加わっている。

「前にも誰かが問題にしていたけれど、一般教養の講演って、ホント、どうにかならないものかなあ。

眠って疲れをとるには都合がいいんだけど、でも、それだったら時間の無駄じゃない。前期修習って、ごく限られた時間でやりくりしているんだからさ、もっと気の利いた講師を引っ張ってきて、眠ってなんかおれないような講話を聞きたいですよ。例えば松本清張なんかを呼んできたら、みんなもったいなくて眠ってなんかいないと思うんだけどな」

本当にそうだよな。としおがそう思っていると、野々山が「アンケートとればいいんだよ」と叫んだ。山元が、「たしかにアンケートもひとつの方法ですよね」と応じる。

いろいろ意見が出て、そろそろ終わる時刻になったとき、野澤が前のほうに進み出た。

「では、これから映画を観に行きます。一緒に行きたいと思いますので、ぜひ皆さん残っていて下さい」。昼食会が終わり、集合場所を決める。有楽町の駅に集まることになった。

久しぶりの映画だ。大スクリーンの画面は迫力がある。罪のない労働者が、アナーキストとして活動していたというだけで強盗事件の犯人として逮捕される。ろくな証拠もないのにイタリア系移民だという偏見もあって、有罪とされ、死刑判決を受ける。世界中から抗議の声が上がったのにもかかわらず、アメリカ政府はついに二人の死刑を執行した。

二人のアナーキストはサッコとヴァンゼッティという名前だった。そして処刑されたあとになって、それが誤判だったことが判明した。しかし、処刑されてしまったあとでは無実だとされても手遅れだ。事件が起きたのは1927年のこと。なぜアメリカの司法は誤判を避けることが出来なかったのか。ジョーンズ・バエズが『死刑台のメロディ』のテーマソングを歌っている。重苦しく物悲しい歌声で、惻々《そくそく》と悲しみが伝わってくる。肩に何か重たい荷物を背負わされた気分になった。空腹感より疲労感のほうが勝っている。ともかく疲れた。映画館の近くの大きな喫茶店へＢ組の参加者16人がそのまま無言でなだれ込んだ。

アメリカの裁判での誤判を扱った映画だと野澤がしきりに強調していたので、それに惹きつけられたのだろう。青法協の例会に顔を出したことのない隈本や山元まで、珍しいことに参加している。野々山はフレームアップという言葉を初めて知ったと興奮気味に語った。それは冤罪、罪のない人を有罪に陥れてしまうことを意味する。

「フレームアップの怖さ、権力が一度、この人が犯人だと決めつけたら、そこから逃れるのは容易ならざることだということを何だか実感した気がしたわ」

恵美がコーヒーカップを手にして、つぶやいた。

「ホントだね」

山元は、アメリカにこそ民主主義があるという信念で、日本との架け橋を志向している。それだけに今日の映画はショックだったようだ。いろいろ感想を述べるかと思うと、黙り込んでしまった。替わって隈本《くまもと》のほうが感想を言った。珍しいことだ。

「国家権力が証拠にもとづかないで政策的にこの連中を叩いておこうと考えて裁判を利用したら、とんでもないことになるっていう点は、アメリカでも日本でも同じことなんだろうな、そう痛感させられた。今日は、そういう意味で、いい映画を見ることが出来て良かったよ」

隈本は青法協に入会するつもりは全然ないけれども、こんな企画だったらまた参加したいと暗に言ってくれた。それが野澤の心を打った。

一法《はしのり》は死刑廃止論者だと日頃から公言しているだけあって、冤罪事件で処刑された後にあの裁判は間違っていましたと言われても手遅れだという点を繰り返し強調した。死刑廃止まで考えの固まっていない野々山にとっては、今日の映画をみて、一法の主張には理があることを理解することが出来た。喫茶店での感想を言いあうのを早めに切り上げ、三々五々、気の合った同士で食事会へ流れていった。野々山の足はいつになく重い。今夜は早いとこ切り上げることにしよう。

野々山善男

野々山はよくしゃべる。授業中も積極的に手を挙げて発言するし、青法協の準備会の会合でも何かと話題を提供する。ただ、その発言は、ときにピントがずれていたり、場をわきまえないものだったりして、顰蹙《ひんしゅく》を買うことがある。ただ、本人に悪気のないことは明らかなので、周囲も苦笑しながら許してしまう。

よくしゃべるのは、早稲田大学の雄弁会出身だからだ。ところが、実は、高校生のときまで口下手で、人前ではほとんど話せなかったという。だから、意識的に人前で話すのを自分に課しているのだ。自分を変える努力を今も続けているというわけである。それを知ったら、なおさら野々山のピンボケ発言を笑うわけにはいかない。

野々山の話にはとりとめのないところがあり、決して雄弁というものではない。それでも積極的に話そうとする。それが典型的にあらわれているのが女性に対してだ。野々山は美男ではないし、およそモテるタイプでもない。その弱点を本人がどれだけ自覚しているのかは不明だが、これと目を付けた女性に対しては、積極果敢にアタックしていく。その最初のターゲットは恵美だった。野々山が青法協の準備会に欠かさず出席したのは恵美と話す機会を確保しようという魂胆があったから。としおはそれが分かって、呆れるというより、うらやましいと思った。その行動力には敬意を表したい。ところが恵美のほうは、野々山が話しかけてくるのを拒みはしなかったが、そのうち好みのタイプではないということを時にあからさまに示すことがあった。そして、次第に野々山と距離を置くようにした。野々山の突拍子もない言葉に同調して笑うこともなく、どちらかというと冷たく無視する。それは野々山もやがて自覚したようで、恵美に対する熱は冷めていった。

そこで、めげてしまうかと思うと、野々山のすごいところは、切り替えの速さだ。次に野々山は、百合恵に目をつけた。年下の恵美がダメなら、同年輩の百合恵はどうかと狙いを定めたのだ。としおが百合恵と教室で親しげに話しているのを見た野々山は、何を勘違いしたのか、仲をとりもってくれと、としおに頼み込んできた。としおが、べつに、そんな間柄じゃないよと婉曲に断ると、野々山は、「それなら自分でやるしかないな、うん」と独り言をつぶやいた。

クラスコンパのとき、野々山は積極的に百合恵の隣に座って話しかけた。百合恵は誰に対しても大人の対応をする。野々山に対して、恵美のような冷たく素っ気ない対応をすることはない。それで野々山は手応えがあると思い込んで、ますます百合恵に執着し、アタックしていった。

野々山は、早稲田大学法学部を卒業して、いったん東京都庁に就職した。ところが、都庁内の人間関係に水が合わず、3年も我慢できずに辞めてしまった。素朴な正義感を口にし、周囲のなあなあ事なかれ主義を受け容れることが出来ない。それだけは、昔も今も変わらない。

野々山が法曹を志したのは、自殺を身近に体験したからだ。叔父、つまり父親の長兄は、埼玉で土建業を営んで羽振りが良かった。ところが男気の強い性格のため、取引先の知人から保証人に立つことを頼まれて断り切れず、保証倒れにあった。借り主である知人のほうは、さっさと自己破産してしまった。銀行のほうは、だから叔父を責め立てた。

野々山は、父親が言った言葉が忘れられない。「殺されてしまったも同然だな、兄貴は。誰にかって、そりゃあ、銀行だよ。銀行っていうのは、寝ている病人の布団までひっぺがしていくほど、お金のない奴には冷たいところだからな」

車中に残された叔父の遺書には、「保険金で借金を支払ってやって下さい」と書かれていた。山の中の行き止まりの道で排ガス自殺したのだ。車に排ガスを引き込んで……。死に顔が苦しんでなかったのが何よりの救いだった。父親はポツリと、こう語ったという。

「それにしても騙した奴は許せない。破産した奴とそのバックにいた黒幕は、今も、のうのうと生きている。いや、生きてるどころじゃない。今じゃ県会議員さんだよ。まったく、この社会はどうなってんだ。善男、なんとかならんのか、この社会は。強いもの、お金を持っているものが勝ちなのか。おまえ、弁護士になって、あいつらをギャフンと言わせてくれよ」

父親にこう言われて野々山は発奮した。野々山は苦労して司法試験に合格して司法研修所に入ると、青法協準備会の呼びかけにすぐ共鳴した。公害問題の学習会に参加して若い弁護士が大企業の横暴のもとで、被害者が生命と健康を損ない、家族がバラバラにされていく実情を訴えるのを聞いて野々山は肩を震わせ、涙した。涙もろい性格でもあった。叔父の自殺を思い出し、公害発生源の大企業の非道さを告発したいと本心から思った。

野々山の心境に変化が生まれたのは、検察の松葉教官の話を聞いているときだった。正義感を一生の仕事に出来る検察官という職業の素晴らしさを松葉は熱っぽく語る。そうか、そういうことも出来るのか……。社会の秩序の維持、これもあるけど、それ以上に、また、そのためにこそ巨悪の存在を許さない。そのため検察はある。なるほど、そうか、そういうことなのか。この言葉には強く惹きつけられた。

「弁護士の仕事っていうのは、起きたことへの対処でしかないだろ。根本的解決を図ることは出来ない。そこが検察との違いだ。検察は諸悪の根源にメスを入れられるし、入れてきたんだ」

うむ、松葉教官の話を聞いて、そう考えると、検察の仕事って何だか面白そうじゃん……。野々山の単純思考に検察官の仕事はぴったりのような気がする。野々山にとって、青法協に入ることと検察官を志望することには、なんの矛盾もない。当然に両立するものだ。ただ、あまり目立たないほうがいいぞ、先輩の弁護士からそう忠告された。それが誰からだったか忘れたけれど、世の中はそういうことかも知れないと素直に忠告を受け容れた。だから、野々山はクラスレベルの青法協の会合には参加するものの、クラスを超えた青法協全体のシンポジウムやら講演会には少し足が遠のくようになった。これだと、あまり目立たないし、研修所当局にも、そう簡単にはバレないだろう。

ところが、この考えが甘いことは、後になって思い知らされた。誰が、いつのクラス討論に参加したか、講演会やシンポジウムに参加したのか、なぜか研修所当局はしっかり把握している。どうしてだろう、不思議でならない。いったい、どんな仕掛けになっているのか……。

野々山は不思議なほど気の合う角川を任検に誘ってみた。角川は裁判官志望だったが、二人の裁判教官より検察教官の話に共感を覚えていたことから、思いがけず話に乗ってきた。

刑務所見学

5月26日（金）

今日は朝から刑務所見学に出かける。塀の内側に入る機会は弁護士になったら、まずありえない。としおは行く前から内部に入って見学できるのを楽しみにしていた。

横浜刑務所は高い塀に囲まれている。近づくと、ますますその塀の高さに圧倒され、その威圧感は相当なものがある。刑務所の中に入ると、想像した以上に静かだ。とても１０００人をこえる人間集団が存在するとは思えない。あまりにも静粛そのものの雰囲気なので、なにか理由もなく叫んでみたくなる。事務室を出入りする職員の動作を眺めていても、ピリピリした緊張感が所内にあることを実感させる。こんな環境で何年も、何十年も過ごさなければならなくなったとき、その人の人間性は保つことが出来るのだろうか。いや、性格だって、すっかり変わってしまうのではないだろうか……。

事務棟の二階にある大きな会議室で、としおたち修習生は処遇責任者から説明を受ける。この刑務所は建ってから相当年数が経過しているようで、古ぼけた建物は内外ともにくすんでいて、灰色モノトーンなので、重苦しい印象を与える。

「私たちは、囚人とは呼んでいないのですよ」。処遇責任者は「収容者」という言葉を使った。なるほど、文字どおり収容者だ。既決囚を分類するのは実際に刑務所に入ってからのことだ。

工場に案内された。何か物を製造中だ。工具が整然と区分けしてある。もちろん、職員が工場内のあちこちで監視して巡回している。これだけ凶器になりうる物が身近にあるとすれば、収容者同士のケンカが始まってしまえば、ただではすまないだろう。しかし、機械を動かす騒音のほかには何の話し声も聞こえてこない。次の部屋では、それほど広くもない場所で、いかにも簡単そうな袋貼りを黙々としている年配者の集団がいる。

としおたち修習生は、案内係の職員に引率されて所内を固まって見て歩いた。職員は、要所要所で在籍者の確認のための報告を受ける。いちいち右手を顔に近づけて敬礼する様子は戦前の軍隊の映画でも見ているような気にさせられ、としおには強い違和感がある。

工場で作業に従事している収容者は、としおたち見学者とは目線を合わせるのを禁止されているようだ。脇見することもなく、黙々と仕事をしている。

「私語は禁止されています」

引率する職員が説明してくれた。恵美たち女性修習生は、スカート姿で参加しないよう特別の注意を受けている。だからみな、パンツスーツというのか、全員がスラックスを着用している。女っ気の乏しい刑務所の内では、若い女性を盗み見したいはずだが、としおが収容者の動作をよくよく観察しても、頭を変に動かしたり、挙動不審な収容者を発見することはない。

収容者の着ている服はネズミ色というのか、くすんで黒っぽい灰色がかった古臭い色の服装をしている。罪を犯した人への押し着せ服として、これほど似つかわしいものはない。生地も、ごわごわしていて、堅苦しいばかりだ。

所内の統制はしっかり効いている。集団で歩いている収容者は、軍隊のパレード、つまり分列行進をしている。その付き添う職員は空威張りもあるのかもしれないが、威張り方がすごい。

刑務所ではどんな食事をしているのだろうか。野澤は食に関心がある。刑務所側では、収容者向けの食事を修習生に「毒味」と称して少しだけ提供してくれた。温かいせいもあって、野澤には美味しく食べられた。有名な麦メシだって、食べられないようなまずい代物ではない。野澤は、ふと思いついたことを隣にいたとしおに話しかけた。

「それにしても、考えてみれば、刑務所の職員なんて、定年までの無期懲役刑を執行されているようなものだよね」

なるほど、そんな観点も忘れてはいけないね。職員は刑務所に隣接した官舎に住み、昼間はずっと刑務所内で過ごしているから、収容者の生活と何ら変わるところはない。これが定年するまで続くんだったら、ストレスがすごくたまるだろう。これは大変だ。

ようやく所内見学が終わって、刑務所の外へ出た。野澤が「あっ」と軽く叫んだ。外の花壇に手を加えたり、世話をしているのは囚人服を着た収容者なのだ。刑務所内で「成績良好であれば所外作業にも従事させています」、そんな説明を受けたのを思い出す。なるほど、なるほど……。もちろん、刑務所の外の花壇で手入れをしている収容者から少し離れたところに制服を着た職員がいて周囲を監視している。それにしても、所内ほどの張りつめた緊張感はまったく感じられない。

刑務所見学が終わって外に出て立っていると、としおの目がチカチカして痛痒くなってきた。今日も光化学スモッグによる影響が出ているようだ。東京の大気汚染は本当に深刻だな。目が痛いぞ。どこか薬局で目薬でも買って目にささなくっちゃ、たまらない。目がシュパシュパして気持ちが悪い。

野澤弘二

野澤は群馬県出身で東大卒の23歳、独身。東大では3年あまりも学生セツルメント活動に打ち込んでいた。としおは中大で部落問題研究会に入って、地域で子どもたちに勉強を教えたり遊んだりしていた。だからセツルメント活動も地域で子どもと一緒に遊んだりするのだろうと思っていると、どうやら違うらしい。たしかに子ども会もあるけれど、野澤は若者会という青年サークルに入って、主として中小企業に働く青年労働者と一緒にハイキングやらクリスマス会などをしていたという。そのなかで労働現場の大変さを実感したらしい。大企業に勤める労働者がサークルに参加すると、会社からアカ攻撃を受けたり、青年サークルを維持するのに苦労したという話は、なんだか司法研修所にも似たところがある。

東大闘争では教養学部の2年生として、闘争を担って行動していた。全共闘ではなくて民青のほうだ。東大闘争が終わって授業が再開するとセツルメント活動は卒業し、短期集中で司法試験を目指して一発で合格。それも三桁に近くはあるが二桁の順位だった。ここぞというときに発揮できる瞬発的な力を持っているのだろう。

司法研修所に入る前からセツルメント法律相談部出身の先輩弁護士とのつきあいもあり、公害問題に強い関心を示している。青法協の会員拡大には積極的で、ともかく仲間を増やそうと言う。としおが入所前にどぶ川事故の現場に行ったとき、そういえば、野澤が参加していたことを後になって思い出した。

野澤には特定の彼女がいない。大学生の時、セツラー仲間の女性とかなり親密な仲になったのに、司法試験の受験勉強中に彼女から振られてしまった。その理由が分からず、納得できないことから、心の痛手を今なお引きずっている。

恵美からすると、野澤は、いかにも優等生タイプの東大生らしく生真面目すぎて面白くない。それで、恋愛の対象ではなくて、からかいの格好の対象にしている。野澤は学びたいという意欲が高く、いろんなところへ首を突っ込んでいるが、ときどき空回りしてしまう。そこを恵美から突っ込まれて立ち往生させられる。群馬では県立高校だというのに男女共学ではなかったという。そのせいか野澤は女性に話しかけるとき妙に構えてぎこちない。その弱点につけ入れられる。

本人は弁護士志望であり、揺らぐこともないが、司法問題に関心が強い。任官拒否は不当だ。真面目に社会のことを考えている人ほど裁判官になってほしい。青法協会員こそ裁判官になる適格性がある。それを拒否するなんて絶対におかしい。むしろ、一法《はしのり》のような一定の社会経験があり、広い視野を持って、しかも行動力のある人にこそ裁判官になってほしい。社会的事象から目を遠ざけて、法律論しか語らないような修習生が裁判官になっていくというのは、どう考えても日本社会にとって不幸なことだ。裁判官になるため青法協に入会しない。裁判官になった後で、社会問題は考えることにする。そんなことは果たして現実的なのだろうか。一度、ぜひ現役の青法協会員裁判官に話を聞いてみたい。

野澤が熱っぽく語るのを聞きながら、としおは、まったく同感だった。恵美の顔と見比べながら面白みが欠けるって、どういうことかな。どんな女性が野澤を振って立ち去ったのか。としおはそちらのほうまで、あれこれ思いをめぐらした。

5月29日（月）

松葉教官が午前中の検察講義のなかで、被疑者取調べのときの心得を紹介した。野々山は真剣にペンを走らせる。一言も聞きもらしのないようにしよう。

「被疑者の取調べで訊くべきことは、とてもシンプルなんだ」

松葉は、こう言って教室内を見まわした。

「被疑者が５月11日の昼間に１００万円の賄賂を渡したというとき、何を訊くのか。まず、なぜ10日とか、12日ではないのか。11日だとなぜ言えるのか。次に、なぜ50万円でなく、２００万円でもなく、１００万円を渡したのか」

なるほど、このように質問するのか。よく分かった。

「被疑者を取り調べるときには、相手の目を見て、一つひとつ語りかけるようにして被疑者の言うことに耳をよく傾けなければいけない。このとき、決してペーパーを見ながら質問し、答えをペーパーにいちいち書きとっていくようなことをしてはいけない」

えっ、ペーパーに書かないのか。どうするんだろう……。

「被疑者の言ったことの要点をメモするのは必要なことだけど、要点だけにしておくこと。長々と書いてはいけない」

えっ、どうしてかな……。

「取調べのときには流れというものがある。メモをとることによって流れを中断してはいけないんだ」

なるほどね、そういうことなんだ……。

「目の前にいる被疑者との間《ま》を大切にして、被疑者が話しやすいように、その仕事や住所、出身地など、話題を見つけて話が流れていくように心がけるんだ。それから、相手が年長者の場合には言葉づかいにも気をつかう必要がある。丁寧語は使うべきだけど、尊敬語や謙遜語まで使う必要はない。あくまで毅然とした態度を貫かなければいけない」

ふむふむ、なかなか難しいことだね。野々山が頭をかかえているのを見てとったのか、松葉は、

「はじめからうまくいくはずはないから、あまり硬くならずに、ともかく被疑者の話を聞こうという姿勢を貫くこと。そうすれば、何とかなるものだ」

ああ、よかった。少しだけ野々山は安心した。

「私だって、検事になって間もないときには、相手から明らかに舐《な》められたり、感情的になって、いらだったりして、なかなか取調べはうまくいかなかった。どうしても経験の積み重ねというものが必要なんだよ」

時間をかけると、少しはうまく訊き出せるようになるものだろうか……。野々山の不安は消えない。

松葉はさらに続けた。

「他の証拠から明らかに認定できると思われることについて、被疑者が否認したとしても決して慌てることなく、相手の言ってることを嘘だと決めつけず、ともかく相手の言うことをまずはよく聞いて

みる。ただし、相手の話に十分耳を傾けつつも、おかしいと思ったら、遠慮せずにしっかり追及するんだ。この検事の前では嘘はつけないなと被疑者に思わせる必要がある」

いやあ、被疑者と全面的に対決する場面も必要なんだね。野々山は思わずペンを持つ手に力が入った。

「被疑者の取調べというのは、このように人間同士のぶつかりあいだ。だから、法律的素養と取調べの技量を高めるのはもちろんのこと、人間の力、人格を常に磨いておく必要がある。取調べでは検事の全人格が試されるんだ」

そっかー……。全人格が試されるのか。野々山は、ペンを机の上に置いて深呼吸した。

としおは少し頭を冷やしたい気分だ。昼食をまもると一緒に食堂でとったあと、一人、研修所の建物の外に出た。とたんに目がチカチカしてきた。しばらくして、ようやく慣れたが、東京の大気汚染は相変わらずひどい。これでは小中学校が休校になるのも無理はない。裏手にある古ぼけた岩崎邸本館まで足を伸ばした。敗戦直後、アメリカ軍が接収し、表向きは立教大学の神学校ということだったが、実際にはGHQの参謀第二部（G2）配下の特務機関であるキャノン機関が本部を置く本郷ハウスとして使われていた、呪われた建物だ。アメリカによる戦後日本における諜報・破壊活動の拠点の一つとなっていた。じっと眺めていると、無人の洋館から不気味な叫び声が聞こえてきそうで、思わずぶるっと身震いした。もう引き揚げよう。

としおは教室の外でカバンを持って待ち構えた。まもるが外に出てきたら、二人きりで話をしようと思ったのだ。邪魔者が入らないほうがいい。百合恵が先に中から出てきた。としおが人待ち顔で立っているのを察したらしく、「誰か待ってるの？」と声をかけてきた。「うん、まもる」と答えると、百合恵は「ああ、蒼井《あおい》君ね。もうすぐ出てくると思うわよ」と言って、そのまま歩み去った。すぐに、まもるが目をキョロキョロさせながら姿を現した。としおに気がつくと、一瞬ぎょっとした顔になったが、すぐに元に戻り、いつもの平静さを装った。

としおは、まもるが誰かを捜していたようだと推察したが、あれこれ詮索《せんさく》せず、「ちょっといいかな、話がしたいんだけど……」と声をかけた。としおは、まもるに青法協への加入を呼びかけるつもりだ。とは言っても任官を考えている修習生に、任官なんかあきらめて青法協に入ろうよと呼びかけるような厚かましさはない。だいたい人生にとって大切なことを無理強いできるはずもない。それは分かっている。だけど、まもるに入会の働きかけすらしないというのは、どう考えても日和見だ。金曜日の刑務所見学の帰りに恵美からそのことを激しく責められ、ついに半ばヤケクソで今日の働きかけを決意したのだ。

今日は夕方から東京弁護士会館で、青法協本部の主催する講演会が予定されていて、としおは参加するつもりだ。だから、まもると話をすると言っても時間は限られている。それでもいいや、いや、むしろ時間限定のほうがいいかもしれない。そう思いながら、司法研修所の坂道を二人並んで歩いていった。

いつもの喫茶店「ニューポプラ」に向かいあって座る。店内に修習生らしき姿は見かけない。としおはホットコーヒー、まもるはアイスコーヒーを注文した。コーヒーが運ばれてくる前、世間話を抜きにし、としおは本題を切り出した。

「話ってさ、青法協に入ってほしいということなんだけど……」

としおが自信なげに話をはじめると、「やっぱりね。その話だろうと思ってたよ」とまもるは応じた。としおの真面目そのものの顔を見て、話とは青法協のことだと、まもるにも分かっていた。ここで今さら逃げるわけにもいかない。

「青法協って、いったい何なのさ？」まもるは改めて、そもそも青法協って何かと真正面から訊いてきた。としおは一瞬、間をおいた。

「平和憲法を守ろうという法曹人の団体だよ」

「でもさ」まもるが質問を継いだ。「その団体に入らなくても、それは可能なことなんじゃないの？」

たしかに、それはそうだ。でも……。「だけど、一人じゃ何も出来ないっていうか、一人ひとりだと力が弱いじゃないの。やっぱり個人ではなくて、社会的な力にならないと、守るべきものも守れないように思うんだけど……」

としおも、やや断定しかねるところがある。まもるは、だからなおのこと、「そういうものかなあ……」と首を傾げて納得していない。そして、さらに問いかけた。

「そういう社会的な運動としての存在だけなの、青法協って？」

としおは、まもるの質問の意味がよく理解できなかった。それで、とりあえず、こう答えてみた。

「いや、もっと内面的な問題もあると思う」

「えっ、どんな？」まもるは解せないという顔をして訊き返した。

「法曹を志したときの原点っていうか、お互いあるじゃないの。ほら、不正を憎むとか、弱い人を救いたいとかさ」

「うん、それはあるよね」。まもるは素直に肯定したが、引き下がったわけではない。

「だけどさ、それだとあまりに抽象的すぎるよね。何が不正なのか、弱者と強者って、どんな基準で決めてよいものなのか……」

それはそうだなと思い、としおが答えを探していると、まもるが急にこう言った。

「で、僕はどうしたらいいって思うわけ？」

としおは、前向きの反応を得て、そこで結びついた。

「ほら、僕らはもっと社会の現実を知る必要があると思うんだ。たとえば、公害被害の現地に行って現場を見たり、被害者の話を聞くとかして……」

「なるほど」、まもるはアイスコーヒーのグラスをテーブルの上に置いて、さらに問いかけた。「たしかにそれって大切なことだと僕も思うよ。でもさ、それと青法協に入ることはストレートに結びつくものなのかなあ……」

としおは、どぶ川事故の現場に行ったことを思い出した。

「青法協は、先輩会員をガイドにして、現地視察によく出かけているわけだよね。ほら、あのどぶ川事故の現場にだって一緒に行ったじゃない」

二人が親しく話すようになったのは、現場で被害者遺族の母親の話を聞いたときからだ。

「いま憲法が危ないと漠然とは感じる。でも、その点の認識が一致したとしても、団体に入るかどうかは別のこと。団体に入ったら、どうしても縛られてしまう気がする。また、一定の拘束が働かなければ団体の意味はないだろうし……」

　まもるは、組織が嫌いという言葉は使わなかった。さらに続けた。

「それに、外から、あの人は青法協だから、というレッテルを貼られてしまうのは嫌なんだ。これだけ最高裁とか自民党が目の敵にしているんだから、会員名簿の管理はきちんとやられているのかな。何となく心配だな……」

　まもるの口から湧き出すように疑問が出てくる。

「ところでさ」、今度は、としおのほうからまもるに対して逆襲した。

「裁判官になって何をしようと考えているの？」

　この質問こそ、まもるの痛いところだ。まもるはカップを手に持って、じっと眺めながら返す言葉を探した。

「そうなんだよね、そこが一番の問題なんだ。今のところ、もし裁判官になれたら、やっぱり世の中の不公平をただし、この社会が公平というか、少しでも公正なものになるよう力を尽くしたいっていうことかな。でも、これってさっきの話と同じで、抽象的すぎるよね」

　まもるは最後のほうは照れ笑いでごまかした。

「だったらさ」としおはまもるに迫った。「その不公平な社会の原点を知る必要があるっていうことじゃないの。社会の現実を知らずして、公平か不公平かは分からない、見分けられないんじゃないのかな」

　まもるも、としおの指摘は核心を衝《つ》いているし、なるほどと理解できる。まもるは、なぜ自分が青法協に加入するのをためらっているのか、胸に手を当てて考えてみる。

「青法協ってさ、今の日本社会を変革しようっていう組織なのかな。なぜ、どうして当局からこれほど警戒され、攻撃されるの？」

青法協が最高裁当局から目の敵にされているのは現実だ。でも、それがいったいなぜなのか、その点は、としおも十分に理解できているとは言いがたい。

「青法協って平和憲法を守るという点で一致している法律家の団体なんだから、社会変革を目指してなんかいないと思うよ。別に革命団体じゃないし、もちろん秘密結社でも何でもない」

としおから真顔で2時間近くも迫られ、まもるも入会を断る理由が見あたらなくなってきた。としおの粘り勝ちだ。白旗をあげようかな。いや待て待て、急に羽山教官の顔がまもるの脳裏にちらついてきた。どうしよう……。

「分かった」まもるが小さくつぶやいたのを、としおは聞き逃さなかった。自分の黒カバンを開けて入会申込書を取り出し、テーブルの上に置いた。まもるは、そのペーパーをしばし凝視し、それから手を伸ばして両手で持った。羽山教官には話をしないといかんだろうな。任官を保証できないなんて言われてしまったら、どうしようか。いや、教官の前に百合恵に相談してみよう。百合恵の困惑した表情がすぐに思い浮かんだ。そんなこと、自分で考えて決めなさいよ。そう言われるのかな……。

「今日は、この申込書を受けとっただけということにしてくれないかな。うちに帰って、よく考えてから書いて持って来るよ」

としおは話の流れから、てっきり目の前で、まもるはサインしてくれるものと考えていた。その当てが外れた。でもまあ、これだけ話せたんだから、ここは深追いしないほうがいいんだろうな。まもるは、としおの不満ありありの顔を見て、申し訳ないなと思いつつ、自分の茶色のカバンを膝のうえに載せ、中込書を起案用紙に挟み込んだ。

としおは、まもると別れて地下鉄に乗って霞ケ関へ急いだ。まもるは何か用事があると言って、夕方からの青法協主催の講演会への参加を断った。


講演会のテーマは司法問題で、講師は東大の渡部教授だ。渡部教授は高名だけど、としおは本人の話をまだ聞いたことがなかった。それで野澤に声をかけられるまでもなく、一度ぜひ話を聞いてみたいと思っていた。それほど広くもない東京弁護士会の講堂は満席近く埋まっている。弁護士と司法修習生がほとんどだが、なかには普通の市民らしき人も参加している。

渡部教授の話は拳《こぶし》を振り上げて叫びたてるというものではない。学者らしく諄々《じゅんじゅん》と物事の本質を事象の流れに従って解明していくという具合だ。それでも、内に秘めた熱い思いがときおり外に噴出してくる気配を感じる。じっくり噛みしめると味わい深い話が続いていく。

前のほうに、しきりに頭を上下させている二人組の後ろ姿に見覚えがあると思い、よく見るとB組の一法《はしのり》と恵美の二人だ。早く来たらしく、仲良く並んで座っている。

「司法の独立というのは、司法権が行政権と対立していることを前提としたものです。つまり、司法は行政と緊張関係にあるわけで、行政となれ合うようでは、独立している意味なんて、まったくありません」

うむ、なるほど、三者もたれあいというのでは存在意義がないということだな。

「戦前の裁判官は、司法大臣の監督を受けていました。戦前の日本の裁判制度においては、いちばん上にいるのは司法大臣だったのです。裁判所のなかに検事局がありました。裁判官の人事権を握っているのは司法省です。裁判官から司法省の検事になり、役人として司法省に勤めていました。このほうが出世が早かったのです。

司法大臣には検事総長出身という人が何人もいました。しかし、裁判官出身者は一人もいません。このように、実は、検事のほうが裁判官より実質的な地位は高かったのです。検事と裁判官は、同格とされていましたが、実際には相互交流していて、行ったり来たりしていました。裁判官は検察官出身者によって操《あやつ》られていたのです。

これを戦後、占領下において司法省——今の法務省です——、検察庁、裁判所を完全に分離することになりました。これが司法権の独立です。実は、日本の裁判所のなかにも戦前から司法省の支配する裁判所に抵抗し、裁判官の独立を勝ちとろうという動きがあったのです。戦後、その人たちがグループを再結集して最高裁長官を目ざし、敗れたという歴史がありました」

知らないことだらけだ。渡部教授は、裁判所と社会秩序の維持の関係についても触れた。

「裁判所が社会秩序の維持をあまり強調すると、それは警察の任務と同じことですから、裁判所としての独自の存在理由がなくなってしまいます。つまり、それは裁判所にとって自殺行為と言うほかありません」

なるほど、そうなんだ……。

「司法権の独立は、司法権が行政権と対立していることを前提とするものです。両者がそもそも一体となって動いているような状況では、形ばかりの独立があっても、なんの意味もありません」

そうだ、そうだ。としおはまったく同感だった。

「これまで、裁判所の権威というのは、国民とは隔絶した存在としての『おかみ』の権威でした。しかしながら、今日の民主主義国家においては、いつまでもそうであってはいけません」

これって、まもるのような任官志望の修習生にこそ聞いてほしい内容だよね。まもるに強く言って引っ張ってこなかったことを、としおは大いに反省した。そして今日、来ても良さそうな大池の姿はなぜか見あたらない。もちろん隈本は来ていないし、峰岸なんか来るはずもない。

としおとまもる

としおがまもると話すようになったのは、司法研修所に入る前のことだ。青法協主催の現地視察に、としおは一人で参加した。部落研のときに尊敬していた先輩が弁護士になっていて、チラシをもらった。東京の下町で起きた、子どものどぶ川転落事故現場を見に行くという企画だった。青法協という弁護士の団体が実際どんな活動をしているのか知りたかったし、事故現場を見るというので面白そうだから出かけてみた。現地では青法協の若手弁護士が事故状況を再現するように解説し、子どもを一瞬にして喪った親の哀しみ、行政の無責任な対応について、怒りを抑えた冷静な口調で淡々と話してくれた。

その場には合格者が何人も来ていた。野澤も来ていたが、としおはなぜかまもると親しく話した。

まもるもセツルメント法律相談部出身の先輩弁護士から、「合格したからには、この社会の現実を出来るだけ広く深く知っておくべきだ」とアドバイスされて参加したのだった。

現地視察が終わって、国電の駅にたどり着いたとき、なんとなく別れがたい気持ちから参加していた合格者たちが、喫茶店に入った。そのとき、としおの目の前に座ったのがまもるだった。東大生で一発合格組だということはすぐに分かった。たしかに頭の回転が速い。何を話しても、それに応じた当意即妙の受け答えをする。すごいなあ、出来る奴は違うんだなあ、としおは少々どころではないコンプレックスを感じた。それでも二人の話がはずんだのは、これからは現場を踏まえた議論をしていく必要があるということ、その点で、考えが一致したことにある。これまでは、教科書に何と書いてあるか、定義はなんだったか、それを如何にあてはめていくか、だった。しかし、これからは、まずは事実だ。理論に事実をあてはめていくのではなく、事実の組み立てのときに理論をつかう。そんな発想の転換が必要だ。としおは先輩弁護士から聞いたばかりの話をまるで自分の考えかのように話した。すると、まもるが目を輝かして飛びついてきたのだ。

4月からの司法研修所での新しい生活を送るときに、親しい友だちが得られた。いやあ、これは心強い。うれしい。そして、4月、偶然にも研修所で同じB組になった。

としおのモットーは、フットワーク軽く、何事も現地まで出かけてみてみようというもの。小田実の『何でもみてやろう』という本のタイトルそのままだ。

青法協をつくろう、準備会を始めようという呼びかけを聞きつけると、一も二もなく加わった。としおにも受験時代、憧れの女性がいた。同じ研究所の勉強仲間だ。ところが、としおが受験生活をだらだら続けているうちに、その女性は一足先に合格し、まもなく弁護士になった。そうなると、としおの手の届かない遠い世界に行ってしまった気がしてアプローチする気も失せて、自分のほうから何も言わずにあきらめた。おそらく、これは正解だったろう。

としおは3人姉弟、上に2人の気の強い姉たちがいる。幼いころから姉たちの召使いのように動きまわってきた。だから、としおには強い姉たちの「被害者」意識があり、女性への苦手意識が先に立つ。それでも、実は姉たちにいつもかまってもらい、一緒に遊んでくれていたのを感謝すべきだと、このころになって思い直し始めている。というのも、としおは年上の女性に親しみを感じることが多い。それは姉たちが本当に「加害者」だったらあり得ないことではないのか。そんなわけで、B組のなかでは百合恵に強く惹かれるところがある。

恵美が嫌いとかいうのではないが、ほとんど同年齢だし、いつもチャキチャキしたもの言いで、やりこめられることが多いので閉口させられる。といっても、それ恋愛感情の対象にならないというだけで、平和憲法を守ろうという青法協の理念は共有しているので、なんだか同志としては妙に通じるものがある。その点、もう一人の生子《しょうこ》は、としおにとっては捉えどころのない女性だ。

カリサシ

5月30日（土）

午前中、小野寺教官が保全訴訟について講義する。仮差押えとか仮処分という手段を活用しておかないと、本裁判にたとえ勝訴しても目的を達することが難しい。そんな話だ。なるほど、そういうことがあるのか。そうなんだ、民事裁判というのは勝つだけではなく、現実の回収という目的があるんだな。こういう実務感覚を身につけておかないと弁護士としてモノにならないのだろう。

「カリサシ」という言葉を初めて聞いたとき、としおは、何のことやら分からなかった。カリサシって、魚の刺身のはずはないし、いったい何のことだろう。頭の中で、ハテナマークがぐるぐる回った。周囲の修習生は、知っていて当然の法律用語かのように使っているとしか、としおには思えない。でも、そんな言葉は司法試験の受験中に聞いたことはないし、使った覚えもない。同じ年頃の修習生に尋ねて、そんなことも知らないのかと笑われるのも嫌だ。だから、年長の一法《はしのり》に尋ねた。

カリサシとは仮差押えのこと。本裁判を起こす前に、あるいは同時に債務者の財産を仮に差押えして変に処分されないようにしておく。そうしないと、あとで本裁判に勝って競売にかけて債権を回収しようとしても、債務者に何の財産もないと勝訴判決は空《から》手形のようなもので、空振りに終わって実益がない。実益がないと弁護報酬がもらえない。カリサシは、それを防ぐためのものだ。保全訴訟というのが、少し分かりかけてきた。

昼休みはクラス会だ。そこそこの人数が残った。今日も一法が前に進み出て司会進行させる。隈本《くまもと》や峰岸も残って、あらかじめ食堂に人数分を注文しておいたカツライス弁当を食べている。

クラスとしての慶弔規定が定められた。B組でなく、他のクラスで結婚した修習生がいるため、B組でも決めておこうということになった。結婚祝金は1万円だ。そのため、月500円のクラス費を4月にさかのぼって徴収することになった。隈本が「オレは取られるばっかりで、祝金なんかもらえそうもないな」と大声で言ったとき、百合恵が「案外ひょっとするかもよ」と野次を飛ばしたので、大笑いになった。珍しいことだ。

山元がクラス内の親睦を深めるためにつくることになったクラス文集づくりが進んでいないことを報告した。山元が「みんな、書きたいことを書いたらいいいんだよ。僕は、今の夢を書いておいたよ。10年たって、それを振り返るつもりなんだ」

うむむ、そういう文集の利用の仕方もあるのか……。

山元がまた手を上げて発言を求めた。一法が指名すると、山元はマイクのことを言った。後ろのほうに座っていて聞きとりにくいようだ。

「教官が、ときに低く小さい声で話すでしょ。それが意外に大事なことなのに、その肝心なことが聞きとれないんだよ。マイクを取り付けるかしてもらえないものかな……」

研修所では講堂以外にマイク設備がない。小野寺教官は、大切なことは一段と声を低めて話すべきだと言い、実際に教室で急に声のトーンを落としたりする。としおにとっては、そのことで重要度がはっきり分かって好都合だけど、後ろの席で聞きとれないとしたら可哀想だ。一法がクラス委員会に上げてみますと答えた。次に、隈本が手を上げると同時に話し出した。

「自宅起案日に研修所の教室を自由に使わせてもらえれば、ありがたいんだけど……」

えっ、隈本って、麻雀ばかりやっていると思っていたけれど、違うのかな。意外な要求だ。たしかに下宿や、寮で起案するより教室で起案したほうが断然能率がいいのは間違いない。一法が、これもクラス委員会に諮《はか》ってみますと応答した。

角川が遠慮がちに口を開いた。

「教室使用の話が出たので、自分からも言わせてほしいんですけど、教室使用が夕方5時までになっているのを、少し延長してもらうわけにはいかないのかな」

要求って、話し出したら、あれこれ出てくるものなんだね……。としおは目を見張って聞いていた。

「このあいだ、有志で刑訴の研究会をやっていて、議論がぐっと盛りあがったのに午後5時になったからといって職員から有無を言わさず追い出されてしまったんです。これって本当に何とかならないのかなあ……」

そうか、角川たちは研修所主催のセミナーとは別に研究会をしているのか、さすがに勉強熱心なんだね。角川のように、こつこつ真面目に勉強しているかと思うと、隈本のように麻雀に明け暮れている修習生もいる。ところが、麻雀仲間の絆は固く、起案のときには相互援助で、助けあう。麻雀しながら起案のポイントを話し合い、また終了後にも意見交換する。

「僕なんか、いい成績をとる必要なんて全然ないんだ」

山元はこう言って笑い飛ばす。「ともかく卒業できればいいんだから」

「えっ、そうなの？」

としおが問いかけると、山元は「うんうん」と大きく頷く。

「だって、就職先は決まっているんだから、あとは落第さえしなければ、どんなに低空飛行でもいいって言われている。卒業してしまえば、もうこっちのものなんだよ」

山元は自宅起案なんて楽ちん、楽ちんと言って憚《はばか》らない。自宅起案のときには、夜通し麻雀をし、夕方から他の修習生の完成させた起案を丸写しにする。いやいや、正確には丸写しではない。そっくりそのまま他人の起案を丸写しするのは山元のプライドが許さない。骨格はそのままにして、表現のほうはかなり手を入れ、表面上はそれなりに異なった内容の起案になっている。そんなゴマカシも必要な才覚の一つだ。要領のよさは我が身を大いに助ける。なーるほど、ね。谷山も見習ったらいいよね。

隈本《くまもと》が昼休みの残りの時間に白表紙がつくられるまでを解説してくれた。父親の若いころ研修所付きの判事補として全国の裁判所をまわって、格好のケースの収拾に苦労したという。対象となる案件は、土地・建物明け渡し請求、登記請求、売買契約に伴うトラブル、賃貸借や消費貸借など、全国どこにでもある、ありふれた典型的な事件のみ。特別法の知識がないと事案の正確な解明が出来ないようなものは修習生にとって不必要なので、はずす。所付判事補が手分けして全国から150件ほど集めてきたのを、司法研修所の裁判教官が6人で担当して通読する。そして、起案材料として適するものを3件にしぼる。そのときの選択基準はいくつかある。まずは、全国どこでもあり得る普遍性のあること。特別法の知識を不要とし、司法試験の合格までに身につけた実定法の知識で起案できること。事件は、あまり複雑多岐にわたらず、争点は二つ程度とし、書証も証人もバランスよくあって、15

0頁内の分量でおさまること。弁護士倫理にまで触れられるようだったら、なお結構。こうやって選んだものを、人名・地名をすべて仮名にして特定されないようにしたうえ、内容も少しばかり手を加えて起案の教材にふさわしいものとする。

なーるほど、簡単じゃないんだね。その苦労に敬意を表し、これからは白表紙に文句を言うのは控えておこうと、としおは反省した。

午後から、大講堂で一般教養の講演が始まる。実に退屈だ。講師の抑揚の乏しい話しぶりはまぶたの裏を重たくして、集団催眠術にでもかかったように次々に修習生の頭がガックリ落ちていく。としおも、それを見て安心して熟睡モードに突入した。

講堂の外で、としおは人待ち顔で立っているまもるを認めて近寄っていった。小さな声で訊いた。

「申込書、書いてくれた？」

まもるは、小さく頭を左右に振った。

「いや、まだ」。申し訳なさそうな顔をした。二人は歩きながら話すことにした。まもるは誰かを待っている気配だったが、それはあきらめたようだ。

二人して研修所の外を歩いていく。目がしばしばするのは、今日も相変わらずだ。こんなに光化学スモッグがひどいなら、そのうち誰も東京に住めなくなるんじゃないだろうか……。それじゃあ、一体どこで弁護士活動をはじめようかな。としおは、まもるの横顔を見ながらさらっと言った。

「青法協に入って任官を考えている人は何人もいるんだし、そんなに悩まなくてもいいんじゃないのかな」

まもるは、一瞬、足を停め、前を向いたまま言った。

「そうもいかないんだよ。教官から任官を考えているのなら、青法協には入るなよとはっきりクギを刺されているんだから」

「羽山《はやま》教官から止められているの？」

「うん」まもるは、隠す必要もないと思い、羽山教官から入会しないよう働きかけられていることを正直に告げた。

「やっぱり、そうなのか。教官ってそんなにあからさまに言うんだね」

まもるは、頭を軽く上下させて言った。

「任官できなかったら、そのときはそのとき、あきらめるしかないとは思うけどね……」

まもるは、ここで言葉を止め、ちょっと目をしばたかせて続けた。

「青法協に入ったら、どんなメリットがあるのか、入らなかったとしたらどんなデメリットがあるのか……。結局、要するに青法協の会員になることにどんな意味があるのか、その点について確信が持てないんだよ」

昨日は青法協活動の意義、司法と国民の関係を熱く語り合った。そのとき、メリット、デメリットという話はまったくしなかった。としおは、そんな観点で青法協のことを考えたこともない。まるで発想の外だ。でも、裁判官になろうというまもるにとっては、そのデメリットなるものを考えざるを得ないのだろう。としおは、次に言うべき言葉が見つからない。

まもるとしおが二人並んで深刻な顔をして研修所の下り坂を歩いているのを峰岸が遠くから見て

いた。峰岸は、まもるの顔つきを見て、青法協への加入を迫られていると直感した。これは報告しておいたほうがいいだろう。司法研修所へ引き返した。

刑裁教官室に羽山教官が残っていて、書類の山を前にして腕を組んでいる。羽山は峰岸を認めると、奥の応接セットに座らせた。

「教官、蒼井《あおい》君が石動《いするぎ》から青法協にまだ、しつこく誘われて、断り切れずに悩んでいるみたいです」

羽山は「そうか、ありがとう。すぐに手を打たんといかんな」と、礼を言いつつ、思案した。そんなときは、あごに手をやり、羽山は天井を見上げる。

「うん、早いほうがいいな、こういうことは……」

5月31日（水）

裁判官再任拒否

田端教官の民事判決起案の講評が朝から始まる。今日は、午後までずっと続く。判決起案のケースは、所有権にもとづく建物収去土地明渡請求事件だ。この裁判では、何が訴訟物《ぶつ》になっているのか、訴訟物は特定されているのか、それを田端教官は起案講評のなかで、くどいほど繰り返す。訴訟物とは、判決主文で判断すべき事項の最小基本単位であり、裁判において判断すべき対象となる権利関係をいう。そして、主要事実と間接事実の違いは何なのか、否認と抗弁とはどう違うのか、答弁書にはどう書くべきなのか、また判決文での扱いをどうするか……。

としおは、頭が痛くなってきた。同じ明渡請求事件でも、賃貸借契約終了にもとづく建物明渡請求事件というものがある。答弁書における認否の書き方、そして準備書面において展開すべき主張が違ってくる。何回も聞いているうちに、としおにもようやく全体像がつかめてきた気がする。ただ、その前に、訴状の請求の趣旨はどう書くのか、請求の原因において特定されているのか、答弁書で否認するのか抗弁すべきなのか……。分かったようで分からない迷路のような話が延々と続いていく。ここで溜め息をついていても仕方がない。この道を選んだからには、分かるまで何度も繰り返すしかないのだ……。としおは観念した。

田端は、要件事実教育をしっかりするのが司法研修所での一番の任務だと信じて疑わない。だから、4月からの講義のなかで折にふれてそれを強調する。

「みなさんは、要件事実をしっかりつかんでくださいね。これは、条文に定められている主要事実を主張する責任があるということを意味します。ですから、次にそれを裏付ける証拠をどうやって集めるのか、立証の程度はどこまで求められるのか、ということが問題になります」

田端は「研修所の要件事実教育についての誤解、はっきり言って、間違った見解が流布されています、悲しいことです」と言って、次のように批判した。

「主張立証責任を負担しない者は立証責任を負わないから、証拠を提出する責任を負わないことになる。そうすると、たとえば公害裁判において加害企業は証拠を提出する責任を負わないので何もしなくてよいことになる。そして、当然のように裁判に勝ってしまう。これは絶対おかしい。むしろ、立証責任は証拠があるほうに課すべきものだ……」

田端は静まりかえった教室内をじっと見まわした。そして、首を左右に大きく振った。

「いえいえ、要件事実論は、決してそのようなことを言っているのではありません。主張立証責任が生きてくるのは、裁判官が結審したあと最後に判決を書くときに、ことの真相が真偽不明なので、どちらを勝たせるのか迷ったときに、そのどちらを勝たせるのかというときの理論的支柱なのです。要件事実論から立証責任がない限り証拠を出さなくてよいなんて一言も言ってはいないのです」

そうなのかな、ちょっぴり安心したような、そうではないような……。としおは、複雑な気分だった。

昼休みになって食堂へ行こうと立ち上がったたまもるの席に、企画課の若い男性職員が音もなく近づいてきた。そして小声で「羽山《はやま》教官がお呼びです」とささやく。何ごとだろう。

刑裁教官室に入っていくと、一斉に教官たちがまもるに注目する。羽山は難しい顔をして奥の応接セットにまもるを座らせた。話は単刀直入、直ぐに切り込んできた。

「蒼井《あおい》君、あれだけ言うといたやないか。青法協に入ったら、ややこしいことになるんだ。そんなことにならないようにしてくれ。僕が責任を持つんだから、決して責任を持てないようなことはしてくれるなよ」

羽山は、立ち上がると、近寄ってまもるの背中をどやしつけるように平手で叩いた。大きな音をたてたので、刑裁教官室にいる教官が一斉にまもるを注目した。背中の痛みを感じるより、悪いこともしていないのに、何だか恥ずかしい思いがした。羽山教官の迫力に完全に負けてしまった。どうしよう、どうしよう。としおに何と申し開きしようか。ともかく、入会申込書はとしおに渡せないな。もう破るしかない。

としおは、民事判決起案の講評は辛いものがあった。大事な論点をいくつも落としていた。結論のところだけはなんとかギリギリセーフだったけれど、こんなに見落としがあったのでは、この先が思いやられる。みっちり絞られた思いで、ひどい気疲れがして、全身に脱力感がある。今日は、さっさと下宿に帰って早めに寝て休養したいものだ。

いやいや、帰る前にひとつ課題をやっつけなくてはいけない。修習生日誌を書く順番がまわってきている。これを書かないと帰れない。司法研修所の講義その他について、修習生が感想や意見など、何でも自由に書いていいけれど、ともかく研修所に提出することになっている。

としおは昼休みに書きあげるつもりでいたが、つい気を許してダベッているうちに書きそびれたので、講義終了後になってしまった。としおが机に向かっていると、野澤が物珍しそうに近寄ってきた。

「これって、何だか思想チェックされているみたいな気がするよね」

野澤も修習生日誌で苦労したようだ。恵美が二人の会話を聞きつけて、そばに立った。

「いいのよ、そんなことを書かなければいいんだから。そんなんじゃなくて、研修所への要望とかを書いたら、私たちにも役に立つってものよ」

「ええっ、何て書いたの？」

「ほら、教室の使用制限がおかしいってことと、一般教養の講演の不満を書いてやったわよ」

なーるほど、そういうことか。大講堂の講演で眠れるなんて喜ぶのは浅はかだったな。前期修習は短いんだから……。考え直したとしおは、修習日誌にみんな何を書いているのか、前の頁をめくってみた。みんな結構、真面目に書いている。一般教養の講演についても、講師のどこがつまらないかを、具体的に指摘している記載もある。そうだ、こんな調子で書けばいいんだ。早く書きあげて早く帰るとしよう。


東京弁護士会館の中会議室に修習生が詰め込まれた。講師は再任を拒否された宮川裁判官を支援している同期の鷲野弁護士だ。鷲野弁護士は元裁判官であり、この3月に再任願いを撤回して、弁護士になったばかりだ。優しい目をした小柄な男性で、話し方もゆっくりしていて、見るからに穏やかな性格だ。

司法修習生が裁判官になるのを希望したのに、裁判官として採用されないという任官拒否が22期以来ずっと続いている。しかも、毎年、複数だ。そして、任官を志望するのは現実には成績上位の人に限られているのに、最高裁が拒否の理由としてあげるのは、いつも決まって「成績に問題があった」というものだ。本当に成績に問題があったら、そのことを本人に教官が率直に告げて、志望撤回を促す。任官拒否となったら世間的に角が立ち、お互いに気まずい思いをすることになる。拒否された人のプライドは大いに傷つき、その生活設計がズタズタにされてしまう。

任官拒否は、22期で３人、うち青法協会員が２人。23期で７人、うち会員が６人、24期で３人、うち会員２人が拒否された。このように毎年、何人も任官拒否があり、その多くが青法協会員だった。

13期の青法協会員である宮川裁判官が最高裁から再任を拒否されたのは昨年１９７１年３月のこと。23期の阪口修習生が罷免される直前だった。任官拒否の本質は、成績にかこつけた青法協会員の排除だ。青法協は、戦後まもなく流行したレッドパージにならって、ブルーパージと名付けた。

鷲野弁護士は修習生の顔を見まわすと、ゆっくりした口調で、落ち着いて話していく。

「宮川裁判官の人柄の良さ、裁判官としての能力・識見に何ら問題がないことは彼を知っている人なら誰でも認めているところです。それで、彼の所属している熊本地家裁では所長を除く29人の裁判官全員が彼の再任を求める希望書を連署して最高裁に提出しました。続いて福岡高裁管内の13期判事補12人全員、そして福岡地家裁の39人の裁判官が同じ内容の要望書を提出しました。結局、全国５００人以上の裁判官が彼の再任を要望するか、再任拒否理由の開示を求める意思表示を最高裁におこなったのです」

いやはや、これはすごいことだ。よほど裁判官も怒ったんだよね。としおにまで怒りのうねりが感じられた。

「青法協の会員裁判官がまだ全国で多数がんばっているのですよ。ぜひ、皆さんもあとに続き、ともに活動したり、励ましてやってください。会員の裁判官に対して、任地や給料の点で最高裁はあからさまに差別しています。いわば裁判所内で見せしめにされているのです。青法協にいつまでも残っていると、ああいうことになるんだってね……」

ここで鷲野弁護士は、ゆっくり息を継いだ。「でも、差別されたからといって会員の裁判官が泣いているわけではありませんよ。その点は誤解しないでくださいね。全国で元気に明るく頑張っていますす。お互いにしょっちゅう連絡をとりあっていますからね……」

ああ、良かった。ほっとした。悲壮感ばかりだとやりきれないと心配していた。

「裁判官に出世なんかないっていう人がいます。そんなことを言っている人は、実は自分がエリートコースに乗っている人なんです。本当はあるんです。具体的に言うと、東京とか大阪といった大きな裁判所にばかりいる裁判官、そして最高裁事務総局に入ったり、この司法研修所教官もそうです。もう一つ、忘れちゃいけないのが最高裁調査官です。それで、エリートコースに外れているっていうのは、地方の裁判所ばかりを転々とする人たち。とくに問題なのは、支部から支部をぐるぐるまわされる人がいるということです。本庁に引き上げられることはありません。東京にいた裁判官が沖縄とか北海道にしばらくいるというコースが確かにあります。でも、これもエリートコースのひとつなんです。途中からエリートコースに乗るって、聞いたことがありません。むしろ、その逆に、エリートコースに乗っていた人が転落するということはありうるのです。だから、エリートコースに乗っている裁判官は、なんとかして転落しないように心がけているわけです。

出世していく裁判官って、一言でいうと組織体のなかでの協調性があるっていうことですね。もちろん、法律上の知識とか訴訟指揮能力があることが前提なんですが、そのうえで、リーダーシップがとれるとか、当局からして人柄の評価が高いということです。結局、器用な人間は得をするし、不器用な人間は損をするということですよ。上ばかり見ている裁判官って、まるで魚のヒラメと同じだと言われています」

なるほど、なるほど、裁判所のなかの深刻な実情が分かってきた。

「もう少し話を一般化して、裁判官の統制を強化したらどういうことになるのか、その点を一緒に考えてみたいと思います。

裁判官に期待されるものの一つとして、物事の本質を掴《つか》む能力が上げられます。これは言い換えると、裁判における裁判官の全人格的な英知だと思います。そして、この全人格的英知というのは、個人的に研鑽するという努力だけではなくて、裁判官相互の切磋琢磨《せっさたくま》が必要です。そのためには、裁判所内部に自由闊達な空気があり、自由にのびのびとモノが言える、そんな精神的活動が現実のものとして最大限に裁判官に保障されていることが不可欠です。それは、私の裁判官生活での実感でした。

裁判官の仕事っていうのは、朝8時半から夕方5時まで、あるいは机に向かって、あるいは法廷に臨んでいれば良い裁判ができるというものでもありません。

日曜も祭日も、そして昼も夜も、記録の山と格闘し、精査し、関連する各種文献を渉猟したりして準備していきます。一般市民としての充実した人間生活が、このような無限定な、際限のない仕事の重圧のために大きく犠牲にされ、長い目で見て非常に大きなマイナスになっているように思われます」

うひゃあ、自宅で裁判官は、日曜も祝日もなく、夜まで仕事をしているのか、たまらないな、これは……。としおは、思わず深い溜め息をもらした。

「日本の裁判所の現状では、良い裁判をするための重要な前提条件が保障されているとは決して言えません。その一つとして、長年の慣習で認められてきた宅調《たくちょう》制度が危うくなっています」

宅調制度というのは、担当する裁判が開廷しない曜日には裁判所に出てこず、自宅で起案したり、調べものをしても良いというシステムだ。

「少し前まで宅調日はまったく自由に使えていました。先輩の裁判官のなかには宅調日を利用して大学に教えに行っていた人もいたほどです。そして、自宅に記録をもって帰って、冬はこたつに入って、夏はステテコ一枚でフウフウ言いながら判決を起案していたものです。裁判官室にいると、書記官が出入りするし、電話がかかってきたり、ゆっくり落ち着いて起案するのが難しいですからね……」

いかにも残念だという口振りだ。

「裁判官の人数が増やされていないなかで、事件数は年々増えていますから、裁判官のオーバーワークがひどくなっています」

確かに、裁判官が一度に200件とか300件というたくさんの裁判案件を抱えて余裕がなくなっているという話は、あちこちでよく聞かされる。

「裁判官の私生活にまで当局が干渉し、統制しようとするのは、裁判官をまったくの能吏にして、要領のいいばかりの裁判官をつくり出してしまう危険が大きいと思います」

淡々とした話しぶりに、としおはかえって説得力を感じた。

としおが手を挙げて質問した。裁判官になろうとしているまもるに代わって質問したつもりだった。

「刑事裁判官に求められる資質って何ですか？」

鷲野弁護士は、「そうですね、いくつもあるとは思うのですが……」と切り出し、ゆっくりした口調で続けた。「実務の垢《あか》という言葉があります。長年、同じような仕事をしていると、とかくマンネリズムに陥り、新鮮な感覚を失いがちになります。すると、もしかすると、目の前にいる真犯人を罰せず、これを逃がしてしまうことになるかもしれないと心配しはじめます。どうも怪しい。しかし、確信をもって有罪だと断じることも出来ないという状況に置かれたとき、まさにそのときにこそ、その裁判官の真価が問われます。このようなときに求められるものって、何だと思いますか？」

ここで、鷲野弁護士は一息おいて、参加している修習生の顔を見まわした。誰か修習生を指名して答えてもらうつもりはないらしく、そのあとすぐ自分の答えを口にした。

「こんな状況で求められるのは、勇気、そう、勇気なのです。明白な無罪の証拠があれば、確信をもって無罪判決を書いて言い渡すことができます。何の苦労もいりません。でも、そんな事件なんて滅多にありません。検察官の起訴便宜主義は決していい加減に途用されているということではありません。現実には無罪判決を書こうか書くまいか、大いに悩むことばかりなのです。

多くの裁判官は罪を犯した人間を逃がしてはいけないという気持ちを心の底に根強くもっています。疑わしきは被告人の利益に考えるという思考は乏しいのです。それに下手な無罪判決を書いて世間から叩かれるのも怖い。自分の頭で事実をきちんと直視して、それを判決にあらわすというのは、実に勇気がいるものなんです」

なるほど、そういうことなのか。新鮮な目と勇気がいるっていうことか。言われてみれば、しごく当然のものだ。さすが経験者だけあって、この指摘は重い。

としおは今日は下宿に早く帰って休養するつもりだったが、結局、鷲野弁護士を囲む懇親会にまで参加した。夜遅く帰ることになったが、元気をもらったので苦にならなかったどころか、空気が入って背筋がぴんと伸びた。

6月1日（木）

「転向」

御徒町駅を背にして、ぶらぶらとゆっくりした足取りで歩いて行く。駅前商店街の混み合った方へ足を向ける。目の縁にチカチカした刺激を感じた。これは間違いなく光化学スモッグだ。

今日は民事問題研究と称する休日である。司法研修所は週6日、びっちり講義があるわけではない。起案と講評で過熱した頭を冷ます休日があるのは本当に助かる。無精者《ぶしょうもの》を自認する笠《りゅう》は、今日一日、ぶらぶらと無為に過ごすつもりだ。

「おい」うしろから突然呼び止める声がかかり、同時に左肩をきつく叩かれた。いきなりどやされた感じで無性に腹が立つ。

「誰？」

笠が立ち止まって振り返ると、目の前に男がニヤニヤ愛想笑いしながら立っている。もう初夏を思わせる季節に入っているというのに黒っぽい薄手のジャンパーをひっかけている。貧相な顔つきだが、目つきはきつく、にやけた笑顔なのに、目がまったく笑っていない。

きのうの夜、高校時代に同級生だった男から久しぶりに電話がかかってきた。入った大学こそ違うけれど、同じセクトで活動していたから、ずっと面識はあった。あまり会いたくはない人間だけど、呼び出されて断るのも業腹《ごうはら》だ。大人げないと言われるのも癪《しゃく》だから、指定された場所にやってきたのだ。

「やあ、しばらくだな」。見間違えようのない顔だ。あのとき、安田講堂に一緒に立て籠っていた。男は同じセクトに所属し、笠を直接指導する立場にいた。攻防戦の始まる直前、笠は組織の指示で安田講堂から脱出した。正確には、脱出組に手を挙げ、指名されるという流れだ。セクトのメンバーが全員逮捕されて組織が壊滅するのはまずい。逮捕されるのは半数以下でよい。組織の温存をセクトは最優先した。日和《ひよ》ったという罪の意識を感じながらも、反面、助かったという正直な気持ちもあった。

目の前の男は逮捕される側に残った。落城するときの扱いはひどかった。取り囲んだ屈強な機動隊員からボコボコ殴られた。いつもなら外見を気にして狙われるのは下半身だけなのに、このときはかぶっていたヘルメットを無理矢理脱がされ、頭から足先まで全身を滅多打ちされ、歩けなくなったところを護送車に丸太棒のように放り込まれた。そこまでは当時わかっていた。そして、今、まだ、そのときの裁判が続いているという。もちろん、機動隊員の暴行の被害者ではなく、不法占拠の刑事被告人として裁判が継続しているということだ。だから、大学を何とか出ても、ちゃんとした会社に就職することは出来ない。アルバイトをしながら、その日暮らしで生計をなんとか立てて生き延びている。路上での短い立ち話で、そんなことが分かった。

「いいところで会ったよな。久しぶりで一杯やろうぜ」

笠には、とてもいいところで会ったとは思えない。だいたい、偶然に出会ったというのも怪しいもんだ。昨晩の電話は、この男とひきあわせるための仕掛けだったのだろう。

男と話したくない気配を顔に出すのは、憚《はばか》られた。男の誘いを断るほどの勇気を笠は持ち合わせていない。

「ああ、いいよ」笠は素っ気なく答え、商店街の奥の方へ足を進めた。

これが連中との腐れ縁の始まりというか、復活なのかも知れない。何だか嫌な予感がする。でも、これが憂《う》き世の運命なのだろう。ケセラセラ、人生はなるようになる。抗《あらが》っても仕方がない。川に浮かぶ木の葉のように流されていくだけだ。セラヴィ、セラヴィ。それが人生だ。

商店街のはずれ、山手線のガード下に煤で黒光りする玄関を構える居酒屋がある。まだ午後遅くもない時間帯なのに、それなりに客が入っている。さすが大東京だ。

カウンターに二人は肩を寄せ合って並んだ。笠が店主の後ろのメニューを見て焼き鳥を注文すると、恐ろしく早く皿に載って出てきた。まさか他の客の残りをこっちに回したんじゃないだろうな。

男の飲みっぷりはすごい。いや、すさまじい。大ジョッキのビールをぐいぐい飲み干したかと思うと、次は焼酎の水割りを勝手に注文する。笠も酒は人並み以上に強いほうだと自負しているが、この男にはとてもかないそうにない。日頃、飲み食いが十分でないのを一気に挽回しよう、そんな勢いで男はがつがつと店主が皿に載せた焼き鳥を食べ、小皿のホルモンをほおばる。食べる合間に焼酎を飲む。そして口は食べて飲むばかりではない。次から次へと質問を繰り出す。言葉とともに食べ物のかけらが飛び出すのもお構いなしだ。

かつてLCと呼ぶ指導部の一員だった立場に戻り、笠の日頃の活動を久しぶりに細かく点検していく。学生時代と全く変わらない。点検を受ける笠のほうは、早々に食欲が減退し、とても酔っ払えそうにない。笠が日共の牛耳る青法協に対抗する反法連に関わっていること、検察庁での取調修習拒否を呼びかける活動をしていることを話すと、男はいかにも満足そうに頭を何度も上下させ、細い目をさらに一層細くした。

「そうだ、そうだ、その調子だ。それでいい。奴らに負けたらいかん」

男のいう「奴ら」とは、一体、誰を指しているのか。司法研修所当局のことなのか、それとも青法協の連中なのか。笠は、あえて、この疑問を胸の内に秘め、男に問い返すことはしなかった。そんなことを訊いたら、「それで、おまえは一体何をしているんだ」と、火に油を注いだように笠の活動状況をさらに細かく突っ込んでくるだろう。それは面白くない展開だ。

将来の進路をどうするのか。男が訊いてきたので、笠は思わず正直に検察官の仕事も面白そうだと答えた。それを聞くや、男の細い目尻が釣り上がった。

「なんだと、おまえ。国家権力の手先になろうっていうのか？」

男の断定的というか、卑下した言い方に、笠は全人格を否定された気がして、むかっと腹が立った。

「権力の手先になるだなんて、そんな……」

笠の言葉を、男は身振りで途中から遮《さえぎ》った。酔ったせいなのか、笠への怒りからか、真っ赤な顔で隣に座る笠の胸に右手のこぶしを押しつけてきた。

「おまえ、今だって権力から立派に養われているんだよな。それでもって、権力の魅力に引っ張られて、人生の出直しを考えようってわけなのか？」

店内に響き渡るほどの大声を男が出したので、カウンターの向こうで焼き鳥を焼いている店主が驚きの顔を上げて笠に目線を向けた。

なるほど、「人生の出直し」という言葉はあたっているんじゃないか、それが今、自分には必要なんじゃないか。笠は、一瞬そう思い、男へ言い返す言葉を探した。すると、男は笠が反論できないと受けとったようで、言葉を続けた。

「なんてこった。それじゃ、まるで人民への裏切りじゃないか。おまえ、もう転向しちまったのか、ええ、おい？」

「裏切り」とか「転向」という言葉は他人に向けられるもので、自分にはとんと無縁のものだと漠然と考えてきた。それが、いま自分に投げつけられた。えっ、本当か、自分のことなのか。そう思うと全身に悪寒が走り、心臓が急にばくばくと鼓動しはじめた。胸が息苦しくなってくる。そうか、オレはもう転向したっていうことなのか……。

大学のころは街頭に出て、国家権力を打倒しようと叫ぶだけでよかった。深く考える必要もなかった。いやいや、マルクスもエンゲルスも、レーニンだって読んで勉強した。スターリンはもちろん読まなかったが、トロツキーの本なんか、むさぼるように読んだものだ。文章の歯切れの良さにはしびれた。快刀乱麻《かいとうらんま》、見事な太刀さばきに、読んでいて気分がみるみるすっきりしてくる。下級生を集めた学習会でチューターをつとめて、いっぱしの革命家気取りで日本革命論をとうとうとぶち上げたこともある。一度や二度のことではない。自他共に認める理論家だった。社会の根本原理は全部理解した。そんな気分になって、あとは直接的な街頭行動あるのみと確信していた。

いま振り返ると、ちっとも、何も分かっていなかった。しかし、当時は宇宙の全真理を掌中のものにした気分だった。浮かれていたのだろう。

それでも、安田講堂が落城し、その直後に駒場で日共・民青から封鎖解除され、銀杏並木から叩き出されたあと、厳しい現実に直面せざるを得なかった。授業再開なんて、とんでもない。そう考えて再開粉砕を叫んで、駒場の構内を走り回った。当時、学生の大方の気分は早く授業を受けたいというものだった。それは膚で感じた。内なる自分の要求も実のところは同じだったから、よく分かっていた。ほんのすこしだけ騒動があったものの、結局、再開された授業には、笠もヘルメットを脱いで、出席した。内なる自分の声に忠実に従ったのだから、何ら恥じるところはない。将来をどうするか。それを考えたときの逃げ場が司法試験だった。資格をとろう。資格さえとったら何とかなるだろう。だから、とった資格で何をしようということまでは考えなかった。

司法試験の受験勉強を始めてからは、ひたすら法律専門書を読んだ。マルクスもトロツキーも、全部きれいサッパリ本は捨ててしまった。そして、革命論ではなく、法律の議論をした。いってみれば、どちらも空理空論、似たようなものだ。アジビラの原稿書きは慣れたものなので、答案練習もお手のものだ。司法試験は、一回で、それもあまり悪くはない成績で滑り込むことが出来た。この年の試験問題は争点効理論とか、東大生向けの出題ではないかと噂されていたが、そうかもしれない。おかげで合格できたのだから、東大闘争のときに打倒対象にしていた東大教授に恨みはないどころか、お礼を言いたいくらいだ。

司法研修所に入ってみると大学とはまるで雰囲気が異なる。ここは実社会そのものではないが、実社会との接点が太いせいか、世間の重たい現実がひたひたと迫ってくる。もう、ここで日本革命論なんかすることはないし、そんな気分にもならない。

男が急に何かを思い出したようで、にやにやしながら訊いてきた。

「おまえ、例の妙な健康法、まだやってんのか？」

うっ、む、むせた。なんで、この男がそれを知ってるのか。笠はとりあえず「何のこと？」と呆けてみせた。すると、男は自分は何でも知っているんだぞとばかりに返した。

「ほら、朝一番のおしっこを飲むってやつだ」

男が大きな声で言ったので、カウンターの向こうで焼き鳥を焼いている店主に聞かれたかもしれないと笠は心配した。

「うん、やってるよ」。笠はしらっと認めた。いったい、どうして自分の実践している一風変わった健康法のことまで知っているのだろうか。電話をかけてきた同級生に話したことがあったのか……。

朝、起きがけ一番の自分の尿を飲むと身体にいいというのは、昔の活動家仲間に身体の不調を訴えたときに勧められたもの。受験勉強中のことで、やってみると、なるほど調子が良くなったような気がして今も続けている。しかし、周囲の拒否反応が強いので、このことを知っているのは笠のごく親しい人間だけのはずだった。

黙り込んだ笠を見て、男は「まあ、それは個人の好き勝手だから、どうでもいいことだがな」と言い捨てて、話題を変える。男は焼酎のグラスに入った氷をカラコロいわせながら訊いてきた。

「いま、おまえは何を考えているんだ？」

そうだ、いま、俺はいったい何を考えているんだろう。結局、自己保身しか考えていないのだろう。いやいや、それも否定はしないが、何か自分のやりたいことがあるはずだ。それを必死に探し求めているんだ。でも、それが何なのか、なかなか見つからない。ひょっとして、永遠に見つからないのかも知れない。ええっ、そのときは、どうしようか……。目の前にいる男に本心をさらけ出すつもりはない。さっき、検察官志向という本心を洩らしたのはまずかった。やばいな、どうせ、この男にオレの気持ちなんか、何も分かってもらえるはずはない。

「いや、まあ、何って……」

司法研修所に入ってみると、昨日まで「敵」だった日共・民青の奴らが元気いっぱいでフル活動しているのを見ると、例えば野澤だ、羨《うらや》ましいというか、妬《ねた》ましい。負けた、負けた。連中の組織はガッチリ固いし、シンパ層もよほど分厚い。それに引き替え、反法連なんて大層な名前をつけてはいるものの、誰か特定のリーダーがいるわけでもない。かつて所属していたセクトが異なれば、そうそう簡単に仲良く一緒に活動できるはずもない。なにしろ、今も司法研修所の外では殺し合いしたり、凄惨な内ゲバが進行中なのだから、本当にゾッとする。もちろん、研修所では反法連の内部で抗争することはない。一緒に行動しているからこそ、かえって大声でカラ元気を出して叫び立てることになる。そんな奴らを仲間と呼べるものか……。仲間としての連帯意識なんて薬にしたくても何もない。そういうものだよな……。

研修所に入る前、最高裁から入所前面接を受けた。面接官から訊かれて「もう活動はやめました」と言い切った。あのときは、嘘も便利な方便だと自分に言い聞かせた。自分でも気味が悪いほどスパッと言い切ったのは、内心の偽りない本音だったからじゃなかったか……。

言葉は恐ろしい。自分の口から出た言葉は、今度は自分という人間を、その言葉によって縛ってしまう。まさしく、言葉には言霊《ことだま》がある。それにしても、検察官になるのは本当に転向なのだろうか。

裏切りなのか。いったい誰を裏切るというのか。昔の活動家仲間をか……。だけど、よくよく考えてみたら、活動の目的は革命だろ。それって人民多数の幸福実現のためではないのか。そして、革命が実現したあとにだって国家に検察官は存在するはずだろう。必要な組織だし、職業じゃないか。反革命を取り締まり、人民本位の社会秩序を維持するのに欠かせない職業じゃないか……。この腐敗にみちた現在の日本で巨悪をふんづかまえてギャフンと言わせ、退治することが出来たら、多くの人民にとって、いかにも胸のすく痛快事になるだろう。人民にそんな喜びを味わわせてもいいじゃないか。検察官になるのが「転向」だとか、「裏切り」だと決めつけるのは、あまりに短絡的かつ皮相すぎる見方だ。視野が狭すぎる。それこそ社会変革の観点に立っていない。

笠がビールの大ジョッキを持ち上げ、男に何と言い返そうかと思案していると、男はようやく本題を切り出した。

「どうだ。元のように活動してみないか。我が党は健在だ。カムバックはウェルカムだ」

男は声を潜め、笠の耳に口元を近づけてささやいた。男の酒臭い息が笠の鼻にかかって息苦しい。党と言えるほどの組織実体が今でも本当にあるんだろうか、まさか……。

「いや、それは遠慮しとく」

このとき、自分でも驚くほど、笠はきっぱり意思表示した。内なる声が言わせたのだろう。男は笠の決然たる拒否にあい、思わず身をのけぞらせた。

「おい、約束したことを忘れたのか。司法界に入ったら、組織活動を再開するって言ったことを……」

「いや、もう止めたんだ。忘れてくれ」

笠が繰り返すと、男は再び反撃、反問してくるかと身構えていると、案に相違して男は何も言わず、皿に残っていた串を手でつかんで食べはじめた。そのあとは、もう話がはずむこともない。男は焼酎を飲み干すと、立ち上がった。

「今日は、おごってもらうからな。さっきの話は、もう一度よーく考え直しておいてくれよな」。軽く右手をあげて、男はさっさと店を出ていった。

長居は無用だ。笠も引き揚げることにした。笠は酔うどころではない。あまりにも不完全燃焼だ。もう一軒行って飲み直そう。渋谷に昔から、それこそ大学生のころから通い詰めているスナックがある。そこへ行こう。久しぶりにあそこのママと与太話でもして気を晴らそう。そうでもしないとやりきれない。

店の外に出ると、まだ陽は明るく、これから夕景色になろうという気配だ。胸苦しさを感じたのは光化学スモッグのせいか、それとも先ほどの重苦しい問いかけのせいだろうか。胸のうちに何か澱《おり》のような重苦しいものをかかえた気分で、足取りも重く国電の駅の改札口を目指した。

入会勧誘

6月2日（金）

午前中は、民事弁護起案を小野寺教官が講評する。今回のケースは、個人間の不動産売買だ。

それほど親しかったわけではないが、面識があったから、きちんとした売買契約書を作成することなく売り買いの話がすすんでいった。話し合いの過程で作成されたメモはいくつかあり、双方のサインはあるので、覚書のような書面がある。お互い、それで契約したつもりになっていた。ところが、残代金の決済日当日になって、買主が代金額にクレームをつけた。物件の時価が全然違うじゃないか、こんなときには代金額は1割減額される約束になっているのに減額されていない。このままでは残代金は支払えない。売主からすると、いずれもとんでもない言いがかりだ。でも、買主は残代金を素直に支払う気配はない。売主としてとりうる対抗手段はあるのか、それはどんな手段か……。

なるほど、あり得る話だよね。実際に起きて何も不思議はない。示談交渉が決裂したら裁判になるわけだ。どちらが裁判を提起することになるのだろうか。売主だったら、もちろん買主に対して残金の支払いを求めることになる。買主は、残金の支払い義務のないことの確認を求めるのか。どちらが提訴するのか。いや、売買の無効とか取り消しを主張して既払いの代金額の返還を求めるのか。どちらが提訴するのか。先に裁判を起こした方が、その後の裁判の展開が有利になるのだろうか……。小野寺教官の講評を聞きながら、としおは現実に起きてくる事件に単純なものなんてないんだろうと思い至った。

小野寺教官は手抜きは厳禁だという。

「民事弁護の最終準備書面をまとめるときには、有利な事情と不利な事情とをまとめて一括して比較検討する、なんてことをしてはいけません。あくまで要件事件ごとに、有利な事情と不利な事情とを整理して分析し検討します。たとえば、契約が成立しているのかどうか、そのとき動機の錯誤があったと言えるのかどうか、それぞれ有利・不利の事情をあげて個別に検討していきます。手抜きしてはいけません」

小野寺教官は講義の後半で次のように話しだした。

「弁護士が一人前と認められるためには、実務経験5年が目安とされています。実務知識、証人尋問・和解交渉などの訴訟技術、弁護士報酬の請求方法などの依頼者との付き合い方を修得するためには、実務経験3年程度で足ります。しかし、弁護士の自由業としてのきつさやその限界というマイナス面まで認識できるようになるためには5年の実務経験が必要だということです」

なるほど、だから早くて3年で独立する人がいるんだな。としおは5年たっても独立できるか心許ない気がした。

「弁護士も30代後半から40代になると、かなり収入面での格差が出てきます。この東京で大企業を相手に毎日が忙しすぎる生活をして、収入も超高給取りの弁護士の一群がいる一方で、多くの弁護士はそこそこ稼ぎ、裕福な生活、あるいは、その一歩下の生活を過ごしています」

そうなのか、弁護士のなかにも格差というのがあるのか……。

「弁護士にとって、日常的に売上を確保するというのは、容易なことではありません。検察官は、日ごろ相手にしているリッチな弁護士を見て、誤って普遍化して誤解しているようで、自分が弁護士になったときに依頼者の弱みにつけ込んで大金を要求したり、事件処理に依頼者の意向を受けて無理を重ねて問題を起こすヤメ検がいます。これは弁護士にとっての稼ぎを十分に習熟していないことからくるものと思われます。弁護士の大半は民事事件を扱うことで収入を得て生活しているわけです。ところが、法律に違反すること、弁護士倫理に反することにつながる行為への誘惑というか、その機会が多いというのも現実です。偽証教唆《きょうさ》、証拠隠滅幇助《ほうじょ》、口裏合わせへの加担などです。たとえば、公共建築土木工事の談合というのは昔から常態となっていますが、弁護士がそれに関わるときに問題が発生しやすいのです」

なるほど、本当に危険な疑惑の多い職業なんだね。心しておこう。

午後から、羽山《はやま》教官が刑事裁判の実務的諸問題を講義した。そのあと、希望者は簿記会計のセミナーを受講する。簿記セミナーが終わり、角川《かどかわ》が中講堂を出たとき、うしろから女性が声をかけてきた。振り返ると恵美だ。

「角川さん、ちょっと時間ある？」

恵美のうしろに野澤が立っている。そうか、青法協の入会勧誘だな。羽山教官が、青法協に入るな、入るなと会うたびにくどいように繰り返すので、角川は天の邪鬼の気分になって、青法協の話を一度真面目に聞いてみようと思っていた。いつも生きのいい恵美とも話してみたいしね。ちょうどいい按配だ。夕方までなら時間もあるし……。

「うん、1時間くらいならいいよ。夕方に人と会う予定があるので、それまででいいのなら……」

角川は夕方に大学の先輩にあたる弁護士と会うことにしていた。進路について相談したかったが、なにより豪華な食事をおごってもらえて、夜の銀座へ連れて行ってくれるというので、それが楽しみだった。

3人は連れだって研修所の坂を下って御徒町のほうへ歩いていった。途中にある喫茶店「たんぽぽ」に入った。店内には骨休みしていると思しき営業マンがいるくらいで、静かに古典音楽が流れている。向こうのほうにも司法修習生が何人かいて話しているのが聞こえてくる。顔までは見えないけど、法律要件の話をしていることが断片的に聞こえてくるので間違いなく修習生だ。

角川は幼いころから世の中の不正を憎む気持ちが人一倍強かった。これは恐らく母親譲りだろう。母親は、新聞を読みながら、またテレビのニュースを見ながら「おかしいわ。こんな不正を見逃してはいけないわ」と叫んでいた。汚職事件が摘発されたとき、トップの下で働いていた人が自殺すると、その事件がいつの間にか尻すぼみになってしまい、トップの責任は追及されないまま、うやむやにされてしまう。こんなこと、絶対におかしいわ。許してはいけないわよ。ぷりぷりと怒って憤懣《ふんまん》を子どもにぶちまけた。

恵美と野澤の話を角川は真面目に聞いた。恵美の顔をまじまじと見つめていると、母親の怒ったときの形相を思い出す。青法協は、母親と同じように世の中の不正を憎み、許さないということで、頑張っているようだ。そんな青法協なら、入ってもいいかなと思えた。裁判官になるか検察官になるのかとは別次元の話として考えてみよう。

角川にとって恵美は前から気になる女性だった。こうやって身近に話してみると、何かやってみようという意気込みは角川にはないもので、眩《まぶ》しいばかりだ。

「うん、話はよく分かったよ。少し考えさせてほしい」

角川は、これから会う先輩弁護士にも相談してみようと思った。教官に話したら反対されることは分かっている。明日、野々山に会ったとき、彼にも話してみよう。

角川の前向きの反応は、恵美と野澤にとっては予期した以上のものだった。

「案ずるより産《う》むが易《やす》し、なんだね」

喫茶店の前で３人は別れた。

人事ファイル

6月5日（月）

外は今も雨が降っている。研修所の建物に入る前に雨と湿気のため、背広がじっとり濡れてしまった。何だか気持ちが悪い。今日は朝から午後まで先日の刑事判決起案について羽山《はやま》教官が講評する。羽山は刑事判決起案のポイントとして、次の二つをあげた。

「供述が信用できるものなのか、その信用性については丁寧に検討する必要がある。間接事実にも、推認力の強いものと弱いものと二つあるので用心してかからなければいけない」

研修所では、論理展開が説得的であれば、有罪か無罪かという結論はどちらであってもよい」

としおは、戻ってきた自分の起案を何度も読み返した。赤ペンがたくさん、あっちにもこっちにも入っている。それを見た野澤が、赤ペンがたくさんあるっていうことは、まだまだ望みがあるっていうことだよ、と慰めた。本当だろうか。

「論旨はよいが、パンチ力が足りない」

「社会的相当性を論じるのなら、もっと高い視野から論じてほしい」

なるほど、言われてみればそのとおりだ。羽山教官の赤ペンは容赦がない。まあ、これも愛の鞭《むち》だと受けとめよう。自らの実力不足というか、勉強不足を棚に上げるわけにはいかない。それこそ落第なんかしないようにしよう。としおは真面目にノートをとっていった。

羽山の講評は辛辣《しんらつ》そのもので、褒《ほ》めて伸ばそうという配慮はまったくない。思ったことを先ず言ってしまわないと気が済まないというタイプだ。その槍玉にあがった修習生の起案はズタズタにされてしまう。固有名詞こそ言わなくても、その修習生の顔を見ながら話すので、言われた当の本人はもちろん分かる。ところが、まもるや角川の起案のように優秀だと認めたものは高く評価する。ときには手放しで礼賛する。その落差があまりにも大きいのは、それだけ修習生の実力に差があることを意味しているのだろう。としおの起案は、それほどひどくやっつけられていないのは幸いだ。クラスの真ん中より下にいるのだろうけれど、まだ下には下がいるというわけだ。もちろん、それで安心できるというものではないのだけれど……。

羽山《はやま》教官の起案講評のあと、まもるは民裁教官室に向かった。弁護教官は二人とも基本的に講義のあるときしか研修所に来ないが、裁判教官は研修所が職場なのだから、講義のない日も登庁している。羽山教官は、講義終了後、峰岸や角川たちが取り囲んで質問している。だから、まもるは田端教官のほうへアプローチすることにした。

まもるは田端教官を尊敬している。講義のとき分からないところがあり、教室で質問できなかったときには、民裁教官室へ出向いて田端教官に教えを乞う。田端は、いかにもうれしそうな顔でまもるを受け入れ、とても懇切丁寧に解説してくれる。

まもるの起案には、「よくできている。この調子で頑張ること」と、励ましのコメントが付されているのがほとんどだ。世間話をしながら民裁教官室に他には誰もいないことを確かめると、まもるは声を低めた。

「青法協に入るように誘われているんですけれど、教官はどう思われますか。やっぱり、やめておいたほうがいいでしょうか?」

いきなり青法協のことで相談を持ちかけられた田端は、一瞬、声が詰まり、まもるの顔を見返した。そして、それまでとはうって変わって、いかにも自信なさそうな声でぼそぼそ呟いた。

「さあ、どうなのかなあ。ぼくも、前はそっちの方面にも少しは関心があったけど、今は、もうトンと縁がないものだから……」

田端教官が所内政治に関心がなく、いわば超然としていることは分かっている。青法協とかいうのとは、まるで別世界にいる。そういう人種も裁判所にいるのだ。羽山教官のような政治大好き人間ばかりが裁判所にいるわけではない。結局、田端は、青法協に入るなとも言わず、あいまいに言葉を濁して終わった。それはそれでいい。まもるを少し安心させる材料でもあった。よし、今度は百合恵に意見を訊いてみよう。

まもるが退出していったあと、田端は羽山教官にだけは報告しておいたほうがいいと考え、刑裁教官室へ向かった。あとで、何で、そんな大切な情報を自分に伝えなかったのかと嫌味を言われたくはない。

刑裁教官室に入ると、羽山は教室から戻って机の上に何冊かのファイルを広げて何かを書き込んでいるところだった。人が近づいて来たので慌ててしまい込もうとしたが、やって来たのが田端だと分かると、何事もなかったようにファイルを元のように机の上に置き、それから閉じて田端を迎えた。

「ちょっと、いいですか?」

田端は羽山の席の近くにあった補助椅子を引き寄せて腰をおろした。

そして、蒼井《あおい》修習生から青法協に入るかどうか悩んでいるという相談を受けたことを手短に伝えた。羽山はうんうん、よくぞ報告してくれたと言わんばかりに満足そうな顔をして「分かりました。あれだけ釘を刺しておいたのに、まだ迷っているのか……」とだけ言った。羽山にとって想定内の出来事だったようで、それ以上の反応はなく、田端は拍子抜けした。それで、「以上、報告終わり」と立ち上がって退出した。羽山は、田端を見送ると、早速、机の上にあるファイルに今の話をメモとして書きつけた。

羽山の机上にあるファイルは修習生の人事情報を細大漏らさず記載した極秘のものだ。草場事務局長がその責任で厳重に保管しているもので、裁判教官といえども簡単に持ち出すことは出来ないことになっている。そこを羽山は草場事務局長と示し合わせて、秘密ファイルの詳細化と活用をはかるという名目で借り受けている。当面は青法協の結成に向けた修習生の動きを一元的に把握するのが当局側の主要な関心事だ。クラス内で動いているのは誰々か、クラスを横断して動いているのは誰なのか、誰が研修所の外とつながって連絡を取っているのか……。詳細な情報が集約されている。

としおは日曜日に合同ハイキングを企画した。天気予報は雨だったが、雨天決行と事前に徹底していたのでB組から角川をふくめて6人の修習生が参加し、百合恵の線で女子大生や若いOLが偶然にも同数の6人が参加した。当初予定していた高尾山ハイキングはとりやめて新宿駅のデパートめぐりをしたあと、ほかに行くところもないので喫茶店でダベることにした。

企画したはいいものの、としおは話題に困った。世間の出来事に目を向けることのない生活が長く続いてきたから、つい得意の法律論を話してしまった。いや、ともかく、それしか話せることがなかった。すると、周囲にいた女性は露骨につまらなそうな顔をして誰も話に乗ってこない。みると、角川のほうも似たような状況だ。

合ハイの無惨な結果を聞かされた一法は、としおをきつく叱った。

「それはないよ。自己中心的すぎるよ。もっと微妙な女心をつかまなくてはいかんよ。かといって、焦りは禁物なんだけどさ」

結局、参加者は男女同数いたけれど、一組のカップルも成立することはなかった。

6月6日（火）

任意選択ゼミ

今日も雨がしとしと降っている。蒸し暑い。午前中は刑事弁護の起案を河崎教官が講評した。河崎は、講評のなかで代用監獄の弊害を強調した。

「日本では逮捕された被疑者を23日間という長いあいだ、警察署内にある留置場、代用監獄と呼ばれていますが、狭いところに閉じ込め、弁護人との面会すら満足にさせません。接見禁止処分にしてしまえば弁護人はいちいち面会切符といった接見許可状を検察官からもらわなければ被疑者に面会できません。取調べにあたる警察官は被疑者を警察署内の留置場と取調室を往復させます。このとき、脅迫や暴行、あるいは面倒見と呼ばれる優遇措置をとったり利益誘導などを駆使します。煙草を取調室で吸わせたり、カツ丼を取ってやったり、手なづけた被疑者は好きにさせます。そして朝から晩まで、ぎゅうぎゅう取り調べるのです。アメリカやイギリスでは考えられないような野蛮な手法が今なおまかり通っているのです」

そうだよね。これって本当にひどいことだ。としおは次第に腹が立ってきた。

午後からは、検察の松葉教官による起案講評だ。松葉教官は講評のなかで「調書を巻いて決裁に上げる」と言った。えっ、何。「調書を巻く」と言ったの……。何だか変な表現だな。恐らく業界用語なんだろうな。

被疑者の供述調書は、被疑者が語ったという形式で書かれている。私は、……しました。一人称で、こう書かれている。しかし、実は取調官の作文であって、被疑者本人が書いたものではない。取調官が被疑者に自筆で書かせる反省文もあるが、供述調書は警察でも検察庁でも、すべて取調べする側が法律上の要件をみたす内容にして作文し、被疑者本人は読み聞かされて、最後に署名するだけだ。

起訴状には、裁判の対象となる犯罪の事実、すなわち公訴事実が書かれるが、この公訴事実は途中に句点を入れず、最後まで一つの文章で書くというのが実務上の決まりになっている。法律上の構成要件を端的に表現するためだというが、法律家の文章に悪文が多い原因の一つになっているという批判は昔から根強い。

野々山は、このところ自分の起案についての講評、つまりコメントが前に比べてずいぶん甘くなったような気がしている。それを話したら、としおが野々山の起案を手にして確かめた。なるほど、すごい。

「手際のよい処理ぶりである。格段に前進している。要点も逃さず衝《つ》いている。ことに被告人Aの供述の問題点、矛盾点をじっくり論じている点が良い。この調子で続けられたし」

野々山も、まんざらではない。有頂天になりそうだ……。

「こんな歯の浮くようなお世辞を書かれると、薄気味悪いよね」

起案をとしおから取り戻すと、右手に持ったまま起案をひらひらさせながら、肩をすくめた。野澤が近寄ってきた。

「ぼくのは、こんな調子だよ。これって、やっぱりダメ起案ということかな?」

今度も、としおが真っ先に読んでみる。

「主張が要領よくまとめられ、証拠の援用も適切である。しかし、甲男の主張に対する反論として乙女の言動の問題点を理由づけとしている点は賛成できない。共謀共同正犯理論にあたる場面ではないことを理由としたらよいのではないか」

「えっ、これって高く評価されているものだよ。ダメ起案なんてものじゃない」

としおは思わず口に出した。

「相手方の主張に対する認否漏れがないか、注意すること」

これも、ダメ起案というものではなく、単なる教官の親切心からのコメントだ。野澤の起案は悪くない。としおは、むしろ今日も二人から劣等感をかき立てられた。としおは、起案のなかに「国家はいったい何をしているのか、このような事態を放置して被告人を一方的に刑罰に処していいものか」と書いたところ、「そんな政策論は、あとですること」と、こっぴどいコメントがついて返ってきた。なるほど、そうだとは思ったんだけど……。

今日は、正規の講義が終了したあと、ゼミナール形式で4つの任意選択の講義がある。英米私法、ドイツ法、イギリスの刑事司法、そしてアメリカ刑事法だ。野々山は、検察官志望に傾いているから、刑事法をもう少し勉強しておく必要があると考えた。それもイギリス刑事司法ではなく、アメリカ刑事法だろう。ここが一番人気らしく、広い中講堂が会場になっている。少し遅れて入っていくと、前方の席に百合恵の後ろ姿が見える。隣に座っている修習生と親しそうに話している。いったい、どこのどいつだ。ちょうど、誰かの頭に隠れて、その男の顔が見えない。まあ、いいや、ゼミナールが終わったら、百合恵に声をかけてみよう。何事にも臆せず、行動するのが野々山の信条だ。

講義が終わると、野々山は急いだ。誰かに先を越されてはいけない。中講堂から出ていこうとする百合恵に横から声をかけた。

「蔵内さん、ちょっと……」

声をかけられた百合恵は怪訝《けげん》そうな顔をして立ち止まった。その声の主が野々山だと知ると、「何かしら？」

改めて真正面から問われてしまうと困るのだけど、ここで臆してはならない。

野々山は、それこそ蛮勇を奮う思いで続けた。

「このあと時間があるんでしたら、一緒にお茶でもどうですか？」

すると百合恵は、軽く左手を左右に振った。

「悪いけど、野々山さん、今日は予定があるの。また今度にしてくださらない」

百合恵の断り方は、まったく取りつく島がない。どんな予定なのか、変更できない予定なのか、畳みかけたい気持ちを野々山は無理して抑え込んだ。野々山は、すっかり意気阻喪し、「じゃあ、今度よろしく」と右手をあげて百合恵に挨拶し、早々に退散した。

こうなりゃ、今日はこれからまるで予定がない。明日は刑裁の自宅起案日だ。よーし、とことん遊んでやるぞ。もうヤケクソだ。野々山は右手を顎《あご》にあてて思案した。そうさな、やっぱり麻雀だな。面子《めんつ》はそろうかな、いや、そろうだろう。青法協の主だった連中は創立総会を控えて忙しいだろうから、声かけの対象から外す。なーに、面子くらい何とかなるさ。野々山は、まずは松戸寮を目指すことにした。面子を集めるのに一番確実なのは寮生にあたることなのは間違いない。

百合恵にとって野々山はまるで好みのタイプではない。いつだって、誰彼かまわず話しかけ、その場の雰囲気にかまわず行動するタイプの人間は苦手だ。百合恵は、その逆、その場の雰囲気をきちんと読んで、それに応じて行動するのが立派な大人の条件だと考えている。野々山はその条件を満たさない。それに、「男なんて、もうコリゴリ」という固い心持ちをいくらかでもほぐしてくれるような、ついくすぐられてしまう。女として尽くしてみたいとまで思うことがある。トキメキ感があるとまでそんなときめき感を野々山には感じることが出来ない。それに比べると、まもるには母性本能がついはいかないが、それを期待させてくれる雰囲気がある。野々山には、そのふくらみがない。

「予定がある」と言ったのは、単に野々山の誘いを断るための方便に過ぎなかった。本当のところ、今夜は何の予定もない。早いとこ部屋に戻って、一人でゆっくりしたいというだけだ。たまにはシーツも洗濯して部屋の模様替えでもしてみようかしら。誰か来たとき、いい雰囲気になるように……。そして、ゆっくり、のんびり浴槽に浸って手足を伸ばして、極楽、極楽と叫ぶのもいいわよね。このあいだみたいに蒼井君が突然泊まったりするんだから、部屋の片付けもきちんとしておかないといけないわね。これも女性の身だしなみの一つなのよね……。

二次会

6月8日（木）

今日も朝から雨がしとしと降っている。ようやく本物の梅雨に入ったらしい。

午前、午後と田端教官が「民事問題研究」と題する講義をした。民法の重要な論点と、それに関連する判例の動向をいかにも楽しげに話していく。そんなに法理論って面白いものなのだろうか……。ときおり緊張しながらノートに書きつけていたため、午後の講義が終わったときには、ぐったり、深い疲労感があった。こんなときには、青法協のメンバーで集まって、脳内の別の分野を活性化させてやらないといかんな……。

田端教官は講義のなかで次のように言った。

「裁判官というものは、提起された事件をこつこつ丁寧に処理していけばいいんです。目立つ必要はありません。むしろ、町の雑踏から一歩離れたところに身を置いて、自分の信念にしたがって判決文を書いていく。そのとき、企業活動にあまり介入すべきものではありません。もちろん、行き過ぎた企業活動を抑制するのも司法の果たすべき役割ではありますが……」

そして、最後に次のようにまとめた。

「判決は正義にかなった事件の解決を目ざすものです。その事案にあった、妥当な、落ち着きのよい、納まりのよい結論になっているのかどうかを考えるべきです」

まもるは、午後の民裁講義が終わると教室を出て中講堂に向かった。簿記会計セミナーに参加するのだ。帳簿の読み方を身につけておくと将来きっと役に立つはず。というのは建て前で、本音は百合恵が前回に続いて参加してくれたら、そのあとに楽しみが待っているかも知れないということ。1回目よりセミナーの参加者はかなり減っている。まもるの下心を見透かされたのか、百合恵の姿を見かけない。残念だな。

講師が壇上に立ったとき、ちょうどそのとき百合恵が中講堂内に駆け込んできた。良かった、良かった。まもるは、百合恵に何かお返しをしなければと考えている。二晩も泊めてもらったのに、何のお礼もしていない。セミナーが終わったとき、出入り口で修習生がたむろしはじめた。まもるはいち早く百合恵に近づき声をかけた。

「時間ありますか?」

百合恵は「ええ」と軽く頭を上下させた。他の修習生がぞろぞろと出ていくのを見送るようにして、二人で研修所を出た。雨足は強くない。タクシーをつかまえて乗り込んだ。

「今日は私のおごりです。と言っても、安いところで」

「では、そうしていただこうかしら」。百合恵は、にっこり微笑《ほほえ》んだ。

御徒町駅の近くに、いつもの居酒屋より、ほんのちょっとだけ格上そうな焼鳥屋を見つけておいた。カウンターと小さな座敷がいくつかある店だ。頑固そうな親父がネジリ鉢巻きで静かに焼き鳥を焼いてくれる。本当は、もっとランクアップして小料理屋にしたかったけれど、先立つものが心もとない。やっぱり無理は止めておこう。ここで無用の見栄を張っても仕方がない。

この店の焼き鳥は予期した以上にうまかった。塩とタレを交互にほおばりながら、研修所の教官を肴にして食べて飲んだ。百合恵は、マイペースで静かに飲む。酔うほどに口が滑らかになるタイプではない。まもるのほうが酔っていくと口が軽くなる傾向がある。今日も、百合恵は手放した子どものことを自分から話題にした。日頃よほど気にかかっているのだろう。そして、その悩みを誰かに訊いてほしい、吐き出してしまいたい。きっと、そういうことなんだ……。

「姑は、今頃は、きっと息子――別れた夫のことね――より、孫のほうを猫可愛がりしていると思うわ」

なるほど、きっとそうなのだろう。祖母に溺愛された孫は、祖母の過剰な愛情、一言でいうと甘やかされて大きくなっていく。それって、どうなのかな、子どもの成長に与える影響は……。悲劇の始まり、なのかもしれない。

ひととおり焼き鳥の種類を食べ尽くした。まもるは、思わぬ美味しさにすっかり満足できた。心配した勘定のほうも、予算の範囲内で何とか収まり、ほっとする。

「じゃあ、私の家で二次会しましょ」

百合恵が誘ってくれて、まもるは天にも昇るうれしさが胸のうちにこみ上げてきた。

店の前で傘もささずにタクシーに乗り込み、百合恵のマンションへ直行した。もう遠慮なく、部屋にあがった。リビングにくつろいでいると、百合恵が「先にお風呂に入ってさっぱりしてきて」と言ってくれた。

風呂から上がると、パジャマが用意してある。リビングに向かうとテーブルに大ぶりのワイングラスが二つと栓の開いたワインの瓶がある。

「私もお風呂に入ってくるから、先に飲んでてくださいね」

百合恵が風呂に入っているあいだに、まもるは自分でワインを注いだ。今日のワインも濃い赤で黒い瞳のように輝いている。静かに口にふくむと香りの高い野草を思わせる味わいだ。幸せ感が口の中から広がり、脳天を突き抜ける。

まもなく百合恵もパジャマ姿で現れ、テーブルの向こう側に座った。もう二度目になるが、百合恵の胸のふくらみは目をそらさせない迫力がある。百合恵が大きく息をするだけで胸のあたりが悩ましく揺れる。もう、たまらない。ごくりと息を呑む。それをごまかすためワインを口にふくむ。

「今日のワインはブルゴーニュのニュイ・サンジョルジュなの。フルーティーと言うより、少し力強さを感じるワインよね」

まもるは、力強さを感じるワインって、どういうものかよく分からない。それで、「うん、そうですね」、話を合わせ、ワイングラスを手にとって軽く揺すって香りを味わった。

百合恵がワイングラスを両手で持ちながら静かにたずねた。

「まもるさんは、どうして裁判官になろうって思ってるの？」

これまでは「蒼井君」だったが、今夜は「まもるさん」だ。これって、さらに親密な関係になれたということかな。まもるは任官する意思が完全に固まったというわけではない。弁護士より裁判官のほうが自分に向いているという気がさらに強まっているのは確かだ。ただ、刑裁の羽山教官をみていると、任官志望がぐらつくことがある。民裁の田端教官のような、所内政治に関心を示さず超然としていて、いわば職人的に法律論をじっくり考え練り上げようとする志向にこそ心が強く惹かれる。羽山教官のほうは、あまりに政治志向が強すぎ、とても真似したくはない。

「うん、でも、まだ、はっきり決めているわけではないんです」

「あら、何か悩むようなことがあるの？」

「それが、実は、あるんですよ」

まもるは、姉に相談している気分で、素直に白状した。

「一つには、自分の能力か性格が、本当に裁判官に向いているのかってね。だって羽山教官を見ていると、ときどき自信をなくしてしまうんです」

「あら、まあ、そんなこと……」

百合恵は、ほっほっほと大きな笑い声を上げて胸を反らした。豊満な胸がぷるるんと揺れる。

「羽山教官なんかと比べる必要はないと思うわよ」

百合恵の言い方には、羽山教官を少し見下した響きがある。まもるは、その意外さに驚いた。

「えっ、どうして、ですか？」

口にふくんだ赤ワインが喉の奥でむせそうになったので、慌てて呑み込んだ。

「だって、あんなに政治の好きな裁判官って、恐らく裁判所の中では少数、例外的な存在なんじゃないかしら。むしろ、大半の裁判官は田端教官のように政治から離れたところで、法理論の構築という か判決書きに日夜悩んでいると思うわよ」

まもるも実際、まったく同感だった。そのことを百合恵にはっきり言葉に出して指摘され、気が軽くなった。

「それに、わたし、女性を見下した羽山教官の考え方って、許せないの」

百合恵の言い方には棘《とげ》がある。何かあったのだろうか……。

「女性は裁判官にならなくていいんだ。家庭にいて子育てに専念しているのが幸せなんだっていう考えの持ち主なのよ。ひどいと思わない？」

まもるは思わず、頭を大きく上下させた。ひょっとして、百合恵自身のことなのかな。百合恵に任官の意思があっただなんて、まもるは今の今まで考えたこともなかった。

「まもるさんの能力のほうだったら、不肖、私めが折り紙をつけて保証してあげるわ」

にっこり笑いながらワイングラスを高々とかかげ、まもるのグラスに軽くあてた。豊かな乳房が今にもこぼれんばかりに迫ってくる。その乳房をじっと見つめていいものか……。でも、目をそらすことなんてできない。揺れる思いで悩ましい。

「性格にしても、当事者双方の言い分をじっくり聞いて判断するのは得意でしょ。何も心配することないわよ」

ことをなげに、百合恵はきっぱり断言する。まもるの心配は完全に吹っ飛んでしまった。いやいや、もう一つあった。こっちは生き方に関わる問題で、さらに重大で深刻だ。

「あと一つあるんです」まもるが小声で呟くように言うと「何、なに、それって何？」と言いながら、百合恵は身を乗り出してきた。そんなことしたら、乳房の深い谷間が丸見えになってしまう。息を呑んで、次の言葉が出てこない。しばし喉が詰まった。

「ほら、例の青法協に誘われてるんです。入ったものかどうか、ずっと迷っているんですよ」

司法研修所に入った当初は、仲良くなったとしおに誘われて、直ぐにでも青法協に入会するつもりだった。だから準備会の会合にも積極的に参加していた。そして、準備会の段階から参加しているから、青法協が何らかの思想傾向を押しつけるような団体ではないことも重々承知している。だからこそ、なぜ羽山教官たちが青法協を毛嫌いするのか、要注意団体だから関わるな、入会するなと強調する意味が理解できないままでいる。任官するつもりなら、絶対に青法協には入るなと、羽山教官からは強烈な圧力がかかっている。

「青法協のことは、私には分からないわ」

意外にも百合恵は素っ気ない。百合恵も青法協の会合に参加したことがないわけではない。ただ、恵美と違って、社会の現実とか憲法状況について、あまり関心を向けたくない。関心がないわけではないが、百合恵のなかでは優先度が高くないのだ。恐らくそれは、自分を守るために意識的にそうしているのだろう。でも、いったい何から何を守るというのか……。

「任官するのに不利になるらしいわね、青法協に入っていると……。私も、それっておかしいと思うんだけど、現実なのよね」

同期のなかでも、大池のように青法協会員のまま裁判官になろうとしている修習生がいることは百合恵も聞いて知ってはいる。ただ、このところずっと青法協会員が毎年何人かずつ任官拒否されている現実がある。23期の場合には、裁判官になれなかった7人のうち実に6人が青法協の会員だった。青法協に入会して裁判官になれないとしたら、弁護士になればいいだけの話だ。そう考えることも出来る。しかし、それでは、なぜ任官しようというのか、その動機付けが弱いということじゃないか。

それで、本当にいいのだろうか……。まもるの頭のなかで、いろんな思いがぐるぐると廻っていく。

百合恵は口にふくんだ赤ワインをゆっくり呑み込むと、こう言った。

「結局、任官して裁判官になって、まもるさんが何をしたいのかっていうことなんじゃないのかしら？」

たしかに、そうだ。いったい自分は裁判官になって何をしたいのだろうか。紛争当事者双方の言い分を公平に聞いて、法律の要件にあてはめて判決を下す。それが自分のやりたいことなんだろうか……。

百合恵は目の前にいるまもるがいかにも真面目に悩んでいる様子をまざまざと見て、ますます可愛いと思った。研修所の教室で、法律上の論点を直ぐに把握し、素早く起案していく。その限りの決断力は抜群だ。ところが、人生の岐路に立たされて、このように、いつまでもぐじゅぐじゅと思い悩んでいる……。いやあ、たまらないわ。

まもるが目をつむって考え込んでいると、唐突に百合恵が言った。

「話はこれくらいにして、もう寝ましょ」

まもるはベッドに先に入った。百合恵はどうするのかなと思っていると、ドアが開いて部屋に入ってきた。明かりを消して、同じベッドの中に入ってきた。

「起きてますか？」

百合恵は声をかけて、手を差し伸ばした。そして、まもるの手をとると、前と同じように自分の乳房に導いた。温かい、いや熱いくらいだ。大きい乳房の膨らみが大きく脈動している。気持ちがいい。

両手で乳房を包み込む。両手にあまる大きさだ。

百合恵の両手が、まもるの顔を包むようにし、さらにその口がまもるに迫った。甘い吐息が、まもるの鼻に吹きかかった。まもるが軽く口を開けると、百合恵の熱い舌がまもるの口の中へすべり込む。口を思いきり吸いあう。

「わたし、いいのよ」

百合恵が少し口を離して、まもるの耳元で小さく囁《ささや》いた。悪魔の囁きって、これを言うのだろうか……。まもるは導かれるまま、百合恵の下半身に手をさしのばす。湿った熱いものに触れると、百合恵の身体がピクンと反応した。百合恵も手をのばし、まもるをそっと触って、優しく導いていく。

「初めて?」

「はい」

まもるは正直に答えた。

「ちょっと待っててね」

百合恵は避妊具の用意をしていた。やがて、まもるは一気に百合恵の身体のなかで果てた。深い充足感がある。しかし百合恵のほうはどうだったのか。自分一人だけ良かったのでは……。

まもるが、あれこれ心配していると、「良かったわ」と百合恵が耳元で囁《ささや》いた。

良かったんだ……。それを聞いて一安心すると、たちまちまもるの意識は遠のいた。

教官宅訪問

6月10日（土）

午前中は、松葉教官による検察講義だ。講義は、いつものことながら独演会と化す。テキストを離れて自分の体験談を熱っぽく語る。もちろん四角いテキストより、よほど面白い。小柄な身体に似合わない生気にあふれる話しぶりに思わず引き込まれる。

検察の法理論を展開するというより、検察官が被疑者・被告人の人権を保障しながらも、その人間としての更生、立ち直りに努め、再犯防止にいかに心を砕いているか、滔々《とうとう》と熱弁を振るう。

としおは、ノートを取りながら、いささかきれいごと過ぎるのではないのか、検察官が現実にやっていることとは違う気がして、身を退きながら話半分に聞いていた。ところが、まわりを見まわすと、そういう雰囲気ではない。身を乗り出し、うんうんと大きく頷き、心からの共感を示している修習生があっちにも、こっちにもいる。野々山もそうだし、角川なんか感極まって今にも泣き出しそうだ。とまで言ったら、大袈裟すぎるが、じっと目をつぶって胸のうちに高まる感動をようやく抑えている。そんな気配が伝わってくる。

犯罪の摘発と犯人の更生という両輪の活動を検察官は遂行しているという。そんな検察官の尊い使命が司法修習生にしっかり浸透したことを反映したのか、それとも松葉という検察教官の個人的な人間的魅力に惹きつけられたのか、B組では検察官志望者が日に日に増えている。今や、10人に達しそうな勢いだ。これはB組内の青法協に既に入会した人数とほぼ同じだ。一見すると一大勢力だが、彼らは、内部的に結束しているのかも知れないが、外部に向かって何らかの働きかけをするということはない。そこが青法協グループとは異なるところだ。

検察庁という組織に入ったとき、この人間的魅力というものが、果たしてどれだけ活かされるのだろうか。それぞれの個性を最後まで生かして発揮できるものなのだろうか。人間的魅力あふれる検察官を許容し、生み出しているのが検察庁という権力組織だと言えるのか。検察官になって5年たち10年たったとき、彼らがどんな姿をしているのか、としおはぜひ見てみたいものだと思った。


教室で百合恵とすれ違ったとき、まもるは声を出さず、目礼をかわすだけにした。挨拶する声が上ずっていて誰かに変に思われたらいけない。二人のあいだに何かがあったことをいかなる第三者にも気どられたくなかった。

実のところ、まもるは昨日は一日中、頭が何も考えられない状態だった。自宅で民事判決起案を書き上げなければいけないのだが、机に向かっても、百合恵の身体の柔らかい、温かな感触がまざまざと思い出されて、まったく手がつかない。一刻も早く、もう一度、あの感触を味わいたい。頭のなかは、それしかない。それでも起案は提出する必要がある。まもるは角川に電話して、起案のポイントを聞き出した。角川は、何のこだわりもなく、すぐに教えてくれた。

新宿駅西口に午後5時半集合。B組の任検グループの全員に集合がかかった。松葉教官は少し遅れてやってきた。

「やあ、すまん、すまん」

任検グループが松葉教官宅を訪問するのに、野々山も加えてもらった。角川は何か別の用事があったらしく、今回は加わっていない。松葉が、まずはカラオケでも歌って気晴らししようと提案したので、新宿駅集合となった。

松葉はカラオケの歌える小さなスナックに修習生を案内した。行きつけの店のようで、マスターが笑顔で迎え入れてくれた。貸し切り状態なので、カラオケも遠慮する必要がない。松葉の歌は上手というほどではないが、いい声をしている。ときどきリズムをはずしてしまうのも、ご愛敬だ。それが修習生の全員に安心して歌わせる秘策になっている。

松葉の酒は決して乱れない。マイペースのピッチで飲み続け、酒に溺れる飲み方はしない。最後まで教官としての自覚を貫き通す。そのプロ根性はたいしたものだ。野々山は驚嘆する。

続けて2曲歌って、すっきりしたという表情で松葉は修習生に向かっていった。

「世の中のことは、いろいろ複雑に難しく考え過ぎたらいけない。正か邪か、そして、正のなかにも自分の納得できる正と、ついていけない正がある。邪のなかにも、打倒すべき邪と、見逃してもいい邪がある。どんどん二分法で切り分けていけばいいんだ。そのとき、悩むのは少なければ少ないほどいい。なにしろ、世の中には悩むべきことが多すぎるからな」

松葉教官は自他ともに単純一直線と称する男だ。そして、野々山は、そこに大いに惹かれる。逆に繊細な角川も、自分にないところを持つ松葉に憧れてしまう。

「さあ、我が家へ行こうか」

松葉は都内の公務員宿舎に住む。そこへ修習生をどんどん招き寄せる。幸いなことに、松葉の妻は大家族のなかに育ったせいか、家が賑わうのをことのほか喜ぶ。それは、仕事一筋の単純な男である夫に飽きが来ているせいかもしれないが、少なくとも妻が表面で嫌な顔を見せることはない。若い修習生に触れるのを心底から喜んでいるようなので、修習生としても居心地はすこぶるいい。手作りの美味しい料理で腹がくちくなってきたので、隣の居間に移動する。ソファーに向かい合って座った。修習生が5人も入ると、狭すぎて2人ははみ出した。2人は食堂の椅子を運んできて座った。

松葉はウィスキーの入ったグラスを片手に真正面に座った野々山にズバリ切り込んだ。

「おい、野々山君、任検しろよ。検察官っていいぞ。きみは、世の中にのさばる巨悪を退治してみたいと思わんか。のうのうと巨富をむさぼっている悪い奴らをとっちめる。男なら、やってみたいだろう、そんな仕事を」

野々山の正義感が強いことを知っての訴えかけだ。

「世のため、人のためになり、それが自分の快感になる。それだけではない。そのことによって、人間としての自分の存在というのを世の中から認めてもらえるんだ」

野々山は、大きく頭を上下させていたが、少し顔を曇らせて、こう言った。

「でも、僕は、成績のほうが心配なんですよ」

松葉は「成績なんか問題じゃない」と一喝した。急に大声を上げたので、野々山は肝が縮まった。そして、声のトーンを低めて続ける。

「司法研修所さえ無事に卒業してくれたら、それでいいんだ。ガッツのある奴を検察は求めている。

きみは、まさしくぴったりだよ」

他の修習生のいる前で、そこまで太鼓判を押されたら、野々山はもう肚《はら》を固めるしかない。大きく頷いた。ただ、正直なところ、内心はまだ決めかねている。松葉は野々山を落とせたと確信し、次は誰に、と視線を移した。

松葉が任検者の数を増やそうとしているのは、その確保した人数によって検察教官としての成績評価に直結するからでもある。それでも、松葉自身は人数は結果だと割り切っている。B組で、次々と任検希望者が増えていることから、松葉は司法研修所、いや検察内部で「人たらしの松葉」として高く評価されていた。

松葉は、テーブルの上の小皿にピーナツの袋を開けて流し込み、まず自分で一粒、口に放り込んだ。検察官になっても国連とかで国際的な活動をしたいと日頃から言っている高垣が、同じように小皿に手を伸ばしながらつぶやいた。

「青法協に誘われたんですよ。あれって、どうなんですかね」

うん、よく訊いてくれたと松葉はすぐ反応した。

「起案もろくに出来ないうちから、人権を守ろうなんて、ちゃんちゃらおかしい。もっと勉強してからモノを言ってほしいもんだ」

松葉は、やはり青法協を嫌っている。野々山の熱かった心が急速に冷めてきた。青法協の会員であることと検事になることが両立しないというのに野々山は納得できない。ただ、言葉には出せない。

「阪口みたいにはなるなよ」

阪口というのは、3期前の司法修習生だ。司法研修所の終了式のとき、式を混乱させたとして最高裁から修習生を罷免された。

「あれは、本来なら懲戒解雇ものだったんだ。罷免されたのも当然だし、むしろ軽いくらいだな。法曹界から永久追放処分というのが、あいつには一番ふさわしい」

松葉は、ためらうことなく、きっぱり切り捨てた。そして、ウィスキーの残りをぐっとあおって付け足した。

「青法協って、名前のように青いものじゃない。アカいんだ。いやアカそのものだな。共産党が裏で操っている。青法協の指導部はみんな共産党員だ。それを知らない一般会員は、言ってみれば共産党の手の平の上に乗って踊らされているようなものだ」

松葉は本気だ。決して酔った勢いで でたらめを言っているのではない。

「法曹三者は争ってはダメなんだ。みんな、お互いに協力すべき関係にある。法曹の一員としての自覚を、みんなが持つ必要がある」

松葉は、その場が静まってしまったのに気がつくと、急に話題を変え、芸能ネタに転じた。変わり身の速さも必要だ。あまり攻撃的なことを言い過ぎると逆効果になる。今日はこの程度にしておこう。こういう打算が働いている。

お開きの時間となった。玄関先で靴をはきながら、野々山が「今日は本当にありがとうございました」と礼を言うと、松葉は声を低めて言った。

「今度は、角川君も一緒に連れてきてくれたまえ。おっ、それから任検しようとするなら、青法協はいかんぞ。面倒なことになるからな」

野々山は、それを聞いて、先ほどの応接室での松葉の言葉を思い出した。青法協って、そんなに検察庁から目の敵にされるような組織なのかなあ、どうしてだろうと頭のなかに疑問符が点滅した。それで、「分かりました」とだけ言って、頭を下げてドアを出て、先に行った修習生の後を追った。

松葉にとって角川は、ぜひ獲得したい修習生だ。将来の検事総長候補だぞ、これは、そう見込んだ。自分の目に狂いはない。話せば話すほど、その確信は揺るがない。角川を攻め落として任検を確実なものにする必要がある。その角川は野々山となぜかウマが合うようだ。野々山といつもつるんでいる。ということは、野々山の任検志望を固め、一緒に釣り上げるというのはどうか。野々山は青法協に入ると高言している。それが多少の難点だが、それほど確たる思想的背景があるわけでもない。これは例の調べで判明している。だから、何とかなるだろう。将を射んとすれば、まず馬を射よ、だ。それで、まずは野々山落としに全力をあげることにしたのだ。野々山の起案の講評も、つい赤ペンに力が入る。いろいろ書き込みを増やし、励ますことにした。本人も急に赤ペンの講評が増えて、戸惑っているかもしれない。なあに、かまうものか。別に悪いことをしているわけではないんだから。

即日起案

6月12日（月）

朝からよく晴れている。教室内に閉じこめられのがもったいない。といっても、としおには一緒にハイキングに出かけようと誘える彼女はいないのだから、仕方がないと諦めよう。

まもるは、昨日、百合恵に思い切って電話した。どうしよう、どうしようと公衆電話のボックスの前を行ったりきたりして、ついに意を決してボックスに入った。もう喉がカラカラだ。ダイヤルをまわす手が震えているのが自分でも分かった。Bクラス全員の名簿に電話番号は載っている。呼び出し音が3回鳴っても反応がない。これは留守かなと思ったとき、「もしもし」という百合恵の声がした。

百合恵は電話のベルが鳴ったとき、まもるからだとぴんときた。どうしましょ。百合恵は、まもるを自宅から送り出したあと、後悔していた。いや、後悔というより、反省していたというべきか。離婚して以来、久しぶりの性交渉は溺れてしまいたくなりそうなほどの快感があった。でも、10歳も年下の男性を誘惑したということになるのよね。それって許されることなのかしら……。こんなとき、適当な相談相手が身近にいないのが、うらめしい。受話器を取るとき、百合恵は心に決めていた。

まもるが「お茶でもどうですか?」と誘いかけてきたのに対して、「悪いけど、今日は出かける用事があるの」と嘘をついて断った。そして百合恵は「それに、今は修習生として勉強第一ですよね」と言わずもがなのセリフを吐き、取りつく島を与えずに電話を切った。まもるの落胆した声を聞いて、悪いことしたかなと百合恵は再び反省した。私の人生って反省することばっかりなのね……。

まもるは、思いもよらぬ百合恵のつれない言葉に息を呑んだ。


今日は民事弁護の即日起案の日だ。午前10時に200頁もある白表紙の教材が渡される。それを読み込んで、原告代理人としての最終的な主張のまとめ、最終準備書面を書き上げ、夕方5時までに1階の事務室に届けなければいけない。前期修習が始まって2ヶ月たったので、もう入門編ではなく、それなりに込みいった事案だ。

としおは、原告の主張と被告の反論を対照表に整理して争点をはっきりさせようとした。そのとき、否認なのか抗弁なのか、どちらに主張・立証責任があるのか、というあたりで自信がなくなりかけた。そして書証を抜き出して、主張の裏付けとする。この書証は原告に有利だけど、こちらは不利なので無視しよう。書証と照らし合わせたあとは証言調書で裏付けしていく。これも有利なものと不利な部分がある。有利な部分はそのまま引用すれば足りるけれど、不利な部分は無視していいのか、それともコメントをつけて引用するのだろうか……。いろいろ悩み、迷っているうちに、どんどん時間はたっていく。

昼休みに入ると同時に、一法《はしのり》が、前に進み出て教壇のところに立った。

「これからアンケート用紙を配ります。司法研修所へ要望したいことなどを自由に書いてください。ご協力をお願いします。あとで回収しますので……」

クラス委員会は、全クラス一斉にアンケートをとることを決めた。司法研修所での講義、起案そして食堂についての不満など、胸のうちにあるものを吐き出してもらおうという狙いがある。

いったん自分の席に戻ろうとした一法に、峰岸が近寄った。

「アンケート回答をまとめる作業には、私も加わりたいので、よろしく」

一法は「もちろん」と即答した。それにしても峰岸は何が言いたいのだろうか。アンケート回答をクラス連絡委員が内容を勝手に変えるなんて考えられないのに……。

あとになって、峰岸の言いたいことが判明した。研修所当局にアンケート集約したものを提出するときには、いちいち賛否の内訳を明らかにしておくべきだと言いたいのだ。

昼休みに、まもるは百合恵と一緒に昼食をとれたらいいなと思って百合恵の席を見ると、百合恵は席を立って恵美と生子の3人で教室を出ていくところだった。そしてそのうしろを野々山が追いかけるように尾いて行く。こりゃあ、だめだ。やめておこう。きっぱりあきらめて、一人で食堂に向かった。

野澤は一法と一緒に司法研修所の外へ出た。としおに声をかけると、起案が進んでないから昼食は食堂でとるという。陽射しが強い。ギラギラと照りつける夏日だ。湯島駅の近くにある中華料理店に向かう。クラスの青法協のメンバーだけで昼食会をすることになっている。前期修習も、残すところ1ヶ月ばかり。青法協結成総会が迫っている。青法協は、いろんなことを企画している。それに一人でも多くの修習生に参加してもらおう。

任官志望組の大池も参加していて積極的に自分の意見を述べる。大池は、「任官拒否されたら、そのときどうするかよく考えるさ。拒否されるかもしれないので、青法協の活動に参加しないなんて、自分はしない」と、さばさばした表情で言い切る。野澤は、大池の率直さが眩《まぶ》しく思えた。でも、足元をすくわれないようにしないといけないよね。

青法協の会員拡大は思うようにすすまない。政治性が強すぎるという反応がある。憲法を守れという活動を政治性が強いというなんて、信じられない。わいわいがやがや、みんなで一緒に食べる食事ほど美味しいものはない。

研修所に戻って、先ほどのアンケートを野澤が恵美としおに声をかけ、手分けして回収してまわった。ほとんど協力してくれたので、回収率は9割以上だ。

白表紙に出てくる登場人物の関係が単純ではないので、としおはメモづくりに手間取ってしまい、準備書面全体の構成にまでたどり着かない。頭がぼおっとしてきた。これはいかん。トイレに行って頭を冷やしてこよう。洗面所に行って顔を洗って、ようやく人心地を取り戻した。

教室に入ろうとすると、山元がちょうど出てくるところだった。

「やあ、終わったの？　ぼくも終わったよ。さあ、これから麻雀だ」

山元は手にしていた黒いカバンを軽くパンパンと叩くと足取りも軽く、廊下を歩いて他のクラスへ麻雀仲間を求めに行った。いつだって要領のいい山元は気楽なものだ。うらやましい。としおは焦った。

午後4時を過ぎると、修習生がどんどん教室を出ていく。席を立ち上がるときのガタガタいう音が、としおには耳障りだ。ええい、これでいこう。もう、論理的整合性よりも、時間節約が優先だ。としおが書き殴る思いで、ひたすら書いていると、隈本が教室に戻ってきた。麻雀仲間を求めている声が聞こえてくる。畜生、まだ、こっちはそれどころじゃないのに……。

午後4時半になった。提出期限まであと30分。誰が残っているんだろう。見まわすと、意外なことに任官志望組のまもるも大池も残っている。まもるは起案が遅いはずがない。いったい今日はどうしたんだろうか……。なんだか、まもるは頭を左右に振ったりして気乗りしていない様子だ。変だな。大池のほうは、自分の机にノリとハサミを置いている。工作でもするのかな、まさか。見ていると、起案用紙に小さく切った白い紙を貼り付け、その上に新しく書いている。あとで聞くと、間違った部分を教官が読みやすいように白紙を貼りつけて隠し、その上に正解を書いていったのだという。大池は、慌てず、騒がず、じっくり粘って起案していくタイプなんだ。成績がいいのも道理だ。

即日起案で求められているのは、結論を早く決めて、それに至る筋道をうまく理論構成すること。いつまでもぐじゅぐじゅ悩んでいては即日起案を時間までに完成させることはできない。

御徒町駅へ行く途中の喫茶店「ニューポプラ」でクラス連絡員の集まりがある。としおは即日起案の作成に手こずったが、ようやく提出して、ひとり喫茶店へ急いだ。

今日のメインテーマは回収したアンケートを集めて当局へ突きつけることとの具体化だ。クラス連絡員の集まりは代表を決めているわけではないので、自然に年長者が会合を取り仕切る。その一人がB組の一法《はしのり》だ。穏やかな人柄がゆっくりした話しぶりに表れていて修習生の信頼は篤《あつ》い。アンケート回答の集約方法を議論しようとすると、峰岸が立ち上がり、「ちょっと、いいですか」と、甲高いうわずった声で話し出した。何だろう。一法が「どうぞ」と促すと、峰岸は立ったまま、周囲にいるクラス連絡員を見まわしながら自分の意見を述べはじめた。直ぐそばにいるとしおには意識的なのか日をあわせようとしない。

　峰岸の言いたいことは、こうだ。我々は、その名のとおり、単なる連絡員でしかない。研修所から頼まれたことを修習生に伝達、連絡する役割を与えられているだけ。それなのに、まるで学生自治会の自治委員としてクラスで選ばれたかのように研修所当局へ要求行動するのは、民法上の無権代理、少なくとも連絡員に認められた職務権限の踰越《ゆえつ》ないし濫用《らんよう》にあたる。だから、このアンケートの回答の集約作業まではいいとしても、これを研修所当局に要求として突きつけ、交渉するとなると、改めてクラスで承認をもらうべきではないのか……。

　峰岸の言う、無権代理、権限踰越、権限濫用というのは、今まさに司法研修所で、起案講評のときに登場する法律用語そのものだ。習いたての法律用語をこうやって生きた形で使うのは、たいした発想だし、度胸がある。だけど、今、僕らがやろうとしているのは、そういう行動なんだろうか。修習生の多数の声をまとめて、研修所当局へ改善要求を突きつけるのは自然のことだし、それを連絡員に権限があるのかないのか難しく議論する必要なんてないのではないか……。としおは、首を傾げながら、峰岸を見つめた。他の連絡員も多くは呆気にとられたように無言だ。一法が苦笑しながら、やんわり反論しはじめた。

「アンケートをとること自体に問題なく、その回答を集約することも当然ですよね。そしたら、その集約した結果を研修所に伝えるのも自然の流れなんですから、それを権限濫用とか無権代理とか、何も難しく考える必要もないいんとちゃいますか」

　一法が関西弁をつかったのは珍しい。日頃、関西弁をつかうこともないけれど、とげとげしい議論にならないように配慮したのだろう。ところが、峰岸はなお一人突っ立ったまま、抵抗を続ける。

「いえ、私には納得できません。皆さん、どうなんですか？」

峰岸は、その場にいる連絡員を順に見まわしたが、一人として賛同する声は上がらず、静かに首を横に振る人ばかりだ。それを見届けると、「私は、このような行動には加担できませんので、降りさせていただきます」と言って、店の外へ出ていった。レジのところで、自分の分だけコーヒー代を支払っているのが見える。

「困りましたね」

一法は、峰岸を引き留めることもなく、そのまま「では、議事を進めましょう」と言って、進行させた。14日の昼休みに研修所の草場事務局長と面談して交渉することになっているから、クラス委員会としての見解をまとめておく必要がある。

アンケートの回収率は良く、全部で460通も集まったから、8割以上の回収率だ。自由記載の要望事項もなるほどと思うようなものが、いろいろ出ている。教室や演習室の使用時間を夕方5時以降、そして土曜日の午後1時以降も認めてほしい。また、自宅起案日にも教室を開放して、自由に使わせてほしい。たしかに、教室で起案できるようになると、修習生同士での議論もしやすいし、寮生でない通学生にとって便宜だ。大講堂での講義内容に修習生の要望を反映してほしいという声は多い。当然のことだ。外部講師の講演はまったく不評で、ムダな時間つぶし、居眠り・休憩タイムだと酷評する修習生ばかりだ。ありきたりの内容ではなく、もっと社会的に実のあるインパクトある話をじっくり聞いてみたい、修習生としての知的刺激を受けるような、現場体験とか、いろいろ工夫する余地はあるはずだ……。食堂についても、その評価は高くない。メニューを増やしてほしい。質量ともに改善を求める声が多い。コーヒーボックスを置いてほしいという要望も当然だ。運動場の使用許可制をやめ、自由に使わせてほしい。グランドで使える運動用具をそろえてほしいという声もある。

ところが、D組にも峰岸と同じ意見の持ち主がいて、要求項目に賛否の人数が付けられている。教室の使用を午後5時すぎ以降も認めてほしいという要望について、反対に手を挙げた修習生が13人もいた。研修所の職員に余計な手間、残業をさせることになるからという理由からだ。としおは、それって、カギの保管とかで工夫できる話なんじゃないかと疑問に思った。まあ、賛否の人数を明らかにすること自体は悪いことじゃない。峰岸も、こういうやり方だったら賛成するのかな……。

峰岸研太郎

峰岸は京大卒で23歳。B組における任官志望グループのリーダーを自認している。

峰岸は京大生のときに、例によって学園紛争に直面したが、バリケード封鎖のなかでも講義を受ける権利が自分たちにはあると公言し、教授を確保して密かに小グループで講義を受けていた。さすがに場所は学内だったり、喫茶店だったり、転々とさせていたが、それがあるとき全共闘に発覚した。「反動的だ」「犯罪的だ」「右翼だ」「スト破りだ」エトセトラ、エトセトラ……。全共闘から取り囲まれ、罵詈《ばり》雑言《ぞうごん》を浴びせかけられ、何時間も立ったまま、吊し上げられた。

峰岸は学園バリケード封鎖自体に反対だったから、本人としては何ら良心の呵責《かしゃく》もなかったので、完全に開き直った。そのふてぶてしい態度は、取り囲んだ全共闘の面々の怒りにますます油を注いだ格好になった。「おまえはブルジョア思想に毒されている」と鉄拳制裁が加えられた。

峰岸は、ますます意固地になり、アンチ全共闘、アンチ共産主義となり、全共闘も民青も同じようなもの、まるで一緒くたにして目の敵にするようになった。

峰岸は、自分は選ばれた者として裁判官になり、民衆を善導したい。

峰岸は司法試験の成績が上位だったので、司法研修所へ出す書類に任官志望と書いた。すると、入所早々に刑裁の羽山教官が声をかけてきた。初めから何やら気安げで親しみのこもった口調だったので、京大の教授が恩師として教え子の口添えでもしてくれたのか、誰だろうと訝《いぶか》っていると、どうやら、そうではないらしい。羽山教官は峰岸についての身上、経歴を詳しくつかんでいる気配だ。何て書いてあったのだろうか、そこに……。

「きみは大丈夫だ。私が責任を持つ」

羽山教官は自信たっぷりに断言した。教官宅訪問のとき、峰岸はすっかり安心できた。

峰岸は、教室内で青法協のニュースが配布されると、その全部に目を通し、羽山教官宅を訪問するときに手渡した。そして、教室内で見聞した修習生の動きを刑裁教官室に行っては事細かく羽山教官に伝える。峰岸にとって、これは別にスパイ活動をしているという意識ではない。教官がB組の状況を把握しておくのは当然のことだ。それに修習生が協力して何が悪い。悪いどころか、お互いの風通しが良くなって、むしろ良いことだろう。教官の自宅で酒食のもてなしは受けているが、それ以外にお金をもらっているわけではないし、何の見返りもないのだから……。

6月13日（火）

訴訟沙汰

検察についての自宅起案日なので、狭い会議室に修習生が6人ほどいて、論点を議論しはじめた。この会議室は、いつもは法律事務所の弁護士たちが議論するところだ。谷山の父親がボス弁護士なので、午後から2時間だけ借りてもらった。自宅起案にあたって、こんなにして修習生が何人か集まって議論すると、論点とその組み立て方がきちんと見えてくる。助かる。

まもるは、まず百合恵にどこか高尾山とか郊外にハイキングにでも出かけませんかと誘った。しかし、百合恵は全く乗ってこない。それより起案を仕上げるのが先決だと生真面目な声でまもるを諭《さと》す。それで、じゃあ一緒に起案しましょうともちかけると、百合恵は自分の受験仲間も誘って総勢6人で合議することになった。まあ、百合恵の顔を見ながら議論できるだけでも良しとしよう。

昼過ぎから2時間ほど会議室でみっちり議論すると、百合恵は、「じゃあ、私は帰って起案します」と言って、さっさと帰っていった。ひきとめようもなかった。がっかりだ。

先ほどまで活発に自分の意見を述べていた野々山も百合恵がいなくなったら、とたんに口数が減ってしまった。現金なものだ。谷山は今日も元気がない。ほとんど発言せず、議論を聞いてメモをとっているだけ。顔色がすぐれない。

みんな帰っていって、野々山がまもると二人きりになったとき、いきなり言い出した。

「俺たちって、いつまでたっても経験ないよな。ホント、残念でならない。もう、いい大人なんだし、司法試験にも受かっているから将来も心配ないのにな……」

何の経験かは、しんみりした野々山の口調で直ぐにまもるも察した。

「うっ、うん」。まもるは急いで野々山に話を合わせた。野々山は、まもるが先駆けしたことを知らない。知る由もないことだ。絶対に「自白」するわけにはいかない。それを匂わせただけで、野々山から厳しく追及されることは目に見えている。いつだ、誰とだ。次々に畳みかけられ、容赦なく尋問されるだろう。その激しい追及をかわして逃げ切れる自信はまったくない。

「こんなことじゃあ、いけない。おい、今夜、パアッと、キャバレーにでも行こうか」

野々山は、自らを奮い立たせるようにカラ元気を出した。先日、任官志望組の峰岸と隈本が新宿のキャバレーに行って楽しい思いをしてきたとB組内で吹聴していた。そのとき、誰とは明かされなかったが、新宿でキャッチバーに引っ掛かって、ぼったくられた修習生もいるらしい。山元かな。いや、まさかね。誰だろうか……。

「そうね、今度ね」

まもるは、野々山の気をそらすべく、軽く相槌を打った。


青法協の結成総会が近づいているので、規約案をB組のメンバーで準備することになった。東京弁護士会館の一室を借りて検討する。参考になるものがいくつもあるから、それを適当に取捨選択すればいい。作業を終えて、昼食をとりに日比谷公園に入った。なかに昔から営業している松本楼というレストランがある。何回か焼き討ちにあったという由緒あるレストランに入って、ランチを一緒にした。食後のコーヒーを楽しんでいると、恵美が呟いた。

「日本の女性は昔から男性に忍従してきたのよね。私は、そんなのおかしいと思うわ」

恵美は小鼻をつんとそらして口を尖らせている。一法《はしのり》が恵美に反論した。

「いやいや、日本は神話時代の天照大神《あまてらすおおみかみ》から女性は強かったんだよ」

「でも」と恵美は切り返す。「結婚したら、女性は名前を変えなくちゃいけないでしょ。それって女性の地位が男性より下に位置づけられるってことでしょ。違いますか?」

一法は、これにもやんわり反論した。

「日本の女性は今と違って昔は夫婦別姓だったんだよ。ほら、源頼朝の奥さんは北条政子だし、足利義政の奥さんは日野富子といって金貸しして金儲けしていたんだから」

「えっ」恵美は、「じゃあ、いつから夫婦同姓になったのかしら?」と首を傾げた。

「それは、明治時代に民法が制定されてからのことなんだよ」

「あら、そうなの……」恵美は、まだ納得していない。「だけど、三行半《みくだりはん》って言葉があるんだから、江戸時代は夫が勝手に気にくわない妻を追い出して離婚できたんでしょ。やっぱり男性の身勝手が許されていたんだと思うわ。今も、それが続いているのよね」

恵美がとしおに同調するように求めたので、としおは「まあ、そうかな」と曖昧に頷いた。一法はその様子を見てとると、首を軽く左右に振りながら口を開いた。

「いやいや、三行半というのも夫が勝手に離婚できるというのではないみたい。江戸時代には女性も有力な労働力だったから、夫に甲斐性がないと見限った女性は気軽に離婚して家を出て、別の男性と再婚していたんだって。江戸時代の離婚率って、今よりずっと高かったんだよ」

「ええっ、そんなの嘘でしょ」

恵美は信じられないという顔をして一法を見つめた。でも、一法は自信があるようで、再び軽く頭を左右に振って、「いや、本当なんだよ」と言葉を返した。

「ほら、神前結婚式ってあるじゃない。あれだって、江戸時代まではそんな風習は日本にはなくて、明治時代も後半になって皇室に始まり、一般に普及したんだって。今の僕らが昔からの慣習と思ってるのは、たいてい明治になってからのことが多いんだよ。天皇にしても、江戸時代までは女性の天皇がいたし、明治、大正、昭和といった、天皇一世に一代の元号というのも明治になってからのことだしね」

いやあ、そうだったのか。恵美もとしおも一法の博識には舌を巻いて、お互い目を見合わせ、声も出ない。一法はいつ、そんなに日本史に詳しくなったのだろうか。ぜひ、いちど尋ねてみよう。野澤が話題を変えた。

「日本人は昔から裁判が嫌いなんだよね」

としおが首を軽く上下させた。

「うん、そうだね、訴訟沙汰って言葉は、裁判なんかするもんじゃない、裁判とか嫌なことをするなよっていうものだもんね」

「そうそう。十七条憲法って聖徳太子が和をもって貴しとなすと言ってるのが日本人の頭に沁みついているんだから……」

黙って聞いていた一法が、左右の手を大きく振りながら、「違うんだよ、みんな違うんだ」と話に割り込んできた。えっ、何が違うっていうの。一法に視線が集まる。

「聖徳太子って、本当にいたのか、伝説上の人物に過ぎないんじゃないかっていう人もいるんだよ。それはともかくとして、十七条憲法をよく読むと、近頃あまりに裁判が多くて困る。日本人はそんなに喧嘩ばかりせず、もう少し仲良くしなさいと諭《さと》している内容になっているんだ。それに十七条憲法と呼ばれているけれど、権力が勝手なことをしないように定めたのが憲法だという点で言うと、十七条憲法は役人の心得を説いたようなものだから、まったく違うものなんだよ」

「うひゃあ」と野澤が奇声をあげた。

「そんなこと、ちっとも知らなかったな」

恵美が一法をうっとりとした目つきで見つめている。としおは少しそれが気になった。

研修所交渉

6月14日（水）

としおは早めに下宿を出た。国鉄ダイヤが今日も乱れるというニュースが流れている。国労など労働組合が遵法《じゅんぽう》闘争を続けているのでダイヤどおりには電車は動いていない。法律どおりにやると定時運行が出来ないというのも、おかしな世の中だ。としおは心の中で文句を言いつつ、労働組合の権利主張に逆らうわけにはいかないと思った。権利意識の強弱にかかわらず、修習生は、としおと同じく、おしなべて早目の出勤を心がける。

午前中は、羽山教官による刑事判決起案の講評だ。少しは念を入れて起案したはずなのに、返ってきた起案にはケチョンケチョンにこなす赤ペンが、あっちにもこっちにも入っていた。としおは真剣に教官の講評を聞かざるを得ない。

羽山教官は自信たっぷりに言い切った。供述調書の信用性を判断するときには、三つのポイントがある。第一に、その供述が他の供述と矛盾していないか、具体性に欠け、抽象的すぎないか、その内容に不自然なところ、不合理なところがないか。第二に、供述は一貫しているか、変遷していないか、変遷しているときには、その変遷した理由は合理的なものかどうか。第三に、供述の内容に特異な点はないか。特異な利害関係のあるものによる供述または著しい偏見のもとになされたものではないか。以上のような観点から検証してみる必要がある。こういうことも、日々の不断の努力を積み重ねることで身につけるしかない。としおは聞き落とさないよう、一生懸命にノートを取っていった。

午前中の講評が終わったとき、としおは早くも一日分の講義を受けた気がしたほど疲れを感じていた。昼休みに5階の会議室で草場事務局長とクラス委員会は面談することになっている。言ってみれば、団体交渉するようなものだ。研修所当局は、参加できるのは各クラス1名と制限してきた。B組の代表はもちろん一法《はしのり》。それが分かっていても、としおはぜひ様子を見ておきたい。それで頭をひねって一法のうしろに隠れるようにして会議室に入った。だから、よく数えたら11人になるわけだが、草場事務局長は黙って全員を椅子に座らせた。

草場事務局長は40代半ばか。小太りで、上から見ても下から見てもキャリア官僚としか思えない風貌をしている。法壇にいて、当事者の言い分によく耳を傾けて聞く裁判官。そんなイメージからはほど遠い。10人もの修習生を前にして虚勢を張ろうとしているのか、大きく胸を反《そ》らして話す。一法がクラス委員会を代表して、修習生の要望事項を読み上げ、趣旨を補足説明した。草場事務局長は、ふむふむと声を出しながら、神妙な顔をして聞いていたが、うしろに控えてメモをとっている職員に途中で何度もふり返った。

「今の点は直ぐに善処したほうがいいな」

意外にも、すぐに解決できそうな修習生の要求には応じようというのだ。ただ、外部講師の人選、教室の時間外使用になると、「それは難しいな」と一言ではねつけ、取りつく島を与えない。修習生の要望事項については、前もって十分に検討していて、研修所としての対応を峻別している。

草場事務局長は、クラス連絡委員としてやって来た全員について、よくよく素性を調べあげている気配だ。一法、そして誰かが名乗って発言すると、その名前を反復して、いちいち顔を見ながら答える。君たちのことは、よく知ってるんだよと言わんばかりだ。その応答は気色わるいほど馴れ馴れしい。

昼休みの短い時間であったが、グランドの運動用具の購入・備え付けなど、それなりの効果があった。研修所との交渉は今後も継続すること、さらに草場事務局長自身が出席することを求めた。草場事務局長は、「ああ、いいよ。都合がつく限り出よう」と鷹揚《おうよう》に応じた。

一法は、としおと一緒に階段を歩いて降りながら、「早速、ニュースを発行して、この交渉の成果を修習生に知らせよう」と話しかけた。

恵美が教室を出ようとする生子《しょうこ》を後ろから呼びとめた。

「あら、何?」

「ちょっと時間つくってもらえないかしら。野澤さんと一緒に青法協のことで話したいんです」

恵美が青法協と言うと、生子は右手を左右に振ろうとしたが、恵美のうしろに野澤が真剣な顔をしているのを見て、気が変わったようだ。

「ちょっとならいいわ。でも、私、青法協は入らないわよ」

生子は早くも予防線を張った。恵美も野澤も、生子は無理だとは思っていた。でも、一度も誘わないのも失礼にあたると考えて、誘ってみることにしたのだった。

喫茶店「ニューポプラ」での話は、かみ合わなかった。研修所の愚痴は笑い話として共通するものが大いにある。でも、青法協の話となると、共通の土台がないことが話のなかで次第に明らかになった。

「私にとって、弁護士になるっていうことは、あくまで自分に向いた職業として選んだ結果なのよ。決して、社会のためとか、人のためなんかじゃないの」

はっきり言い切られて、恵美は野澤と目を見合わせた。ここまであからさまに言われると、次の言葉が出てこない。二人の対応を前にして、生子はウフフと軽く笑いながら気楽な口調で話を続けた。

「わたし、お金儲けしたいの。だって、これまで散々お金で苦労したし、させられたのよ。だから、もう貧乏なんて、こりごりなの」

そっかー……。生子はお金で苦労したのか。明治大学の学生のときにも、親からの仕送りをあてにせず、アルバイトをいくつもしていたという。苦学生だったんだ……。たしかに貧乏生活は誰だって嫌だよね。野澤も、その点は良く理解できる。自分が貧乏生活をしたというのではないけれど、貧乏生活と隣り合わせの生活だったから、お金のないことによる苦労は、よくよく見聞きしてきた。生子が、だから貧乏生活から脱出したいというのはよく理解できる。でも、かといって、それが社会的に意義のある活動と両立しないものなんだろうか。そこが疑問だ。お金儲けは自分だってしたい。貧乏生活はしたくない。それと青法協の活動は本当に両立しないのだろうか……。

生子は野澤が納得できていないのを案じたらしく、自分の考えている進路について語りはじめた。

「だから、私は誰かの玉《たま》の輿《こし》に乗るっていうんじゃなくて、私自身がアメリカのビジネス・ローヤーのようにやっていきたいのよ」

ああ、なるほどね……。野澤は、やはり人それぞれだと思い至り、恵美と頷きあった。

峰岸の誘いに乗って、まもるは羽山教官宅に向かった。

羽山は今日は研修所で何かあったのか、この上なく不機嫌だった。いつもよりハイピッチで、今日もジョニ黒ウィスキーの水割りを飲む。大丈夫かな、まもるはいささか心配になった。羽山は酔うにつれ、刑事裁判官の使命をくどくど繰り返した。どうやら、民事裁判官より刑事裁判官のほうが格が上なんだと言いたいらしい。

「日本という国家社会の秩序維持を直接の使命としているのが、まさに刑事裁判官なんだ。だから、国家権力を直截《ちょくせつ》に行使しているという実感を日々、味わうことが出来る」

羽山は、ここで天井を見上げた。悔しいという表情のように見えたのは気のせいか……。

「それに比べると、民事裁判官って、言ってみれば隣近所の溝のドブさらえみたいなものなんだな、うん。ちまちました私人間の紛争を扱い、なだめすかして丸く収めることに主眼がある。もちろん、それも必要なことではあるが……」

羽山は民事裁判を全否定しているわけではないことを慌てて付け加えた。

「必要なことではあるけれど、それを解決したからといって、何か社会が発展していくというわけでもないしな……」

民事裁判官なんて格下だとしきりに繰り返す言葉の裏に田端教官に対する羽山のライバル意識が露骨に透けて見える。ええっ、裁判教官の二人って仲が良いように思ってきたけれど、実は仲が良いどころか、「敵」みたいに仲が悪いのだろうか。まもるは、羽山の話を聞いていて、いよいよ心配になってきた。峰岸のほうは、調子よく「ええ、そうですね、そうですよ」と、異を唱えることもなく羽山に話を合わせている。修習生の前で、ここまで言うのだから、羽山の腹にはよほど溜《た》まったものがあるのだろう。

まもるが何気なく言った。

「田端教官って、本当に法理論が好きでたまらないという感じですよね」

羽山は、手にしたグラスを揺すってカラコロと音を立てながら応じた。

「うん、彼も過去には少しアオっぽいところがあったんだよ。今ではまったく縁を切ってるんだけどさ……」

聞かれもしない田端教官の過去を修習生に話す羽山の気持ちがまもるには理解できない。それにしても田端教官がかつては青法協の会員裁判官だったことを知り、まもるの頭のなかで天と地がひっくり返りそうな気がした。そうか、過去には政治に目を向けていたこともあるのか、それが青法協を離れたとたん、そちらに目を閉ざし、法理論の世界に閉じこもってしまったということなのか。それって、どうなのかな、人間の生き方として……。まあ、他人の人生だから、いずれにせよ自分には関係がないことだ。まもるの頭のうちで一瞬のうちに考えが駆け巡った。えっ、でも待てよ。そういう羽山教官は、いったいどうなんだろうか……。今度も、何気ないふりを装って羽山に投げかけた。

「教官は、一度もアオっぽくは、ならなかったんですか?」

羽山は、まもるから正面切って問いかけられ、一瞬、鳩が豆鉄砲を喰わされたかのような顔をした。そして大きな声ではねのけた。

「わはは、俺はちっともアオになんか染まらなかったな」

こう言い切ってはみたものの、実は内心、羽山にも忸怩《じくじ》たる思いがあった。羽山は修習12期だが、裁判官になった同期の修習生は成績優秀な人ほど青法協の会員だった。だから、羽山だって負けじと青法協に入って一時期は会員だった。ところが青法協への風当たりが強くなる直前、その兆候を機敏に察知して、真っ先に脱会したのだ。そして、それからはむしろ青法協を攻撃する側に回った。正確には、同期の会員裁判官の脱会工作に手を貸したということだ。裁判所のなかでうまく立ち回るためには、青法協なんかに入っていても、碌《ろく》なことにならない。羽山は、きっぱり割り切った。変わり身の速さは天下一品だ。それ以来、羽山は自分は一度も青法協と関わったことなんかないとしらを切って、それで押し通している。

そんな羽山にも泣き所があった。なぜか、羽山は初任地が東京ではなく、そのあとも関東周辺の裁判所をぐるぐると回らされた。やっと東京地裁に配属されたのは、ずいぶん遅かった。そして、まもなく研修所の教官になったというわけだ。だから、ここで成績を上げて東京地裁に戻りたい。羽山は裁判所の陽の当たるコースを歩み続けたいのだ。田端より、なんとかして一歩先を行こう。羽山の決意は固く、揺るぎない。

6月16日（金）

入会のメリット

今朝の朝刊は佐藤栄作首相が退陣するらしいと書いている。日本の政治も変わらないようで変わるものなんだね。司法の世界も変わるのだろうか……。

朝、司法研修所に着くと、白表紙と呼ばれる分厚い教材が一人ひとりに渡される。即日起案だから刑事弁護人としての弁論要旨を午後5時までに書きあげて提出しなければいけない。教室内は静かで、白表紙をめくる音だけが響く。事案は事実関係が複雑で、入り組んでいる。登場人物が少なくないうえに、目撃者の話はあれこれと食い違い、矛盾している。一つしかない真実が、なぜ、かくも見る人によって異なって語られるのか、不思議でならない。

まもるは、白表紙の事案を読みながら、登場人物の関係を図解して、目に見える形にした。司法試験の勉強のときにも、難しい法理論について、同じように図解して、視覚的にスッキリ頭に入るように工夫した。それと同じ手法だ。矛盾した言動を時間の経過に従って、つまり時系列に従って並べ、どこに違いがあるのか、その理由は何なのか、小さな字でコメントも書き加えた。事案を整理し、把握すると同時に、それに応じた法律構成を考えなければいけない。強盗行為があったのか、恐喝なのか、いやいや強要罪なのか……。一見すると、どのようにも読みとれるケースだ。ここで事件の筋を読み間違うと、起案の質が下がる。

まもるが教材をひととおり読み終え、コメントも書き加えて頭を上げると、百合恵のほうはまだ白表紙と格闘中のようで、頭が下を向いたまま動かない。

やがて、一人、二人と教材を読み終えた修習生が増え、ため息をついたり、小声で囁く者がいたりして、教室内が少しざわついてきた。

今度は弁論要旨の組み立て、その梗概《アウトライン》を考えなければいけない。書くべき主要な事実を論点を考えながら、レジュメのように順番を考えて並べてみる。これでいいかな、天井を仰いだとき、また百合恵のほうに目が行った。あの晩の百合恵の身体の弾力、温かさ、そのもちもちした柔らかい乳房の感触がよみがえり、下半身が熱くなった。頭の中がその思いで占められ、妄想が膨らみ、鉛筆を持つ手が止まって動かない。いかん、いかん、こんなことじゃあ、いかん。これでは起案に取りかかるどころではない。妄念を払うため、下を向いて、まもるはわざとらしい咳をして、心を改めて起案用紙に向かった。気を取り直して書き始めた矢先、机の横に男が立つ気配を感じた。見上げると、としおがいる。

「ちょっと教えてくれない？」

小さく、耳元で囁《ささや》いた。書くべき論点が抜けていないか、確認したいらしい。お安い御用だ。まもるは、ためらうことなく起案用紙の一番後ろの紙を一枚切り離し、その裏側に、自分の考えた論点の流れを書きつけた。

即日起案は、その建て前では修習生が合議することは許されていない。とは言っても、教室には監視する教官や職員がいるわけでもないから、やろうと思えば自由に合議できる。起案の丸写しこそやられないが、あちこちでヒソヒソ話のようにして合議している。というか、一人で何でもやろうとすると、下手したら考えがまとまらず、制限時間内に弁論要旨を書きあげるのも難しい。煙草をすう修習生はトイレの前あたりにたむろして、そこで論点について意見交換する。

まもるは制限時間よりずいぶん早く起案を書きあげた。さて、今日はこの後どうしたものか……。前方の黒板には、隅のほうに「青法協について話し合います。お残り下さい」と書かれている。いつもの野澤の下手な字ではない。かなり達筆なので、今日は一法が書いたのだろう。任官志望を固めているまもるは、他の修習生のいる前で青法協の話に加わりたくはない。ここは逃げるが勝ちだ。峰岸は、先ほど、さっさと退出していった。

としおの机のほうに近づいて、まもるは、「今日は、お先に失礼するよ」と声をかけ、教室の外へ出た。青法協のことは、もう一度、百合恵に相談してみるかな……。百合恵と二人きりで話す機会をつくる口実にもなるしね……。

としおは、まもるに書いてもらった論点表を横に置いて、起案用紙に書きすすめていった。どうしても、いくつか引っ掛かるところがあり、それに悩んでいるうちに制限時間が迫ってきて、焦った。最後は、えいっとばかり書き上げたが、その分、起案の内容に自信はなかった。

としおが一階の事務室に起案用紙を届けて教室に戻ると、谷山はまだ机にへばりついて格闘している。谷山のそばを通りかかったとき、目線があった。谷山が「今日は提出しないで、今晩ひと晩じっくり考えて、明日の朝、提出するよ」と小さな声でつぶやいた。としおは、それを聞いて驚いた。

「ええっ、それはだめですよ。だって、明日の土曜日は自由研究日なんですよ。そんなことしたら減点になって、まずいですよ」

谷山も、はっと我にかえった。「そうか、明日は休みだったか……」そして、諦めたように言った。

「それなら、もうこれで出すことにしよう」

谷山は、最後の文章を書き加えると、起案用紙をそろえはじめた。なんだか、谷山はげっそりやつれている様子で、としおはますます心配になった。

今日は教官による講評はないので、起案を提出した修習生は順次、教室を退出していく。

青法協の話をしようという呼びかけに応じて残った修習生は、としおが数えると、15人だ。あれれ、野々山がいない。どうしたんだろう。検察の松葉教官に声でもかけられたのかな……。

任官志望組の大池は今日も残っている。大池は、いつものようにケロッとした顔つきで黙って話し合いが始まるのを待っている。大池については、むしろ周囲のほうが心配している。だけど、本人は、世の中は、いつだって成るようになるという。たしかに、それはそうなんだけど……。

珍しいことに百合恵も残っている。百合恵も今日の起案には、かなり苦労したようだ。どこで引っ掛かったのだろうか。制限時間を何分か過ぎてまで起案用紙に書き込んでいた。案外、凝り性なのかもしれないな。

一法《はしのり》が前の教官席に座って討論の司会をはじめた。すると、これまためずらしいことに青法協活動に懐疑的だと高言している隈本《くまもと》が残っている。討論が始まると、早速、手を挙げ、思いついた疑問を一法にぶつける。足を引っ張るとか、活動を妨害するという意図ではないようだ。前に座る一法が真剣な表情で答える。

法律というのには二面性がある。ここまではしていいんだという自由を保障する面と、これはしたらダメだという規制する面の二つがある。そこで、青法協は、いい法律家になろうというのを提起していると思うけど、この二面性との関係がよく分からないので、説明してほしい。隈本の口にした疑問は考えたこともないレベルだった。としおは、どうしてそんなに難しく考えるのか、その発想が理解できない。

一法は、青法協の創立理念を説明することから始めた。憲法を大切にして日本の平和と民主主義を守ること、今それが危ないと思います。だから、今、なにもせず放っておいたら、戦前の日本のような、とんでもない世の中に再びなってしまう危険があります。

一法の話は、あまりに抽象的かつ漠然としたものだった。これでは隈本が納得するはずがない。としおがそう思っていると、案の定、「自分は、あらゆる組織とか団体に縛られることなく、自由に生きたいと考えている。法曹人には、そういう人が多いんじゃないかな」と、隈本が低い声で自問自答するように言った。それに対して、一法がすぐに「でも」と反問した。「一人だと声をあげても、届かないことが多いし、大きな力にならないんじゃないかな……」

百合恵が小さく右手を胸のあたりまで上げた。一法は見逃さず、百合恵に発言を促した。

「青法協に入るって、任官志望者にとってどんなメリットがあるのかしら？」

百合恵が任官志望だと聞いたことはない。だから、誰かに代わって質問したということになるのかしらん。この質問には、大池が、よくぞ訊いてくれたと言わんばかり、身を乗り出した。一法は、「メリットですか……」と、ひどく困惑した表情で言い淀んだ。そして、おもむろにこう言った。

「やっぱり、先の話と同じなんじゃないのかなあ。一人だと力が弱いけれど、仲間がいたらお互いを支えあっていける。そういうことだと私は思いますが……」

一法は断定を避けた。百合恵も、深追いはしない。

「そうかしら、でも、きっとそうなのよね。仲間同士で支えあわないと、きっと大変なのよね」

百合恵はそう言うと、自分の豊かな胸を隠すように腕を前に組んで目を閉じた。

6月19日（月）

「漠然とした不安」

佐藤栄作首相が、ついに退陣を表明した。いいことだ。記者会見の様子が新聞に写真が載っているが、ひどいものだ。会見場に記者の姿はなく、ガランとしている。新聞記者は出ていってくれ、テレビに向かって話すんだ。とんでもないことを言う首相だ。往生際が悪すぎる。東大の入試復活を断念させたときの首相だ。自分の人気維持しか頭にない。こんな首相が退陣してくれたら、日本の政治も、もう少しはまともになるだろう。司法界はどうかな……。青法協退治がすすんでいるようだから、あまり良くなるとも思えない。心配だ。

午前中は守田所長が大講堂で裁判所法について講義する。開始式以来、久しぶりの登場だ。いったい、司法研修所の所長って、昼間は何をしているのだろうか。まさか昼寝しているわけでもないだろうけど……。守田所長は、良く言えば裁判官のイメージそのまま、謹厳実直な紳士が黒い法服を着ているという雰囲気。ありていに言えば、田舎の垢抜けないおじさんが場違いな演壇に立って訥々《とつとつ》と話しているという気配だ。裁判所法の由来、変遷そして条文の意義を淡々と解説していく。にこりともしないし、冗談でも言って聴き手を笑わせようなんて、端《はな》から考えていない。

今日も朝からひどい眠気に陥る。としおは途中から、いや正しくは守田所長の講話が始まって間もなくから、睡魔とのたたかいに明け暮れた。メモをとるどころではない。下手にペンを手に持っていると落としそうになるので、ペンはしまって、テキストを開き、聴いている格好をつけるだけにした。

目を瞑《つむ》っていると、すぐに頭がガクンと垂れてしまう。それを何回か繰り返しているうちに、午前の講義は終了した。

まもるには、守田所長の裁判所法講義は面白かった。裁判所が司法権の独立のなかで、実際にも裁判官が相互に何ら干渉されることなく、自由に自分の思うまま判決が書けている仕組みを知り、ますます裁判官になってもいいなと思えた。何も羽山教官のために裁判官になろうというのではない。そして、任官したら羽山教官の下で働くというわけでもないのだ。あまり羽山教官にこだわる必要もない。自分に言い聞かせることにした。

大講堂を出ようとすると、としおが近寄ってきて、「お昼を一緒にどうだい」と声をかけてきた。断る理由もないので、まもるは、「いいよ」と返事して、一緒に研修所の外へ出ようとすると、後ろから、「それじゃあ、僕らも一緒に」と声がかかった。見ると、いつも青法協を呼びかけている一法やら野澤たちだ。こりゃあ、まずいかなと思ったが、今さら嫌だと言って別行動をとるというのもあまりに大人げない。まもるは、なるようになると肚《はら》を決めて、みんなで御徒町方面を目指した。路地を少し入ると、夜は小料理屋になる店が「昼定食」と貼り出している。

「ここにしよう」

野澤が見つけた店のようだ。

「ここ、美味しいんだよ。安いしね……」

こじんまりした小料理店で、カウンター席のほか、テーブル席は3つしかない。そのうちの一つを囲んだ。昼の定食は焼き魚定食のみ。単品だから仕込みも簡単だろう。売り切れたら、後の客は断ってしまう。

「うん、ここは美味しいね」

一法《はしのり》が口にするなり、満足そうな声をあげた。野澤が「そうでしょ」と喜んだ。

食事もすすんだところで、野澤がまもるに切り出した。

「石動《いするぎ》君から誘われていると思うけど、青法協に入ってもらいたいと思ってるんだ」

予想した話の展開だった。26期青法協の結成総会が土曜日にあるのは教室に配られたビラを読んで、まもるも分かっている。既に入会を表明した修習生が１００人を超えたという。２割だよね。そして、任官を志望した人でも、入会する人が何人かいることも分かっている。大池もそうだし……。勇気があるな……。

「青法協の会員の裁判官が任地その他で不利益扱いを受けているというのは知っているから、僕らも決して無理に入ってくれなんてことは言わないんだけどね」

一法が話に加わった。そうなんだよね。どうして最高裁があくまで青法協を目の敵にするのか、まもるには依然として理解できない。

「その状況を打ち破るには、会員の裁判官を増やすのが一番なんじゃないかな」

としおが横から口を添えた。たしかに、それはそうだろう。でも……。まもるには漠然とした不安があり、なかなか払拭できない。これって、芥川龍之介の世界だ。ただ、自殺するような状況でない点は異なる。やっぱり百合恵にもう一度よく相談してみよう。話は曖昧なまま終わり、研修所に戻る足取りは重い。

午後からは田端教官による民事判決起案の講評がある。としおは教室に戻ると、前の黒板の左端に青法協の行事案内を書きつけた。すると、教室に入ってきた峰岸が、「あれっ」と大声をあげた。そして、自分の席に座る前に立ったまま、としおに向かってこう言った。

「黒板は研修所のもので、みんなの共同使用財産なんだ。そんな私的目的のために使ってもらったら困る。消してほしい」

青法協活動が研修所内で公然とやられていること自体、峰岸にとって不愉快なことだった。としおは、自分の席に戻ろうとしていたが、峰岸の文句を聞くと、すぐに黒板のほうに戻り、黒板消しで自分の書いた呼びかけ文を丁寧に消し去った。そして、黙って自分の席に着席した。そうだった。野澤も同じことを峰岸から言われたんだった。としおは思いだした。教室内に気まずい雰囲気が漂っているなか、田端教官が教室に入ってきた。異様なほど静まりかえっている教室の空気に何かあったなと感じたようだ。それでも田端教官は何事もなかったように教官席に腰をおろして起案講評をはじめた。

峰岸は講評中にも積極的に発言する。手を挙げて教官から指名される前から話しはじめることもある。峰岸の論法は、理論のための理論に走りがちなので、理屈をこねくりまわし過ぎだと言わんばかりの切り返しが教官側からある。田端も理論大好き人間ではあるが、峰岸とは少しばかり肌合いが異なる。田端のほうは、事実を論理の前提とし、それを反映させることを重視している。状況判断、利益衡量を入れたうえでの理論展開を好むのだ。

峰岸の論法に対しては、それでは独断的すぎるとか、独善的だよ、それじゃあ議論が深まらない、などと大池が言い、他の修習生も応援して批判する。それでも峰岸は動揺しない。言い方が多少きつくて、批判が鋭くなるのは、持って生まれた性分だと開き直る。峰岸は自分は性格的に弁護士に向いているはずがないと考え、任官を志望した。商売っ気はさらさらないし、人当たりがいいはずもない。そんなことより本を読んで理屈をこねくりまわすのが一番性にあっているし、楽しい。

田端教官が判決起案講評から脱線して原告適格なるものについて説明をはじめた。

「これは行政法に登場してくるもので『法律上の利益を有する者』に限って取消しを求める訴訟ができるとしています。そこで、問題になるのは、ここでいう『法律上の利益』とは何か、です」

まもるは「法律上の利益」とあるからには、法律の明文で定められているものではないかと考えた。案の定、判例はそうなっているという。田端はゆっくりと続けた。

「裁判所はこれまで一貫して、処分の根拠になった法律の規定に注目し、その法律が原告の利益を保護していると解することができる場合を言うと判断してきました」

うんうん、それはそうだろう。まもるは田端教官の目をじっと見つめた。すると、田端は軽く頭を左右に振った。

「いや、そうすると、条文だけに依拠して厳格に解すると、法律上保護に値する利益を有すると認められる人は少なくなってしまいます。すなわち、原告適格が否定されてしまうのです。そこで、学説は、もっと広く解して原告適格を認めて、裁判を受けられるようにすべきだと批判しています。たとえば、その者の受ける不利益が法律で保護に値する性質のものだと認められたら、その者にも原告適格を認めるべきだというのです」

なるほど、国民が裁判を受ける権利を広く保障しようというわけか……。

田端は「これから判例が変わっていくことも大いにありうると私は考えています」と言い切った。

えっ、判例って変わるものなのか……。まもるは羽山教官の判例絶対主義にあまりにも毒されていたと深く反省した。今ある判例だって、いずれは変わるかもしれないんだ。当然だよね、時代の移り変わりによって、いつまでも同じ考えが続くとは限らない。目を開かされた思いだった。

判例絶対主義

6月20日（火）

今朝もひどいラッシュだ。順法闘争が続いているのでダイヤが大幅に遅れている。

午前中は昨日に引き続いて田端教官による民事判決起案講評の続きがある。としおの起案は我ながら出来が悪いので真面目に、今日も真剣に講評に向き合わざるをえない。

田端は、いかにも楽しげに要件事実を解説する。法理論をこねくりまわすのが好きでたまらないという雰囲気を身体中から発散させる。修習生に向かって嫌いやながら講義しているなんてものではない。今なお要件事実とは何か、よく呑み込んでいないとしおにとって、不思議で理解しがたい人物だ。お互い異次元の世界に住んでいるとしか思えない。その出会いの場が、この教室なのだ。

法理論を生の事実にあてはめて議論を組み立てていく。そして、必要なら教科書にまだない新しい法理論をつくりあげる。それを無上の喜びとする人種がいる。そして、その喜びを修習生に何とかして伝えたい。その気持ちが伝わってくる。ただ、そこには社会との接点が弱いのではないだろうか。いや、本人は現実に立脚した法理論を展開していると言うのかもしれない。その現実は、あるがままの現実を肯定して受けとめている。存在するものはすべて合理的である。ヘーゲルは、このように言った。確かに存在している現実には、そうなるだけの合理的な理由が確かにあるだろう。けれども、そこに本当は不合理なものはないのか。その不合理な部分は変革すべきではないのか。職人芸として法理論を究めたとしても、結局、それは支配階級の下で、その支配関係を固める理論として便利に使われるだけなのではないだろうか……。

建物賃借人による無断改築の是非がテーマになった。賃貸人は正当事由による期間満了の終了も主張して、賃借人に対して明け渡しを求めている。このケースで、田端教官は賃借人は弱者、賃貸人は強者だという思い込みで事件を見てはいけないと何度も強調する。たしか、同じことを民事弁護の講義のとき小野寺教官も言っていたな。賃貸人が年金生活の老夫婦で、賃借人のほうは全国にチェーン店を展開しているというとき、弱者は明らかに賃貸人だ。としおも、思い込み、ドグマには気をつけないといけないと今日も目を開かされた。世の中は何事も一本調子ではいかないものなのだ。

漠然とした不安を感じながら、ときどき襲ってくる強烈な眠気とたたかいつつ、としおは黒板を眺めた。視野に入ったまもるは、一生懸命に手を動かしてノートをとるのに余念がない。よほど田端教官の講義に魅せられている気配だ。それもまた、うらやましい。没入できるだけ理解しているということでもある。黒板から視線を窓際に移したとき百合恵の横顔が見えた。百合恵は筆記の手を止めて、少し離れた席のまもるをじっと見つめている。そうとしか思えない。ええっ、この二人どうなってるの。百合恵の視線に熱いものを感じるのは気のせいだろうか。何となく気になる。

昼休みに入った。一法《はしのり》が角川《かどかわ》に話しかけている。としおが近づくと、講義が終わったら角川と話すことになったことが分かった。角川をオルグするのだ。としおも夕方まで時間が空いているのでつきあうことにした。

野澤は昼休みにD組の青法協準備会のメンバーと図書室で会って資料をやりとりすることになっていた。野澤が図書室に入ると、その後から峰岸が同じように図書室に入り、判例集を手にとった。何か調べものをしている。野澤がＤ組の男と話していると、いつの間にか峰岸がいなくなった。かと思うと、峰岸は、直ぐ後ろの棚に移動してきている。そのため姿は見えないが、かえって会話のほうはよく聞きとれる。峰岸は手に本を持って調べものをしているように装っているが、明らかに野澤たちの会話に聞き耳をたてている。野澤は話し終わって図書室を出ようとしたとき、峰岸が直ぐ後ろにいたことに気がついた。ええっ、立ち聞きされていたということか……。それにしても、あまりに露骨だよね。

午後からの民事判決起案の講評のなかで田端教官の口調が改まった。何だろう……。まもるは、ペンを走らせる手を停めて、田端の口元を見つめた。

「日々の裁判のなかで、これは新しい問題だなと感じる事件にぶつかることがあります。そんなとき、皆さんだったらどうしますか。私は、あらためて法律の条文に何と書いてあるか、条文をじっくり読み返します。なにしろ、法律は国民の代表として国会が定めたものですから、裁判官がその明文に反する解釈をとることは許されません。もし、そんなことが許されたら、裁判官のほうが国会の上にあることになり、法律によってルールが決められている社会とは言えなくなってしまいます。ですから、関連する条文も広く参照して、まず条文そのものをよく検討します」

まあ、条文を基本とするのは当然だよな。まもるは納得した。田端教官は続けて、最高裁判例を持ち出した。

「次に考えるのは、これまでの最高裁判例です。最高裁がすでにその問題で判例を示しているときには、その判決を尊重します。なぜなら、最高裁の示した判決にしたがって経済取引や社会生活が成り立っているからです。そして、その最高裁判決は、一審の裁判官の判断、そして二審・控訴審の裁判官の判断を検討し尽くしたうえで示されているものです。つまり、その事件を解決するための裁判官の英知が集大成されていると考えることができます。ただ、もちろん事案が異なれば、最高裁判例をそのまま採用できないというケースもありうるわけです。その点を慎重に検討します」

おっ、田端教官は羽山教官のような最高裁判例絶対主義はとらないんだね。まもるは、なんだか救われた気分になり、気が軽くなった。田端はさらに続ける。

「さらに、法律の条文にも最高裁判例にも手がかりがないときはどうするかという問題に直面したとします。そのときには、裁判官が自分の頭で考えなければいけません。そのとき、参照すべきなのが学説です。学者の最新の研究成果をきちんとふまえます。学者のなかでどんな議論がなされているかを調べるのです。このとき、学説をそのまま採用してよいものか、この事件を解決するのにふさわしくても、別の事件で妥当な解決を妨げることのない法律解釈になっているかも検討します。民法にその条文がもうけられた理由をふくめて、基本的なところから広く、深く考える必要があるのです。そんなときに私がいつも参照することにしているのが我妻栄の『民法講義』です」

ええっ、裁判官って、『民法講義』をひもとくこともあるのか。まもるにとって我妻栄の『民法講義』は、そのコンパクト版である『ダットサン』と同じく、司法試験の受験勉強に必要なものでしかなかった。基本書って、受験のときだけでなく、裁判の判決書にとっても基本にすべきものなのか……。まもるは、自分の認識の浅さを恥じた。田端は声を低めて付け足した。

「我妻栄は、判例を十分に研究し、判例の結論を尊重しながらも、ときに反対の自説を展開しています。そして、裁判官の目から見ても、実に落ち着きのよい結論を導いています」

田端は、この「落ち着きのよい結論」という言葉を何度か繰り返した。そうか、そういうことなのか。まもるは、田端教官の言いたいことをしっかり受けとめようと思った。そして、やはり、自分も裁判官の一員になれるかもしれないという微《かす》かな自信のようなものを心の奥底に感じた。

昼食後の講義は、としおにとって初めから睡魔との戦いだった。ノートをとる手が何度も止まり、書いたものを読み返しても、いったい何を書いたのか自分でも判読できない。危うくボールペンを取り落としそうになった。やっと講義が終わった。田端教官が立ち上がると同時に、眠気が嘘のように晴れた。講義の内容がよく理解できないので、脳は回転を拒否していたのだ。としおは一人得心した。こんなことが今さら分かっても、どうしようもないんだけど。

教室内がざわついているなか、百合恵はまもるに近づこうとしている。あれあれ、デートの申し込みでもするのかしらん……。ところが、まもるの方は百合恵の接近に気がつかないようで、廊下を出て田端教官を追いかけていった。講義内容について不明な点を尋ねようというのだろう。としおは、どこを教官に質問していいのかも分からない。いやはや、まもるとはかなりの開きがあることを自覚せざるをえない。

百合恵は不貞腐れるでもなく、仕方がないわねといった表情をみせ、自分の席に戻り、帰り支度をはじめた。としおは百合恵が暇なら今日の青法協オルグの対象にしてもいいかなと思い、近寄って声をかけた。すると、百合恵は「あら、ごめんなさい。今日はこれから用事があるの。またにしてください」といって、するりと逃げられた。

法医学についての特別講義が終わって、いつもの喫茶店「ニューポプラ」に入っていくと一法が角川を熱心にオルグしていた。角川はコーヒーに口をつけて、一口すすると、首を軽く左右に振った。

「青法協の歓迎会にも参加したし、入ろうかなとは思っていたんだよ」

ええっ、過去形なのか。こりゃあ、難しいな。野澤と恵美の二人であったときには好反応だと聞いていたんだけど、今日は風向きが変わっている。

「だけどさあ」角川は甘えん坊のように語尾を伸ばした。本当に良家のお坊ちゃんで育ったようだ。

「何だか、カッコいい話ばっかりでさ、このごろ、ちょっと面倒臭くもなってきちゃってさ」

角川は、またコーヒーをすすった。

「青法協に入ったなんて言うと親にも心配かけるし……。まあ、面倒臭いことはなしにして、これからもシンパでいいんじゃないの……。最近はそう考えているんだ」

一法は真剣な顔つきのまま、「面倒臭くてもやる価値はあるんじゃないのかなあ」と言葉少なく反論した。

「うん、うん。それは別に否定しないさ。だけど、僕は自分一人でコツコツ地道にやっていくことにするよ。僕だって、社会派ではあるんだから」

大学時代の角川を知っている野澤に聞くと、角川はセクトに所属する活動家ではなかったものの、ひところは積極的な全共闘シンパとして活動していたという。ところが、司法試験を目指したころから、一切の関わりを断った。見事に転身したのだ。

「それはそうとさ」角川が驚いたことに逆襲してきた。「青法協って何だか、していること、言っていることがスマート過ぎやしない？」

ええっ、何、なんのこと……。

「なんだか、国民とかけ離れたところで、エリート同士が司法界という狭いコップのなかでぶつかり合っているだけという気がするんだけど、どう？」

角川の疑問って、あたっているのだろうか……。

「なんか、こう、泥臭さというものが、口で本人たちが言うほど、感じられないんだよ。本当に地道に国民の中に入っていこうとしているのかな？」

角川の言う「国民の中に入る」とは、具体的には、どんな活動を指しているんだろうか……。

角川も、自分なりに真剣に考えていることは分かった。

「だから、青法協に入って自分にプラスになることはなさそうだし……。むしろ、青法協に入ったら拘束されちまうんじゃないのかな」

拘束なんて出来ないよね。としおは、そう言い返そうと思ったが、止めた。言っても仕方がないようだから……。腕を組んで、店内を見まわすと、なぜか広い店内のテーブルの大半が空いていて、客はパラパラしかいない。サラリーマンらしき男性は外回り専門の営業マンではないだろうか。飛び込み訪問という難行苦行に心身をすり減らして、ここで一服しているのだろう。背広の後ろ姿が、いかにもくたびれている。

「青法協ってさ、闘争とか、理論が強すぎないかなあ……。もっと僕らは事実を知らないといけない。そんな気がするんだ」

角川の最後の言葉だけは、としおは全く同感だった。

「うん、だからこそ、君のように若くてエネルギーのある人に青法協に入ってほしいんだよ」

一法の口調には、半ばあきらめが混じっている。

「うん、でも、青法協ってさ、設立当初と違って、組織が左の方に固まってしまってるんじゃないの？」

角川は、開き直ったかのように青法協を「攻撃」した。えっ、組織が固まってるなんて、誰が言ってるんだろうか。角川は、誰かに知恵をつけられたんじゃないだろうか。松葉教官かな、それとも羽山教官かな……。

「だから、いい加減な気持ちで青法協に入っちゃ悪いとも思うし、さっき言ったように面倒臭くもなったし……」

角川は、どうしても首を縦に振りそうにもない。一法は、途中からすっかりあきらめたようで、後半はとしおにまかせてしまった。としおも、それなりに力を込めて訴えたけれど、やはり角川は取りつく島を与えない。

角川は、松葉教官に青法協に勧誘されていると相談した。すると、松葉は血相を変えた。「それはいかん。俺の顔を立てて青法協には入らないでくれ、よろしくな」と執拗に念を押された。検察官になろうとしているからには、松葉教官の指示に反するわけにはいかない。ついに肚《はら》を決めた。それまで、角川は青法協に入ることも考えていた。しかし、任検することを決めた以上、青法協活動とは距離を置くことにする。二股《ふたまた》かけることはしないと決断した。野々山のほうは、まだ二股かけているようだが、角川はそれは止めることにした。

いよいよ26期青法協の創立総会は４日後に迫った。Ｂ組では、入会を前向きに考えると答えていた修習生の中から、やっぱり保留すると言った修習生が４人も出た。今のところ入会するのは14人。なかなか増えない。

要望書

6月21日（水）

検察問題研究として、午前・午後と松葉教官が講義する。松葉は胸を反らし、声を低めた。

「悪い奴ほどよく眠るという嫌な言葉がある。われわれ検察の仕事は、その反対を実現すること。悪い奴を眠らせない。巨悪を見逃さず、きちんと法の裁きを受けさせ、然るべきときは刑務所に送り込む。これが大切だ」

教室内の注目を集めていることを確信して、さらに続けた。

「同時に被害者の声を法廷できちんと代弁し、その声を裁判官にちゃんと届けること。これも検察官しかやれない大切な任務だ」

まったく、そのとおりだ。としおにも、この点に異論はない。

「諸君もよく知っているとおり、我が国では窃盗事件の検挙率は50％を上回っている。これは世界でもトップクラスだ。むしろ、群を抜いていると言っても良いだろう」

松葉は、今度は少し前のめりになって話を続ける。

「もちろん、これには日本の警察の存在がきわめて大きい。日本の警察は言うまでもなく廉潔かつ非常に効率よく動いている。ヨーロッパ各国と比べてみると、人口あたりの警察官の比率は日本が一番少ない。それでも、平和な社会秩序が維持され、これだけの検挙率を保持しているというのは、それだけ日本の警察が優秀だということを意味している」

本当だろうか。日本の国民自身が安全性の確保に努めていることの反映なのではないだろうか……。としおは、ふと疑問を感じた。

「そして、警察が扱いきれないような政治家の絡《から》む犯罪や、大がかりな企業の不正事件については、地検の特別捜査部、いわゆる特捜が担当することになる」

要は、検察官の自慢話だ。

「検察は権力機関のなかでも、もっとも強力な集団として、いわば君臨している存在だ。この点は自戒しながら申し上げているつもりだが……」

ここで松葉は息を継いだ。

「20万人いる警察官の集団に対して、わずか、その1％にもみたない検察官に与えられた法的権限はきわめて大きい。公益の代表者として、合法的に国民の自由を拘束できる力を持っているという点では、警察と検察は同じだ」

「しかし」と言って、松葉は教室内を見まわして反応を確かめる。「被疑者になった国民を起訴するか、しないかという裁量権限は検察官にのみ与えられている。ここが警察とは決定的に異なっている」

だからこそ、検察ファッションという言葉が生まれるんだよね……。

検察問題研究が終わり、松葉教官が教室から出ていくのを見届けて、一法《はしのり》が前に進み出た。クラス討論の進行係だ。

「これから新任拒否に関して要望書を提出したいと思いますので、ご協力ください」

そんな議論には加わりたくないと、無表情のまま教室を出ていく修習生が20人ほどいる。任官か任検志望者の人が大半だが、山元のように弁護士志望のなかにも、関わりたがらない人がいる。山元が出ていくと、偶然なのか、意図的なのか生子《しょうこ》も後をついて出ていった。峰岸は出ていかず、野澤たちが配って歩いた要望書を手にして座ったまま発言した。

「要望書って、出したい人が出すものだから、僕は止めるつもりはない。でも、全員がまったく同じ考えというわけではないのだから、そこは考えてほしい」

「それはそうですよね」と一法は応じた。そして、「では、どうしたらいいということですか？」と反問した。

「他のクラスでもやっているところがあるようなんだけど、賛否の人数を明記したらどうでしょうか」

誰かが、すかさず「賛成」という声をあげた。誰だろう。としおが首をまわすと、野々山と目線があった。たしかに野々山のようだ。一法も、それは悪くない考えだと思った。クラス内の思想傾向というか、その分布状況が正確につかめていいかもしれない。早速、挙手によって賛否を明らかにすることになった。一法が挙手を求めた。

その場に残った30人のうち、全項目に賛成したのは23人。残る7人は意見がバラバラに分かれた。拒否理由を明示することを求める点は全員が賛成し、拒否基準を明らかにすることを求めるのに3人、26期から任官拒否を出すなに1人が賛成した。同期から任官拒否が出ても仕方がないと考える修習生が同じクラスにいることに、としおは軽い衝撃を受けた。どうして、そんなことを許せるのだろうか……。

「それでは、この数字を付記して、研修所に提出したいと思います」

一法が宣言した。クラス討論が終わり、要望書の提出も認められたので、一法がやれやれと思いながら自分の席に戻ろうとすると、峰岸の席の周囲に修習生が何人か集まって、いささか険悪な雰囲気だ。恵美もそのなかにいる。峰岸は困った表情を示して、何かしきりに弁解している。あとで恵美に聞くと、峰岸がクラス連絡員の役を恵美に交代させられたのだという。いろいろ教室内で言う割には、連絡員としての仕事をきちんとしていないという不満が他の修習生からぶつけられたのだ。リコールだよね、これって……。

そのグループ内の年輩の修習生が、場を取りなすように、「久留《ひさどめ》さん（恵美のことだ）が、初めに手を挙げていたから、今でも本人がやって良いというのなら、やってもらいましょうよ」と言って、恵美に交代することになった。峰岸は内心喜んだのかもしれない。雑事には、もともと向かないタイプの修習生なのだ。としおは、連絡員が恵美に交代したと聞いて良かったと思った。無権代理だとか、つまらない議論をクラス連絡員の会合でする必要がこれでなくなった。

峰岸は雑事から解放されたという喜びどころではなかった。いちおう自分が希望した役を、望んでもいないのに引きずりおろされたことは、やはり屈辱感がある。しばらく顔が強張《こわば》り、教室内での発言も目立って少なくなった。

アメリカ刑事法のセミナーの2回目、夕方5時の終了間近になったとき、講師は、自分の腕時計を見ながら、「もう時間がきましたけど、あと少しだけ続けます」と言って、ついに、大幅に時間をオーバーした。

「ふうっ、やっと終わった」

野々山は百合恵がセミナーに参加しているのを先に確認していた。今日こそは、何とか手がかりを掴めないかと固い決意で、教室の出口で待ち構えた。

「お茶でも一緒に飲みに行きませんか。時間ありますか？」

のどがカラカラに渇いているのを自覚しながら、野々山は百合恵に話しかけた。

一瞬困った顔をしたものの、野々山の必死の形相に負けたのか、腕時計を見て、「1時間ほど、なら」と百合恵は承知した。二度も誘いを断るのも同期生として、いかにも冷たいと思われそうだ。それも嫌だわよね。百合恵は自分に言いきかせた。

御徒町駅方向へ歩いていく。修習生のよく行く喫茶店「ニューポプラ」だと誰か修習生がいるかもしれない。「ニューポプラ」を通り過ぎて、御徒町駅のすぐ近くにある別の喫茶店に入る。もう夕方5時半を過ぎているので、店内は混雑していて、やっと空いているボックスを見つけて座ることができた。

百合恵があまり話をあわせてくれないので、野々山が一方的に話しまくる格好になった。野々山はクラス討論に参加しない人が4割もいることに憤慨している。「なんで、みんなモノを言わないのだろうか。もっと、はっきり自分の考えを表明すべきだと思う」と、しきりに繰り返した。百合恵も、その点は共感できた。それで、「そうですよね」と言葉少な目に同意した。野々山の気を引き立てるつもりはない。ただ、まもるのような任官志望者にとって、現実に、いろいろ自分の自由に意見を言っていると、先輩たちのように任官拒否にあってしまうかもしれない。それも心配だ。それを考えると、迷うところだ。だから、百合恵は、「でも、任官志望する人たちも、いろいろ迷ったり悩んだりしているんじゃないかしら……」と、呟《つぶや》くように言った。それを聞くと、野々山は、自分も任検を考えているけれど、青法協会員のまま任検するつもりだときっぱり言い切った。

えっ、そんなことが本当に可能なのかしら。百合恵には信じられない。でも、目の前の野々山は自信たっぷりだ。ともかく、その勇気は偉いと思った。

話は、ほとんど一方通行で、盛り上がらない。百合恵の気持ちが野々山に向いていないからだ。一方的に話し続ける野々山にとっては、百合恵と一対一で話せていること自体がうれしくて、話がはずまないとか、その原因が何かなど、そこまでは気が回らない。

百合恵は本当に1時間たったころ、さりげなく時計を見て腰を浮かした。

「すみません、これから用事がありますから……」

実を言えば、もう家に帰るだけで何の用事もなかった。家に帰って部屋をかたづけてスッキリした後、講義のおさらいをしようと考えていた。

野々山は焦った。もう1時間たったなんて信じられない。まだ10分か15分しか話してない気分だ。もっと百合恵とこうやって二人きりで話せないものか。だから、口から出た言葉は「どうですか、一緒に食事でも……。もっと、ゆっくり話したいんです。できたら、お宅におうかがいしてもいいんですけど」

一気に野々山は言った。百合恵は、立ち上がったまま、「いえ、結構です。もう帰ります」と冷ややかな口調で断った。野々山に、これ以上まとわりつかれたくはない。今日の1時間で、野々山への同期生としての義理立ては済んだと見切った。

青法協会員の裁判官の話が聞けるという。一法が大池を誘うと、大池はぜひ聞きたいと言う。としおは、まもるにぜひ聞いてもらいたいと考えた。

「これは案内チラシもない、内輪の会合みたいなものなんだから、絶対に大丈夫だよ」

としおは、こう言ってまもるを熱心に口説いた。何が大丈夫なのか、それは、敢《あ》えて暈《ぼか》した。まもるも、としおの熱意に根負けしたのか、「じゃあ、聞くだけなら」と承諾した。

会場は、いつもの古ぼけた東京弁護士会館内の大きくはない会議室だ。そこへ修習生が十数人詰めかけた。裁判官は1人。開始時刻の午後6時になった。一法による紹介のあと、森山と名乗る裁判官は立ち上がって、自己紹介を始めた。23期の裁判官なので、まだ裁判官になって1年ちょっとだ。小柄な男性で、語り口はソフトだけど、これだけはぜひ伝えたいという意気込みにあふれている。語り口の静けさからは想像もつかないほど内容は激しい。どうしても伝えておきたいというのは、23期修習生の任官拒否の実情と、修習終了式の「混乱」をめぐる実際だ。としおは、途中から身を乗り出した。聞いている修習生は、目の前に展開するドラマの劇的な展開に圧倒され、しわぶきひとつ出ない。

「23期修習生のなかで、裁判官を志望したのは62人。そのうち7人が最高裁によって不採用とされました。任官拒否者が一割強も出るというのは、異例のことです。しかも、その7人のうち6人が青法協の会員でした。私も青法協の会員ですが、いったい何故、彼らが任官を拒否され、私は拒否されなかったのか。その理由は、今でも納得できません」

としおは、横に座っているまもるの横顔をチラッと盗み見た。まもるの表情は硬く、蒼白としか言いようがない。森山裁判官は、直ぐに言い足した。

「誤解していただいては困ります。拒否された7人の人たちが能力的に劣っていたということは決してありません。同じ修習生仲間で、この人なら拒否されても仕方がないな、当然だという人は一人もいません。それは私自身が体験にもとづいて、きっぱり断言できることです。むしろ全員、それこそ裁判官になってほしい人、裁判官にふさわしい人でした。そして、そうであったが故に任官を拒否された。私はそう考えています」

裁判官になってほしい人、裁判官にふさわしい人とは、いったいどんな修習生なんだろうか。としおは羽山教官を頭に浮かべて、そういう人だと言えるのか、ふと疑問を感じた。

目の前の小柄な森山裁判官は淡々と話を続ける。

「だから私たちは、最高裁は任官拒否の理由を明らかにすべきだと考えました。処分の理由が明らかにされないなんて、そんなことは裁判ではあってはならないことですよね。そして、示された理由の合理性、正当性が問題とされるべきです」

まことにそのとおりだと、としおも納得した。まもるも横で強張った表情のまま、軽く頭を上下させている。

「私たち任官希望者が採用、不採用を知らせる電報を受けとったのは3月30日のことでした。たちまち松戸寮のなかは大騒動になりました。私自身も、本当に胸が痛みました。幸いにして私は採用されたわけですが、不採用の人の胸のうちを考えると、とてもじっとしてはいられません。修習終了式は4月5日です。さあ、どうするか。クラス委員会というものがありますよね。その委員会が、直ぐに行動を起こしました。30人のクラス委員会員の連名で、4月3日、守田所長に面会を求めて申し入れました。私たちは、修習終了式の場で、任官拒否された7人に意見を述べる機会を与えてほしい、所長には、是非それを聞いてほしいと申し入れました。

守田所長は、私たちの申し入れを即座に拒否しました。でも、平穏のうちになされるのであれば黙認する余地もあり得る、そう受け取れる態度でした。少なくとも、所長に面会したクラス委員のメンバーは、そのように理解したのです。

次に、私たち任官内定者の有志は、最高裁に対して要望書を出すことにしました。私自身も、そして同じく青法協会員でありながら任官内定となった仲間たちも、必死でした。青法協会員であって拒否される人と拒否されない人がいる。いったいどういうことなのか、自問自答せざるをえません。拒否された人たちの無念の思いにも応えようと考えました。

『不採用となった7人について、成績・人格・識見から見て、私たち内定者と劣るところはない。そして、うち6人が青法協の会員であることから、この不採用決定は、団体加入、思想・信条を理由とするものではないかと疑う。ともに司法研修所で学んだ仲間から、納得する理由を示されず不採用者が出るという事態は深い悲しみであり、このような疑念を抱いたまま裁判官の職務に就くことは耐えられない。不採用の理由を明らかにしてほしい』

この要望書には裁判官内定者55人のうち45人が署名しました」

すごいね、任官者の8割が署名したんだって……。としおは、思わず手を叩きたくなった。左隣にいる大池は、目に涙を浮かべている。まもるのほうは、黙って硬い表情のまま、森山裁判官の顔をじっと見つめるばかりで、何とも声を出さない。受けた衝撃がそれだけ大きいのだろう。

「私たちは、修習終了式の当日、式が終わったら最高裁判所に行って、この要望書を提出することを決めました。修習終了式の前日、4月4日になります。松戸寮は朝のうちから騒然とした雰囲気でした。弁護士になる人たちも、当然ですがみな怒っています。クラス委員会として司法研修所に対して正式に抗議すべきだ。何らかの行動を起こせという人が少なくありませんでした。

クラス委員会としては、任官拒否された7人に発言する機会を与えるよう代表者が求めることを決めていたのですが、それだけでは生ぬるい、もっと明確に抗議の意思表示をすべきだという意見も強かったのです。今、振り返ってみても、あのとき修習生はどうすべきだったか、難しいところだと思います。ただ、研修所当局というより最高裁のほうは、修習生の意見なんかに耳を傾けていたら、とんでもないことになる、そう肚《はら》を決めていたのでしょうね。少しは聞く耳を持っているというポーズを示しつつ、実はバッサリ切り捨てるという方針を決めていたのでしょう。

いよいよ4月5日、修習終了式の当日になりました。私たち23期の卒業生は488人でした。この日は、研修所の門前でビラをまく人、中庭で小型の携帯マイクを抱えて、『司法の魔女狩りを許すな』と叫ぶ人がいたり、少し前の学園紛争をまさに再現する雰囲気でした」

まもるは、東大闘争のときの東大駒場の寒々とした状況を思い出し、心が冷える思いだ。

「修習終了式は、午前10時から大講堂で始まる予定でした。修習生の多くは、おとなしく講堂内に座って式が始まるのを待っていました。不思議なことに壇上に来賓の姿が見あたりません。いつもならいるはずの最高裁長官とか、誰一人として来賓がいないのです。後で記者から教えられて判明したことですが、司法研修所は、予定していた来賓の全員をあらかじめ断っていたのでした。これって、研修所当局もよほどの覚悟を決めていたということですよね。

午前10時になり、どんどん時間が過ぎていくのに、式はいっこうに始まりません。講堂内はざわつきました。異様な雰囲気です。ようやく30分も過ぎたころに壇上に中島事務局長が姿をあらわし、壇上のマイクで修習終了式の開始をアナウンスしました。今は草場事務局長ですが、私たちのときは中島事務局長でした。守田所長が壇上中央のマイクに向かって歩いたとき、その祝辞を読み上げる前に、クラス委員会の阪口委員長がフロアーで手を上げて発言しようとしました。要するに、任官拒否者に発言させてほしいと言おうとしたわけです。大勢の修習生が拍手し、『阪口がんばれ』と声援を送りました。阪口委員長の発言の途中、『聞こえないぞ、マイクを使え』という野次が飛びました。これは、事前のシナリオにはないものです。確かに、マイクなしでフロアーで発言しても大講堂のなかにいて聞こえない修習生がいても不思議ではありません。そこで、阪口委員長は、壇上に上がり、守田所長の前まで近づき、少し手前でいったん立ち止まり、2回か3回、頭を下げて、さらに演壇に近づきマイクを握りました。そして、『任官を拒否された人に10分間だけ発言させてほしい。今日が教官全員と会える最後の日ですし、故郷から出てきた任官志望者の心情をぜひ汲んでほしい』と言ったのです。守田所長は、このとき既に降壇していましたが、無言のまま手を2度か3度振りました。すると、それを見て、壇上にいた中島事務局長が間髪を入れず、阪口委員長の言葉を遮り、『本日の終了式は、これで終わります』と宣言したのです。まさしく、あっという間の出来事でした。この間、2分もかかったでしょうか……。

守田所長が手で阪口委員長の発言を制しようとか、挨拶を続けようとしたということはありません。混乱が一層高まり、収拾不能に陥ったから中島事務局長が、やむなく終了宣言をしたというのでもありません。ところが、これが当日、夕方のテレビニュースで『司法研修所で荒れる修習終了式』として映像つきで流されたのです」

としお自身は、そのテレビを見ていないけれど、司法研修所の卒業式が流れたこと自体はもちろん聞いて知っていた。それにしても、実際に起きたことと、聞いていた話との落差の大きさに驚かされる。去年の4月と言えば、司法試験の短答式試験の直前だから、テレビなんか見ていないし、新聞もろくに読んでいない。世間の俗事から離れて試験勉強に没入していた。

「研修所って、いつもならテレビカメラの取材に拒否反応を示すようなところです。ところが、この日に限ってはテレビ局の取材を許可していました。『荒れる修習終了式』を絵にして青法協に打撃を与えようとしたのではないでしょうか。どう考えても計算づくの行動としか考えられません」

そうか、研修所にはマスコミまで利用して、世間に対して青法協をいかにも破壊的な団体だと印象づけようとしたのか……。

「守田所長たちが退席したからといって修習生まで直ぐに引き揚げたわけではありません。何がなにやらサッパリ分かりませんでしたが、ともかく修習生は、みんな怒りました。そのまま講堂内に残って、抗議集会に切り替えたのです。任官拒否された7人のうち6人が壇上に並び、一人ずつ訴えました。いま思い出しても涙が出てくるような素晴らしい内容です。みな、じっと静かに耳を傾けました。『私は貧しい家庭に育ちました。だから、弱者の立場に立つことが出来ると思い、裁判官になることを目指しました……』

『私って、本当に裁判官としてふさわしくないんでしょうか?』

大講堂での抗議集会が終わったあと、その半数近くが最高裁へ抗議のデモ行進に出かけました。私たち裁判官内定者40人は、そのデモ行進とは別に、午後から最高裁へ行き、矢口人事局長に面会を求めました。人事局長は出てこず、若い職員が応対しました。司法修習生なら、司法研修所を通しなさいとか、最高裁は新任問題については、いかなる書面も受け付けないとか、本当に居丈高《いたけだか》で、まともにとりあおうとしません。窓口で押し問答しているうちに、修習生の誰かが、こう言ったのです。

『今日、私たちは修習生として来たのではありません。あくまで裁判官内定者としてやって来ました。それなのに、私たちを門前払いしようとするなんて、それでもこれから裁判所で一緒に働こうとする者に対する態度として許されるんですか?』

これには、さすがに気が咎《とが》めたらしく、応対していた男性がいったん奥に引っ込み、しばらくして『じゃあ、要望書をそこに置いて、帰ってください』と言うのです。私たちとしても、これ以上、押し問答しても無駄だと判断し、要望書を門の上に置いて引き揚げることにしました。本当に残念でした」

いやはや、最高裁って要望書を修習生から受けとることもしないのか……。

「翌朝の日経新聞に、私たちの要望書について『宙ぶらりんになった』と書かれていました。ええっ、そうなの……。驚きました。最高裁は、あくまで私たちの要望書を受けとったことにはしたくなかったというわけです」

目の前の森山裁判官は悲しそうな表情をした。なんとも息詰まるやりとりだ。聞いている修習生からは、誰も何の声も上がらない。

「そしてそのあと何が起きたのか、ご承知のとおりです。終了式のあった4月5日の夜に、最高裁は阪口修習生を罷免したと発表したのです。信じられますか。阪口修習生はクラス委員長として、みんなで決めたことを行動しただけなんです。何も悪いことなんかしていません。式を妨害したとか、混乱させたというのもありません。むしろ、一方的に式を中止してしまったのは研修所当局なんですよ。それなのに、阪口修習生を罷免するなんて……」

ついに森山裁判官は泣き出した。当時を思い出した悔し涙だろう。大粒の涙が出てきて止まらない。

「阪口君は、今も罷免《ひめん》されたままで法曹資格はありません。弁護士としての活動も出来ません。こんなひどいことがあるでしょうか……」

としおたち修習生は、みんな押し黙っている。ハンカチで目の縁を拭うと、森山裁判官は話を続けた。もう涙声ではない。

「このとき、権力に逆らったら、どうなるのか、身に沁《し》みてよく分かりました。でも、それでも、私は、権力の思うままにはならないぞ。その肚《はら》も決めました。せめて、それくらいしないと人間がすたると考えたのです」

いやはや、裁判所で働くというのも大変なことだと、としおは思った。まもるは、いったいどう受けとめているんだろうか……。

「念のために言っておきます」と言って、森山裁判官はきっぱりした口調で付け足した。

「阪口委員長が守田所長のマイクを奪ったなどということはありませんし、守田所長の挨拶に激しいヤジがとんで騒然となって挨拶が中断したということもありません。

任官拒否された7人が話したのは終了式が強制的に終了させられたあとのことであって、終了式の始まる前ではありませんし、終了式のなかで修習生同士で、こぜりあいが起きたという事実もありません。すべて当局側による、とんでもないデマ宣伝です」

怒りがよく伝わってきた。事実をねじ曲げてはいけない。

「矢口人事局長とは、そのあと判事補研修のとき、面接で会いました。そのとき、はっきり言われました。『きみには、地方まわりで辛抱してもらうからな』

ええ、それなら、それでいいのです。私も一人の人間です。権力の言いなりになって動いていく裁判官なんかになりたくはありませんよ」

ずしりと重たい、あまりに重たい話だった。でも、弁護士志望のとしおにとって、所詮は別世界の話だ。他人事《ひとごと》だ。ところが、大池やまもるにとっては自分の問題だ。いったい、どう受けとめたのだろうか。それが心配だ。

大池は歯をくいしばり、涙があふれ出てくるのを必死でこらえている。まもるは相変わらず沈鬱《ちんうつ》な表情のままだ。まもるにとって、今日の話は、あまりにも刺激が強すぎた。まったく考えがまとまらない。頭の中をいろんな思いが激しくぐるぐる回り、止めることが出来ない。ああ、いったいどうしたらいいんだろう。何か正解があるとは思えない話だ。誰か、どうしたらよいのか、教えてもらいたい……。教官はダメだ。百合恵なら分かってくれるだろうか……。いや、やっぱり無理かな。

話が終わったあと、森山裁判官との会食を誘われたが、まもるは振り切った。早く一人になって考えたいと思った。まもるは東京弁護士会館を逃げるようにして後にした。

6月22日（木）

「差別される恐れ」

どんより曇って今にも雨が降りそう、いや、いっそのこと降ってくれたらいい。今日もむし暑くてたまらない。今日は民事記録研究という名目で司法研修所はお休み。ありがたいことだ。給料をもらっているのに、その仕事は勉強すること。その勉強には社会勉強も含まれているというわけ。いやあ、たまらない。うれしいね……。

いよいよ26期青法協の結成総会が2日後に迫った。準備会のメンバーが東京弁護士会館の会議室に集まり、各クラスの到達状況を交流し、総会の進行の打ち合わせをする。B組の14人はD組の18人に次いで多い。少ないF組はわずか5人、J組も8人だ。あとのクラスは、なんとか二桁台に乗っている。合計117人。前回の集計時は94人だったので、この1週間で20人ほども増えた。

一法が「25期は124人でスタートしました。それを上回りたかったな……」とつぶやくと、隣にいた恵美が、「まだまだ、10人以上は増えると思うわ」と楽観的な見方を披露した。いやあ、彼女はたくましい。としおは恵美を見直した。

B組は20人の会員を目指していたし、誰もがその達成は確実だと思っていた。ところが、土壇場になって4人が保留となり、結局、今日まで入会申込書にサインしていない。

百合恵は、はっきりした理由を示さないまま「入会できないわ」と断った。

「なんだか自分は、君たちに置いて行かれた感じがする。そう考えると、元気な君たちとは一緒にやれそうもない。ごめん」

こう言ったのは30代半ばの村澤だ。いかにも気が弱い。これで弁護士がつとまるのだろうか。丁々発止の交渉なんて村澤には出来そうもない。としおは他人事ながら心配する。

任検するか弁護士になるか迷い続けている高垣は、松葉教官からきつく制止されたという。本人が言うのだから間違いない。でも、まだまだ入会を働きかける対象者として6人の名前があがっている。「おやじに電話して相談してみるよ」。父親が元裁判官の弁護士だという吉岡は、こう言った。えっ、こんなことまで父親に相談するものなのかなあ……。としおは理解に苦しむ。まあ、前向きの返事のようだから、良しとしよう。翌日、吉岡は入会申込書を持ってきた。

「おやじは、がんばれよ、いろんなことを若いうちに経験しておくこと、それが法曹としての財産になると言ってたよ。よろしくな」。吉岡は笑顔で野澤に話しかけた。

木之元は「一両日中、待ってほしい」と言った。結局、「ダメだ。すまん」と詳しい理由を明かすことなく、そっけなく断ってきた。福原は取りつく島がなかった。稲見も同じだ。二人とも木之元と同じで入会を断る理由は言わなかった。何かを恐れているのだ。何を心配しているのか、としおには見当もつかない。任官でも任検でもなく、弁護士になろうっていうのだから、何も恐れるものはないはずなのに……。

青法協の呼びかけに、まったく反応しない修習生がいる。山元もその一人だ。弁護士志望の山元の関心は海外にあり、日本が国際社会のなかで生き残るためには何をなすべきか、それを弁護士として考えるのが自分のライフワークだと言い切る。そんな発想は、としおの理解をはるかに超えてしまう。

山元にとって、だから日本の国内で起きている、ちまちましたことなんてどうでもいいこと。狭い司法界のなかのコップの中の嵐なんかにかかずらわっている暇はない。国際社会、とりわけアメリカのビッグビジネスとのあいだで、食うか食われるかの激しい生存競争のただなかに飛び込み、法的知識を活かして日本の企業をサポートしたい。だから、外国との取引、交渉を中心としている法律事務所に入り、アメリカで何年間か勉強してくるつもりだ。

山元は、司法研修所の講義が終わるとビジネス英会話と税務講座に通っている。語学はともかく、何で税務の勉強をするのかと問われ、山元は企業とつきあうのに財務諸表の読み方も知らない弁護士なんて話にもならないという常識を披露した。なるほど、そういうことか……、としおは、たちまち納得した。そんなわけで、山元は大いに忙しい。青法協の研究会に顔を出す暇なんかない。「オレは、やることがたくさんあって、忙しいんだ」。山元がそう言うと、としおには返す言葉もない。

青法協への入会働きかけの対象者をB組であげていったとき、最初は10人以上の名前が挙がった。しかし、みんなで状況を確認していくと、どんどん狭められ、今や4人いるかいないかにまでなっている。

「こっちから壁をつくって、偏見を持って狭めたらいかんぜよ」

一法が冗談めかしてとしおを窘《たしな》めた。でも、現実には、ある程度の元気ある人じゃないと、青法協には入ってくれないんじゃないか。やっぱりエネルギーいるよね。何でも事なかれ主義で、無難な人生を過ごしたいという人には、青法協は向かないだろうし、そこで無理をしてもつまらんだろう……。としおは、そう思った。そして、エネルギーにあふれている人の多くは既に青法協活動への参加を表明している。だから、残っている人たちは、よく言えば慎重居士が多い。考えに考えて足が停まり、なかなか足を一歩前へ踏み出そうとしない人たちだ。入会者の周囲には、シンパ層とでも言うべき善意の人たちがいる。エネルギーを自らの内に秘めつつ、もう一歩のところで足を前に踏み出せずに、ためらっている。こういう人たちの背中をドンと叩いて前へ押し出してやったらいい、それをやりたい。でも、下手に叩いて後ろへ追いやったり、精神的な病気がひどくなって自殺願望にまでならなければいいんだけど……。何が背中をドンと叩くきっかけになるのだろうか。裁判官とか検察官になることを考えている修習生に対して入会を働きかけるか、どうやって入会をすすめるのかは重い課題だ。弁護士になるのと話が違う。うまく採用されたとして、不利に処遇される危険が現実の問題としてある。デメリットを超えるメリットが果たして青法協会員になることに、あるのか。ありそうで、そんなものはなさそうで……。としおの頭の中は、ぐるぐると、いつまでも行きつ戻りつした。差別されたときに、彼らのために何か出来るということは、ほとんど考えられない。もちろん、同じ会員裁判官がいるから、完全に独りぼっちではないだろうが……。その仲間同士の支えが、どれだけ助けになるのか、としおには想像もつかない。

結局、14人の会員ということは、顔ぶれの入れ替わりはあるものの、人数自体は、ほとんど増えていないことになる。4月の歓迎会への参加者が15人。5月にクラス準備会として昼休みに集まったときも、ほとんど同じメンバーの13人だった。

51人のうち14人というのは4分の1。22期では、3分の1、クラスによっては過半数だったというから、やはり減少傾向にあるのは否めない。そして、「全国の学園闘争を担ってきた君たちには大いに期待している」と先輩に言われた割には、それが反映されていない。いやいや、これから、そういう人たちが入ってくることになるはずだ。そうは言っても、反動攻勢というか、逆流現象も強まるだろう。押したり引いたりの綱引きは依然として続いている。

6月23日（金）

相変わらず今日もスッキリしない曇天だ。研修所の門のあたりで目がチカチカしてきた。光化学スモッグのせいだ。やっぱり東京だと主犯は自動車排気ガスなんだろう。

午前中は大講堂で守田所長による2回目の裁判所法の講義がある。退屈さは前と同じで、まったく面白くない。いや、もっとひどくなった。居眠りタイムにしている修習生が少なくない。もし裁判所法の解説が必要になったときには、本を買うか借りるかして読めばいいや。としおは開き直って居眠りを続ける。見渡すと、あちこちで頭が不自然に揺れ、また、じっと固まっている頭がある。

やっと終わった。さあ、活動開始だ。としおは野澤と一緒に食堂に行った。一法も恵美もやってきて、テーブルを囲んだ。なにも会議をしようというわけではない。いよいよ明日に迫った創立総会に向けて、最後の追い込みをお互い確認しようというのだ。といって、何か秘策があるわけでもない。

午後から河崎教官が刑事弁護人の心構えについて講義する。

「刑事弁護人として、警察の留置場に拘留中の被疑者に面会します。被疑者が弁護人である君たちに次のように言ったとき、君たちは何と答えますか。

『一刻も早く、こんなところから出たいんです。ここに長くいたら、会社を首になってしまいます。妻から離婚させられます。取調べの検察官も、自白したら直ぐに外に出してやると繰り返し言っています。私はそれに賭けたいのです。本当は罪になるようなことは何もやっていません。それだけは信じてください。でも、とりあえず認めて、外に出たあとで、先生のお力もお借りして闘いたいと思います』

人間は密室に置かれ、孤立無援の状況だと感じたとき、任意性のある虚偽の自白をしてしまうものなんです。ですから、弁護人としては、留置場のアクリル板ごしに、あなたは決して一人なんかじゃない、味方がいるんです、家族が待ってますよ、そう言って励まし、不安を少しでも取り除いてやる必要があります。そのうえで、自分なりの見通しを立てて、それを被疑者や家族に伝えます。そのとき、状況が厳しいときには、全部かどうかは別として、厳しい見通しも、きちんと伝えておかないと、あとで依頼人そして家族とのトラブルの種となりかねません。そして、これは一定の信頼関係があってのことです。したがって、何回も面会に行って信頼関係をつくっておかなければなりません」

河崎教官の話は、弁護人に名人芸を求めるような印象が強い。それでも、現場百回とか、犯罪の起きた現場に立って考えるという点には、なるほどと目を開かされる。

弁護士倫理は、なかなか厄介なもののようだ。何事も単純明快、直ぐに正解が分かるというものではない。それはそうだろう。世の中のことが、そんなに単純なはずがない。

客観的には、どう見ても有罪の証拠がそろっているとしか見えないのに、被告人があくまで無罪を主張している。その主張に不合理なことがありすぎるようなとき、弁護人は被告人の主張を、そのまま代弁するだけで良いのか。かえって裁判官の心証を悪くし、有罪になるのはもちろん、量刑でも一層不利に扱われてしまうのではないか。そんなときには、弁護人は被告人に対して有罪を認めるように働きかけるべきではないのか。でも、そんなことをしたら、被告人との信頼関係はズタズタに壊れてしまうだろう。いや、そもそも弁護人は被告人との間に、真の意味での信頼関係を築き上げることが果たして出来るのだろうか……。としおは、教室の前方に立ち、右に行ったり左に行ったりして歩きながら話している河崎教官の口元を見つめていた。次々に疑問が湧いてくる。先輩の弁護士たちは、いったい、この疑問をどう考え、解決しているのだろうか、ぜひ聞いてみたいものだ……。

「前にも話しましたが、やってもいない人がなぜ虚偽の自白をするのか、もう一度よく考えてみたいと思います」

河崎の切り出したテーマは、としおも日頃から大きな疑問を抱いているもの。いったい、なぜ嘘の自白をしてしまうのだろうか。最悪の場合は死刑になるのに……。

河崎は机の前に仁王立ちになって、ゆっくり話しだした。

「無実の被疑者が容易に虚偽の自白をするのは、経験則の一つです。なぜ、そのような常識に反することが起きるのでしょうか」

河崎は、ここで言葉を止め、静かな教室内をゆっくり見まわす。生子が軽く咳をした。

「この問題を解明するには人間の心理に対する深い洞察が必要です。心理学ですね」

そうか、弁護士には心理学の素養も求められるのか……。

「警察の留置場が代用監獄として勾留場所とされていますから、24時間、生活のすべてが警察の手の平の上に置かれ、密室での取調べに応じるしかないのですからね」

警察の留置場を正式には代用監獄という。本来なら、取調べにあたる警察とは別のところ、拘置所に勾留すべきなのに、予算の都合上とかいって拘置所を増設せず、警察は留置場内に被疑者を閉じこめてしまう。そして、ときには美味しい弁当を差し入れたり、煙草を自由に吸わせたり、「面倒見」をして被疑者を懐柔しながら「自白」を引き出していく。取調室で愛人に会わせてやった例すらある。

河崎は、「おかしいですよね、これって」と言ったあと、しばらく目を瞑《つむ》って、何やら考えている。河崎教官の指摘で、刑事裁判において弁護人の果たすべき役割をとしおは理解できたように思った。

午後3時からの簿記会計のセミナーに恵美は初めて参加した。1回目も2回目も出たいとは思ったけれど、別の用事を優先させた。3回目なので、どれだけ理解できるか心許ないが、山元が税務講座に通っているという話を聞いたばかりだし、弁護士になったら帳簿を読めないと困るぞと先輩弁護士からも脅されていたから、少しでも理解できればと思い切った。

中講堂に早目に恵美が着くと、通路で百合恵がまもると立ち話をしている。百合恵の柔和な顔がいつにも増して輝いているように見える。そこへ野々山が近づいてきて、百合恵にしきりに話しかける。百合恵は話しかけられたときには野々山に顔を向けるものの、直ぐにまもるの方へ向いて話を続けようとする。いわば、野々山はお邪魔虫だ。やがて、百合恵とまもるは並んで座った。いかにも仲のいいカップルだ。野々山も百合恵の横に座ろうとするが、あいにく別の修習生が反対側からやって来て、その席に座ってしまった。可哀想に、野々山は百合恵にまったく相手にされていない。しかし、野々山本人にその自覚は乏しいようだ。

百合恵とまもるの会話は、講師が講義を始める直前まで声を低めて続いた。百合恵はまもるの耳の直ぐ近くまで口を寄せて話すので二人の顔はくっつかんばかりだ。この二人の関係は怪しい。あまりに親密すぎるわ。女の直感だ。浮気の現場を見てしまったという感じよね。恵美は胸の鼓動が高鳴るのを感じた。すぐうしろの列にいた隈本も同じように感じていた。

創立総会

6月24日（土）

午前中は「交互尋問の研究」というテーマで、刑事裁判・検察・刑事弁護の3教官による合同講義だ。今日も、刑事裁判担当の羽山教官がリードしていく。検察の松葉教官は、羽山に求められたとき、「そうですね」と言って話しはじめるが、いつもの自分の講義のときのような長話はしない。今日の主役は羽山教官だから、自分は脇役に徹するつもり、こんな按配だ。刑事弁護の河崎教官に至っては、まるで狂言回しの役を羽山に押しつけられ、気の毒なほどだ。

いずれ証人尋問を実際の法廷でやらなければならない。大変なんだろうな、やれるかしらん……。3人の教官が代わる代わる、話すのを聞いているうちに、としおは次第に自信を失っていった。としおの気分が、今ひとつ晴れない理由のもう一つは、午後から予定されている26期青法協の創立総会への実際の参加者数だ。どれだけ現実に集まってくれるだろうか……。

昨夜の時点で、入会申込者が150人をついに突破したという。よかったと思った反面、それはペーパー上だけではないかしらん。不安に駆られる。実際に、みんなが総会に顔を見せてくれないと意気が上がらないんだよね。

まもるは、ついに青法協には入ってくれなかった。いったん入会申込書に名前を書いたようだが、渡してはくれなかった。司法研修所の入所早々は、あんなに積極的に青法協の準備会に参加して発言していたのに、任官志望が固まっていくにつれ、足が重くなっていった。いったい誰がまもるに圧力をかけているのか。やっぱり羽山教官なんだろうな……。

３人の教官が合同講義を終えて教室の外へ出ていくのを見届けると、一法《はしのり》が前の方へ進んでいつもの明るい声で呼びかけた。

「今日の午後は、私たち26期青法協の創立総会があります。みんなでそろって行きましょう」

そうだ、そうだ。何も心配することなんてないよと言わんばかりの元気な呼びかけを聞いて、としおは気持ちを何とか切り替えることが出来た。そうなんだ、今さらくよくよ心配したって始まらない。一法のように前向きに考えるしかないんだ……。

一法は野澤の肩に手をかけた。

「まずは腹ごしらえだよな」

「あんまり時間がないから、やっぱり食堂に行きましょうか」

野澤の言葉に誰も異議はなく、みんなそろって食堂に向かう。

「結局、うちのクラスは何人になったんでしたっけ？」

野澤の問いかけに、口をもぐもぐしていた一法が、カレーライスに入っていた固い牛肉の塊を呑み込んで答えた。

「プラスマイナス14人で結局、変わらなかったよ」

「そうですか、もう少し増えると思ったんですけどね……」

土壇場になって撤回者が一人出て、新しく入会者がいて、保留の人は４人とも保留のままなので、結局、14人のまま、人数は増えなかった。だから、Ｂ組のメンバーには、達成感が今ひとつ乏しい。

「まあ、実務修習中に入会する人もいるだろうし……」

一法は、いつもと同じく前向きで、楽観的だ。どうしてこんなにいつも楽観的に世の中のことを捉えられるのか、いつも悲観論に走ってしまうとしおは不思議でならない。

「そうですね」としおは、それしかないと思いつつも、現実には増えることはないだろうと悲観している。

会場の東京弁護士会館に、としおと恵美は早めに出かけた。二人とも受付要員になっている。受付開始時刻は午後2時、創立総会が実際に始まるのは午後2時半という予定だ。午前中の講義を終えて、普通に昼食をとったら、ちょうどそれくらいになる。

としおは3階の講堂前の受付そばに立って、参加者を出迎えることにした。青法協の会員弁護士の方が早々とやってきたが、肝心の修習生の出足はよくない。そう思って心配していると、やがて修習生が集まり始めた。大丈夫だろうか。受付から後ろを振り返って、講堂内を見まわしても、まだ、せいぜい50人ほどだ。やっぱり心配だな……。修習生は入り口付近で見知った顔を見つけると、そのまま、そこらにたむろして立ち話を始め、なかなか講堂内に入ろうとはしない。

午後2時を少し過ぎたころ、修習生が群れをなして次々にやって来た。昼食を一緒にとったのか、クラス単位なのか、ドヤドヤとうるさいくらいに元気よく修習生の一団が次々にやって来て、受付の前に行列をつくって並んだ。よかった、よかった。恵美も先ほどまでは眉間にしわを寄せて深刻そうな顔をしていたが、うれしそうな笑顔に一変した。

「もう100人は超えたみたい」

また、一塊りの修習生の群れがやって来た。その一人に恵美が資料を手渡そうとすると、目の前に峰岸が立っている。恵美と目が合うと、なんだかばつが悪そうな顔をしたが、「ありがとう」とだけ言って資料を受けとり、そのまま講堂のなかに入っていった。

「あら、彼って入会していたかしら？」

恵美は隣のとしおの耳元に口を近づけて尋ねた。

「だれ、彼って？」

としおは峰岸が来たことに気がついていなかった。

「峰岸が入会したなんて、聞いていないよ」

としおの答えを聞いて、恵美は首を傾げた。

「やっぱりね。じゃあ、偵察に来たのね。見かけ以上に勇気あるってことだわね」

恵美が呟《つぶや》いていると、「早く、資料ちょうだい」と目の前に立ったA組の修習生が催促する。「はい、はい」、そうでした、峰岸に気をとられている暇なんてないのよね。

やはり午後2時半近くがピークになった。忙しさにまぎれて恵美の頭から峰岸のことはきれいサッパリ消え去った。

峰岸は顔見知りの修習生に軽く手を挙げて挨拶すると、中ほどの空いている席に静かに座って、手にした資料に目を通し始めた。

会場は、いつのまにか空席もないほどに埋まった。よかった。よかった。よかった。としおは講堂内の様子を確認し、ようやく胸をなで下ろした。なんといっても数は力なり、だ。この日の最終的な集計によると、創立総会には26期司法修習生が108人参加した。この時点での入会者は153人だ。500人の修習生の3割が青法協の会員ということになる。

定刻より少し遅れ、創立総会が始まった。受付に一人だけ残して、としおたちも会場に入った。司会する議長団は3人。その一人、一法が力強く開会を宣言した。まず初めに25期青法協の代表が連帯の挨拶をする。

「青法協は、18期から22期までは黄金期と呼ばれ、誰からも何の攻撃を受けることなく、元気に生き生きと活動していました。22期の青法協会員は200人を超えています。これは修習生の過半数が青法協の会員だったと言うことです。

それが、青法協攻撃が始まって以降、次第に会員が減り始めました。22期のとき、初めて新任拒否、裁判官になろうとした青法協会員である大深修習生が任官を拒否されました。

そして、青法協会員は、23期170人、24期140人、25期130人と、年々、少しずつ会員が減っていったのです。ですから、今日、26期青法協が晴れて150人を超える会員数で結成されたということは、ここで盛り返したということになります。日本の司法の前途にとって、まことに喜ばしい限りです」

青法協裁判官部会から励ましのメッセージが届いていた。議長の一人が紹介する。そして、準備会を代表してF組の修習生が本日の総会に至るまでの歩みを報告した。淡々とした口調ではあったが、教官からアカ攻撃を受けるなかで150人もの会員を確保するというのは、やはり大変なことだった。その実感がこもっている。そのあと、今度はC組の修習生が規約と当面の方針案を提起した。

続いて、質疑応答と意見交換に移る。あらかじめ、司会団から発言するよう根回ししていた人だけでなく、2人が手を挙げて意見発表を求めた。うれしい誤算だった。やはり、何か一言いいたい修習生は少なくなかったのだ。新任拒否の不当性、司法研修所のカリキュラムの改善要望、そして司法を取り巻く情勢の厳しさについて指摘する声が相次いだ。修習生による実務修習地ごとの統一要望書運動の到達点についてのは修習生以外にその意義を語ることは出来ない。

質問として、弁護士会をどう見たらいいのかという提起がなされた。これについては、先ほどの25期修習生が代わって答弁した。

「今、日本の法曹人口は1万5000人ほどです。人口1万人あたり弁護士が1人になるかならないかという比率です。実数でいうと、9200人。裁判官が簡裁判事800人を含めて2600人。検察官は、副検事1000人を含めて3000人。

弁護士会は、ご承知のとおり、弁護士として活動する以上、誰でも入会しなければいけないという強制加入団体ですから、その内部に、さまざまな思想傾向の弁護士がいるのは当然のことです。日本の弁護士の中には財界べったり、資本家本位の考えをし行動をする弁護士だっているわけです。それでも、日本の弁護士には、伝統的に反権力意識、在野精神が脈々と根付いているという誇るべき伝統があります。そして、市井で活動する多くの市民派弁護士を切り捨てるわけにはいきません」

これに対して、野澤が手を挙げて質問した。

「弁護士会の体質って、かなり保守的なような気がするのですが……。役員選挙もきちんとやられていないみたいですし」

「たしかに」と、答えが返ってきた。「日弁連会長は公選制になっていませんし、各地の弁護士会でも話し合いによって、いわば長老たちがたらい回しで決めているというところが少なくないようです。でも、それも、皆さんが弁護士として活動するころには、きっと変わっていると思います。いつまでも旧態依然というわけには弁護士会もいきませんよ」

それはそうだ。これだけ青法協の会員の比率が高いというのに、弁護士会でボスがたらいまわしで役員を決めるなんて、ありえないだろう……。としおも同感できる答えだった。

活動方針と規約が、多少の手直しを加えてほぼ原案どおり承認された。あとは役員人事だ。建前としては総会の席上で立候補を受け付けし、意見表明してもらって選挙で決めるということだが、そんなことをしていたら時間がかかって仕方がない。準備会として用意した役員リストを発表し、それを承認してもらうことになった。異論は出ない。また、出ようはずもない。

すべてが終了したときには、夜の9時を過ぎていた。さあ、終わった、終わった。懇親会に繰り出そう。クラス毎に別れて有楽町の方へ流れていく。としおは恵美に追いついたとき、峰岸が総会に来ていたことを思い出した。周囲を見まわしてみたが、見あたらない。いつのまにか、こっそり姿を消したのだろう。峰岸のことなんて、どうでもいいや。としおは頭を軽く振って、忘れることにした。後ろから野澤と一法も追いついてきた。

有楽町駅の近くの大衆居酒屋に入り込んで、まずはビールで乾杯だ。野澤も創立総会が無事に成功して機嫌が良い。ビールを一気に飲み干し、しきりに話しかけてくる。何から話そうか、話し込むべきことは山のようにある。

青法協の創立総会にぶつけて別の講演会が企画された。こちらに出席した山元は話の内容に先ほどからついていけなかった。講師は飯守重任・元鹿児島地裁の所長だ。札幌で平賀地裁所長が国の立場で福島判事に裁判干渉を起こしたとき、平賀所長をかばい、むしろ青法協の裁判官こそが問題だと攻撃した。飯守元所長は、行政庁の判断をまずは司法も尊重すべきだと主張する。三権分立より行政判断が優先するという話に、山元は違和感を覚える。司法が三権の一翼を担っているというプライドが欠けているのが信じられない。

山元にとって、アメリカ型の三権分立は民主主義にとって不可欠なものだ。司法は行政権力とは一定の緊張関係にあるべきで、ときの権力の言いなりになってはいけない。

飯守元所長の話は、まるで昔の日本に戻れといっているとしか聞こえない。実際、話をすすめるなかで、昔は良かったと言わんばかりの話になっていった。古き良き時代といって、戦前の日本を美化するなんて、山元の合理的思考スタイルには考えられもしないこと。

じっと飯守元所長の話を聞いているうちに頭が痛くなってきた。首筋に手を当てて揉んで血行をよくしよう。いやいや、そんなことではダメだ。身体が拒否反応を起こしている。

山元はD組の修習生に今日の講演会に誘われた。司法修習生のなかにも、右翼的傾向の人たちがいて、青法協が大手を振って研修所で闊歩《かっぽ》しているのを快く思っていない。この中心メンバーは、元自衛官や元警察官たちだ。人数は多くないが、ときどき研修所内でチラシを配って、講演会への参加を呼びかけている。今日は、26期青法協の結成総会にぶつける企画として開催された。

皇居に面した東京商工会館の会議室には、そこそこの人数が集まっているが、山元の知った顔の修習生はそれほどいないので、修習生がどれだけ参加しているのかは分からない。

山元が、この講演会に誘われた理由ははっきりしている。山元が日頃、アメリカは素晴らしい国で、日本の目指すべき方向だ、日本の平和はアメリカのおかげで守られていると高言しているからだ。だから、山元を右翼と勘違いしたのだろう。しかし、山元自身は、自分を根っからの自由主義者だと考えている。アメリカの民主主義を評価しているのであって、黒人差別を是認するような遅れたアメリカまで肯定するつもりはない。

ただ、アメリカのベトナム戦争については、共産主義の脅威から救うため、現地政府から応援を求められたのだったら、やむを得ないものと考えている。つまり、単純にベトナム戦争反対と叫ぶことはしない。といっても、このところベトコンの勢力が強くなっていて現地政府にどれだけの実体があるのか、心許ない限りだ。だから、ひょっとして、ベトナム戦争は間違っているのかもしれないと疑い始めている。ただ、それもまだ口に出して言うより、模様眺めの段階だ。

頭が痛いのは止まない。会議室内の淀んだ重苦しい空気のせいだ、きっと……。もう、出よう。いや、今出たらまずいかな。かまうものか、トイレに行きたくなった振りをすればいいだけだ。しばし、山元は葛藤したあげく、トイレにそっと駆け込む振りをして部屋を抜け出した。

外に出て皇居の濠に向かって大きく背伸びをすると、嘘のように頭は軽くなった。

脱会工作

6月27日（火）

午前中は小野寺教官の民弁起案講評だ。要件事実にそった起案が大切だと何回か繰り返したうえで、声を落とした。さらに大切なことを伝えたいという気持ちが伝わってくる。

「準備書面というのは、結局、裁判官に読んでもらわないといけないものです。つまり、裁判官が読んで、なるほど、この事案はこういうことだったのか、そうか分かったぞと思ってもらう必要があります。そのため、できるだけ平易な文章で書くようにします。そのうえで、読み始めたとたん、あっそうか、そういうことかと思わせ、さらに次は何と書いてあるんだろうかと興味を惹きつける工夫を凝らす必要があるのです。少なくとも、私はそのように書く努力をしています」

ええっ、法律構成だけじゃなくて、読ませる工夫も必要だというのか、それは大変だ。弁護士には文章力まで求められるのか……。

「そのためには、たくさん本を読む必要があります。忙しいなんて言わずに、おおいに本を読んでください。やはり、ここは普段からの心がけ次第です」

としおは、このところあまり本を読んでいないことを反省せざるをえない。

講評の終わるころ、小野寺教官は教室内をゆっくり見まわした。

「個人にしろ企業の担当者にしろ、私たち弁護士の前には暗い顔をしてやって来る人がほとんどです。それをそのまま暗い顔で帰してはいけません。少しでも明るい顔になって帰っていただく必要があります。いろいろ難しい問題があります。あとは、あなたがよく考えて決めなさい、なんて突き放してはいけません。難しい問題状況のなかで、私ならこうしますよ、と一緒に考え、行動することを提案するのです。すると、目の前のクライアントは少し肩の荷が軽くなります。そこから信頼関係が始まります」

としおはなるほどと納得できた。暗い顔のまま客を帰してはいけない。突き放してはいけない。この二つは肝に銘じておこう。ノートに書きつけ、目立つように赤エンピツで大きく囲んだ。

昼休み、としおは野澤と二人して、B組のクラス全員の机上にB組青法協ニュース第1号を配ってまわった。創立総会の報告のほか、労働組合訪問の呼びかけと公害問題での現地調査の案内が載っている。

一法《はしのり》がクラス独自の青法協ニュースをつくろうと言い出した。青法協がどんな活動をしているのか、非会員の修習生の目に見える形にしようというのが狙いだ。学生時代にセツルメント活動をしていてガリ版印刷を得意とする野澤が編集責任者を買って出た。他のクラスでも、同じようなニュースを発行する動きがある。お互いに少しでも良いもの、読まれるものを出そうと競争した。

百合恵は判例集で調べようと思って図書室に入っていった。まもるが目ざとく見つけて図書室に入っていく。ニュースを配り終えたとしおは刑事判決起案の参考書を求めて図書室に立ちいった。すると、まもるが百合恵に向きあって、何かを言っている。いや、何かまもるが頼み事でもしている様子だが、百合恵のほうは素っ気ないそぶりだ。

としおは、この二人、何だか怪しいと思った。鈍感なとしおからしても、二人の態度は何かを感じさせるものがある。としおは、二人に気づかれないように、早々に図書室を退散した。

午後からの刑裁起案講評はきつかった。前期修習も終わりかけたせいか、これまでにもまして羽山《はやま》教官は容赦ない。個人名こそあげないが、書いた本人には分かるような言い方をするので胸にぐさりと突き刺さる。

やれやれ、やっと終わった。ぐったり疲れてしまった。としおは、愛用の黒カバンに白表紙教材、模範六法、返ってきた起案、ノートをのろのろと詰め込んだ。判例つきの模範六法を常時持ち歩くのは修習生の義務のようなものだ。たまにコンパクト六法でごまかす修習生がいるけれど、それでは足りない。だから、カバンは、いつだってずしりと重たい。

研修所を出て、そのまま歩いていつもの喫茶店「ニューポプラ」へ向かう。青法協の会員だけで自由におしゃべりをしようということで、集合がかかった。

日曜日、沖縄の県知事選で屋良知事が圧勝した。野澤は、そのことを素直に喜んでいる。本当にそうだ。長くアメリカ軍の統治下にあったから、沖縄の人はみな怒っているんだよね。

任官拒否のことが話題になった。としおは、ふと気になって、真向かいに座り、のんびりコーヒーを飲んでいる大池に声をかけた。

「羽山教官宅にはもう行ったの?」

大池は渋い顔をして、「いや、まだだよ」と答えた。大池は羽山教官の自宅へ訪問すること自体に気がすすまない気配だ。それでも、任官志望組は、全員もれなく行っていると、まもるは言っていた。そりゃあ、まずいんじゃないか……。

「まだ行っていないんだったら、早めに行って置いたほうがいいと思うよ。まもるだって行ってるんだよ。まもると一緒に、今度、連れて行ってもらったらいいよ」

大池は、あごに手を当てて、「うーん」と言ったきり、何も言わない。

「いやいや、こういうことは早いほうがいいよ。何なら僕のほうから、まもるに頼んでみようか」

一法《はしのり》が横から、「うん、そうしてもらったらいいよ」と応援する。それで大池もようやくその気になったらしく、「じゃあ、頼んでみてくれるかな」と言った。

田端教官

田端は修習10期生として青法協会員のまま裁判官になった。当時は、成績のいい人ほど青法協に入る傾向があったし、誰も会員かどうか気にもしていなかった。田端は、会員といっても格別、何もしていない、せいぜい機関誌を読んだりする程度の会員だった。

ところが、西郷法務大臣の発言があってから急に風向きが変わった。上司から青法協を脱会するように迫られた。初めのうちは形ばかりのものなんだろうと軽く考えて、放っておいた。たしかに、初めの上司はそれで良かった。ところが、次に上司になった裁判官は、そんな悠長な対応を許さない。狭い部屋に田端ひとりを缶詰にして一対一で責め立てた。ついには、「業務命令なんだよ、これは」とまで言い切った。そこまで言われたら観念せざるを得ない。それほど会員としての信念があるわけでもないので、上司の目の前で脱会届を書いた。いや、書かされた。一言一句、上司の言うとおりに、おかしな文章だと思いつつ、そのとおりに書いた。それで終わったつもりでいると、そうではなかった。

　まず、青法協本部に配達証明つきで脱会届を郵送するよう指示された。それは形式だから、まだいい。青法協本部ってどこにあるんだっけと言いながら、郵便で送った。次がひどい。同期の会員裁判官を誰でも良いから一人脱会させろというのだ。これにはまいった。頭が変になりそうだった。これをやらないと、「次の任地がどうなるか分からんぞ。片田舎へ飛ばされてもいいのか」、こう迫られると、年老いた親を抱えての地方勤務は勘弁して欲しい。仕方がない。それで、親しい同期の会員裁判官に訳を話して助けてくれと泣きついた。

「田端が助けてくれというのなら、脱けてやるよ」

　その会員裁判官は、抵抗することなく青法協本部へ脱退通告書を送った。

　ああ、いやだ、嫌だ。こんなことはやめよう。もう社会的に関わりのあるようなことは止めておこう。青法協攻撃に加担するようなこともしないぞ。そんなのは御免蒙る。あとは、法理論の世界に没入して生きていくことにしよう。田端は固く心に決めた。

　司法研修所に入ってからも、政治には関わらないつもりだった。ところが、同僚の羽山教官がしつこく迫ってくる。何しろ所長そして事務局長の意向を受けてのことだから、無下に断ることも出来ない。許されないのだ。放っておいてくれない。

「修習生のクラス討論を傍聴してきてほしい」。そんなことは他人に頼まないで、自分ですればいいものを、こんな汚れ仕事を羽山は平気で押しつけてくる。それで、B組でクラス討論をするときには素知らぬ顔で傍聴するようにした。

羽山は田端より期も若いのに、田端を部下同然に使おうとする。教官のなかで一番若いと思われている羽山は、にもかかわらず一番の情報通だ。そして、すべての人事情報を握っていないと気が済まないタイプの人間だ。羽山の机の上には、反共雑誌『全貌』がいつも載っていて、愛読している。そこで仕入れた、どうでもいいような情報を自慢話として披露する。

「そうですよね」「すごいですね」「ええっ、そんなことまで知ってるんですか？」

こんな言葉とともに称賛されるのが羽山にとって無上の喜びだ。逆に、無視されたときなどには、とんでもなく怒り狂う。

羽山情報によると、日本全国に３００人もの青法協会員裁判官がいて、当局は会員裁判官をＡＢＣの三つのランクに分け、個別に脱会工作をすすめているという。

羽山自身も青法協の会員だったが、いち早く脱退し、その痕跡も残さないようにした。そして、仲間の会員裁判官の脱会を働きかけた。うち二人は確実に会員をやめた。そのうちの一人は裁判官もやめて弁護士になったようだ。いずれにせよ、羽山の行動力は、当局から高く評価されている。

田端にとって困ったことは、羽山が田端を一方的にライバル視していることだ。期が異なるのに、羽山より田端のほうが任地が良かったというのを気にしているのだ。そんなことはないと思うのに、羽山の嫉妬心は解けない。かまってほしくはない。放っておいてくれたらうれしいのに……。

6月29日（木）

労組訪問

午前中の講義のなかで、田端教官が裁判官と学者の違いについてコメントした。

「裁判官は学者と違って、いよいよというときには決めなくてはいけないんです。本当のことを言えば、よく分からないときでも、判断の先送りは許されません。ともかく結論を決めて判決を書かなくてはいけないのです」

「学者も同じでは？」まもるが手を挙げて質問した。

「いや、学者はいろんな説を並べ立てて、その優劣をあれこれ議論してみせますよね。そのとき、分からないことは、まだ自分には結論を決めかねていると言って、判断を先送りすることが許されるのです」

「なるほど、そうですね」まもるは、あっさり認めた。

「学者は分かってないことを分かったと言ってはいけません。分かってないことは、分かってないとすることが、むしろ必要です。そこが裁判官と決定的に違います」

「なるほど、違いがあることがよく分かりました」

田端は、さらに続ける。

「学者は少数意見を言うことに価値があります。いつもみんなと同じことを言うだけでは存在する価値がありません。一歩でも二歩でも従来の通説と違ったことを言う必要があるのです」

「たしかに……」誰かが呟《つぶや》いた。百合恵のようだ。

「だから、学者は最高裁判決に少数意見がついていると、それを過大に評価したがります」

「そうですね」

「裁判官は実務にたずさわっていて、判決を書かなくてはいけませんから、そんな少数意見はほとんど無視してしまいます。まあ、過小評価してるってことにもなりますかね……」

昼休みに、としおは食堂へまもるを誘った。食事をしながら、としおはまもるに大池を羽山教官宅へ一緒に連れて行ってほしいと頼んだ。カレーライスのスプーンをしばし止めて、まもるは頭をひねった。

「うん、僕はいいよ。でも、実際に手配しているのは、うちのB組で言うと峰岸なんだよ。だから、僕から峰岸に言っておくね」

「いやあ、ありがたい。やっぱり、持つべきものは友だよね」

としお自身は、峰岸とはどうしても肩あいが異なるし、反《そ》りが合わない。だから、自分から峰岸に頼む気にはなれない。会員でもないのに青法協の結成総会に参加するなんて……。

教室に戻ると、としおは野澤と二人でB組青法協ニュース第2号をクラス全員の机上に配布した。

前期修習の終了が目前に迫っている。7月に入って、青法協の企画は目白押しで、消化不良を起こしそうだ。地域で頑張っている合同法律事務所の訪問、青法協会員裁判官との懇談、公害弁護団と一緒の現地調査などだ。としおは、これらの企画に、全部ぜひ参加したいと思った。みんなは無理だとしても、出来るだけたくさんの現場を修習生のうちに見ておきたいと思った。

まもるも、それは同じ思いだ。先日の青法協会員裁判官による阪口修習生の罷免の話は、あまりにも衝撃的だった。もっと現実を知らないといけないと痛感した。ともかく自分に入会するほどの勇気があるとは、とても思えないので、やめておくことにした。研修所では、「さわらぬ神にたたりなし」とばかり、沈黙は金という格言が今も脈々と受け継がれている。

隈本が峰岸を誘って研修所の外で一緒に昼食をとった。このとき、隈本は峰岸にまもると百合恵の二人は怪しいと告げた。峰岸にも思いあたるところがあった。

昼休みが終わりかけたとき、やっと峰岸と隈本の二人が教室に戻ってきた。まもるは、近づいて峰岸のほうに身を寄せた。「うーん、どうかなあ」峰岸は自信がないという反応を示した。予想どおりだ。「羽山教官は別の人を指名していたしね……」。まもるは、「まあ、一緒に連れて行こうよ。一人くらい増えても、怒られないいさ」と軽い口調で応じた。

まもるは、峰岸に大池の訪問話を伝えるだけは伝えたのだから、それで良しとしようと考えた。それから、大池に羽山教官宅訪問の日程を連絡した。この日がまずければ、別の日にするしかない。

民事裁判の講義が終わると、としおの机にまもるが近寄ってきた。労働組合訪問に出かけるためだ。としおがまもるに声をかけて誘うと、まもるは、「ぜひ参加したい。一緒に行きたい」と即答した。これには、としおが驚いた。青法協への参加を踏み切れなかったまもるが参加するはずはないと思っていた。それでも声をかけて誘ったのは、友だちの礼儀上、声くらいかけておこうと考えたから。ところが驚いたことに、直ぐに一緒に行きたいという返事がまもるから返ってきたのだ。これは青法協の活動なんだよ、それでもいいんだね。そんな野暮な念押しはしなかった。それこそ、まもるを侮辱するような問いかけだろう。

裁判官志望を固めている自分にとって、一度は生《なま》の労働者に接し、労働組合の実体なるものを直接に見聞したいと、まもるは考えた。これは、青法協の会員になるかどうかとはまったく別の次元で、今の自分に必要なことだと思えた。今日は、簿記会計の4回目の講義があるので、それを受けられないことになる。でも、簿記会計よりも生きた労働組合の姿を見てみたい。自分自身に、よくよく言い聞かせて納得させた。百合恵と一緒に講義を受けられないのも残念だけど、それは、明日、5回目の講義があるので、そこで埋め合わせしよう……。

目指す労働組合は、大田区下丸子にある。全国金属という戦闘的な上部団体に所属している労働組合で、活発に活動しているという。

「ここらあたりは、全金銀座とも呼ばれています」

野澤が予備知識を披露した。大小の工場が、びっくりするほど多い地域だ。歩いていると、今日も目がチカチカしてきた。光化学スモッグだよね、これは……、なんて話しながら工場内に入り、受付でネームプレートをもらった。守衛が電話をかけると、若い男性が自転車に乗って、直ぐに受付にやってきて、労働組合事務所に案内した。古ぼけた木造の組合事務所が、工場の横に隠れるようにしてあった。中に入ると、周囲の壁は、古いポスターまで、べたべたと貼りめぐらされている。部屋の隅には黒ずんだ謄写機セットがあり、現に二人の労働者が印刷していた。野澤が指さして、「僕らが学生時代に使っていたのよりも立派ですよ」と感嘆の声をあげた。この労働組合は、まだチラシなどを手作りしているようだ。制服姿の若い労働組合員がしきりに出たり入ったりする。なるほど、組合活動は活発なようだ。

委員長は、今日は不在だというので、30代後半としか見えない労組の書記長が、そこに居合わせた若い労働者をそばに座らせて、としおたちの質問を受けた。としおたち修習生8人は、広くない会議室で向き合うように座った。まずは職場の様子を教えてくださいと野澤が求めたので、労働者のほうから自分の職場は、こんな状況ですという話が出た。ベルトコンベアーに向かって座って作業するのは大変だし、重たい荷物を抱えて運ぶ途中で発生した労動災害の話、高炉の前での高熱作業で塩を舐め舐め仕事をしている話など、聞いている修習生は想像すら出来ず、ぽかんとした顔をしている。

労働者といっても、結局は普通の人なんだよね。まもるは、その点だけは実感が湧いてきた。こういう人たちが日本の社会の底辺を支えているんだね。

現場の話が一区切りついたとき、まもるは書記長に向かって、「司法界に期待するものって、何かありますか？」と問いかけた。小柄で、ガッチリした体型の書記長は、「うーん」と唸って考え込む。

「そうですねえ、まあ、正直なところ、司法なんて、あんまり縁のないところですし、期待なんかしてませんね」

あからさまに司法に期待なんかしていないと言われて、まもるは気落ちして次の言葉を失った。そこで、としおが代わって二の矢を繰り出した。

「どうしてですか？」

まもるの落胆した顔を見て、何か尋ねなければいけないと考えたのだ。

「だって、司法界って大企業とか金持ちの味方をするという体質があるところじゃないですか。毎日の新聞を読んでいると、労働者が負けて、大企業が勝つものばかりじゃないですか。ですから、私なんて、ついつい、そのように思ってしまいます」

なるほど、そういうことか……。それは、まったくそのとおりだろう。まもるは素直にこの答えを受け入れた。

「分かりました。それでも、裁判官に対して期待するものって、何かありませんか？」

気をとり直したまもるが質問第二弾を繰り出す。

「まあ、やっぱり」書記長は口癖なのだろう、何かにつけて「やっぱり」を連発する。

「やっぱり、事実から目をそらしてほしくないって言うことですかね」

「えっ？」まもるが訊き返した。

「ほらやっぱり、事実をまっすぐ正面から見つめるって、すごく勇気のいる仕事ですよね」

「たしかに」、としおが小さな声で叫んだ。

司法研修所に入って、要件事実を徹底して重視する教育を毎日受け、条文の構成要件に生の事実をいかに当てはめるか、そればっかり考えるようになっていたまもるにとって、頭をガーンと殴られたほどの衝撃を感じた。そうか、やっぱり生《なま》の事実というのを大切にしないといけないんだよね。

6月30日（金）

午前中は河崎教官が弁護士倫理を講義する。理論的にどうなるということではなく、現実問題として、どうしたらよいかを考えさせようとする内容だ。

「一人で弁護士をしているときが、とくにそうなんですが、お金の誘惑に負けそうになることがあります。しばらく事件を受注していなかったり、収入が乏しく、預金口座にあまり残がなかったというときが必ずあります。そんなとき、こんな事件を受けてもいいものだろうか、こんな人を依頼者にしてもいいものだろうか……。こんなときに、どうしたら良いと思いますか？」

河崎は、その答えを言う前に修習生に自分の頭で考えることを求めた。

ふむふむ、大事なことだぞ、これって……。としおは、聞き落とすことのないように身を乗り出した。

「私は、そんなときには、困ったときには、ぜひ同期の仲間に会って率直に相談することを、強くおすすめしたいと思います。そして、そんな相談に乗ってもらえるためには、日頃から同期とのつきあいを良くしておくことです。同期会の誘いには、毎回出れないとしても出来る限りタクシーを使ってでも出席するようにしましょう」

河崎の話は、至極もっともな内容で推移した。今のとしおにとって、誘惑というのが具体的にはどんな形でやって来るのか、もうひとつイメージが湧く話ではない。しかし、大切なことであることは間違いない気がした。

午後から、大講堂で一般教養の講演がある。現職の最高裁判事が話す。くだけた内幕話でもしてくれるのかと少しだけ期待していると、今日も、その期待は見事に裏切られた。たちまち睡眠不足をカバーする場と化した。

講演は、いつの間にか終わっていた。眠気さましにとしおは研修所の外に出てみた。今日も東京は、光化学スモッグがひどい。こんな大東京で、いつまで人間が住めるのだろうか。心配だなあ……。

簿記会計の特別ゼミに百合恵が出席しているのを横目で見ながら、まもるは峰岸たちと一緒に研修所を出た。百合恵は遠くから見ていて何も言わなかった。まもるたち一団がどこかへ行こうとしているのを察知したからだろう。

大池が、その一団に加わっている。峰岸が先頭に立って進み、羽山教官宅にたどり着いた。峰岸、まもる、隈本《くまもと》の後ろに大池が顔を出すと、羽山は、こりゃ驚いたという表情をあからさまに示した。予期せぬ珍客到来というわけだ。大歓迎というわけではないが、さすがに追い返すというような野暮なことはしない。

「よく来てくれた。まあ、みんな上がってくれ」

広くない応接間に案内すると、大池以外は、勝手知ったる我が家と言わんばかりに、ビールのコップを並べたり、テーブルセッティングを始めた。勝手が分からない大池は黙って座っている。奥様手作りの料理をたいらげたあと、そのまま歓談を続ける。羽山の機嫌は良く、今日もとっておきのジョニ黒を取り出してきて、ウィスキーの入ったグラスを揺すって、氷をカラコロ音を立てながら話す。

24期の新任拒否者に話が及ぶと、羽山《はやま》は自信あり気に言い切った。

「あいつは、てんでダメだった。あれじゃあ、任官できないのも無理はない」

最高裁と同じく、成績が問題だという。隈本は、名指しされた24期の修習生を高校の先輩を通じてよく知っていた。成績優秀なことは折り紙つきだし、東大を出て2回目で司法試験に合格している。問題なのは青法協のアクティブな会員だということだけ。周囲はみな、そう考えている。社会に目が開いているし、いつだって何か一言ものをいわなければ気が済まないという性格の持ち主だ。協調性にやや欠ける嫌いがないわけではない。ただ、ここで羽山に反論しても意味がないので隈本は黙っていた。それにしても、羽山は教官として24期を教えたはずはない。どこに接点があったのだろうか……。

まもるも大池も、全く知らない人についてのことなので、「ああ、そうなんですか」と適当に話を合わせ、羽山のご高説を拝聴した。峰岸が一人、「やっぱり、そうだったんですね」と羽山に迎合した。そして、続けてこう言った。「教官、私たちは、皆、大丈夫ですよね?」

羽山は、この質問に即答はしないで、グラスを右手に持ったまま一人ひとりの顔を見回した。

「うん、みんな大丈夫だ。俺が責任を持つ」

大池と目があったとき、羽山は目を逸《そ》らしたような気がした。まもるは、羽山の口調がいつもと微妙に違うように思ったが、気のせいかもしれない。羽山が皆、大丈夫だというのだから、深追いはやめておこう。心配しすぎはよくない。大池は羽山の顔を見つめ、そして下をうつむいた。

羽山教官宅から帰るとき、峰岸がカバンのなかをごそごそさせているうちに隈本やまもる、大池より後になった。その機会を利用して、まもるが百合恵と親密な関係にあると峰岸は羽山教官に耳打ちした。クラス教官として知っておくべきだという峰岸の判断からだ。

隈本《くまもと》健三

隈本は、いつもクールだ。冷めている。冷笑的《シニカル》と言っていいのかもしれない。法律の議論を聞きつけると、何か一言は言わないと気が済まないようで、いつも議論の輪に割って入って口をはさむ。斜に構えた議論を吹っかけることがほとんどだが、誰も考えつかなかった視点からの論点を鋭く提示して切り込むことが多いので、周囲からは一目置かれている。

隈本は青法協の活動にはまったく関心を示さないし、関わろうとはしない。だから入会をすすめるリストには初めからはずされている。

東大の卒業生で、東大闘争のときには、まもるや角川とは違って本郷にいて、法学部では全共闘の熱心なシンパとして活動していた。自己の存在への根源的な問いかけというのに心惹かれた口だ。自分の存在への問いかけというのは家庭環境も左右している。隈本の父親は、東京高裁の刑事裁判官として有名だ。だから、まさに体制内の上層にいる父親への反発もあったのだろう。だから、東大解体だっていいんじゃないの、そう割り切った発言をしていた。ところが、闘争が収拾して授業が再開すると、一変して、大教室の最前列組に仲間入りして、猛烈に勉強を始めた。先に国家公務員の上級職試験に合格し、あわせて司法試験も角川やまもるほどではないが、そこそこ上位で合格した。並みの東大生より、よほど要領がいいのだ。

司法研修所に入ってからは、反法連に近づくことはしなかった。政治活動からはきれいに足を洗ったと自ら言いふらした。バリアーを張って昔の活動家からの誘いを受け入れないようにしたのだ。

検察庁で被疑者を取調べする修習を拒否しようという反法連の呼びかけに対しては、もったいない、貴重な機会をみすみす逃すなんて、と大きな声で批判した。それを聞きつけた反法連の笠《りゅう》から激しく喰ってかかられた。もう父親への反発、体制への嫌悪感というのは捨て去ったのだろう。

隈本は、当然のように任官を志望しているが、自分は行動しない、当局から睨《にら》まれないように逃げまわるだけだと、いつも自らを卑下した調子で弁解する。その点では、萎縮しきった修習生の典型だ。起案は早く、さっさと書きあげ、麻雀仲間を求めて探し歩く。ところが、いつも起案の出来は良いらしく、教官の起案講評のとき、よく出来たものとして紹介されることがある。頭がいいだけでなく、手抜きもうまいのだ。だから、いつも起案が高く評価されるとは限らない。麻雀とプロ野球観戦の合間に起案をやっつけるというタイプの典型的な修習生だ。

隈本は驚くほど、司法界の内部情報に通じている。父親が有力な情報源の一つになっているのだろう。司法研修所内部の教官人事にも詳しいので、別のルートで人事情報を仕入れている可能性がある。まるで裁判官の人事情報が隈本のもとに集中する仕掛けが出来上がっているかと錯覚させるほどだ。人事情報の一環として、青法協会員裁判官に対する脱会工作のえげつない内情まで隈本は知っていた。そして、司法研修所内部の人事についても、驚くほど詳しい。裁判官の誰が、どこから来て今どこにいて、次はどこに行くのか、本当によく知っている。そして、これは裁判官全体の重大な関心事でもある。つまり、人事の話がメシより好きな裁判官は、羽山《はやま》教官だけではない。むしろ、人事話にそっぽを向く田端教官こそ例外的な存在なのだ。そして、隈本は自らつかんだ司法の動きを休み時間などに誰彼かまわず、ベラベラしゃべる。それは、別に知ってることを自慢しているという様子でもない。例のシニカルな調子で話しまくるのだ。一法《はしのり》にとって、隈本は研修所の教官室の動向をつかむうえで貴重な情報源だ。

隈本は親父《おやじ》のようにはなりたくない。隈本の父親は、東京高裁の部長裁判官になったから、世間的には出世しているとみられている。部長というのは俗称で、正しくは部総括という。しかし、隈本自身は、高裁の部長どまりを自分の最終目標なんかにしたくない。自分は、もっと上を目指す。上とは、もちろん最高裁だ。どうして最高裁なのか。それは司法界の頂点に立つということを意味し、実質的にも判例をつくりあげる立場になれるということだ。自分の書いた判決が最高裁判例として後世に永く伝えられるなんて、まさに歴史に名を残せると言うことではないか。その快感に身を浸したい。

親父が東京高裁の部長どまりで、もうその上を望めないことははっきりしている。親父本人も、その点は十分自覚している。何故、そうなったのかも明確だ。親父が要するに、上に楯ついたからだ。青法協にも一時は入っていた。それは問題視されてから直ぐに脱会したけれど、そのあとも舌禍事件を引き起こしたとまで言うと大袈裟だが、何かにつけて一言居士のように、ひとこと正論をいうものだから、まわりから煙たがれてきた。言わなきゃいいのに余計なことまで言ってしまう。それが親父の性分なんだから仕方がないと言えば、それまでだが……。

親父の生き方は生き方だ。セラヴィだ。だから本人は人生の敗北者だなんてこれっぽっちも思っていないだろう。そろそろ定年退官だけど、退官したら、どこかの大学にもぐり込んで学生に訴訟法を教えるんだと意気込んでいる。だから、それはそれでいいことだ。ただ、隈本の目からすると、敗北者と評価せざるを得ない。隈本は、だから親父の例から教訓を引き出した。青法協に入らないのはもちろんのこと、反法連なんか論外だ。敵をつくらず、ありとあらゆるところに顔を出して、人脈をつくることだ。言葉も慎もう。だけど、言うべきときに黙っていることも許されない。まったく無視されてしまったら、自分の存在そのものが評価されなくなる。

あたらずさわらず、という以上の一歩踏み込んだ発言をし、それがまた踏み外したものでないという絶妙なバランスを身につけること。これが隈本が自分に課した課題だ。「八方美人」だという批判は甘受するしかない。誰からも批判されないということはあり得ない。無難な人生を過ごしたいというのなら、「上」を目指すべきではないのだ。隈本は確信している。だから、裁判所や司法研修所の教官内部の情報を青法協の側に流してきたし、これからも、そうするつもりだ。

起案丸写し

7月3日（月）

目が覚めると、すっかり陽が高い。久しぶりに寝坊した。4月の入所以来、ずっと緊張した生活を送ってきた。昨日はそれを緩めた。久しぶりに大学生のとき秋葉原で買ったステレオの前に座り込みLP盤をまわした。今度、夏のボーナスをもらったら、今のよりグレードアップしたオーディオセットを買うつもりだ。森山良子の「ザワワ……」に始まり、フォークソングやらビートルズやらを聴いて大学生の気分に浸った。ほろ苦い失恋の思い出までよみがえってきた。結局、布団に入って寝たのは午前1時を過ぎて2時くらいになったかな……。

月曜日に研修所に出勤する必要がないなんて、本当に楽ちんだ。顔を洗って身繕いをすませると、パンをトースターで焼く。自然に昨晩きいたフォークソングが鼻歌のメドレーになる。この野原いっぱい……。こんがりキツネ色になったパンにたっぷりバターを塗り、その上にイチゴジャムをてんこ盛りにする。大きく口を開けて、ガバッとパンを食べる。うーん、美味しい。インスタントコーヒーにはクリープをどっさり入れて、まるでミルクコーヒーだ。よしよし、元気が出てきたぞ。

どれどれ、朝刊を手にすると、埼玉県にも革新知事が誕生したという。やった、やった。これで、東京、大阪、京都、神奈川に次いで5人目だ。地方から日本が変わりつつある。うれしいな。心が浮き立つ。さて、起案に取りかかるとするか。

カバンの中から白表紙の教材を取り出し、机の上に置いて頁をめくって読み始めた。うむむ、なかなかに複雑怪奇な事案だな、これは。いかにも厄介にこみ入っている。さすがに7月、前期修習も終わりかけたので、入所早々のような入門編というものではない。それなりに骨のある事件が教材とされている。ううん、これは困ったな、どうしよう……。困った、困った。なんて、ここで一人で言ってても始まらない。ダメなものはダメ。ここで、ぐだぐだ一人悩むよりは松戸寮へ行こう。うん、そうするしかない。

外へ出ると、今日も、どんよりとした曇天で、いつにも増して蒸し暑い。まだ、梅雨明け宣言は出ていない。松戸寮につくと、寮内は奇妙なほど静まりかえっている。どうしたんだろう。周囲の住宅街が静かなのは平日の昼間だから当然として、なんで寮まで静かなのか。まさか、寮生がみんな大人しく部屋にこもって起案しているのだろうか。まさかまさか、そんなはずはないよな。

としおは、まず一法《はしのり》の部屋に向かった。寮内の情況が分かるだろう。ところが、一法の部屋にはカギがかかっていて入れない。仕方がない。野澤の部屋にまわった。野澤は寝転がって、何やら法律書ではない本を読んでいる。新書のようだから、小説でもなさそう。まだ起案に手をつけている気配はない。こりゃあ、ダメだ。一法は、妻子のいる関西に帰っているという。なるほど、そりゃあ仕方がない。そうだ、大池がいる。任官志望の大池なら、真面目に起案に取りかかっているだろう。うん、よし。

大池の部屋に顔を出すと、他にも先客がいて、にぎやかだ。こてこての関西弁が飛び交っているところをみると、みんな同じ京大出身なのかな……。雑談しているのではなく、教材をめぐって論点のたてかたをどうするか議論している。ちょうど良かった。としおは喜んで、話の輪に加わった。というか、正確に言うと、出された論点とその展開の順序を黙って聞きとった。そこまで分かれば、あとは何とかやっつけられる。

自宅起案のとき、寮生の多くは昼間のうちは池袋や新宿、渋谷方面まで遊びに繰り出し、夜になって寮に戻り、それから起案に取りかかる。そのとき、既に出来上がっている起案を見せてもらって、超スピードで完成させる。これは、必ずしも丸写しを意味しない。論点と結論が分かれば、あとは自分の文章にデフォルメする。これくらいは難しいことではない。

としおは大池の部屋を出て、寮の自習室に向かった。さすがに先客が何人もいる。皆、無言で起案と格闘中だ。としおは、一人で、うんうん唸りながら起案に取り組み、書きあげたときには、早くも夕食の時間になっていた。よしよし、ついでに夕食までいただいて帰ろう。

としおは、寮食堂におりていって、寮生のように配膳口の前に並んだ。テーブルに着いて、ひとり食べ始めていると、野澤がやってきた。起案の論点について意見交換していると、大池たちが関西弁で声高に話しながら、にぎやかに食堂に姿をあらわした。

大池が野澤ととしおの食べているテーブルに近づいて来た。

「羽山教官宅を訪問してきたんだよ」

えっ、大池もやっと羽山教官宅に行ってきたのか、それは良かった。それで、首尾のほうはどうだったのか。大池は笑顔で続ける。

「まあ、なんていうこともなかったよ。別に羽山教官が僕の人生を決めるわけでもないしさ。いつも心配してくれて、ありがとう」

大池は、それだけ言うと、自分のグループのテーブルに戻って行った。何とかなるんだろうな。としおは野澤と目を合わせて、頷いた。

百合恵はベッドから起き出したとき、寒気がした。あらら、風邪でもひいたのかしら。修習生活も3ヶ月近くが過ぎて、疲れがたまってしまったのだろう。身支度して机に向かったものの、なんとなく熱っぽい。民事判決文の即日起案に手をつけようとは思うものの、頭が空回りして、とてもそれどころじゃない。仕方がない。思い切ってベッドに逆戻りした。

夕方、ようやく起き出して机に向かった。体調が悪いと、こんなに起案ができないものなのね。こうなればSOSを発信するしかないわ。百合恵はクラス名簿を取り出して、まもるに電話をかけた。事情を話して、電話先でまもるの起案を読み上げてもらった。

理路整然とした論理展開なので、百合恵もスッキリ理解できた。「ありがとうございます」と、丁寧にお礼を言って電話を切った。まもるは何か言いかけたが、百合恵はそれどころじゃない。申し訳ないと思いつつ、頭を切り換えて大急ぎで起案を仕上げた。丸写しかどうか、そんなこと気にしてなんかおれないわ。何とかやっつけると、百合恵はベッドに直行した。

誘導尋問

7月4日（火）

午前中の刑事裁判講義は、いつものように羽山教官の独演会だ。羽山の最高裁判例一本主義は徹底している。

「修習生の最大の課題は、最高裁判例がどうなっているか、何故そのように判例が言っているのか、それをきちんと理解することに尽きる」

羽山は自信たっぷりに断言する。これって、自分の頭では何も考えなくてもいいってことか。いや、むしろ自分の小さな頭で考えないように修習生を躾《しつけ》ようとしているということなのかもしれない。としおの胸のうちに疑惑の黒い雲がむくむくと沸き上がってくる。そんなの嫌だね。それって正解がどこかにあって、それを探したらいいってことだ。本当にそれでいいのだろうか。事案に見合った適正な解決策を探ることを優先すべきじゃないのかな。いつだって、お上の言うことが正しい、すべて、ご無理ごもっとも……。そんなことで世の中は治まるものだろうか。いやいや、それほど現実社会は甘くないだろう。羽山教官の言う最高裁判例絶対主義になんか組みしたくはない。お上に楯つく人間がいてこそ、司法の独立だって守られるんじゃないか……。

羽山は、教壇に最高裁判例解説を10冊も並べている。修習生を圧倒しようというのか。ああ、嫌だ、いやだ。そのうえ羽山は来るべき二回試験についても触れた。

「二回試験に受かろうと思うのなら、君たちは、この最高裁判例解説を1巻から全部を読まないといかんよ。それも1回だけ、さらっと通読したという程度では足りない。熟読玩味、まあ、10回も読めとまでは言わないけれど……」

最後のあたりは少しばかり冗談めかしたけれど、羽山は黒光りするハードカバーの解説本を手にとって修習生のほうへ押しやる格好を示した。10回も通読しろだなんて、ご冗談でしょう。冗談にもほどがある。そう言ってる羽山教官本人だって、本当に10回も読んでいるとは思えない。面白くもないものを通読したって頭にはいるはずがない。そんなの時間の無駄だ。冗談の押し売りなんかやめてほしい。としおは羽山教官に文句を言いたい気分だ。その後の講義の中でも、羽山は、「二回試験には、これが出た」とか、「これは二回試験に出そうな論点だな」と、折にふれて口にした。気に障って仕方がない。自分が出題するのだから、当然分かっているという羽山教官の恩着せがましい言い方には、としおだけでなく大方の修習生が内心強く反発しているはずだ。

「ともかく実務に就いたら、判例を知らなければ、もうどうしようもない。独自の理論というのは、あくまで独自の理論なので、そんなのは一言のもとに撥《は》ねつけられる」

あからさまな羽山教官の言い方は、としおの耳には嫌味たっぷりに聞こえる。現実を直視し、その問題の解決にふさわしい適切な理論構成を自分の頭で考え、組み立てていくという発想は羽山教官には端《はな》から見あたらない。なんだか悲しくなってきた。

午後からは、大講堂で最高裁家庭局長が「少年保護事件について」というテーマで講義する。これは真面目に聞いておかないといけないな。弁護士になったら、少年非行の事件も扱うだろう。その心得は必須だ。

角川が任検を目ざすことを真剣に考えるようになったのは、野々山に誘われたというか、野々山が任検を考えはじめ一緒にどうかと誘ったのがきっかけだった。任官を考えたとき、羽山の政治好み、人事好きは敬遠したいし、田端の理論一辺倒にはあまり魅力を感じない。それより松葉の単純一直線、巨悪を眠らせない剛直さを買いたい。そのうえ、アメリカ留学かヨーロッパ留学か、どちらにするか選択できるという。検察官になって3年目くらいに海外に出してもらえるというのは願ってもない魅力だ。若いときに世界的な視野、グローバルな視点を身につけ、自分のものにしておきたい。ドイツもアメリカも、両方とも行ってみたいけれど、それは贅沢なのだろうか……。生涯の伴侶とすべき女性は、そのうち何とか見つかるだろう。海外に行くとしたら、単身のほうが身軽でいい。焦らないことだと松葉教官が言っていたことを信じよう。だから、恵美は明るくて話が面白いのが気に入っていたけれど、もう恵美にも青法協にも近づくのはやめておこう。仕方がない。人生の選択では、何かを選ぶときには何かを切り捨てることもあるということだ……。

アメリカ刑事法についての4回目のセミナーが始まった。講師の若い裁判官は、アメリカ留学で得た実務の知識を修習生に何とか伝えようと熱弁を振るった。話し方は決してうまいとは言えないが、アメリカの刑事法廷の実際、そして日本との違いを伝えようとする熱意がひしひしと伝わってくる。セミナーの最後でもあり、理論より実際面を強調した話を展開する。

「アメリカと日本の刑事法には大きな違いがあります。基本となる刑法は似ているところが多いのは当然のことですが、その運用は大きく異なっています」

ふむふむ、何がどう違うのだろうか。まもるはペンを動かす手を止めて気鋭の講師の口元を見つめた。

「何よりアメリカ人は日本人と違って、まず自白なんかしません」

やっぱり、そうなのか。映画でも、そんなシーンがあるよね。やっていることがバレていてもシラを切るのだろうな、アメリカって……。

「警察官が取調べをしたとき、素直に自分がやりましたなんて自白することは、まず考えられません。みんな、ノー、ノー、オレはやってない。何もしていない。オレはちっとも悪くない。こう主張します。あるいは、黙り込んで何も言いません」

なるほど、映画のとおりだというわけだ。弁護士がそうさせるのかな。まもるが頭の中で思った疑問に講師が打てば響くように答えた。

「これは、アメリカの弁護士が被疑者に面会したときに、黙秘しろ、否認しろとアドバイスすることは、確かにあります。ですから、そのおかげだとみることも出来ます」

やっぱり、そうなんだと納得しかけると、講師は直ぐに言葉を継いで、前言を翻した。

「しかし、実は、その弁護士のアドバイスの前に、否認したり黙秘したりするのは、国民として当然の権利だということが、アメリカ国民一般の意識に定着していて、いわばアメリカ国民の常識になっているのです」

ええっ、そうなのか、黙秘とか否認というのは国民の常識になっているのか、それは日本とは、まったく違う。講師は教室内を見まわし、手応え十分というのを感じ取っている。

「そして、そのアメリカでも、被疑者が自白することはあります。それは司法取引のときです。自白する代わりに不起訴にしてほしい、刑を軽減してほしいと弁護人が要求し、その取引が成立したら、本人が自白するのです」

ええっ、日本で司法取引されているなんて聞いたことないな。日本でも、実は密かにやられているのだろうか……。すると、これもまた、すぐに否定された。

「このような司法取引という制度は日本にはありません。もしも、そのような取引を前提として自白調書が作成されたとしたら、そんな自白調書は、証拠能力がないとして刑事裁判の手続から排除されることになっています。ところがアメリカでは、これは適法ですし、むしろほとんど、このようにして自白させて事件を解決しています」

たしかに、アメリカの推理小説を読むと、この司法取引の話がよく出てくるよね。まあ、日本とアメリカのお国柄の違いというか、生活している風土がまったく異なっていることを反映しているんだろうね。そう言えば、アメリカで交通事故にあったとき、現場では絶対に「アイアムソーリー」と言ってはいけないんだと誰かが言ってたな。それを言うと、あとで、事故現場で事故の直後に「ソーリー」と言って自分の非を認めていたじゃないかと追及されるからだという。なんだか、それもギスギスした人間関係を象徴している気がするな……。

講師は、続いてアメリカの裁判に誤判が多い理由という事情を解説しはじめた。

えっ、どういう事情なんだろう。まもるは聞き逃さないように身を乗り出した。

「このような自白の違いというのは、アメリカと日本では検察官の起訴にも大きく影響してきます」

えっ、どういうこと……。どんな影響があるのかな。

「アメリカでは、みんなが否認し、黙秘しているので、この男が犯人に間違いないと確信できたときでないと起訴はできないなんて言っていると、誰も起訴できないことになってしまいかねません。日本とはまったく違います」

うむむ、言われてみれば、そうかもしれない……。

「アメリカでは、これだけの証拠があるのだから、それじゃあ法廷で決着つけようということで起訴するのです。そうせざるを得ません。みんなが、誰もが否認しているという状況の下では、否認しているから、有罪だと確信できないから起訴できないとか釈放してしまったら、何も起訴できない、否認しているから全員釈放する、なんて、とんでもないことになってしまいます。これだけたくさんの証拠があるから、法廷で勝負しましょうということになる、その結果は、どうなると思いますか?」

講師は修習生に問いかけた。誰も何も言わず、固唾《かたず》を呑んで講師の答えを黙って待った。「どうしても裁判、つまり判決に当たり外れが出てしまいます。結局のところ、10件のうち1件は外れ、つまり誤判となります。アメリカでは誤判は避けられません。これが、日本と大きく異なるところです」

今日の講師の話で、アメリカで誤判が多い理由はよく分かった。システム自体に誤判の危険があるというわけだ。しかし、翻《ひるがえ》ってみて、日本にも誤判はあるのではないのか。冤罪で泣いている人が日本にいないなんて信じられない。まもるは、日本の刑事裁判に誤審が少ないから、日本の刑事司法は素晴らしいなどと手放しで礼賛できるものなのか、首を傾《かし》げた。

まもるがアメリカ刑事法のゼミナールを終えて帰ろうとすると、研修所の若い職員が呼び止めた。羽山教官が呼んでいるという。えっ、何だろう……。

刑裁教官室の隣の小さな応接室に通された。まもるが腰かけると、先ほどの男性職員が二人分のコーヒーを運んできた。羽山がまもるの起案を褒《ほ》める。

「蒼井君《あおい》の起案には、いつも感心しているよ。論点のつかみどころがいい。そして文章が簡潔にまとまっていて、余計な枝葉をスッキリ落として論旨が明快だ。とても読みやすくて、教官室でも評価が高いよ」

まもるは、こそばゆくて思わずお尻を浮かしそうになった。ええっ、教官室で自分の起案が回し読みされているのか……。恐ろしくもあり、うれしくもあった。

「おまえの文章には深みがないと周囲からいつも言われているんですよ」

まもるが謙遜すると、「いやいや」、羽山はコーヒーカップを受け皿に置いて、軽く右手を左右に振った。「そんなことはない。文章というのは分かりやすいのが一番だ。判決は文学作品なんかじゃないので、深みなど全然いらない。論点をはずさないこと、きちんと論証すること、これに尽きるよ。その点、蒼井君の起案は申し分がない」

羽山教官は、褒《ほ》めて自信をもたせるために、わざわざ呼びつけたのだろうか……。まもるが不安に駆られていると、それを見透かしたように、羽山が身を乗り出して声を低めた。

「蔵内君とつきあってるらしいね。結婚するのかい？」

「いえ、まだ、全然そんなこと……」

なんで、こんなことまで知っているんだろう。誰が二人の関係を教えたのだろうか。それにしても、誘導尋問にうまくひっかかったものだ。「えっ、何のことですか？」と惚《とぼ》ければ良かったのに…

まもるは、改めて羽山《はやま》教官を見直した。

いや、今は、見直すなんて悠長なことは言ってられない。

「蔵内君と交際するなとは決して言わないんだけど、ちょっと早すぎる気がするんだよ。今は、勉強のほうにもう少し身を入れておいてほしいな。これは先輩としての忠告なんだけどさ」

最後は、少しくだけた口調になったのは、あまりに押しつけがましく言って、かえって反発され、追いやってしまわないように配慮したのだろう。

「いえ、まあ、別に交際しているというわけでもありませんが……」

まもるは、しどろもどろに弁解した。

「そうか、それならいいんだ。彼女のほうが年齢がかなり離れているから、それはないだろうと思っていたよ。違うって聞いて、今日は少し安心した」

羽山は、全然笑わない顔のまま、コーヒーカップをテーブルの上に置いた。

「蒼井君には、いずれ、いい女性を紹介しようと考えているんだ。くれぐれも、焦って早まらないでくれよな」

そして羽山は、地裁所長の娘と結婚してうまくいっている裁判官など、いくつか実例を挙げた。狭い世界なんだね。冗談半分以上の話のようで、まもるは鼻白む思いだ。

羽山のもとには実際、法曹関係者からお見合い用の写真と釣り書きとも呼ばれる経歴書が何枚も集まっている。まもる用には、高裁の部長クラスの裁判官の娘に絞って羽山は考えていた。

まもるは、自分の交際相手にまで第三者から介入されたくはない。それでも、せっかくの羽山教官の好意を無にするのも悪いような気がする。えっ、では百合恵との関係はどうするの……。

「分かりました。ご忠告、ありがとうございます」

言葉としてお礼は言ったものの、まもるは、実際どうして良いか分からなかった。

もう、これで話は終わったのかと思うと、羽山は別の話題を持ち出してきた。

「任官の点は大丈夫だよな？」

「ええ、まあ、そのつもりです……」

まもるが口を濁したのは、先日、「大丈夫だ」と言われたばかりなのに、という思いからだった。

羽山は、今度は上体を起こして身を反《そ》らした。

「まあ、蒼井《あおい》君にあおに入るなよと言うと、まるで冗談話だな」

羽山の言う「あお」とは、もちろん青法協のことだ。

「まさか、もう入ったなんてことはないよな？」

「はい、誘われてはいますが……」

「石動《いするぎ》の奴は、まだ諦めていないのか」

まもるに入会を働きかけているのが、としおだということまで羽山は把握している。これは、ちょっと怖いな……。羽山教官に対して青法協には入らないことにしましたと報告するのには心理的抵抗がある。

「青と言っても、実は真っ赤なんだからな。君のためを思って言うんだけど、青とは適当に距離を置いておいてくれたまえ。間違っても入会なんか、しちゃならんぞ」

羽山は、ズバリ切り込んできた。

「ええ、まあ、そのつもりです」

まもるの言葉にためらいを感じたようで、羽山はさらに突っ込んできた。

「青法協というのは、いわゆる共産党のフロント組織っていう奴だ。ほら、大学で民青というのがあっただろ。あれと同じようなものだ。背後から共産党が操作している。これは間違いない事実だ。何人もの体験者から聞きとっているから間違いない」

フロントという言葉をまもるは久しぶりに聞いた。東大駒場にはフロントという過激派のセクトがあった。自治会委員長に当選した今村という学生の所属するセクトだ。でも、どうやら、そのフロントとは別の意味で使われている言葉らしい。フロント組織って何なのだろうか。言われっ放しなのも悔しいので、まもるは恐る恐る問い返した。

「でも、青法協って、民法の我妻栄とか憲法の宮澤俊義とか日本を代表する学者が設立を呼びかけた団体じゃないんですか？」

「そりゃあ、設立の呼びかけには、そんな高名な学者が入っていたかもしれんけど、それも共産党が正体を隠すために、いつも使う常套手段のひとつだよ」

羽山は自信たっぷりに言って、青法協を切り捨てた。

「そんなものですか……」

まもるが納得していないと見てとると、羽山は付け足した。

「まあ、設立当時と、今では完全に変質してしまったというのが正しいのかもしれないな」

「変質ですか……」

するとこ今度は羽山は、まもるの疑問に真正面から答えず、「公正らしさ」論を持ち出した。

「最高裁が、裁判官は公正であれ、公正らしさを疑われるのは避けるべきだという見解を公表しているのは、蒼井君も知ってるだろ？」

なるほど、果たして本当に公正かどうかというより公正らしさが疑われるような状況に自分の身を置くなということなのか。ううむ、それを言われると難しいな、これって……。

でも、としおたちの活動をみていると、青法協が「公正らしさを疑われる」団体とは、とても思えない。そもそも思想的に偏った集団とは思えないし、特定の思想を共通にしている法律家の団体とさえ言えないのではないだろうか……。

「はい、分かりました。今日はいろいろアドバイスをいただいて、本当にありがとうございます」

まもるは、羽山教官に深々と頭を下げた。本心は半分もない。ともかく一刻も早くこの場から立ち去りたい気分からの逃げ口上だった。

「君は若いし、これから前途ある身なんだから、自分で自分の進むべき道を狭めないようにしてほしいんだ。分かるだろ？」

羽山の言葉を聞いて、まもるは、ふと大池のことを尋ねてみようと思い、座り直した。

「大池君も任官志望なんですけど、先日のお話のように大丈夫でしょうか？」

「うん、そうなんだ。大池のことでは、私も苦慮しているよ。あいつは、公然たる会員だしな。蒼井君、君から大池に早いとこ脱会するよう働きかけることは出来んかな？」

「と、とんでもありません」

まもるは、それだけは即座に断った。羽山教官の手先になって脱会工作するなんて、いくら何でも、それだけは勘弁してほしい。

「そっかー、そうだろな……」

羽山教官は、すっかり冷めたコーヒーを口にした。

「まあ、はっきり言って大池については、大丈夫とは言い切れないんだよな」

えっ、先日の話と違うじゃないの。まもるは、そう言いたかったが、ぐっとこらえた。土足で胸の中に踏み込まれたという苦い思いのまま、まもるは刑裁教官室を退出した。

「悪女の深情け」

7月5日（水）

今日は午前、午後とおして松葉教官による検察講義だ。松葉教官は講義を始める前から何やら自信満々、余裕綽々《しゃくしゃく》だ。それもそのはず、B組の任検勧誘が思いのほか好成績で、他のクラスから注目されるほどの大手柄を立てて進行中なのだ。いずれ検察トップに立つ可能性のある角川もだいたい物《もの》にした。あとは逃げないように固めておくだけだ。ただ、羽山教官のほうもまだ角川をあきらめずに任官を誘っているようだから、最後まで油断は出来ない。このところ、学生運動の高揚による反権力志向の高まりを反映したのか、検察官志望は増えないどころか、明らかに減少傾向にある。そのなかで一クラスで10人もの任検志望者を確保したというのは久々の画期的な偉業だ。検察庁での評価は恐ろしく高い。

松葉教官は経験の大切さを繰り返し強調する。

「われわれは毎日毎日、犯罪の捜査をし、被疑者を取り調べ、裁判にのぞんでいる。扱う事件は、それこそまさしく千差万別。一件一件、顔の違う事件を大量に扱うなかで、犯罪捜査や事実認定に熟達していくことになる。ここが基本なので、それを大切にすることが肝心なんだ」

としおは、これって経験主義というものではないだろうかと不安を感じた。松葉はそんな修習生の不安を払拭《ふっしょく》すべく、自信たっぷりに話を続ける。

「事件を通じて経験を重ね、人を見る眼を養い、事件の筋を見通していく。事件の筋を見きわめ、その的確な見通しをもつためには、なんといっても現場で経験を積み重ねるしかない。こればかりはいくら本を読んでも身につくものではない」

としおは誰だったか忘れたけれど、先輩の弁護士が「悪しき経験主義というのがある」と言っていたことを思い出した。経験も大切だけど、たまにその経験を違った観点から見直して反省してみる必要があると強調されていた。うん、やっぱり経験だけじゃなくて、本も読んで広い視野から自分の経験を見直すべきなんじゃないかな。少なくとも司法研修所で経験のない修習生を相手に経験が大切だなんて強調してどうなるものでもないんじゃないのか……。としおは松葉教官の講義が釈然としない。

松葉は昼休みに野々山を検察教官室に呼び出した。角川の任検を間違いないように固めるうえで、必要な手だての一つが野々山の任検だ。野々山は任検する可能性があるものの、完全に固めたとは言えない状況にある。

「野々山君、今日は少し夢のある話をしたいんだ。現場で3年ほど経験したらアメリカ留学できる制度があるんだよ。検察もこれからは世界的な視野を持つ人を必要としているからな。アメリカで日本の刑法理論と比較検討して、究めることができる。アメリカの刑事裁判の実務に精通したうえで日本に戻って検察官の仕事をやれるんだ。若いうちの経験って大きな意義があるもんだ」

そうか、アメリカ留学か。思ってもみないバラ色の夢だ。でも、野々山は、語学に自信がない。野々山の表情に不安感を読みとったのか、松葉は別の餌を投げつけた。

「アメリカで1年か2年の間、勉強してきたら、日本に戻って来てからのポストも間違いないんだ」

野々山にとって、検察庁でのポストとか出世というものは、まるでピンと来ないし、何の魅力も感じない。手応えがないのを見てとったのか、松葉はさらに別の餌を繰り出した。

「英会話に今自信がなくても、我が社にはきちんとした語学研修システムがあるから、それに乗って勉強すれば大丈夫だよ。必ずうまくいく」

英語を苦手とする野々山には願ってもないささやきだ。

「若いときの海外経験というのは、その後の人生に必ずや大きく役立つものだ」

松葉が繰り返すと、「そうですね」野々山も大いに心が動く。野々山が本気になったのを見抜いたのか、松葉はダメ押しをした。

「前にも言ったと思うけれど、検察官は、国家権力を行使する立場にある。そして、この権力を正しく行使するというのは、実に至難のことだ。おかしな人間が権力をもつと、直ぐに腐敗してしまう。それは古今東西の歴史が証明している。そんな危険性を持った権力を正しく行使できるのは、野々山君、きみのように正義感にあふれ、使命に忠実に燃える人間だけなんだ。これって、生半可《なまはんか》な人間には、なかなか出来る仕事なんかじゃない。どうだい、野々山君、権力を正しく行使する仕事に就いてみないか」

野々山は、心の奥底まで踏み込まれたと観念した。もう、降参だ。今度こそ降参するしかない。

「はい、分かりました。ぜひ、やらせてださい。よろしくお願いします」

野々山は松葉教官に対して深々と頭を下げた。

午後からの講評のとき、松葉教官は論告要旨起案のポイントを次のようにまとめた。

「財産犯など、主要な犯罪の構成要件をしっかり確認しておくことが前提となる。そのうえで、果たして本当に犯人なのかどうかは、間接事実をまずみて、それを裏付けする直接証拠があるのかどうか、さらに被疑者の供述に不自然なところはないかといった順序でおさえていく。それから、凶器や被害品についても、間接事実としてきちんとおさえておく必要がある」

講義が終わって百合恵が帰り支度をしていると、総務課の女性職員が机のそばまでやって来て小さな声で「羽山教官がお呼びです」と百合恵の耳元で囁《ささや》いた。何事かしら……。羽山教官から呼びつけられる用件に百合恵は心当たりがない。成績とか起案で何か問題があるというのかしら……。ひょっとして、蒼井《あおい》君の起案の肝心なところを丸写ししたのが見抜かれてしまったのかしら。まさか、ね。あれは民事判決起案だったし……。

刑裁教官室に入ると、奥のソファーのところに羽山教官が座っていて、手で招き寄せられた。羽山は世間話のような自分の苦労話を繰り返し、なかなか本題を切り出さない。いったい、何の用件で呼びつけたのかしらと思い始めた矢先、羽山が急に声のトーンを低めた。

「単刀直入に聞きたいんだけどさ、蒼井君とは、どうするつもりなのかな?」

えっ、何で私とまもるのことを羽山教官が知っているんだろう……。驚きのあまり、百合恵は咄嗟に声が出ない。教官って、こんなことにまで口をはさんでくるものなのかしら。

「蒼井君からも、先に話は聞いたんだよ」。羽山は声を低めた。

ええっ、まもると先に話したというのか。知らなかった。百合恵は、ますます何と答えてよいか分からない。ここは先方のお手並み拝見でいくしかない。黙って、羽山教官の話を拝聴することにしよう。

「今は大切な修習期間だから、蒼井君には、ぜひ勉強に専念してほしいんだよ。それに、蔵内君、君とは年齢も離れているし、若い燕《つばめ》という関係なのかな……」

嫌味なことを言う教官だわね。まるで私が若い年下のまもるを誘惑でもして、その勉強を邪魔してるみたいに言うじゃないの。そんなこと決してないわ。たしかに10歳も年齢が離れているのは事実だわ。でも、その差がどうしたって言うのよ。関係ない第三者からとやかく言われたくなんかないわ。

百合恵は、よほど羽山教官に大声で言い返したかったが、ぐっと気持ちを抑えた。

「悪女の深情けだなんて、僕は考えていないけど、そんなことを蔵内君だって言われたくはないだろうしね」

ひどい、ひど過ぎる。百合恵は怒り心頭で、言葉にならない。

羽山は百合恵が了解してくれたと受けとったらしく、声の調子をいつものように戻した。

「いずれ蒼井君には、紹介したい女性がいるんだよ。君が自発的に身を退いてくれると、みんな丸く収まるんだ」

ええっ、なによ、そんな「みんなが丸く収まる」だなんて……。教官が修習生にこんな圧力をかけていいものかしら。信じられないわ。百合恵は悔しさのあまり、思わず下唇を強く噛んだ。

「蒼井君は、とびきり優秀だから裁判所に入ったら大いに活躍してくれることは間違いない。みんな期待してるんだ。だから、彼の足を引っ張るようなことは、誰にもしてほしくないんだよ。分かるだろ?」

何さ。私がまもるの足をひっぱるだなんて、とんでもない言いがかりだわ。

「分かりました」

それだけ言って、百合恵は憤然と立ち上がった。何も反論したくなかった。何を言っても分かってもらえるはずはない。百合恵は、ただただ悔しかった。なんという言い草だろう。許せない。

「失礼します」

刑裁教官室を出て廊下を歩きながら涙がこみ上げてきた。悔し涙だ。どうして私がこんな目に遭わなければいけないの……。涙があふれ出て、止まらない。ハンカチを取りだして目尻をふくと、目の前にあったトイレに駆け込んだ。こんな姿を他の修習生に見られたくない。ちょうどトイレから恵美が出て来るところとすれ違った。百合恵は目にゴミでも入っている振りをして、黙って個室に入った。

まもるとの仲はもう終わりにしよう。羽山教官の圧力に屈したと思われるのは悔しい。そうは言っても、羽山の言っていることは客観的にみたら、あたっているのだろう。10歳も年齢《とし》が離れているし、あちらは裁判官としてエリートコースを歩いていくことが約束されている。その足を引っ張るようなことは、私だってしたくはない。まもるの将来を考えたら、私が身を退くのが最善だわ。それは間違いない。

ようやく腹の虫も収《おさ》まってきた。そうだわ、そうするしかないわね。まもるとは、会って話したほうがいいかしら。でも、会って何と言ったらいいのかしら。まさか、羽山教官から、こう言われた、なんて言えないわよね。会って話したら逆効果かもしれないわ。まずは避けることよね。そして最後に、なんかの機会を捉えて、きっぱり言うしかないわ。もう、私たちの関係は終わりですって……。

結論を出すと、百合恵は胸をはって階段を降りていった。

あのあと、男からは何も言ってこなかった。よかった、諦めてくれたのだ。そう思っていた矢先、男から笠《りゅう》に電話がかかってきた。男は諦《あきら》めてはいなかったのだ。

男はまた会いたいという。幸いなことに、その日は反法連の会合が予定されている。

「残念だ。また連絡する」。男の電話は切れた。ちっとも残念じゃない。もう連絡してこなくてよい。そう言いたかったが、笠はぐっと我慢した。何回目かの電話のとき、もう一度は会わざるをえないだろうと笠は覚悟を決めた。

今度も安い居酒屋で飲みながら話すことにした。もうもうたる煙の立ちこめる店内で、男は甘い話を投げかけてきた。押してダメなら引いてみな。あの手、この手で笠を引っ張り込もうという算段だ。男の話は、ちょっとした全国的な運動体の顧問弁護士になれるというものだ。月給50万円は固いという。さすがに50万円というのは高給だ。食指が動かなかったと言えば嘘になる。本当に、そんなうまい話がこの社会にあるのだろうか……。

笠がうまい話に直ぐには乗ってこないとみると、男はまたぞろ過去の約束を持ち出してきた。ネチネチ迫ってくる。その言い方に組織の体質を感じさせた。これじゃあ、いつまでたっても組織のしがらみに絡め取られたままになる。せっかく過去のしがらみから抜け出して自由の身になれたと思っていたのに……。せっかく国家資格を取ったんだから、これからは自由に、自分の進路を決めたい。

男とは、中途半端な断り方で別れた。もっと、はっきり断ればよかった。自分の部屋に帰り着いたときは、反省しきりだ。ウィスキーのラッパ飲みでもして、すっかり忘れてしまいたい気分に駆られる。もちろん、そんな馬鹿な飲み方はしない。そんなものは、とっくに卒業した。研修所はもう学生の集まりではなく、社会人の集団なんだから……。

こんなときには、誰かに話を聞いてもらって憂さを晴らしたい。といっても反法連の活動仲間には相談できない。誰が例のセクトと結びついているか分からない。

悶々とした日が続く。深酒するのはよくないと思いつつ、ついウィスキーの角瓶に手を伸ばしてしまう。酒臭いんじゃないかと、朝一番に同じクラスの隣に座る修習生に言われたときには、我ながら驚いた。たしかにそうかもしれないと反省した。でも、その反省は一日ともたなかった。

公害裁判

7月6日（木）

教室内はまだざわついている。としおは白表紙の検察教材を机の上に配ってまわった。クラス連絡委員の仕事を終えると自分の席に着いて教材を開いた。

今日の課題は検察官の論告要旨の起案だ。刑事裁判で証拠調べが終わり、判決前に検察官は最終意見を述べ、求刑する。その書面を論告要旨という。午後5時を最終締め切りとする即日起案だ。もちろん早めに出してもかまわない。

この起案をするにあたって、他の修習生との合議は一応禁止されている。といっても、それは多分にうるさくて他の修習生の起案の妨げになるからだ。試験ではないので、教官や職員が教室内にいて監視しているわけではない。もちろんトイレには自由に行ける。だから、実際には、あちこちでひそひそ話は横行している。また、それを可能とする人間的なつながりの有無が、こういうときに差をつける。

としおは、まずは自分の頭で考えてみた。最初から他人に頼るのはよくない。やはり、平均並みの能力を身につけておかないと、実務に就いたときに困るだろう。これは本心だ。あまり思い悩むことなんてないんだ。強気の認定でいけばいい。悩むことはないぞ。時間内に主要な論点をもれなく、落とさず、体裁の良い書面を整える能力、これが実務で求められているんだ。これが検察の強気の認定というものだ。松葉教官が講義のとき、繰り返し何度も口にした。としおは安心してそれに従って書きすすめた。我ながら、いかにも強引な論法だと気が引けつつも、強気一辺倒で、犯罪が成立し、被告人は否認を続けるなど、今なお改悛《かいしゅん》の情を示していない。この結論に向かって、書きすすめていく。

途中、それでも論理展開に行き詰まった。気分転換を兼ねてトイレに行くことにしよう。運良く野澤も教室から出てきた。近寄って小声で立ち話をして、論点を確かめ合う。野澤もだいたい同じように考えて起案中であることを知り、胸をなで下ろす。良かった、よかった。あまり悩むなって本当だよな。うん、松葉教官も、たまにはいいこと言うじゃないか。としおは一人ほくそ笑んだ。

としおが教室内に入って自分の席に戻ろうとすると、峰岸が立って他人の起案用紙に見入っている。まもるの机のそばに立ち、机の上の起案をパラパラとめくって見ているのだ。まもるはトイレにでも行ったのか、その姿が見えない。他人の起案を本人の了解もなく盗み見るなんて最低じゃないか。としおは峰岸が以前からいけ好かない奴で嫌いだったが、目の前の光景を見て、完全に見限った。教えてもらうのと盗み見るのでは、天と地ほどの違いがある。

峰岸は、としおと目が合うと、きつい目に対して照れ隠しの薄笑いを浮かべて、まもるの机を離れて、教室の外へ出ていった。そこへ、まもるが戻ってきて、何事もなかったように机の上の起案用紙を並べ替えて、起案の続きに取りかかった。としおは、まもるに峰岸の行為をよほど告げ口しようかと思ったが、やめた。言っても仕方のないことだよな、これって……。暗い気分のまま起案を書き上げると、起案用紙を手にして、としおは教室を出た。

自宅起案だと時間の制限がないようなものだから、どうしてもダラダラと時間が過ぎていってしまう。その点、即日起案だと後腐れがないというか、悩みすぎなければ、いかにも楽ちんだ。さあ、今日はこれから何をするんだっけか……。としおは自分の手帳を開いた。夕方から、東京弁護士会館で公害裁判に取り組んでいる青法協会員の弁護士の話を聞くことになっている。うん、これは楽しみだな。としおが大池に一緒に行こうと声をかけると、大池は先約があると言って断った。野澤が先に歩いているのを見つけ、一緒に行くことにする。

研修所の外に出ると、太陽が厳しく照りつける。日陰を探し求めながら、駅を目指す。

東京弁護士会館は由緒ある石造りの建物だというと聞こえはいいけれど、あまりに古ぼけていて、早いとこ建て替えたほうがいいんじゃないのと思わせる。まあ、それもお金あってのことだし、今のとしおには、そんなこと言う資格はない。

今日の交流会には、B組からとしおのほか5人も参加した。全部で40人ほどの修習生の参加だから、B組の6人が固まって座ると目立った。弁護士のほうは若手ばかり5人が来ていて、修習生と向き合うように座って、その場で一人ひとり自分の活動を報告した。

昨年（1971年）6月に富山県のイタイイタイ病裁判で原告患者側の勝訴判決が出て、同じく9月に新潟水俣病でも原告患者側が勝訴を勝ちとった。そして近いうちに、恐らく来年夏ころに今度は大気汚染公害である四日市市公害裁判について判決が出ることになっている。四大公害裁判としては、もう一つ熊本水俣病裁判が闘われているが、こちらはまだまだ判決までには時間がかかりそうだ。

二つの勝訴判決は巨大な資本と地元住民が立ち上がって闘い、大企業に一定の責任をとらせた。これは画期的なことだ。これまでの日本の歴史のなかで公害企業の責任追及がなされたことはあったが、足尾銅山鉱毒事件に見られるように、住民側の悲惨な敗北の歴史だった。国民の人権が侵害されたとき、その被害をもたらした企業に対して厳しく法的責任を追及して責任をとらせることが出来たという点で歴史的な意義があり、残る二つの訴訟でも必ずや勝訴判決を勝ちとりたい。まことに意気盛んな報告がなされ、聞いているとしおたちの心を打った。

イタイイタイ病裁判に取り組んでいる島村弁護士は、患者にとって、もう裁判しかないというところまで追い込まれていたという実情を語った。企業がまったく話し合いに応じようとせず、門前払いをくらわしてきた。患者と家族は、裁判に負けたら、もうここには住んでいられない、戸籍を畳んでどこか別の地方へ移住するしかない。そんな悲愴な決意をもって裁判に起ち上がった。

弁護団は、地元の長老弁護士を巻き込み、患者との団結を大切にしながら訴訟をすすめていった。そして東京からこの訴訟のために移住してきた近藤弁護士のような若手弁護士たちが裁判の実務を担った。弁護士たちは手分けして患者宅を一軒一軒、訪問して被害の深刻な実情を聴き取り、家庭の状況もよくつかんで、原告団をしっかり固めていった。はじめ加害企業といっても、人間としての共通するところがあるはずだと考えていたが、その幻想は打ち破られた。裁判に勝って、本当に裁判をやって良かったと地元の人々がみな喜んでいる。今では、被害者の患者や住民が公害発生源の企業を裁く立場に立っている。これはすばらしいことだ。

熊本水俣病裁判について、現地の水俣に常駐しているという馬奈木弁護士が訴えた。精悍《せいかん》という言葉がぴったりの風貌で、その言葉の一言ひとことにとしおは終始、圧倒された。

弁護教官

7月7日（金）

午前中、小野寺教官が強制執行について講義する。企業法務中心の法律事務所に所属する小野寺教官は、自分自身の体験としてではなく、ごく親しい弁護士から聞いた話として、暴力団関係者の家屋明け渡しの強制執行について話した。そんな事件の申し立てをするときには、所轄の警察署に警備を要請して立ち会いを求めないといけない。弁護士たるもの、ときには現場で身体をはる必要がある。

小野寺は自分自身の同じような体験として、株主総会のときの総会屋への対応について生々しく語った。大企業は日頃から総会屋と馴《な》れ合っていて、いわば総会屋を飼っている。誰が読むでもないチンケな雑誌の購入代として、月々かなりの金額を支払う。そして、株主総会のとき、揉《も》めずにシャンシャンで終わるように、揉めたときに素早く収拾する要員として活用している。顧問弁護士として総会における問答集をつくり、リハーサルしておく。それでも、当日どんなトラブルが起きるか分からない。取締役の後ろに控えて、万一のときに備える。弁護士自身が総会屋と直接交渉することはないにしても、一匹狼のような連中を相手として丁々発止のやりとりをする場面は避けられない。

弁護士って、法理論を扱い書面を書くだけでなく、紛争解決のために現場に出かけ、身体を張る大変な危険を伴う仕事だということが、少しずつ分かってきた。早く、そんな強制執行での対決の現場に立ち会ってみたい。としおは、そう思った。

そのあとの小野寺教官の強制執行の話は、テキストに書かれている知識を、いかに分かりやすく展開するかがメインで、自分の体験にもとづく現場の話は出てこない。これが大企業相手の法律事務所で活動している小野寺弁護士の限界だ。だから、もうひとつ迫力に欠ける。まあ、ない物ねだりをしても仕方がないか……。

昼休み、としおと野澤は26期青法協の全体ニュースをB組の教室内で机の上に配ってまわった。いよいよ前期修習も残るは1週間。青法協は、最後まで多彩な催し物を企画している。教育、労働、弾圧、冤罪問題などなどだ。そして、13日には、実務修習に入って全国各地へ分散する前に、全会員が集まる26期修習生だけの総会を予定している。

としおが自分の席に戻ると、見慣れないビラが机の上に置かれている。さっき笠《りゅう》が疲れた顔で配布していた。笠って、身体は大丈夫なのかな……。

ビラは25歳の台湾国籍の青年が司法試験に合格したのに26期修習生として研修所に入ることが出来なかったことを問題にしている。ひどい話だ。そう言えば、今朝の新聞にそんな記事が出ていたな。国籍条項のために、司法試験に合格したのに研修所に入れないだなんて、まるで信じられない。気がつくと、笠の机は無人になっている。きっと早退したのだろう。それがいい。無理することはない。

午後から河崎教官が刑事弁護起案を講評する。としおは弁論要旨の起案が大好きだ。性に合うので、どんどんペンが進む。検察の論告要旨を書くときには強気の認定とやらを求められるが、それは要するに、いかにして人を有罪にするかというもの。だから、どうしたって暗い気分になってしまう。罪人製造マシーンの一部に組み込まれてしまったかのようで、いい気はしない。それに引き替え、罪なき人を救う、あるいは少しでも罪責を軽くするというのは、気持ちがいい。弁論要旨の組み立て作業は、いつでも気分良くすすめられる。その気持ちを込めて弁論要旨を書くものだから、河崎教官のコメントも好意的なことが多い。それがまた、としおにとって大いに励みになる。刑事裁判起案についての羽山教官の講評で毎回のように落ち込んでしまう気分をこれで盛り返せる。

河崎教官は刑事弁護の弁論要旨のポイントを次のように要約した。

「刑事裁判においては、あくまで検察官の立証構造を弾劾するという姿勢を貫くことが大切です。本当に、その証拠から、その事実が認定できるのか、その事実から、その争点である犯罪構成要件事実を推認できるのか、合理的な疑いをもってのぞみます。

また、供述の信用性を検討するとき、供述が変遷した理由、供述に至る経緯を時系列にしたがって検証するという視点も欠かせません」

河崎教官は、いかにも人が良い。宴会でみせる方言まる出しの芸は、人柄をまる出しにしているようなものだ。刑事弁護教官をしているといっても、刑事弁護専門でやってきたわけでもなんでもない。刑事弁護もやったことがあるという程度で、もともとは一般民事専門の弁護士だ。そんな河崎が司法研修所の刑事弁護教官になったのは、最高裁による教官選考、そしてその前提として弁護士会内の派閥人事が絡んでいる。

生来、生真面目な河崎弁護士は、所属する事務所の先輩に言われたとおり、東京弁護士会内の有力派閥の会合にも真面目に顔を出していた。ある時、自分が担当していた刑事裁判について、面白い法律的論点を伴う案件だったので、少し調べて判例研究会で発表した。その発表を聞いて面白いと覚えていた派閥の有力者が、同じ派閥出身の副会長から研修所の教官を誰か推薦してほしいと依頼されたとき、河崎弁護士を思い出した。だから、河崎弁護士は打診を受けたとき、直ぐに固辞した。それでも、他に適任者がいないという強い要請を受け、終《しま》いには業務命令のように押し切られ、ついに断り切れなかった。派閥の人身御供というと、言い過ぎではあるが、果たして刑事弁護教官として適任なのか、自分でも今でも疑問だ。そこまで包み隠さず、修習生に内情をぶちまけた。としおは河崎教官の話を聞いて、大いに同情した。

講義が終わって、いつもの喫茶店「ニューポプラ」に集まったなかで、弁護教官の選任方法が話題になった。野澤が先輩弁護士から聞いてきたという話を紹介した。

弁護教官の選考には、司法研修所の意向が強く反映している。要するに、青法協を育成・擁護するような弁護士は、教官として受け入れたくない。教官の欠員補充のために弁護士会に教官の推薦を依頼するときも、複数の弁護士を候補とするようになっている。

「そして」と野澤は付け足した。「弁護士会の推薦というのは、定員1人について2人を推薦し、しかも、順番をつけている。ところが最高裁は、その順番を無視するみたいなんだ」

「うひゃあ、そ、そうなの……」

としおが奇声をあげると、恵美が追い打ちをかけた。

「2人とも採用されないって、そんなことはないのかしら？」

野澤は、腕を組んだまま、直ぐに大きくうなずいた。

「いや、そういうこともあるらしいよ。弁護士会が民事弁護の教官として推薦した人を刑事弁護の教官として任命したこともあるんだって」

「それって、ひどい話ね」恵美は真顔で怒っている。「だから、刑事弁護の経験があまりないのに刑事弁護の教官になったりするのね。これって私たち修習生をバカにした話じゃないかしら」

一法《はしのり》が頬に両手を当てて切り出した。

「そもそも研修所の教官のなり手がいないらしい」

野澤がすかさず応じた。

「そりゃあ、そうでしょう。生意気盛りの修習生を相手として、七面倒臭い法理論を語らなくてはいけないわけですよね。そのうえ、ペイはとても少ないのですから」

一法は、さらに付け加えた。

「もらうのは少なくても、コンパの後の二次会とか、出るものは大きいし、教官も大変だよね」

恵美が真顔のまま、一法に続けて言った。

「だから、刑事弁護の教官の質っていまいち、なのね……」

河崎教官の人の良さと熱意を否定する修習生は誰もいないけれど、いかんせん刑事弁護人としての実績の乏しさから来る迫力のなさには、みな今ひとつ物足りなさを感じていた。

野澤は、こう言った。

「弁護科目って、研修所のなかではやはり軽視されている気がしますよね」

またもや一法が軽く頷いた。

「それもあるし、弁護教官って、民事も刑事も、司法研修所とベッタリとまで言うと言い過ぎだとは思うんだけど、良くて中立というか、何となくことなかれ主義に流されている気がするよね」

恵美が呟《つぶや》いた。

「やっぱり例の阪口修習生の罷免が教官の側にも効いているのかしら……」

刑事弁護起案の講評が終わり、簿記会計ゼミナールの最終回に出席するため、まもるは中講堂に向かった。途中で調べものをして遅れて入っていくと、後ろのほうしか席が空いていない。百合恵は前のほうに座っている。今日は久しぶりにぜひ、ゆっくり話したいものだ。なーに、羽山教官の言うとおりになんかならないぞ。百合恵に隣の男性がしきりに話しかけている。誰だろう。あっ、やっぱり野々山だ。後ろ頭の形から間違いない。もう百合恵は諦めたと言っていたのに……。百合恵はまともに相手していない。野々山が話しかけてくるのを煩わしく思っているのが、あからさまだ。まもるにとっても、野々山は恋敵ではない。

今日は、大手銀行の顧問が、銀行実務を語ることになっている。銀行員というと、ソロバン勘定だけがうまい冷血漢だというイメージを抱いていたが、今日の講師は、それがとんでもない偏見だと実感させてくれた。熱血あふれる銀行マンだ。ともかく話がうまい。顧問と言うから、頭取にはならなくても、銀行のトップに近いところまで上り詰めたんだろう。ところが、銀行の現状を歯切れも良く、ズバズバと批判し、名前こそ挙げないものの、かつての上司を次々に容赦なく切って捨てていく。これで周囲との協調はうまくとれるんだろうか。軋轢《あつれき》が凄《すご》いんじゃないかな……。

まあ、他人の人生を心配しても始まらない。今は、それより自分のことだ。それにしても、銀行というのは、お金を通して人間を扱っていることがよく分かった。お金を生かすも殺すも、扱う人間の人間性次第なんだね。まもるにも、おぼろげながら、それが理解できた。

セミナー終了後、いつものように打ち上げに出かける。今日の講師は別の用事があると言って参加せず、修習生だけいくつかのグループに別れる。まもるは百合恵の後を歩いていたので、うまく一緒のグループになれた。なぜか、諦めたはずの野々山もぴったり百合恵にくっついている。

外は今日も蒸し暑い。「早いとこ、店に入ろうぜ」誰かが叫んだ。「異議なーし」。

湯島の裏通りにある居酒屋に入る。店に入ったとたん、冷房をシャキッと感じ、ようやく人心地を取り戻した。夕方なので、サラリーマンが勤め帰りに立ち寄る店らしく、それほど大きくない店内は、たちまち満員御礼の札がかかりそうな気配だ。長方形のテーブルに向かい合わせに座る。まもるの斜め前に百合恵が座った。まもると目を合わせようとしない気がする。それに表情も少し硬いように見える。気のせいだろうか。二人きりだったら、いつものように素敵な笑顔で話してくれるだろう。でも、ここじゃあね……。横に座った野々山が先ほどの講師による銀行マンの人間模様を面白く再現して、座を笑わせた。そうやって百合恵の気を引こうとしているのだ。少し百合恵の表情がほぐれた気がする。野々山の真向かいの修習生が野々山に話しかけて、そちらに気をとられている隙に、やっとまもるは百合恵に話しかけることが出来た。まずは、当たり障りのない内容だ。

「どうでしたか、前期修習は?」

百合恵は含み笑いをしたかと思うと、直ぐに真面目な顔つきになった。

「本当に大変だったわ。起案、起案に追い立てられて……」

何事によらず、生真面目に取り組む性分の百合恵にとって、研修所の起案漬け生活は本当に大変だったようだ。

「いやあ、それは僕も同じですよ、まったく」

まもるが百合恵に話を合わせると、百合恵は意外だと言わんばかりに目を大きく見開いた。

「ええっ、そんなの嘘でしょ、嘘、ウソ」

百合恵の声にちょっと力がいっていたものだから、野々山が驚いた顔をして振り向いた。

「あら、そうかしら、蒼井《あおい》さんは、いつだって余裕くしゃくしゃという感じでしたよ」

余裕綽々《よゆうしゃくしゃく》と言うべきところを、わざと冗談めかして「くしゃくしゃ」と言ったのは、まもるへの好意の表れだと、まもるは勝手に解釈した。「蒼井君」じゃなくて「蒼井さん」というのは少し他人行儀で、距離を置いている気がする……。

「全然、そんなことはありませんよ」

まもるは、右手を大きく振って否定した。何だか二人がいい感じで話しているのを面白くないと思ったのか、野々山が話に割り込んできた。まもるは、あわよくば久しぶりに二人きりになれないものかと、そして百合恵の部屋に上がり込めないかと内心、大いに期待していた。あの柔らかな百合恵の豊満な女体の感触を今日もじっくり味わいたい……。野々山は、そんな下心をかぎつけたのか、必死に百合恵との話を続けた。おかげで、百合恵はろくに目の前のものも食べられない羽目に陥った。

今夜はダメだな……。野々山の執念深さに負けた。まもるは撤退するしかない。

打ち上げが終わって、店の外に出たとき、百合恵が近づいて来て、まもるの耳元で囁《ささや》くように言った。

「蒼井さん、誰かいい女性《ひと》を見つけて、幸せになってくださいね。もう、私たち、終わりなんですから……」

まもるは、何を言われたのか、直ぐには理解できなかった。呆然としていると、野々山が店の勘定を済ませて出てきた。まもるが一人ぼんやり突っ立っているのを見て、「おい、どうしたんだ？」と声をかけた。その声で、まもるはようやく我に返った。百合恵が二人から離れたところでタクシーに乗り込んでいるのが見える。百合恵は振り返って軽く手を振った。

「あれれっ、蔵内さん、帰っちゃうのか……」

野々山は、今夜こそ百合恵を誘って新宿にある行きつけのスナックに行くつもりだったという。

「仕方がない。あきらめよう」

そうか、野々山は百合恵を本当はまだ諦めてはいなかったんだな……。気を取り直した野々山は、その場に残っていた修習生を誘って新宿へ行くという。まもるは、とてもそんな気になれない。一人寂しく駅を目指して歩いた。どういうことなんだろう。これって、羽山教官のこの間の話と関係があるんだろうな、きっと……。どうしよう、どうしようか。いや、どうしょうもない。何だか涙が出てきた。これって何だろう。やっぱり悔し涙だよな……。

7月8日（土）

松戸寮祭

としおは、ゆっくり起き上がった。やれやれ、今週も何とか無事に乗り切ったぞ。今日は骨休みの日だ。自由研究日、なんて好い響きの言葉だろう。研修所は休みなのだ。さあ、今日は何をしよう。そうだった。今日は松戸寮で寮祭があるんだった。午前中、のんびり二度寝を楽しんだ後、お昼近くになってお腹も空いてきたので、松戸寮に向かう。

朝刊を手にすると、54歳の田中角栄が首相になり、昨日、田中内閣が発足したことが大きく報道されている。日本列島を大改造するなんて言ってるけれど、公害が今よりひどくならなければいいんだけど……。

松戸寮祭は、もちろん寮生主体の祭りだが、寮外生も参加するし、教官だって顔を見せる。飲食コーナーがあるので、それを目当てに寮近くに住む人たちもやって来て、それなりに人出があって賑わう。としおが着いたときには、中庭の飲食コーナーには、それぞれ行列が出来ていた。まずは焼きソバの列に並ぶ。前の方に関西弁でにぎやかに話しているのは大池たちだ。やきソバだけでは物足りない。どうしようかと見まわすと、おでんコーナーがあり、ちょうど恵美が売り子に立っている。声をかけて、いくつか取り分けてもらった。その場に立っていると野々山が大きな声で誰か見知らぬ女性修習生と熱心に話している。百合恵への執心はもう諦めたのかな。

百合恵の姿は見かけない。生子《しょうこ》を先ほどチラッと見かけた。としおは昨日まもるを誘ったが、断られた。その表情が、あまりにも硬かったので、おかしい、何かあったのかと訝《いぶか》しんだ。後で、まもるを問い詰めると、交際していた女性から一方的に別れを告げられて傷心がひどく、祭りを楽しむ気分ではなかったという。えっ、まもるに交際していた女性がいたのか、知らなかった。

谷山の姿は今日も見かけない。元気しているのかな、心配だな……。

先ほど笠《りゅう》とすれ違ったけれど、今日もやっぱり元気があるようには見えない。4月のクラスコンパでウィスキーのラッパ飲みをしたときのような気配は窺《うかが》えない。まあ、あれは無茶すぎた。結局、B組の半分近くが参加している気がする。教官も全員顔を見せている。食堂の正面に舞台がつくられ、司会のマイクを一法《はしのり》が握っている。いつの間にか、恵美が直ぐそばにくっつかんばかりに寄り添って立っていた。

いろいろプログラムがあるようだけど、まずはクラス対抗のカラオケ合戦の予選から始まった。本番前の予行演習だ。野々山が早速手を挙げてステージに立つ。そして、食堂の真ん中あたりにいる松葉教官に目をつけて手招きした。すると松葉は右手を左右に大きく振って、ダメダメと言いつつ、食堂を逃げ出してしまった。仕方がない。野々山は大学生のころに流行ったグループサウンズの歌を一人でうたった。次々に希望者がステージにあがって歌を披露する。B組で次に登場したのは大池だ。大池はステージに上がると食堂の隅のほうにいた羽山《はやま》教官を呼び寄せた。マイクで「羽山教官、ご一緒させてくださーい」と叫ぶ。羽山は角川と話していたようだ。角川と近くにいた修習生たちが、大池のマイクの叫びかけに応じて、一斉に「羽山、羽山、それ行けゴーゴー」とはやしたてる。羽山は、もう逃げられないと観念したらしく、頭をかきかき苦笑しながら舞台にあがり大池の横に立った。

大池は、羽山教官と並ぶと肩に手を置いて「帰って来たヨッパライ」の歌を元気よく歌いだした。大池は教室内では眠ってばかりの状態だが、決して居眠りばかりしているわけではないのだ。それを示そうと思ったのか、教室内の静かさとはうって変わって関西弁で途中にアドリブを入れたり、元気モリモリだ。羽山教官までからかいの槍玉に挙げるので、羽山はテレ隠しに頭を両手で隠した。その様子を舞台の直ぐ下で角川が大笑いしながら手を叩いて喜んでいる。

カラオケの希望者が途切れたので、しばし壇上は休憩となった。B組のメンバーが食堂の一隅に集まってビール片手に四方山話《よもやまばなし》を始めた。口火を切ったのは野澤だ。

「蔵内さんって色気あるよね」

意外にも野澤も百合恵を気にしていたのだ。としおが話を合わせ、山元たちがしきりにうなずいているところに恵美がコップを持って近づいてきた。百合恵の話で盛り上がっているのを知ると、何だか面白くなさそうな顔をする。成熟した女性としての魅力を感じるのだなんて野澤が言うのを聞くと、どうせ私なんか未熟な女ですよと心の中で開き直った。

恵美にとって、野澤もとしおも同じ青法協で活動しているけれど、何だか子どもっぽくて、交際相手としては物足りなさ過ぎる。だから、そんな彼らが百合恵に惹かれたという話を聞いても何ともないはずなんだけど、それでもあまりいい気分ではない。これって、やっぱり私が焼き餅を焼いているってことなのかしらね……。恵美はさっき一緒に司会をした一法《はしのり》には一目置いている。落ち着いていて話題も豊富だし、いかにも年上の男性として頼もしい。とは言っても、一法は妻子ある身なので、いくらなんでもモーションをかけるわけにはいかない。そうは思いつつ、先ほどは身体を自然に密着させていた。あれって、自然にそうなっただけよね……。

さっき舞台の直ぐ下で、大きな口を開けて笑っていた角川は、虚無《ニヒル》的な感じがあるところが恵美を惹きつける。何か自分にないものを持っている気がするし……。角川は入所早々には青法協の準備会に顔を出して少しばかり話が出来ていた。もう少し、突っ込んだ話をしてみたいわね、そう思っているうちに、角川は青法協から遠ざかった。今となっては無理みたいよね。はっきり任検の意思を固めたみたいだし……。残念だけど、諦めるしかないわね。

恵美は、ビール片手にあれこれ思いめぐらしているうちに、先日、百合恵が泣きながらトイレに入ってくるのとすれ違ったことを急に思い出した。あれって、いったい何があったということかしら。あのとき、百合恵は刑裁教官室から出てきた直後だったのよね。羽山教官から何か言われたんだわ、あのとき、きっと。まさか成績とか起案のことじゃないわよね。そんなので泣くなんて、百合恵の実力からして考えられないわ。いったい二人は何を話していたのかしら……。あと、考えられることと言えば、男女関係よね。まもるとの関係だわ、きっと……。百合恵とまもるは絶対に怪しいわよね。でも、でもよ、まさか司法研修所の教官がそんな完全にプライバシーのことにまで口を突っ込むなんてこと、あるのかしら。これって考えられないことよね。恵美の頭の中では考えがまとまらず、ぐるぐる回った。

カラオケ合戦の本番がスタートする。一法が壇上から恵美を呼び寄せ、司会者として進行を取り仕切る。くだけた出し物を、うまく進行させていく。見事な司会者だ。隣にいる恵美は、感嘆するばかりだ。太って汗かきの一法は、マイクを握って次々と修習生を壇上に上がらせていく。ああ、これが男の匂いなのね。いい感じだわ。つい、一法に身を任せたい気分になる。でも、これが進んでしまったら禁断の恋になるのね。いえいえ、いけないわ。何だか恵美は一人で悶《もだ》えている。そして、それを楽しんでいる気が自分でもしていた。一法に悪いわよね。やっぱり、一法にモーションなんかかけるべきじゃないわ、やめておきましょう……。

一法はクラス対抗カラオケ合戦の本番を始めた。B組からは、山元が真っ先に手を挙げる。よほど自信があるのだろう。いつのまにか、本職の歌手のようなド派手なブレザーの上着を着てマイクを握る姿は、余裕たっぷりだ。そしてステージの直ぐ下にいた生子を見つけて手招きして上にあがらせる。デュエット曲「銀座の恋」を歌おうという。曲が始まると一本のマイクを二人で顔を寄せ合って歌っていく。そのうち、山元の左手が生子の腰をぐっと引き寄せて、二人は昔からの恋人のように密着して歌う。その動作といい、声のハーモニーといい、観客の度胆を抜く。さすが慶応ボーイね。恵美は、舞台の袖でハラハラしながら、いや胸を高鳴らせながら二人の密着ぶりを眺めていた。

「こりゃあ、B組の優勝、間違いないね」

一法が恵美に声をかけてきたとき、恵美は声も出ないほど興奮していた。いったい、この二人、どうなっているのかしらん。山元さんって相当のプレーボーイだわね、きっと……。

一法にモーションかけるのを自ら禁じたのだから、じゃあ、私はどうしようかしら。山元と生子のカップルを見ているうちに、昔つきあっていた大学の先輩を急に思い出した。今ごろどうしているかしら。野澤君に、過去なんか振り返ってちゃダメよ、なんて言ったものの、自分のこととなると、そんなことも言ってられないわよね。恵美は、カラオケ合戦の成り行きを見守りながら、一人苦笑した。

このあと司会は別の修習生に交代した。どじょうすくいやら腰みのを着けただけの裸踊りなどが次々に登場し、猥雑な舞台になって進んでいく。恵美は舞台の下にいて司会を早く交代しておいて助かったと胸をなでおろした。

7月9日（日）

意気投合

昨夜、久しぶりに同期の裁判官から電話がかかってきた。別に何か用事があるというのでもなく、裁判官会同のために上京してくるので、一緒にメシでも食おうやという誘いだ。最高裁は、ときどき特定のテーマを設定して、協議する会議を招集する。月曜日にそれに参加するのだという。

田端は新宿の路地裏の指定された小料理屋に入っていく。カウンターとテーブルがいくつかあるだけの小さな店だ。ガラス戸を開けると、同輩が手を挙げて招き寄せる。連れがいる。誰かと思う間もなく、大池だと分かった。何で大池がここにいるのか、そう思ったが、今さら引き返すわけにもいかない。

同輩は上京するたびに、この店を利用しているという。カウンターの向こうの店主は愛想が良い。次々に運ばれてくる料理は手が込んでいて見栄えが良いが、味のほうもいける。田端も同輩も、ビールから日本酒に移った。大池もニコニコしながら話に加わり、日本酒を口にしている。同輩は田端に大池を紹介した。もちろん、改めて紹介されるまでもない。

京都大学での先輩・後輩の関係というだけでなく、同じ研究会に所属していたらしい。京大出身の裁判官で今も青法協会員にとどまっている人物も同じ研究会出身だということも話のなかで判明した。

「見どころのある奴なんだ。なんとか、よろしく頼むよ」

よろしく頼むというのは、大池の任官のことだ。こうやって人脈を活かして、大池を任官コースに乗せよう、なんとか裁判所に引っ張り上げようということだ。もちろん、田端に選任権限があるわけではない。それでも研修所の教官の後押しがあるかどうかは、選任の可否のとき、大きく違ってくるのが現実だ。

「大器は晩成するんだよ」

同輩が田端に話しかけると、大池はいつになく神妙な顔をして、「よろしくお願いします」と言いながら、深々と頭を下げた。田端は、その様子を見ながら改めて大池をなんとかして裁判所に必ず入れようと心を決めた。

田端は、先日、大池が隈本と一緒に自宅にやってきたとき、すっかり意気投合していた。

「大池君は、このあいだ、君の家に行って、何だか盛り上がったらしいね」

同輩に言われるまでもなく、それは事実だった。大池が隈本と一緒に田端教官の自宅を訪問したのは三日ほど前のことだった。どういう風の吹き回しなのか、隈本が大池を教官宅訪問に行こうと誘った。峰岸ではなかった。

大池と隈本は、田端の家で気楽に飲んで食べていた。大池がトイレに立ったとき、田端が書斎としている部屋を通ると、そこに山本周五郎の本が全集のように並べてあるのが目に入った。大池は、とたんにうれしくなった。用を足して戻ると、大池は「山本周五郎って良いですよね」と話しかけた。田端は、書斎の本を見られたことに気がついたが、嫌な気分になるどころか、同好の士を見つけて相好を崩した。

「おっ、きみも周五郎を評価しているのか。周五郎はいいよな。人情の機微をあれほど細やかに描いている作家はいないだろう」
田端の話に、大池は、「『さぶ』なんて最高ですね。江戸の人情話を読んでいると、全身がぞくぞくしてきますよ」と応じた。隈本は周五郎の名前こそ知ってはいたものの、その本を読んだことはないらしく、二人の話についていけないので、黙って箸を動かしている。

大池は、アルコールの勢いというより山本周五郎を裁判官が愛好しているうれしさから、胸のうちをすっかり開いて包み隠すこともなく、その思いを語った。それを聞いていた田端の心に、かつて青法協に入会したときの初心のようなものが思い出されてきた。隈本がいるので、青法協だと名指したわけではない。それでも、二人には、お互いそれが暗黙の前提となり、周五郎の本の感想が社会と人生の見方に発展していった。

田端にとって、久しぶりに琴線に触れる話が出来て、至福のときとなった。ついに隈本そっちのけで、田端は大池とすっかり意気投合した。どんどん酒がすすみ、二人とも酔って足元がふらつくまでになった。「なんなら、今夜はうちに泊まってもいいんだぞ」。田端は大池に声をかけた。それはいくら何でも無遠慮すぎる。大池よりはしっかりしている隈本の肩を借りて、大池は田端教官宅を辞去した。

田端は、同輩には借りがある。例の青法協脱退のとき、自分が脱退するだけでなく、仲間を脱退させろと言われて脱退させたのが、この同輩だった。その負い目からしても、大池を裁判官にしてやらねばなるまい。

何日かして、Ｂ組の任官者リストを作る話を羽山としているとき、羽山が大池を名簿に載せていないのを見て、田端は注文をつけた。

「大池の名前も書いておくべきですよ」

自分でも驚くほど強い口調だったので、羽山もビックリして「えっ」と言って顔を上げた。

「あんな毛色の変わった奴も裁判所には必要なんです」

「しかし、大池の奴は……」

羽山の抵抗は予想されたことなので、田端は第二弾を羽山に打ち込んだ。

「異端者を内部に抱え込んでいない組織は、すべからく沈滞し、やがて消滅してしまうという法則があることは、ご存知ですよね？」

そんな法則なんて聞いたことないぞ。でも、ひょっとして、あるのかもしれない。羽山は知らないとは言いたくなかったので「ううむ、そういうものかなあ」と力なくつぶやいた。

羽山が渋っているのにかまわず、田端は「ともかく名簿に大池もあげておいてください」と羽山に迫った。羽山は、まあ、あとで草場事務局長と話し合って、最終結論を出すことになる、そこで落とせばいいか。そう考えて田端に妥協することにした。ここは田端の顔を立てる形でおさめておくのが得策だな。

田端のほうでも、羽山をあまりに追い込んで意固地になられたら困る、手加減しておこう、そう考えた。とことん追いつめると、逆効果になる。大池を必ず任官させるつもりでいることは、まだ羽山に知られないほうがいい。私情を挟んでいるなんて妙に勘繰られても困るし……。ともかく、羽山は油断ならない男なので、用心するにこしたことはない。

取調修習

7月10日（月）

思わせぶりの雨が、ほんの少しだけ降っている。東京は水不足状態にある。これだけの巨大都市だと、雨が少し降らないと、直ぐに都市全体が水不足に悩まされることになる。

いよいよ前期修習も今週で終わる。4月に入所して、もう3ヶ月もたったなんて、とても信じられない。何事も過ぎてしまえば、あっという間のこと。

来週から実務修習が始まる。B組の仲間も全国に散らばるから、同じ修習地以外の修習生に会うことは基本的にない。せっかくB組の雰囲気になじんだのに、寂しい限りだ。

4月以来の3ヶ月間というもの、起案に追われた日々だった。それでも、そのおかげで少しは法律関係文書らしきものを起案できるようになったし、法律家らしい議論にも加われるようになってきた。としおは修習生としての思考法にようやくなじめるようになった。

午前中は、羽山教官が刑事裁判の講義をする。羽山は次のように切り出した。

「前期修習を終えるにあたって諸君に言っておきたいことは、二つ。一つは手抜きしてはいけないということ、もう一つは、下手な泣き言はいわないということ。いいかな」

羽山は、ここで言葉を区切って教室内をゆっくり見まわした。いつものように反応を確かめる。手応えは上々だ。

「手抜きしないという点では、私は我ながらオーバーかな、そこまでやらんでもいいかなと思えるほど全力投球を心がけてきた。慣れてきたら、そのうち力を抜く加減は分かってくるものなんだ。初めから、まあ、この程度ですませておくか、なんて安易な考えで仕事にのぞんではいけない。そんなことをしたら、必ずといってよいほど、しっぺ返しを喰らう」

としおも、手抜きなんか絶対にするものかと思った。そして、羽山はここで息を継いだ。

「何があっても、いかなる状況に直面しても泣き言は言わない。泣きたくなることはたくさんある。でも、泣いてしまったら、自分に負けたら、自分を甘やかしたらダメなんだ。歯を食いしばって耐えて、やりとげるしかない。泣き言をいわないことを誓い、私は実行してきた」

うむうむ、さすがの羽山も泣き言をいいたくなることがあったし、あるっていうことなんだね……。職業としての裁判官人生の厳しさは想像できないところだけど、としおは弁護士になっても泣き言はなるべく言わないようにしようと思った。ただし、実際、どれだけ実行できるものなのか、正直なところ不安で仕方がない……。

刑事裁判講義が終わって羽山教官が教室から出ていくのを見届けると、一法《はしのり》が前に進み出て、立ったままアナウンスした。

「午後の講義のあと、少しだけクラス討論の時間をとりたいと思います。ぜひ、皆さん、残っておいてください。今日のテーマは、取調修習についてです」

実務修習の一つに、検察庁での修習がある。そのとき、検察庁に送られてきた被疑者を司法修習生が直接に取り調べて供述調書を作成するカリキュラムが組まれている。これが取調修習だ。修習生のそばに指導する検察官がいて、被疑者に対して司法修習生の身分を名乗ったうえで、了解を得ることになっている。しかし、司法修習生が被疑者を直接取り調べることのできる法律上の根拠はない。被疑者の同意があったら被疑者を取り調べることが許されるのか。そもそも目の前の被疑者が本当に修習生の身分などを理解して同意したと言えるのか。被疑者はわけも分からないうちに仕方なく黙って従っている。あるいは異議を口に出していないと言うだけではないのか。そんな取調修習は違法だから拒否すべきだと、一貫して強調しているのが反戦法律家連合、つまり反法連の修習生だ。ただ、取調修習については、青法協会員の中からも違法と考え、拒否しようと言う人が少なくない。もっとも、この取調修習は、26期に始まったことではない。歴代の修習生が、問題にしてきた。違法ではないようにするための措置を講じるように求める修習生は多い。

野澤が手を挙げたので、一法《はしのり》が指名した。野澤は、取調修習を拒否したときの検察庁の扱いについて、先輩たちに聴き取ってきたので報告したいという。これは、青法協の全国的な活動の交流によるものだ。

東京地検は、取調修習を拒否した修習生に対しては検察官の取調べを傍聴することは認めておらず、別室で検察事務官研修用の問題集を配って検討させたり、本庁の図書室で自習させたりしている。

「ひどい、ひどすぎるよ」という声があちこちであがった。

他でも、取調修習を拒否するという要望書を提出したところ、見学と講話以外の修習は受けられず、その他は欠席扱いとなった修習地もあるという。

「そりゃあ、ひどいなあ」一斉に不満の声があがる

被疑者の取調べについては、どんなものなのか、としおは是非やってみたいと考えている。面白そ

うだから、というのが本音だけど、そこはあからさまには言えないので黙っていることにした。

もし、取調修習を拒否してしまうと、何もすることなく、干された状態になって、検察修習で得るものがほとんどないことになる。しかし、いろんな考え方があり得るのを、一方的に違法だといって拒否しろというのは、いかがなものかという意見を述べる山元のような修習生もいる。議論をすすめるなかで、取調修習を自分の考え、信念にもとづいて拒否したからといって、検察修習の評価において不利益な扱いはしてほしくない。この点は、多くの修習生が一致した。反法連で活動している笠《りゅう》が今日も朝から欠席しているため、それほど意見が対立せず、ひととおり意見が出たところで、一法が取りまとめにかかった。

「およそ意見も出尽くしたと思いますので、B組としての意見をまとめたいと思います」

このとき、峰岸が手を上げながら自分の席に立ち、いつもの甲高い声を張りあげた。

「この前と同じように、今回も賛否の内訳をはっきりさせておいてほしい」

それには一法も異議はない。前例どおりにやろう。

「では、項目ごとに採決を取ります。まず第一に、司法修習生による発問方式での取調修習は、違法ないし違法の疑いが強いという点です」

これについては、賛成27、反対17、保留5となった。反対が3分の1もあったことに、としおは驚いた。

第二に、検察官による取調べを傍聴させてほしい。これは賛成が1人増えて28、反対は少し減って13、保留が反対が減った分だけ増えて8となった。

第三に、取調修習を拒否した修習生を不利益に取り扱わないでほしい。これには、ほとんどの修習生が賛成し、47で、反対1は峰岸で、保留の修習生はいない。

「それでは、以上の結果を、B組として研修所に要望したいと思います」

一法は、さすがに短時間でうまく要望事項をまとめた。

いつもの喫茶店「ニューポプラ」でダベっているとき、恵美が急に真顔になって言い放った。

「司法修習生って、たいして中身もないくせに、何か出来上がってしまった若年寄っていう印象を受けることが多い気がするわ」

これはこれは、なかなかに手厳しい評価だ。一法が「うんうん、分かるな」と応じたのは意外だ。寮祭の司会のとき、二人はとても気があってる様子だったな、そのせいなのかな……。

「たしかにモノ言わない修習生は多いよね。唇寒し、なんとか、っていうのかな。これも司法反動の嵐が吹き荒れて、阪口修習生の罷免のようなことがあって、その悪影響だよね。先輩たちの話を聞いていると、前はもっと伸びやかに天下国家を論じていたみたいだけど」

反応が悪くないのを見てとった恵美がさらに挑発した。

「修習生ってさ、こう、なんというか、奇人、変人ばっかりなんじゃないかしら」

野々山が自分の胸を指差しながら、向きになって反論する。

「そうじゃないよ、個性豊かな人が多いっていうことさ。僕なんかも、君たちから見て奇人の部類に入るのかもしれないけど、本人は至って常識人だと考えているんだから、要は個性の問題じゃないのかな」

野々山に関しては、確かに恵美に限らず奇人あるいは変人の類だと多くの修習生が見ているのは間違いない。いわば自白したかのような弁明だ。

一法が軽く右手をあげて話しはじめた。

「会社でも、実は同じようなものなんだよ。一生懸命に働いている人ばかりじゃないよ。楽しよう、ズルしようという人がたくさんいるし、仕事を他人に押しつけて平気な人も多いんだ。でも、これって、どこでも同じようなものなんじゃないかな。サラリーマンって一枚の絵を一色で塗りつぶせるような存在ではないんだよ。だから、司法修習生が奇人、変人ばかりだというのはどうなのかな、必ずしもそうは言えないと思うんだ……」

社会人の経験のある一法の話は説得力がある。それにしても一法と恵美は波長が合っているけど、ちょっと合いすぎだよな……。としおは考え過ぎなのか、よく分からなくなった。

「みんな違って、みんないい。金子みすずの詩のとおりだね」

野澤が話を引き取った。うまい。としおは自分が奇人、変人かどうかなんて気にしないことにした。

7月11日（火）

「理屈で勝負」

外は待望の雨が降っている。これで水不足が解消できたらいいね。

午前中の民事弁護起案講評の終わりころ、小野寺教官が声を低めた。

「みなさん全員に60点をつけることにしました」

教官にとって司法修習生を評価するのも仕事のうちだ。評価は小学校のような5段階評価というものではなく、数字であらわす。それも、なぜか50点から90点までの幅のうちだという。小野寺教官のつけた「60点」というのは、低いほうの合格点になる。

「ええっ、そんな……」

修習生の顔に落胆と失望があるのを見てとったのか、小野寺は次のように付け加えた。

「いやぁ、私は、どういう基準で優劣つけていいのか、実は、よく分からないんですよ。だって、研修所を出てからが本番なんです。たとえ研修所を優秀な成績で卒業したとしても、弁護士になってから勉強しない人はまともな弁護士にはなれないわけです。逆に、低空飛行で卒業したあと、弁護士になってから大いに勉強した人はぐんぐん伸びていくものなんです。私は、その両方の実例をよく知っています……」

小野寺教官は、いつも率直にモノを言う。経験していないことをしたかのように言ったりすることはない。はったりのない人間性に対して、修習生の好感度は高い。としおも同じだ。しかし、正直なところ、今ひとつ物足りないところもある。教官だから当然なのかもしれないが、司法問題には一言も触れようとしない。教室だけでなく、プライベートな飲み会の場でも話すことがない。

午後からの民事判決起案講評の途中、田端教官が急に声のトーンを変えた。よくある脱線で、これがまた実に含蓄《がんちく》深い。としおは、思わずペンを握りしめた。

「みなさん、研修所を出てからが本番、始まりなんですよ。心してくださいね」

午前中の小野寺教官とまったく同じことを聞いた。そうなんだ。今は、単にその準備をしているだけなんだ。

「みなさんには、ぜひ豊かな発想と論理的な思考力で勝負してほしいと思います。私たちの商売は理屈で勝負するものなんですよ」

なるほど、そうか……。としおは、「異議なし」と叫びたいのを我慢した。田端は低い声で続けた。ぜひ伝えたいという気持ちが込められている。

「小さな事件をどんどん落として、今月は何件落とせたなんて言って喜んでいる裁判官を実務修習のときに見るかもしれません。でも、問題は何件落とすかなんかではなく、どんな事件を落としたか、なのですよ。たとえ一件しか落とせなくても、それが社会的にみて大きな事件であって、それを解決できたのであれば、統計にこそあらわれませんが、そんなことはちっとも気にする必要はありません。いいですか。みなさんには、落とした事件の数だけを気にするような裁判官なんかになってほしくはありません」

あれれ、これって、最高裁の司法行政を暗に批判しているんじゃないのかな……。隈本は、口をぽかんと開けている。まもると大池は緊張した顔つきだ。任官志望組の反応がいくらか違うのも面白い。としおは、やや他人事《ひとごと》の気分だった。

としおが自分の机で愛用の黒かばんに教材をしまい込んでいると、まもるが深刻そうな顔をして近寄ってきた。まもるはとしおに悩みを打ち明けることにした。他に誰に自分の悩みを相談して良いか分からなかった。二人して歩いて外に出て、いつもの喫茶店「ニューポプラ」に入った。二人で向きあうと、まもるはいつになく口が重い。としおはまもるから相談を受けて戸惑った。まもるは女性との関係で悩んでいるとはいうものの、その女性が、どこで何をしているのか、どういう関係なのか、まもるは具体的に何も明かさない。ただ、相手の女性がまもるより年上の働いている女性らしいことだけは、やがて判明した。としおは百合恵のことではないのか、怪しいと思っていることは伏せて聴き手に徹した。二人の仲はうまくいっているように見えたのに、最近、なんだか避けられている気がするというのがまもるの悩みだ。としおからするとまさしく贅沢すぎる悩みだ。とは言っても、当の本人が真剣に悩んでいるのは間違いないので、きちんと話は聞いてあげよう。そのうち、女性が誰なのか、百合恵かどうかも判明することだろう。

生子《しょうこ》が帰り支度をしていると、山元が近寄ってきた。何かしら。

「急いでますか？」

山元が小声で話しかけたので、「いえ、別に」と答えた。寮祭でデュエットを歌ったときに腰まわりにあった山元の手のぬくもりを忘れることは出来ない。生子にとって国際的な弁護士として活躍したいという山元は気になる存在だ。一度ゆっくり山元と話をしてみたいと考えていた。英会話を習い、英検は1級を受験して合格したとか、もう少しだとか、とてもかなわない。税務講座も受けているという。いつ話しても忙しい、忙しいというのを口癖にしている山元から再び声がかかったのは光栄だわ。年下の男性だといっても3歳ちがうだけなんだから、年齢《とし》の差なんて気にしないの。

研修所の外に二人が並んで立っていると、折良くタクシーが通りかかった。山元が手を上げてタクシーを停め、有楽町へ向かった。喫茶店で向きあってコーヒーを飲みながら話した。司法研修所の教官の評価を話しているうちに時間が過ぎた。そして、タクシーを拾った。銀座近くの裏通りに車を走らせ、山元が案内したのは、小ぎれいな小料理店だ。

「先輩の弁護士に連れてきてもらって、それから何回か来ただけの店なんです」

山元は謙遜したが、応対した女将の様子では、かなりの顔なじみの店だと窺われる。出てくる料理はさすがに銀座の店だけあって、粋なものばかり。生子は山元の店選びのセンスの良さに感嘆した。

山元は研修所を卒業して都内の法律事務所で2年ほど働いたあと、アメリカに渡るつもりだという。アメリカで弁護士資格を取って、しばらくアメリカの弁護士事務所で働き、そのうえで東京に戻って来るのだと語る。「日本とアメリカの双方にまたがった、国境のない仕事をするのが夢なんです」。山元は、それほど肩に力を入れすぎた感じでもない。うらやましい。話がとても具体的だ。先輩などのルートも開拓してあるようで、かなりの人脈をつくっている。そりゃあ、忙しいわけよね。そんな山元が、今夜は私を接待してくれている。山元は私を選んでくれたのかしら、いえいえ、ここで有頂天になってはいけないわね……。

山元の話題は、海外旅行の見聞から音楽の話までジャンルが広くて飽かせることがない。生子も、ビジネスローヤーになって大きく海外にも視野を持って羽ばたきたいという夢を素直な気持ちで吐露した。山元は、しきりに頭を上下させた。

「うん、うん、そうなんだ。困難を前にして、ひるむことはないんだよ」

和食に赤ワインが合うというのも初めて知った。酔っ払ったわけではないが、生子は夢見心地だ。美味しい食事と満ち足りた会話が終わり、山元は小料理店を出ると、生子をスナックに誘った。有楽町の駅近くのビルの地下にある小さな店だ。生子も山元とは、もっともっと話したい。このまま家に帰ってもつまらないわ。もっと山元のことを知りたいし……。

スナックに着くと、山元は、まずはカラオケのマイクを握った。歌もうまいし、何より声がいい。しびれちゃう。カラオケを続けて2曲歌うと、生子に寮祭のときと同じ「銀恋」のデュエットを求めた。もとより生子も歌は嫌いどころじゃない。待ってましたとばかり生子が山元の横に並ぶと、山元は生子の腰に腕をまわし、身体を密着させてきた。生子は山元の腕に身を任せ、とろける気持ちで歌をあわせた。

歌い終わると、カウンターに並んで座り、仕事の話を離れて、お互いの趣味を披露しあった。二人とも音楽だけでなく、アウトドア好みでもあることが分かり、いよいよ話ははずんだ。今度、とりあえず丹沢のほうへハイキングに行こう。いい温泉もあるし……。生子は山元と二人で温泉の露天風呂に浸っているところを想像し、思わず顔を赫《あか》らめた。もう、生子は天にも昇る心地だ。とことん一緒になりたいわ……。

スナックを出たとき、山元が「いいかい?」と耳元で囁《ささや》いた。その意味するところを察して、生子は、こくんと首を縦に振った。

7月12日（水）

ウェットな心情

教室に入ってきた田端教官の顔つきが見るからにおかしい。いつもは、明るい調子で入ってくるのに、下をうつ向き加減で表情が暗い。教壇に着くと、顔を上げて、教室を見まわした。

「谷山君が昨夜、亡くなったそうだ」

教室内にざわめきが起き、広がった。谷山は、6月後半から研修所に病気として届出して休んでいた。としおが恵美に、「前期修習が終わる前に一度は見舞いに行こう」と話していた矢先のことだ。

谷山が痛みに我慢できなくなって、病院に行ったときには、胃癌がすすんでいて、開腹手術したものの、手がつけられる状態ではなく、そのまま閉じてしまったという。

本人には、病名も深刻な病状も告げられず、ひどい腹膜炎だから、しばらく入院して様子を見てみようということになっていた。ところが、入院してわずか数週間のうちに死の転帰をとったという。信じられない早さだ。そんなことってあるのかしらん……。

弁護士である父親が今朝早くに研修所に連絡してきた。

谷山の人生はいったい何だったのだろうか。長く司法試験に打ち込んできた谷山の人生。なんとか目標の合格は達成したものの、試験の合格は、法曹人になるためのその前提でしかない。そこまでたどり着けなかった谷山の無念さはいかばかりだったろうか……。としおが目をつむって感慨に耽《ふけ》っていると、田端はもう一度、教室中を見まわして、ボソッと付け加えた。

「みなさんも身体第一ですよ。くれぐれも健康には気をつけてくださいね」

田端教官は、午後の講義を終える前に姿勢を正した。

「前期修習での私の講義も今日が最後となりました。それで、私から皆さんにいくつか話しておきたいことがあります」

ふむふむ、田端教官の最終講話って、いったい何が出てくるのだろう。としおはペンを止めて顎を両手で支えて待ち構えた。

「私は法廷にのぞむとき、たとえどんな小さな事件でも、その人の人生がかかっているし、それがこの腕一本にかかっていると思って裁判をすすめてきました。裁判官の仕事って、庶民の生活にぴったり密着した仕事なのです。私は、ずっとそんな思いで仕事をしてきました」

なるほど、なるほど、よく分かる話だ。

「そして」と言った田端教官の次の話は、としおにとって意外だった。

「そのとき、法律家はドライな論理展開だけでなく、ウェットな心情も必要なのです。心のどこかに常に、これでいいのかな、これで解決が解決するのだろうか、と振り返って考えてみることが大切です」

ええっ、田端教官って法論理の整合性一辺倒じゃなかったのか……。としおは思わぬ衝撃を受けて目が眩《くら》みそうになった。田端はさらに続けた。

「法律家は、組織社会に対して、果たしてそれでいいんですかというアンチテーゼを提起することが求められているような気がしてなりません。最近、とみにそう感じます。新しい社会のあり方を模索するのも、法律家の役割のような気がしています。皆さん、いかがですか……」

田端教官は社会の現実から超越して、法論理の世界に生きている。としおはずっとそう思ってきた。ひょっとして、それは完全な誤解で、その真意を認識していないだけだったのか……。前の方の席で、大池がしきりに頭を上下させているのが見える。そして、まもるのほうは、じっと固まっている。

大池は田端教官の言いたいことがよく分かった。社会に眼を閉ざしたのではない。いろいろ妨害するものがあるので、眼を閉ざしたふりをしている。でも、いざとなれば、目をかっと見開いて、言うべきことは言ってやる。それが裁判官を職業として選んだ者の醍醐《だいごみ》味なんだ。そうなんだ、ぜひ自分も見習おう。

田端自身は、できたら、何事によらずゴーイングマイウェイ、放っといてよ、で行きたい。世間の雑音なんか気にせず、自分の思うとおり、良心の命ずるままに裁判を進行させ、判決を書きたい。そして、裁判官は、それが可能なんだということを修習生に伝えたい。それは、青法協を脱退したから、もう出来ないということじゃないんだ。でも、現実には、かなり難しいことではあるんだけれど……。この複雑さ、すべて人生はそんなものなんだ。セ・ラ・ヴィ。


クラス連絡委員がB組を代表して谷山のお通夜に参列することになった。としおは、大雨が降る中、谷山の自宅へ一法や恵美と一緒に出かけた。谷山の父親は、世田谷の閑静な住宅街に住んでいる。一戸建て住宅ではあるが、豪壮な邸宅というのでもなく、ごく普通のありふれた民家だ。東京の弁護士といっても、みんなが金持ちということでもないんだな。としおは谷山という表札を見ながら、つまらないことを考えていた。傘立てには入りきらないほどの傘が詰まっているので玄関脇に傘を置いて中に入った。

　さすがに弁護士の父親を持つだけあって、10畳ほどの広い部屋には花輪がいくつも並んでいる。でも、長く受験生活を過ごしてきた谷山の友人は少ないようで、ちらほらしか若者の姿は見えない。寂しいお通夜だ。正面脇に小柄で恰幅《かっぷく》のいい父親が、ガックリ肩を落として座っている。その憔悴《しょうすい》ぶりは痛ましくて、としおには正視が出来なかった。

7月13日（木）

分散総会

検察起案の講評のとき、今日も松葉教官の鼻息は荒い。梅雨前線を吹き飛ばさんばかりだ。

午前中の講評の終わりころ、突然、松葉は修習生の要望書に触れた。

「君たちは、これから実務修習に入るわけだから、ぜひ、現実の実務をしっかり身につけてほしい。実務は生きているんだよ。検察修習で体験してほしいのは、何といっても被疑者取調だ。これこそ全人格的にぶつかり合う、火花の散る現場なんだ。それなのに、四の五の言って取調べしないという修習生がいるらしいけど、折角の貴重な機会をみすみす手放してしまうなんて、信じられない。まさに愚行そのものだ。

君たちは、国民から税金をもらって修習しているんだ。いったい何のために、誰のために修習しているのか、よーく考えてほしい。与えられた仕事をやらずに、不利益取り扱いはしてくれるな、だなんて、何を甘えているのか。まったくもって理解しがたい。仕事をしなかったら不利益を受けるなんて当然だ。そんなの当たり前じゃないか。甘えるのもいい加減にしてほしい。検察庁としては、国民の負託を受けて修習生を指導している以上、シビアにやるしかない」

峰岸がさきほどから、しきりに頭を上下させていることに、としおは気がついていた。当然、真っ先に反論するはずの笠《りゅう》は休んでいる。眠れないらしい。薬に頼っているというから、用心しないといけない。隈本が笠に注意してやったと言っていた。

一法《はしのり》は、じっと松葉教官を凝視したまま、身動きもしない。クラス討論のとき、取調修習拒否者を不利益に扱うなという点では、ほとんど全員一致の結論を出した。それが真っ向から批判されている。誰も、その場で反論することなく、松葉は言い終えると満足そうに教室内を見まわし、やがて退出していった。

夕方から26期青法協は東京弁護士会館の講堂で分散総会をもった。B組から10人が参加した。今日も大池は元気な顔を見せている。青法協の中の役割分担をはっきりさせたほうがいい。広報、財政、企画とそれぞれ希望者が手を上げて割り振っていく。企画としては、とりあえず公害、司法、人権、憲法の4つのチームを置くことになった。野澤は公害問題に手を挙げた。としおは、悩んだ末、司法を希望した。大池やまもるのような真面目な任官希望者が確実に任官できるようにしたい。

分散総会の出席者は80人。次々に発言を求める手が挙がり、司会者がそろそろ終わりの時間を気にし始めた。

「明日の夕方は、どうか?」

男からまた電話がかかってきた。低い声だ。ひょっとして、男は笠をいじめて楽しんでいるんじゃないのか……。このあいだかかってきた電話は、ちょうどいい具合いに用事があったので、それを口実に断わることができた。もう電話は何回目になるかな。昔からしつこい連中だ。簡単には諦めてくれそうにもない。もう一回会うか。会ってきちんと断りを言おう。でも、何と言ったらいいんだろう。口約束なんて、あんなもの、何の約束もしていないのも同然じゃないか。それに修習生になるとき、最高裁の面接で「もう、何も活動なんかしない」と言って約束したじゃないか。同じ約束でも、こちらのほうが、ずっと重みがある。いやいや、それくらいのことなら、男はすぐに反撃し、反論してくるだろう。何しろ男は、アジテーターとして定評があり、ともかく弁が立つ。

棚にあるウィスキーの角瓶が目に入った。まだ半分近くは残っている。ラッパ飲みなんかしないぞ。一人用の小さな冷蔵庫に氷がつくってある。氷を取り出し、大きめのグラスに氷を放り込んで、上からひたひたになるほどウィスキーを注ぎ込んだ。そして、ぐいっと呑む。ますます目が冴《さ》えてきた。今夜も眠れそうにない。このところ毎晩のように睡眠薬を服用している。変に誤解されたら困るので、医者に診てもらうのではなく、薬局で買った薬だ。今夜は少し多めに飲んでおこう。錠剤の入っている小さな薬瓶を逆さまにして、詰め物を取ると、一気に錠剤が落ちてきて、手のひら一杯になった。もちろん、全部を飲むつもりはない。死ぬのは早い、早過ぎる。

いや、ええい、面倒だ。アルコールでみんな流し込もう……。

法曹三者

7月14日（金）

午前中は検察講義の最終回だ。松葉教官は昨日とうって変わった様子で、声を低めて切り出した。

「弁護士会は、何かというと社会正義がどうのこうのと言う。しかし、現実の社会では、社会正義を振りかざすだけでは足りない。やはり健全な社会秩序を維持することも大切なんだ。つまり、被疑者、被告人の権利を擁護するのと同時に、犯罪被害者の心情に想いを致し、被害の回復のために司法は何をなすべきかを考える必要があるんだ。この二つのバランスをとってこそ、社会から期待される良き法曹と言える。諸君も、是非その点を銘記してほしい」

峰岸とあわせて野々山の頭もしきりに上下して、松葉教官の指摘に共鳴していることが分かる。それを見て、としおは不安にかられた。両者のバランス論というのは、耳に聞こえは良いけれど、当面守るべきはやはり被疑者の権利なのではないだろうか。

「検察官は、警察から送致を受けた事件の全部を起訴しているわけではない。起訴するかどうか、裁量権が与えられている。私も、マスコミから、『何で、あの事件を不起訴にしたのか。証拠不十分なんて、とんでもないこと』と叩かれたことが何回もある。よほど起訴しておいたほうが楽だったと感じたものだ。でも、実体的真実と人権の保障というバランスを検察官ならとれるはずだという信頼関係を基として与えられている権限だから、その信頼に応えなければいけない」

松葉は頭を軽く上下させてから、話を続けた。

「検察官には、前にも言ったと思うけれど、独立の原則と同一体の原則というものがある。まず、独立の原則というのは、検察官は、その存在それ自体が独任制の官庁だということ。検察官は、一人ひとりが各自、検察権を行使するもの。しかしながら、検察官一人ひとりの判断がバラバラになってしまうと混乱が起きて収拾がつかない。そこで、同一体の原則というものがある。検察庁では必ず上司の決裁を得る必要がある。そのことによって、その検察官の判断の誤りをなくすんだ。同じように法曹三者は、立場こそ違っても、紛争の公正、妥当な解決を目指しているという、目的が同じだということを忘れてはいけない。そのためには、三者はお互いに信頼しあう必要がある。相互の強い信頼関係のもとでこそ、円滑に司法を運営できる」

検察官の言うとおりにしたら、その守るべきものが曖昧《あいまい》になってしまうのではないのか……。今度、先輩弁護士にどう考えたらよいか訊いてみよう。

昼休み、久しぶりにスッキリした青空が見える。研修所の庭に出て、旧岩崎邸本館の前でとしおは背伸びした。いよいよ、前期も終わり、しばらく、ここともおさらばだ。一年経って戻ってきたとき、どうなってるかな、少しは成長しているだろうか……。教室に戻ると、山元と生子が「クラス文集がようやく出来上がりました」と言いながら、二人して仲良く配って歩いている。二人の楽しそうな様子は何かある。自他共に認める鈍感なとしおもそう思った。

としおが自分の机で文集を開いて読んでいると、研修所の職員が血相を変えて教室に駆け込んできた。何事かと思うと、笠《りゅう》が下宿先で死んでいるのが発見されたという。いつもの時間に顔を出さないので、下宿のおばさんが部屋に行ってみたら、笠は机のそばに倒れて息をしていなかった。

何なに、何ということ。大量の睡眠薬をアルコールと一緒に飲んだという。まさか、笠が自殺なんかするはずがない。いったい、どうしたっていうのだろう……。

午後から、河崎教官が刑事弁護の実務に欠かせないこととして、次のように話した。

「日本の刑事裁判は英米の法廷と違う困難があります」もちろん、河崎に英米の法廷に立って弁論した経験があるわけではない。

「アメリカやイギリスの法廷では検察側が無実の被告人を有罪にすることは大変困難であり、無実の者が無実になるのはいとも簡単だという明快な仕組みになっていると言われています。ところが、日本の法廷では、これがまるで逆転しています。無実の者といえども無罪の判決を得るのは非常に困難であり、検察側が有罪の判決を得るのは簡単だという仕組みになっているのです」

ふむふむ、そんなに違うものだろうか。としおをふくめて何人かが首を傾げている様子を見てとった河崎は次のような数字をあげた。

「いわゆる否認事件について、どれくらい無罪になっているのかを比較してみましょう。イギリスでは半分に近く、アメリカでも4分の1ほどです。これに対して、日本では0・2%に過ぎません」

うむむ、これは驚いた。いったい、どうしてこんなに違うのだろうか。これって単に国民性の違いだと簡単には片付けられないよね。河崎は静かな口調で話を続ける。

「日本ではいったん起訴されたが最後、裁判における有罪呪縛《じゅばく》、みんながどうせ九分九厘、有罪になるんだという思い込みから脱却出来ない状況にあります」

そうなんだよね。としおは深く納得した。

「そのうえ、アメリカやイギリスでは第一審無罪判決が出ると検察官は上訴できないので確定します。これに対して、日本では検察官は面子がつぶされたと言って必ず控訴しますし、控訴が許されています」

河崎は、ここで話を一転させた。

「今の皆さんには、まったくピンとこない話だと思うのですが、実は、いずれマンネリズムとのたたかいが始まります。というか、意識的かつ能動的にたたかわなければ、その弁護士は敗北し、弁護士稼業からいろんな意味で脱落していくことになります」

ええっ、でも、弁護士の扱う事件はそれぞれ、さまざまに異なるヴァリエーション、変化というか違いがあるはずだけど……。

「みなさんは、訴訟案件が一件一件で内容が異なるから、絶えず新鮮に事件に取り組めるものと考えていることと思います。ところが、そうではありません。たしかに一件一件、依頼者は違いますから、顔つき、表情は異なってきます。でも、訴訟手続きとしては同じように処理していくことになると、新鮮さを感じられなくなるのです」

ええーっ、本当かな、信じられないな。そんな顔をしているとしおと目線があった河崎は、軽く頭を左右に振って続けた。

「やはり法的手続きが同じというのは知的刺激に乏しく、なんとなく惰性《だせい》というか、飽《あ》き、退屈さすら感じるようになってしまいます。実は、毎日、目まぐるしく変化に富んだ仕事をしているようで、知的レベルでは変化の乏しいルーティーンの仕事をしているという気になってしまうのです」

えっ、そ、そういうものなのかな……。としおには、まったくピンと来ない話だ。しかし、それが本当だとしたら、そんな生活を10年、20年と続けていくことになるわけだ。そのとき、いったいどうやって裁判へのモチベーションを保持していくのだろうか。先輩弁護士の工夫を知りたいものだ。

話の最後に、いよいよ始まる実務修習の心得が説かれた。河崎教官の言いたいことは、要するに、礼儀は正しく、明るい挨拶を心がけろ、ということだ。なるほど、たしかにそれは大切なことではある。としおも、それを否定するつもりはないが、果たして、それだけなのか。そんな、小学生に言って聞かせるようなことだけを言ってすませてよいとは思えないんだけど……。としおは、河崎教官のいかにも人の良さそうな顔を、穴が開くほどじっと見つめた。

前期修習終了式

7月15日（土）

台風が近づいているせいか、朝から雨が降っている。これで給水制限も解除されるだろう。いよいよ、前期修習も終わりの日を迎えた。としおは気が緩んでしまった。こりゃあ、まずい。最後の最後になって、危うく遅刻しそうになった。いつもより開始時刻が10分遅いというのが頭に入っていたことからくる油断があった。午前10時直前にとしおが大講堂に入っていくと、ちょうど守田所長が演壇に向かうところだった。やれやれ、間に合った。

所長講話は、開始式と同じく淡々とした口調で、歯切れは悪く、聴き取りにくいうえ、内容もありきたりなので、さっぱり印象に残らない。裁判官って、みんな、こんなに講演が下手なのだろうか……。いかにも愚直な司法官僚という雰囲気をかもし出す守田所長は、いつものように面白みのない堅い話に終始した。少しは自分の失敗談を語るなりして、人間性をさらけ出したり、笑わせたりして聞かせる工夫をしてほしいものだ。

さすがに朝一番なので居眠りする人は少ない。としおが、そう思って講堂内を見渡すと、いやいや、そうでもない。目をつぶって聞いている振りをしている修習生の頭が、ときにグラッと揺れるのは居眠りしている証拠だ。昨晩というか今朝まで飲んでいたか、麻雀に励んでいたのだろう。もちろん、大池もその一人だ。始めから終わりまで目が開いていない。

みんなで集まるのは1年以上経ってからだから、昨晩、仲間同士で痛飲した修習生は少なくなかった。起案に追いまくられた3ヶ月あまりを無事に終えたという開放感がみなぎり、大講堂はすっかりだらけて弛緩《しかん》した雰囲気だ。

これから1年以上経って、後期修習に集まったとき、みんな変わっているのか、どのように変わっているのか、その再会のときが今から楽しみだ。

としおにとって、3ヶ月前には裁判所のことなんて何も知らなかったけれど、今では、いっぱしのことが何とか語れるようになった。もちろん、すべては聞いた話であり、ペーパーだけによる知識だ。それでも、大学生のころ、いや、受験生時代の教科書で知った話とは雲泥の差がある。現実をほんの少しだけ掴《つか》んだのだ。これから、本格的に知ることになる未知なるものへの期待がある。

としおとまもるは横浜修習だ。としおは関内駅から桜木町の中間あたりにアパートを借りるつもりだ。それが見つからなければ、今のアパートから横浜まで通うしかない。としおはまだアパート探しをしていなかった。まもるは、さっさと元町の裏通りにアパートを見つけたらしい。百合恵と恵美は東京修習だから、二人とも引っ越す必要がない。

まもるは前期修習の最終日を迎えて、やはり、もう一回よく話す必要があると思った。どう考えても納得できない。百合恵は自分を嫌いになってしまったのだろうか、それとも教官の圧力を受けて一時的に身を退いただけなのだろうか……。

大講堂の出口で待ち構えていると、百合恵が生子《しょうこ》と一緒に出てきた。まもるを見ると、生子は直ぐに百合恵から離れた。気を利かせてくれたのだ。

まもるは、百合恵を研修所の裏手にある旧岩崎邸本館のほうへ誘った。二人きりで話したい。百合恵は黙ってまもるのあとを尾いてきた。旧岩崎邸本館はあまりに陰気で、楽しい話をする舞台としてふさわしくない。やっぱり場所を変えよう。まもるは百合恵を研修所の外へ連れ出すことにした。百合恵の表情は硬いままだ。どう切り出そうか、まもるは焦った。

それから、そして現在

としおは、まもると一緒に7月下旬から横浜で実務修習を始めた。まず検察庁で修習する。検事正は汚職事件で被疑者を落として自白させるので名高い検察官なので、としおは検事正講話を緊張して拝聴した。被疑者取調べに実地にあたってみると、世間ずれしたベテランの被疑者のほかは、みなおどおどしていて、気の毒なくらいだった。次の裁判修習では、「合議」の実情を知った。合議室に缶詰になって甲論乙駁《こうろんおつばく》するのかと思っていると、実は法廷への行き帰りの何気ない会話が合議の正体だった。起案担当の左陪席の若い裁判官が起案したのを部長が手を加え、右陪席がそれに異を唱えなければ、判決文になる。だから、としおの修習した裁判官室は、いつだって静かだった。そして、法廷も同じで、静粛そのもの。としおは何回も居眠りしてしまった。ただ、これも緊張のあまり、ついうとうとしてしまっただけということにしておこう。

弁護修習のとき、たくさん事件をかかえている弁護士にあたって、いろんな現場を見せてもらうつもりでいると、なんと、暇を持て余している老境の弁護士にあたった。顧問企業をいくつか抱え、事務員は一人。法廷には週に1回か2回しか行かず、これでよく事務所が維持できているものだと不思議に思う。昼間は起案することもなく弁護士と世間話をしたりして時間をつぶし、夕方から青法協主催の公害問題の研究会に参加する。弁護士も加わっていて、議論したあとは食事に流れ、二次会のスナックに行き、寿司店に立ち寄って土産の寿司折りを持たされ、下宿先まで深夜タクシーで帰る。弁護士の面倒見の良さにとしおは驚嘆する。自分も弁護士になったら、このお返しを後進の修習生にしてやらなくては……。

まもるは横浜での実務修習期間中に、百合恵に何度も電話して二人きりで会おうとした。ところが百合恵は素っ気ない対応で、会ってくれない。仕方がない、諦めるしかないのか……。まもるたちは修習の班で弁護士会の女性職員と鎌倉へ合同ハイキングに出かけた。チャーミングな女性がいたが、としおの方が早く目をつけたようなので、まもるはさっと身を引いた。裁判修習は面白い。なかなか気骨のある裁判官もいて、尊敬できる。なかには高名な政治家の息子が裁判官になっているのを知り、驚いた。裁判官の仕事は面白そうだ。まもるは任官意思をますます固めた。

実務修習を終えると、また湯島の司法研修所に戻る。後期修習の始まりだ。としおは野澤に連れられて「統一窓口」に出かけた。これは、就職先の法律事務所を修習生に斡旋する場で、青法協、総評弁護団、自由法曹団が共同した窓口をつくっている。その場で窓口側の責任者である内藤弁護士から「君はどんな弁護士になりたいのかな?」ときつい口調で尋ねられたとき、としおは、つい怖じ気づいてしまった。

26期では任官拒否を許さない、そのために修習生大会を開いて決議しよう。一法や野澤は、それに忙しい。としおも協力はしたが、前期修習のときほどではない。それよりなにより二回試験と呼ばれる卒業試験のほうが心配だった。

野々山は青法協会員のまま検察官になるつもりだった。ところが、法務省人事課長から面接のとき、青法協はまずいと言われた。それで、一気に任検する気がなくなった。こんなの嫌だ。一晩じっくり考えて任検を撤回した。

後期修習では同じクラスなので、まもるはもちろん、毎日、百合恵と顔をあわせる。百合恵はにこやかな笑顔で接してはくれるものの、二人で楽しくという関係が復活することはなかった。百合恵にとって、後期修習は怒濤の日々といってよいほど毎日が慌ただしく過ぎていった。二回試験に備えた勉強、そして就職先探し。年齢《とし》のいった女性弁護士を雇ってくれそうな事務所はなかなか見つからない。

いよいよ明日から二回試験が始まるというとき、村澤は急に寒気がして、起き上がることができなくなった。少し前からひどく試験のことが心配になって、身体がガチガチになっていた。村澤は青法協への入会に踏み切れなかったほどの、自他ともに認める小心者なので、ノイローゼに陥ってしまった。二回試験を受けて合格しなければ卒業できない。村澤は、みんなが卒業したあと追試験を受けて合格し、ようやく弁護士になることができた。

任官拒否をするなと青法協を中心とした運動が功を奏したのか、26期修習生のなかから任官拒否された2人は、どちらも青法協会員ではなかった。B組の大池は公然たる青法協会員なのに拒否されることもなく裁判官になれた。そういう会員が大池だけではなく、他のクラスにもいた。そして、任官拒否の理由について、最高裁はあたかも成績が問題であったかのように説明した。そうなると、非会員でもあるし、抗議の声はあげにくい。本人たちも事を荒立ててほしくないというので、任官拒否への抗議行動は出来ないまま、修習生は全国に散っていった。

としおは就職先を刑事弁護の河原教官の口利きで決めた。統一窓口は利用する勇気がなかった。

入った事務所のボス弁護士は、弁護士会内の評判は悪くないようだが、としおのようなイソ弁（居候弁護士のこと）に対しては、徹底してケチで、いつも怒鳴ってこき使うだけ。としおはボス弁の書面の下書き、判例調べに追われた。依頼者とのお金のやりとりの場からは、いつも体裁良く閉め出された。私用電話は禁止され、弁護士会の研究会に出るのもボス弁は露骨に嫌な顔をした。息が詰まりそうな毎日だったので、たまらず野澤にＳＯＳを発信した。

野澤は統一窓口経由で公害問題を扱う法律事務所に入って、元気にやっている。としおは、ボス弁には田舎に帰るとか嘘を言って辞めた。だから、東京ではなく、千葉にある集団事務所の一つに入れてもらった。やっぱり何事も中途半端は良くない。としおが入った事務所は元気な若手弁護士が多くて居心地よく、公害問題や労働問題の弁護団の一員となって活動しているうちに、かつての気力を取り戻した。日々、自分が地域の人々から頼られていることを実感できる。勉強不足を痛感するが、それだけ充実した毎日を過ごせるのがうれしい。

一法《はしのり》は大阪で集団事務所に入った。労働者側で労働事件を扱う事務所だ。恵美は都内の青法協活動を熱心にしている事務所に入った。山元は都内の法律事務所に入ったが、若いうちに早くアメリカに渡ったほうが良さそうだと思い直し、数ヶ月もしないうちにアメリカへ旅立った。そのとき、生子を一緒に行こうと誘ったが、生子は迷ったあげく、日本でもう少し腕を磨いてからにすると断った。生子は、大企業をたくさん顧問にもつ老舗の法律事務所に入った。すると、目がまわるほど忙しい日々に追われ、時間がどんどんたっていくうちに、山元が過去の人になった。そして出会いがあって交際するようになり、生子は結婚した。しばらく子育てに専念し、やがて仕事に復帰した。山元はアメリカで一人前の弁護士になるべく、アメリカの弁護士資格をとり、結局、5年間もアメリカにいて日本に戻ってきた。山元はアメリカにいるうちにアメリカ在住の日本人女性と結婚した。日本に戻ってから何人かの弁護士と一緒に海外企業との交渉を専門とする法律事務所を開設して繁盛した。

百合恵は離婚事件などの家事専門の弁護士となり、しかも女性側でたたかう弁護士として高い評価を受けている。姓は修習生時代と同じだが、どうやらパートナーも同業で、夫婦別姓を貫いているようだ。

まもるは裁判所に入って、東京地裁と東京周辺を異動しているうちに順調に出世して東京高裁の部総括（部長）になった。としおが裁判のついでに裁判官室に立ち寄ると、いつも満面の笑みを浮かべて歓迎してくれる。判例にとらわれない思い切った判決を出してマスコミに注目されているが、ときどき、としおも首を傾《かし》げてしまう判決を出して、批判されていることもある。まさか、まもるが国民を裏切るなんてないはずだけど……。まもるは、このまま順当に最高裁判事になるのだろう。大池は関西方面だけを動く裁判官だ。骨のある判決を出してマスコミから注目されたときには、さすがだね、としおはそう思った。そして、青法協裁判官部会が解散するまで会員であり続けたのは偉い。峰岸は裁判官になったものの、いつのまにか学者に転身した。独自の説を唱えるのが大好きなので、枠にはめられそうになる裁判官より、よほど学者が向いている。隈本も任地は東京周辺だけ。ときどき法務省へ出向して国会で無難な答弁をするので、いったい本籍は、裁判所なのか法務省なのか、周囲も忘れてしまうほど。珍しく裁判所に戻って判決を書くときも、良く言えば手固く、率直に言えば保守的で、旧来の路線を踏襲するだけで決して判例変更という冒険はしない。30年たった今、地裁所長も経て東京高裁の部総括だ。最高裁に入るのはまず間違いない。ひょっとして、最高裁長官になるのかも……。

角川は検察官になったというより、法務省の役人になったというべきか。2年目からアメリカ留学して、欧米の刑事司法に精通し、日本に戻ってからは法務省の中枢で一貫して仕事をしてきた。国会答弁は、いかにもそつがない。腰が低くて、あたりがやわらかいので敵がほとんどいない。地方の検事正も経験したので、今は最高検にいるが、周囲からは検事総長になるのは間違いないとみられている。

霧山　昴（きりやま　すばる）
1948年　福岡県生まれ
1972年　東京大学法学部卒業
1974年　弁護士（横浜弁護士会登録）
現　在　福岡県弁護士会所属

福岡県弁護士会のホームページの「弁護士会の読書」コーナーに毎日1冊の書評を10年以上アップしている。

小説・司法修習生――それぞれの人生

2016年4月25日　　初版第1刷発行

著者 ―――霧山　昴
発行者 ――平田　勝
発行 ―――花伝社
発売 ―――共栄書房
〒101-0065　東京都千代田区西神田2-5-11 出版輸送ビル2F
電話　03-3263-3813
FAX　03-3239-8272
E-mail　kadensha@muf.biglobe.ne.jp
URL　http://kadensha.net
振替　00140-6-59661
装幀 ―――澤井洋紀
印刷・製本―中央精版印刷株式会社

ISBN 978-4-7634-0773-3　C0093